**살인자들**
과의
**인터뷰**

# 살인자들

## 과의
# 인터뷰

이상살인자들의 범죄심리를 해부한
FBI 심리분석관 로버트 레슬러의 수사기록

로버트 K. 레슬러 지음 │ 황정아·손명희 옮김

바다출판사

괴물과 싸우는 사람은 그 싸움 속에서
스스로도 괴물이 되지 않도록 조심해야 한다.
우리가 괴물의 심연을 들여다봤다면,
그 심연 또한 우리를 들여다볼 테니까……

프리드리히 니체,
『차라투스트라는 이렇게 말했다』 중에서

# 차례

# 12
## 이제 남겨진 것은 무엇인가

01

어느
흡혈귀
이야기

## 도시에 나타난 뱀파이어

193센티미터의 키에 몸무게가 117킬로그램이 넘는 거구인 러스 보퍼겔은 미연방수사국(FBI, Federal Bureau of Investigation) 내에서는 전설적인 인물로, 밀워키에서 강력계 형사로 일한 경력이 있으며 법학사 학위 소지자이자 성범죄 및 폭탄해체 전문가이기도 했다. 러스는 FBI 새크라멘토 지부 행동과학부(BSU, Behavioral Science Unit) 담당관이라는 직업 덕분에 웨스트코스트 지역을 돌아다니며 현지 경찰에게 성범죄 관련 강의를 했는데, 경찰과 보안관들도 그의 깊은 지식을 높이 평가하여 두터운 신임을 보냈다.

1978년 1월 23일 월요일 밤, 새크라멘토 북부의 한 작은 경찰서에서 러스를 급하게 찾는 전화가 걸려왔다. 끔찍한 살인사건이 일어났는데, 희생자에게 가해진 폭력의 정도로 볼 때 절대 평범한 살인사건이 아니라는 이야기였다. 그날 저녁 6시경, 24세의 세탁물 트럭기사인 데이비드 윌린은 퇴근 후 교외에 세들어 사는 집으로 돌아왔다가, 임신 3개월이던 22세의 부인 테리가 복부를 깊이 베인 채 침실에서 죽어 있는 모습을 발견했다. 그는 비명을 지르며 옆집으로 달려갔고, 이웃사람이 경찰에 신고했다고 한다. 월린은 너무나 충격을 받은 나머지 경찰이 출동했을 때에도 제대로 말을 잇지 못했다. 출동한 경찰 중 처음으로 집안에 들어섰던 보안관 대리 역시 월린과 비슷한 정도로 충격을 받았다. 보안관 대리가 나중에 고백한 바로는, 현장을 본 뒤 자기도 몇 달 동안 악몽에 시달렸다고 한다.

경찰은 현장을 보자마자 러스에게 전화를 걸어 지원을 요청했고, 그는 콴티코 FBI 훈련원에 있던 내게 전화를 걸어왔다. 나는 살인사건 소식에 놀라기도 했지만 한편으로는 무척 흥미를 느꼈는데, 그 이유는 이번 사건이 심리학적 프로파일링(범인신상분석) 기술을 이용하여 범행 거의 직후에 범인을 체포할 수 있는 절호의 기회라고 생각했기 때문이다. BSU에 들어오는 사건은 범인의 흔적을 추적하기에는 시간이 너무 지나버린 경우가 태반이다. 그러나 이에 비해 새크라멘토 사건은 그야말로 '따끈따끈한 건수'였던 것이다.

다음날 신문에서는 테리 월린이 쓰레기를 버리려던 참에 집 거실에서 가해자의 습격을 받은 것이 분명하다고 보도했다. 현관문에서 침실에 이르기까지 난투를 벌인 흔적이 있었으며, 탄피도 두 개나 발견되었다. 죽은 여성은 단추가 없는 스웨터형 블라우스와 바지 차림이었는데, 블라우스와 브래지어, 바지 등이 벗겨져 있었으며 복부는 난자당한 상태였다. 현장 경관들은 아직 뚜렷한 범행 동기를 발견하지 못했으며, 훔쳐간 물건이 없기 때문에 강도의 소행은 아닌 것으로 보인다고 기자들에게 말했다.

사건의 실상은 신문 보도보다 훨씬 더 끔찍했지만, 러스의 말에 따르면 공포심을 조장하지 않으려는 목적에서 일일이 다 공개하지 않은 것이라 했다. 흔히들 경찰들은 자기네가 매일 겪는 고충을 납세자들에게 보여줄 심산으로 걸핏하면 국민에게 충격을 안기려드는 거친 냉혈한이라고 지레짐작한다. 하지만 이번 사건에서만큼은 사회에 쓸데없는 충격과 공포심을 조장하지 않기 위해 일부 사항은 기밀로 처리하였다.

정보를 다 공개하지 않은 이유는 또 있었다. 범인이 아니면 알 수 없는 특정 사실, 즉 나중에 용의자를 심문할 때 유용하게 쓰일 사실을 비밀에 부치기 위해서였다. 일반에게 공개되지 않은 사항에는 다음과 같은 내용도 있었다. 주요 자상은 가슴에서 배꼽까지 죽 벌어져 있었고, 벌어진 상처에서는 창자 일부가 비어져 나왔으며, 상처 틈으로 내장을 꺼내 일부 잘라낸 흔적 등이었다. 신체 일부도 사라지고 없었다. 희생자의 왼쪽 가슴에는 칼로 찌른 상처가 여럿 나 있었는데, 상처 안에서 칼을 휘저은 듯이 보였다. 게다가 희생자의 입 안은 동물 배설물로 꽉 차 있었으며, 범인이 희생자의 피를 요구르트 병에 담아 마셨다는 증거가 발견되기도 했다.

현지 경찰은 경악하는 동시에 얼떨떨한 반응을 보였다. 러스 보퍼겔 역시 잔뜩 긴장했는데, 성범죄에 대한 그의 지식으로 미루어 보아 우리가 한시바삐 행동을 취해야 한다는 사실이 그에게는—내게도 물론이지만—분명해 보였기 때문이었다. 테리 월린을 살해한 범인은 또 다른 살인을 저지를 가능성이 매우 높았다. 소름 끼치는 범행현장에서 보이는 끔찍한 폭력의 흔적이 그런 가능성을 거의 확실하게 했다. 이런 유형의 살인마는 대체로 한 사람을 죽이는 정도로 만족하는 법이 좀체 없다. 앞으로 또 다른 살인사건이 잇따라 터질지도 모를 일이다.

나는 그 다음주 월요일에 웨스트코스트 지역에서 열릴 FBI 훈련소에 순회강의를 하러 갈 예정이었다. 따라서 조금 서둘러 금요일에 웨스트코스트로 가서 강의를 마쳐 세금 절약의 효과를 거두는 한편, 러스의 수사를 돕기로 했다. 이번 일은 내가 고대해 마지않던 기회, 즉 현장에 범인신상분석자료를 가지고 갈 수 있는 첫 번째 기회가 될 터이다. 러스와 나는 살인마가 다시 덮치리라는 사실을 확신하고 여기저기 전보를 띄우며 분주히 움직였고, 그러는 동안 나는 예상되는 범인의 예비 분석자료를 작성하였다. '범인 프로파일링'은 범행현장, 희생자, 여타 증거구성요소를 면밀히 검토하여 작성하는 것으로, 당시에는 그리 널리 알려지지 않았던 학문—혹은 기술—이었다.

내가 이 끔찍한 범죄를 저지른 예상 범인을 어떻게 프로파일링했는지, 문장이 완전하진 않지만 당시 메모해둔 내용 그대로 여기 옮겨보겠다.

백인 남성. 25~27세 가량. 영양실조 환자처럼 깡마른 외모. 극히 지저분한 주거지에는 범죄 흔적이 발견될지도 모름. 정신병력 있음. 마약복용 경험 있음. 남녀를 불문하고 교제가 거의 없는 외로운 인물. 자기 혼자 사는 집에서 대부분의 시간을 보냄. 실직상태. 어떤 형태로든 장애연금 수령 가능성. 동거인이 있다면 부모 정도나 가능성 희박. 군복무 경험 없음. 고교 혹은 대학 중퇴. 하나 혹은 그 이상의 중증피해망상 환자로 예상.

이 정도로 상세한 묘사가 가능했던 이유에는 여러 가지가 있었다. 프로파일링이 아직도 신생 학문이기는 했지만 우리는 다음과 같은 특성을 파악할 정도로 살인사건을 충분히 다루어보았다. 현장에서 성행위가 있었다는 증거는 나오지 않았더라도 이번 사건 역시 성충동에 의한 살인으로 분류되는데, 우선 쾌락살인(sexual homicide)은 가해자가 보통 남성이며 백인이면 백인, 흑인이면 흑인 하는 식으로 가해자와 피해자의 인종이 같을 경우가 많다. 그리고 연쇄살인범 중에는 20, 30대 백인 남성의 비율이 가장 높은데, 이렇게 극악무도한 범죄를 저지를 가능성이 높은 사람을 파악하려 할 때 이 사실만으로도 처음부터 인구의 상당수를 제외하고 시작할 수 있었다. 사건이 일어난 곳이 백인 거주 지역이었다는 사실 역시 살인마가 백인 남성이라는 확신을 강력하게 뒷받침해주었다.

## 범죄 프로파일링을 시도하다

다음으로는 당시 BSU가 기초를 잡아가고 있던 커다란 구별기준, 즉 나름대로 일정한 논리에 따라 범행을 저지르는 '조직적' 범죄자냐, 일반적 기준으로 볼 때 사고 과정이 그리 논리적이라고는 할 수 없는 '비조직적' 범죄자냐의 기준에 따라 살인범의 성격을 규정할 차례였다. 현장사진과 경찰 보고서로 미루어 보면 희생자를 미행하고, 범행 방법을 구체적으로 계획하며, 자기의 정체가 탄로날 수도 있을 증거를 없애는 용의주도한 살인범, 즉 '조직적' 살인범의 소행은 분명 아니었다. 아니, 범행현장의 모습으로 보아 대단히 심각한 정신장애에 시달리는 '비조직적' 살인범이 틀림없었다. 이렇게 무자비한 살인극으로 표면화될 만큼 정신장애가 심각해지려면 8년에서 10년은 걸리는 것이 보통이다.

편집형 정신분열증은 10대 때 처음 발병하는 경우가 많다. 발병 시기로 추정되는 15세에 10년을 더해 보면, 살인범의 나이는 20대 중반이라는 결론이 나왔다. 나는 두 가지 이유에서 용의자가 그 이상 나이를 먹지는 않았으리라고 생각했다. 우선 쾌락살인범의 연령은 35세 미만인 경우가 보통이다. 그리고 20대 후반을 훨씬 넘긴 사람이라면 지금쯤 증세가 너무 심각해져서 소름끼치는 미결 살인사건이 이미 줄줄이 일어나고도 남았을 것이다. 이렇게 흉악한 사례는 근방에서 보고된 적이 없으며, 최근 눈에 띄는 살인사건이 없었다는 사실도 이번이 초범, 다시 말해 사람의 목숨을 빼앗아 본 것이 처음이리라는 단서가 되었다. 예상 범인의 외모에 대한 여타 세부묘사는 그가 편집형 정신분열증을 앓고 있으리라는 추측과 내가 배운 심리학적 지식에 따른 논리적 결론이었다.

예를 들어, 나는 범인이 마른 체형일 것이라고 생각했다. 독일의 에르네스트 크레츠머 박사와 컬럼비아 대학의 윌리엄 셸던 박사의 체형 연구에 대해 알고 있었기에 내린 결론이다. 두 사람은 모두 체형과 기질이 크게 관련되어 있다고 믿었다. 크레츠머는 마른 체형이 내향적 정신분열증을 앓을 가능성이 높다는 사실을 발견하였다. 셸던의 분류 또한 크레츠머와 비슷한데, 나는 살인범이 셸던의 표현을 빌자면 외배엽형(마르고 키가 큰 형, 허약 체질자—역자 주)일 것이라고 짐작했다. 이러한 체형 관련 이론은 나온 지 50년이 넘은 오래된 이론이라 오늘날의 심리학자들에게서는 그리 환영받지 못하지만, 적어도 정신분열증을 앓고 있는 연쇄살인범의 체형을 알아보는 경우에는 이 이론이 도움이 되는 경우가 많다.

그래서 나는 살인범이 틀림없이 마르고 수척한 남자일 것이라는 결론을 내렸다. 지극히 논리적인 결론이었다. 내향성 정신분열증 환자는 식사를 제대로 하지 않고, 영양섭취에 대해서도 관심이 없으며 끼니를 잘 거른다. 마찬가지로 그들은 외모나 위생 문제에 대해서도 일절 신경 쓰지 않는다. 이런 사람과 기꺼이 한 집에서 살 사람은 아무도 없을 터이므로 살인범은 독신일 가능성이 높다. 나는 이런 추리 과정을 거쳐 집 안이 엉망진창일 것이라는 결론을 내렸으며, 처음부터 너무나 증세가 심했을 것이기 때문에 군 복무 경험도 없으리라고 생각하였다.

또 비록 정신이상 증세가 나타나기 전에 고등학교는 제대로 마쳤을지 모르지만, 대학에서는 오래 버티지 못하고 도중에 그만두었을 것이다. 범인은 사춘기 때부터 문제가 있었던 내향적인 성격으로, 혹시라도 직업이 있다면 청소부나 공원에서 폐품 수집을 하는 일처럼 단순육체노동일 가능성이 높다. 지나치게 내성적인 나머지 단순한 배달일조차도 제대로 해내지 못했을 것이며 무엇보다 장애연금으로 생활하면서 혼자 은둔생활을 할 가능성도 많았다.

분석자료에서 기타 의견을 일부 제외하기는 했지만, 나는 범인이 자동차를 소유하고 있다면 그 차 역시 뒷좌석에는 햄버거 포장지가 굴러다니고 온통 녹이 슬어 있는 등, 그의 집과 마찬가지로 엉망진창일 것이라고 믿었다. 또한 나는 범인이 희생자와 가까운 곳에 산다는 결론을 내렸는데, 그런 정신 상태로는 어디론가 차를 몰고 가서 끔찍한 범행을 저지르고 다시 집으로 돌아올 만큼 조직적인 행동을 할 형편이 못 된다고 보았기 때문이다. 차를 타기보다는 범행현장에 걸어서 오갔을 가능성이 높았다. 그리고 최근 1년 안에 정신병원에서 퇴원한 적이 있으며, 계속 증세가 악화된 결과 이 정도의 폭력적인 행동을 하게 되었다는 것, 여기까지가 내 짐작이었다.

러스는 완성된 자료를 현지 경찰서 몇 군데에 가져가서 보여주었고, 경찰은 즉시 용의자 수색에 나섰다. 경찰관 수십 명이 집집마다 직접 찾아가거나 전화로 탐문을 계속했다. 언론에서는 이번 사건에 지대한 관심을 보였는데, 특히 주목의 대상이 된 사항은 다음 두 가지였다. 첫째는 '누가 이 젊은 여성을 죽였는가?'라는 문제였고, 다음으로 더 어려운 질문이 따랐다. '왜 죽였는가?'

이후 48시간 동안 추가 정보가 속속 밝혀졌다. 새크라멘토는 캘리포니아의 주도(州都)로, 테리 윌린은 주정부 공무원이었으며 마침 그날이 비번이었다. 사건 당일이었던 월요일 아침에 그녀는 집에서 걸어다닐 수 있을 만큼 가까이에 있는 쇼핑몰에 가서 수표를 인출했는데, 그곳에서 우연히 그녀를 본 범인이 집까지 따라왔을 가능성이 있었다. 오후 1시 30분쯤 테리의 어머니가 전화했지만 아무런 응답이 없었다고 하는데, 검시관 말로는 테리가 그때 이미 살해된 후였다고 한다. 검시관은 또한 테리가 죽기 전에 칼에 수차례 찔린 것으로 보인다는 의견을 내놓았지만 이 의견이 일반에는 공개되지 않았다. 담당수사관은 살인범이 범행의 결과로 웃옷에 피를 묻히고 있을 것이라는 말을 언론에 넌지시 흘리면서, 웃옷에 피가 묻은 남자를 보면 즉시 신고해달라고 부탁했다.

그리고 목요일, 새크라멘토 북부지방은 더욱 소름끼치는 살인사건이 일어났다는 소식으로 온통 떠들썩했다. 오후 12시 30분 경, 테리 월린 사건이 일어난 장소에서 1.6킬로미터도 채 떨어지지 않은 한 교외주택에서 이웃사람이 세 구의 사체를 발견한 것이다. 죽은 사람은 36세의 이블린 미로스, 그녀의 6살 난 아들 제이슨, 그리고 가족들과 친하게 지내던 다니엘 J. 메레디스였다. 게다가 미로스의 22개월 된 조카 마이클 페리에라가 실종되었는데, 살인범이 데려갔을 가능성이 높았다. 희생자들은 모두 총상을 입었으며, 이블린 미로스는 테리와 비슷한 방식으로 난도질당한 상태였다. 살인범은 메레디스 소유의 붉은색 스테이션왜건을 타고 도주한 것으로 보였는데, 차는 범행현장에서 그리 멀지 않은 장소에 버려져 있었다. 테리 월린 사건과 마찬가지로, 이번에도 뚜렷한 범행 동기는 눈에 띄지 않았다. 조사 결과 집을 뒤진 흔적도 없었다.

이블린 미로스는 이혼녀이자 세 아이의 엄마였다. 셋 중 하나는 전남편과 살고 있었으며, 다른 한 아이는 사건 당시 학교에 가 있었기 때문에 참변을 면했다. 신문에는 듀안 로우 보안관의 다음과 같은 말이 실렸다. 그는 이번 사건을 본인이 "28년간 목격한 살인사건 중 가장 끔찍하고 기괴하며 무분별한 살인사건"이자 "말로 할 수 없을 만큼 충격적"이었다고 말했다. 이블린 미로스는 동네 아이들을 돌보는 보모로 일했기 때문에 가깝게 지내던 아이와 엄마들이 많았다. 그녀를 알지는 못하지만 6살짜리 아들과 같은 학교에 다니던 아이들도 많았는데 모두들 이들이 누군가에게 살해당할 만한 이유가 없다고 입을 모았다. 미로스와 왕래가 잦았던 이웃 한 명은 기자에게 울음이 터질 것 같다고 말하면서도 이렇게 덧붙였다.

"하지만 겁도 나요. 우리집이 코앞에 있으니까요."

주민들은 좀더 자세한 소식을 들으려고 지역 TV뉴스를 지켜보거나 집에서 나와 거리에 모여서 이번 사건에 대한 이야기를 나누었다. 안개 낀 밤, 대기 중인 순찰차와 구급차들, 그리고 살인이 일어났다는 소식이 어우러져 으스스한 분위기를 자아냈다. 현장에서 총이 발사되었다는 보도에도 불구하고 총성을 들었다는 사람은 없었다.

사람들은 공포에 휩싸였다. 경찰에서는 현지 주민들의 동요를 막기 위해 사건 정보를 비밀로 부쳐두려 했지만, 이미 정보가 충분히 새어나간 뒤여서 집집마다 현관문을 이중자물쇠로 잠그고 창문 블라인드를 내렸다. 승용차나 스테이션왜건, 소형 트럭에 짐을 꾸려 아예 다른 지역으로 이사를 가는 사람도 있었다.


**마흔네 번의 추가 살인 직전**


러스 보퍼겔은 뉴스를 들은 즉시 내게 전화를 걸었다. 물론 그 역시 깜짝 놀라기는 마찬가지였지만, 우리는 전문가였기 때문에 두려움은 옆으로 젖혀두고 퍼즐을 맞추어 나가야만 했다. 그것도 당장. 범행현장 분석가의 관점에서 볼 때, 두 번째 살인은 범인에 대해 우리가 이미 알고 있다고 믿고 있던 사항에 대해 중요한 정보와 증거를 새로이 제공해주었다. 두 번째 범행현장에서―이 역시 일반에 바로 공개하지는 않았던 사실인데―살해된 남자와 소년은 총에 맞기는 했지만 성폭행을 당하지는 않았다. 메레디스의 차 열쇠와 지갑은 범인이 가져가고 없었다.

반면, 이블린 미로스의 경우에는 첫 번째 희생자였던 테리 윌린보다 더욱 심하게 성폭행 당한 흔적이 발견되었다. 그녀는 침대 위에서 나체로 발견되었는데, 머리에 관통상을 입었고 복부에는 십자로 자상이 나 있었으며, 그 사이로 내장이 일부 비어져 나온 상태였다. 희생자는 장기가 잘려나갔으며, 얼굴과 항문 부위는 물론 온몸 여기저기에 칼로 난자당한 흔적이 있었다. 직장에 남아 있는 분비물을 검사해보니 상당량의 정액이 검출되었다.

놀러온 아기를 눕혀두던 아기 놀이울 안에서는 피에 흠뻑 젖은 베개와 발사된 총알 하나가 발견되었다. 욕조 안에는 붉은 핏물이 가득 차 있었으며 뇌조직과 배설물도 나왔다. 여기에서도 피를 마신 흔적이 있었다. 중요한 사실은, 범인이 훔쳐간 스테이션왜건의 문이 열려 있고 열쇠도 그대로 꽂힌 채 인근에서 발견되었다는 점이었다. 아기는 찾지 못했는데, 놀이울 안을 적신 피의 양으로 미루어보아 이미 죽었을 가능성이 매우 높았다.

하루빨리 붙잡지 않으면 용의자가 또다시 살인을 저지르리라는 확신이 커지면서 위기감을 느낀 나는, 며칠 전에 작성했던 분석자료에 새로운 정보를 추가하여 다시 한 번 꼼꼼히 다듬었다. 이제 범행의 성적 연관성이 더욱 뚜렷이 드러났다. 한 현장에서 살해된 희생자의 수는 점점 늘어났고 폭력의 강도도 더욱 심각해지는 추세였다. 살인자는 정신적으로 심각한 문제가 있는 젊은 남성이며 걸어서 범행 현장으로 갔다가 차를 버린 장소에서 걸어서 돌아갔을 것이라는 확신이 그 어느 때보다 강하게 들었다. 나는 이렇게 확신한 내용을 추가하여 예상 범인이 '독신이며, 스테이션왜건이 버려져 있던 장소에서 반경 1.6~2.4킬로미터 이내에 혼자 거주하고 있다'는 내용의 수정 프로파일을 작성했다. 범인은 정신적인 문제가 너무도 심각하여 증거를 감춰야겠다는 생각조차 하지 못하는 사람이며, 타고 달아났던 스테이션왜건 역시 자기 집 근처에 세워 두었으리라는 것이 내 짐작이었다. 범인의 차림새가 단정치 못하고 집안 역시 흐트러지고 지저분하리라는 확신 또한 점점 강해졌다.

나는 또한, 범인은 살인을 저지르기 전 아마도 인근에서 성도착성 절도를 여러 번 저질렀을 가능성이 높으며, 범인을 잡고 나면 그의 과거 범행과 어린 시절의 문제까지 역추적해 들어갈 수 있을 것이라고 러스에게 말했다. 성도착성 절도는 보석이나 여타 귀중품이 아니라 여자 속옷 같은 물건을 훔치는 경우로 규정하는데 절도범은 자위를 할 목적으로 이런 물건을 가져가는 경우가 많다.

65명 이상의 경찰관들이 새 자료를 손에 들고 거리에 나서서 스테이션왜건이 버려져 있던 자리에서 반경 800미터 이내를 샅샅이 수색하였다. 대대적인 탐문수사였다. 아파트나 단독주택에 사는 주민들은 물론, 거리를 지나던 행인까지도 매우 지저분하고 깡마른 젊은 남자를 본 적이 없냐는 질문을 받았다. 차가 발견된 장소 근처의 한 컨트리클럽에서 누군가가 개를 총으로 쏘고 내장을 꺼냈다는 제보가 경찰에 들어오자, 수사 지역은 더욱 좁혀졌다.

문제의 붉은색 스테이션왜건이 지나가는 모습을 보았다는 목격자가 두 명 나오기는 했지만, 최면까지 동원해 보아도 운전자가 백인 남성이었다는 사실 이상은 기억해내지 못했다. 가장 결정적인 정보를 제공한 사람은 20대 후반의 한 여성이었는데, 그녀는 첫 번째 희생자인 테리 월린이 살해당하기 불과 한두 시간 전, 사건이 일어난 장소 근처에 있는 쇼핑센터에서 고등학교 남자 동창 한 명과 마주쳤다고 했다.

지저분하고 시체처럼 앙상한 외모, 핏자국이 있는 헐렁한 스웨터 차림, 입 주변에 더덕더덕 내려앉은 노란 딱지, 퀭하니 들어간 눈 등 완전히 딴 사람이 된 동창의 모습에 그녀는 큰 충격을 받았는데, 그가 그녀의 차 문 손잡이를 잡아당기면서 억지로 말을 걸려 하자 그대로 차를 몰고 자리를 떴다. 그녀가 신고를 한 것은 경찰이 그 지역 일대에서 웃옷에 피가 묻은 남자를 조심하라는 경계령을 내렸을 때였다. 그녀는 남자의 이름이 리처드 트렌튼 체이스이며, 자신과 같은 고등학교를 다니다가 1968년에 졸업했다고 진술했다.

그때가 토요일이었다. 경찰은 리처드 트렌튼 체이스가 스테이션왜건이 버려져 있던 곳에서 채 한 블록도 떨어지지 않은 곳, 다시 말해 쇼핑센터에서 동쪽으로 1.6킬로미터 정도 되는 곳에 산다는 사실을 파악하였다. 경찰관들은 체이스의 아파트 주변에 잠복하면서 그가 나올 때까지 기다렸다. 그러나 이때까지만 해도, 그는 대여섯 명의 유력한 용의자 가운데 한 명에 지나지 않았다. 아파트로 전화를 걸어 보아도 응답이 없었기에, 늦은 오후까지 기다리던 경찰은 속임수를 써서 체이스를 밖으로 꾀어내 보기로 했다. 범인이 22구경 연발 권총을 가지고 있으며 태연히 사람을 죽인다는 사실을 잘 알고 있던 경찰관들은 신중하게 작전을 수행하였다. 한 명이 전화를 빌려 쓰는 척하고 관리인 숙소로 들어간 사이, 다른 한 명은 체이스가 사는 아파트 앞에서 보란 듯이 걸어 나가며 철수하는 시늉을 했다. 그러자 몇 분 뒤, 상자 하나를 팔에 낀 체이스가 문간에 나타나더니 자신의 트럭 쪽으로 달음박질치기 시작했다.

체이스가 달리기 시작한 순간, 눈앞의 용의자가 범인임을 확신한 경찰은 그를 뒤쫓아갔고, 뒤이어 난투가 벌어졌다. 엎치락뒤치락하는 와중에, 체이스의 어깨 권총집에서 22구경 권총이 떨어졌다. 체포 당시 그는 바지 뒷주머니에 들어 있던 물건을 감춰 보려고 안간힘을 썼다. 바로 대니얼 메레디스의 지갑이었다. 들고 있던 상자 안에는 피에 젖은 천 조각이 가득했다. 트럭은 아파트 근처에 세워져 있었는데, 10년 가량 된 고물차로 유지 상태가 불량하고 그 안은 오래된 신문이며 맥주깡통, 우유팩, 넝마조각 등으로 난장판이 되어 있었다. 이 밖에도 트럭 안에는 피처럼 보이는 액체가 말라붙은 고무장화와 잠긴 연장상자, 길이 30센티미터가 넘는 고기칼 한 자루가 들어 있었다.

차 안과 마찬가지로 잔뜩 어질러져 있던 아파트에서는 첫 번째 살인을 다룬 신문기사뿐 아니라 동물 목걸이 몇 개, 피가 든 믹서 세 대가 발견되었다. 집 안 여기저기에는 지저분한 옷가지들이 널려 있었는데, 그중 일부에는 피가 묻어 있었다. 냉장고 안에서는 사람의 신체 부위를 담은 접시가 몇 장 나왔고, 사람의 두뇌조직을 담은 용기도 발견되었다. 부엌 서랍에 들어 있던 칼 몇 자루는 윌린의 집에서 가져온 것으로 후에 밝혀졌다. 아파트 벽에 걸린 달력에는 1월 말 월린, 미로스와 메레디스가 피살되었던 날짜에 '오늘'이라는 글자가 씌어 있었으며, 똑같은 말이 씌어 있는 날이 남은 1978년 한 해 동안 무려 마흔네 번이나 더 발견되었다. 체이스는 정말로 마흔네 번이나 더 사람을 죽일 생각이었을까? 다행스럽게도, 이제 실제로 확인해 볼 길은 영영 사라졌다.

## 흡혈귀가 되어버린 이유

마침내 살인범을 체포한 경찰은 크게 마음을 놓았다. 발견된 증거물은 물론 용의자의 신상명세에 일치하는 여러 가지 특징으로 미루어 보아 체이스가 범인이라는 사실에는 의심의 여지가 없었다. FBI를 칭찬하고 프로파일링에 지대한 관심을 보이지 않는 사람이 없었으며, 나중에는 프로파일링이 살인범을 잡았다고 말하는 사람도 있었다. 그러나 그건 사실이 아니다.

살인범 검거는 분석자료가 아니라 묵묵히 발로 뛰는 경찰관들의 공이며, 이들이 흘리는 땀에 일반시민들의 협조와 약간의 행운이 더해져 이루어낸 성과였다. 내가 작성한 분석자료는 단순한 수사 도구의 일환으로, 이번 경우에는 위험한 살인자에 대한 수사범위를 눈에 띄게 좁혀 주었던 정도에 불과하다. 내가 한 일이 체이스를 잡는 데 도움이 되었을까? 물론 그렇다고 자랑스럽게 대답하겠다. 그러나 내가 직접 그를 잡았다고 할 수 있을까? 그건 아니다.

러스 보퍼겔과 함께 발 빠르게 작성했던 분석자료에 체이스가 정확히 일치한다는 사실은 두 가지 이유에서 고마운 일이었다. 우선은 그 무엇보다, 즉시 붙잡히지 않았다면 분명히 계속해서 살인을 저질 렀을 흉악한 살인범을 체포하는 데 도움이 되었다는 점이고, 두 번째 로 체포된 살인범의 특징이 분석 내용과 정확히 일치했기 때문에 우 리 BSU에서는 차후에 범행현장을 어떻게 감식하고 범인이 남긴 특 징적인 흔적을 어떻게 찾아낼지에 대해 더 많은 정보를 얻을 수 있었 다. 다시 말해 이번 사건에서 거둔 성과는 우리가 프로파일링 기술— 아직은 과학으로 인정받는 단계가 아니었기 때문에 '기술'이라고 표 현했다—을 좀더 정교하게 다듬어 나가는 데 큰 도움이 되었다.

체이스가 붙잡힌 뒤 몇 달 동안 나는 이 기이한 젊은이에 대해 속 속 드러나는 사실을 꼼꼼히 추적하였다. 체포된 직후, 두 범행현장에 서 그리 멀지 않은 장소에서 그 전해 12월 일어났던 또 다른 미결 살 인사건 역시 체이스가 범인이라는 사실이 밝혀졌다. 테리 월린이 최 초의 희생자라는 내 생각은 틀렸다. 그녀는 사실상 두 번째 희생자였 던 것이다. 1977년 12월 28일, 앰브로스 그리핀이라는 사람과 그의 아내는 막 슈퍼마켓에서 돌아와 차에 싣고 온 식료품을 들이던 참이 었다. 이때 체이스는 자신의 트럭을 몰고 가서 총을 두 번 쏘았으며, 그리핀은 그중 한 발을 가슴에 맞고 사망하였다. 체이스 체포 당시 압수했던 22구경 권총에 대한 탄도검사 결과, 그리핀을 죽인 총알 역 시 동일한 총에서 발사되었음이 밝혀졌다.

체이스는 또한 살인사건에 앞서 그 일대에서 일어났던 일부 성도 착성 절도사건의 범인과도 인상착의가 일치하였으며, 수많은 개와 고양이를 훔쳐갔다는 강력한 혐의를 받았다. 그의 아파트에서 나온 몇 개의 개 목걸이와 사슬은 인근에서 사라진 개나 강아지들이 차고 있었던 물건과 일치하였다. 사라진 개와 고양이들은 대부분 그의 기괴한 목적에 따라 죽임을 당했을 가능성이 높았다. 비록 확실히 증명할 길은 없지만, 그는 사람뿐 아니라 개와 고양이의 피까지 마셨을 것이다.

컴퓨터 조사 결과, 1977년 중반 레이크 타호 지역에서 야생동물 보호구역을 둘러보던 한 인디언 순찰대원이 피가 가득한 양동이와 총을 트럭에 싣고 다니고, 옷은 피로 흠뻑 젖은 남자를 체포한 적이 있다는 사실이 드러났다. 체포된 남자는 바로 체이스였다. 양동이 안에 든 피가 소과(科) 동물의 피로 밝혀졌기 때문에 당시에는 무사히 넘어갈 수 있었다. 그는 자신이 토끼 사냥 중이었으며 옷에 묻은 피는 토끼의 피라고 둘러댄 뒤 벌금을 물고 풀려났다.

기자들과 법 집행관들이 체이스를 알고 지냈던 사람들과 인터뷰를 하고 그에 대한 기록을 파헤치기 시작하면서 그의 서글픈 과거가 모두 드러났다. 1950년에 태어난 체이스는 중산층 가정의 착하고 말 잘 듣는 아들이었다. 8세 때에는 야뇨증이 있었지만 얼마 지나지 않아 괜찮아졌다. 그러나 부모가 집에서 싸움을 벌이기 시작한 12세 무렵부터 문제가 생겼던 것으로 보인다. 그의 어머니는 아버지가 가정에 충실하지 않으며, 자기 인생을 망쳐 놓았고 마약을 복용한다며 몰아붙였다. 인터뷰 당시 체이스의 아버지는 이런 비난과 싸우는 소리가 어린 체이스에게도 다 들릴 수밖에 없었다고 말했다. 후에 일가족을 인터뷰한 여러 심리학자와 정신과 전문의들은 체이스 부인이 "매우 공격적인 성향이 강하고…… 적대적이며…… 다른 사람을 자극하는" 등 정신분열증 환자를 만드는 전형적인 어머니상이라는 결론을 내렸다. 거의 10년 동안이나 말다툼이 계속된 끝에 부부는 결국 갈라섰으며 아버지는 나중에 재혼하였다.

체이스의 지능지수는 95로 거의 정상에 가까웠으며 1960년대 중반에는 여느 평범한 학생들처럼 고교시절을 보냈다. 여자친구도 몇 명 있었지만 성관계를 시도했다가 발기부전인 것이 드러나 관계도 깨어지곤 했다고 한다. 그에게는 가족을 제외하면 가까운 친구도, 오래 알고 지내는 사람도 없었다. 후에 그를 진찰한 심리학자와 정신과 전문의들은 고등학교 2학년 때부터 정신적으로 본격적인 문제가 생겼으리라는 소견을 내놓았다. 이 시기에 그는 "반항적이고 거만했으며, 장래희망도 없었고 방은 언제나 지저분하게 어질러져 있었다. 마리화나를 피우고 폭음을 했다." 그와 가깝게 지냈던 한 여자친구의 말에 따르면 이 무렵부터 '마약 하는 얼간이' 무리와 어울리기 시작하여, 체이스는 1965년에 마리화나 소지죄로 체포되었고 청소봉사 명령을 받았다.

이런 사실들이 속속 신문지상에 공개되면서, 기자나 일반인 중에는 체이스의 살인 동기가 마약이라고 생각하는 사람이 많아졌다. 그러나 체이스의 정신질환이 심각한 상태에 이르는 데 마약이 일조했을지는 몰라도, 약물이 살인의 진짜 원인은 아니었다. 그 동안의 경험으로 보면, 사건에 약물이 개입된 경우가 많기는 해도 연쇄살인의 결정적인 요인인 경우는 드물다. 살인의 진정한 이유는 그보다 훨씬 더 깊은 곳에 숨어 있으며 생각보다 훨씬 복잡하다.

정신적 문제가 점점 심각해지고 있었음에도 불구하고, 체이스는 그럭저럭 고등학교를 졸업했으며 1969년에는 몇 달간 직장생활을 하기도 했다. 이때가 그나마 한 직장에 하루 이틀 이상이라도 붙어 있었던 유일한 기간이었다. 그는 2년제 대학에 진학했지만 수업을 따라갈 수가 없었거나, 친구들의 회상에 따르면 낯선 사람들과 어울려야 하는 스트레스를 견디지 못했다. 체이스는 1972년에 유타 주에서 음주운전 혐의로 체포되었다. 이 일로 큰 충격을 받았던지 그때 이후 술을 완전히 끊었다고 본인은 회상하고 있으나 당시에 이미 그는 내리막길에 접어들고 있었다.

1973년에 체이스는 무면허 총기소지 및 체포거부 혐의로 체포되었다. 젊은이들의 파티가 한창 무르익고 있던 아파트에서 어떤 아가씨의 가슴을 움켜잡으려고 하다가 쫓겨나자 체이스는 다시 파티 장소로 돌아갔고, 참다 못한 남자들이 그를 붙잡아 경찰에 넘겼는데 옥신각신하던 와중에 체이스의 허리춤에서 22구경 권총이 떨어졌다. 그러나 결국에는 경범죄로 가볍게 처리되어 벌금 50달러를 물고 풀려났다. 한 직장을 오래 유지할 수 없었던 그는 아버지와 어머니의 집을 번갈아 오가며 부모의 도움을 받아 살아나갔다.

1976년 체이스는 자신의 정맥에 토끼 피를 주사하려고 하다가 요양소에 입원하게 되었다. 법원에서는 부모의 짐을 덜어주기 위하여 대신 그를 돌볼 보호자를 지정하려 했지만 그 당시에 이미 체이스를 돌본다는 일은 개인이 감당할 수 없는 지경에 이르렀다. 보호자지정 제도는 정신질환자 부양 비용을 주 정부가 부담해주는 방법의 하나이기도 하다. 그 비용을 개인이 부담할 경우 엄청난 부자가 아닌 이상은 온 가족이 파산할 수도 있기 때문이다. 후에 간호사 몇 명이 인터뷰에서 밝힌 바에 따르면 체이스는 '소름끼치는' 환자였다고 한다. 덤불에서 새를 잡아 머리를 물어뜯었으며, 얼굴과 셔츠에 피를 묻히고 돌아다닌 적도 몇 번인가 있었다. 일기장에는 작은 동물을 죽이고 피를 맛보는 기분이 어떤지 꼼꼼히 묘사해두었다. 간호보조사 두 명은 체이스가 있다는 이유로 요양소를 그만둘 정도였으니, 그는 직원들 사이에서 드라큘라로 통하게 되었다.

그러나 적어도 체이스 본인에게는 이 기괴하기 짝이 없는 행동에도 그럴 만한 이유가 있었다. 그는 자기 피가 중독되어 가루로 변하고 있기 때문에, 피를 보충하고 죽음을 면하려면 다른 생물의 피가 필요하다고 믿었다. 밤에 체이스를 다른 환자 한 명과 같은 병실에 넣으라는 의사의 지시를 받은 남자 간호사 한 명은 무슨 일이라도 벌어지면—그의 말에 따르면 그럴 가능성이 분명히 있었다고 한다—면허를 취소 당하지나 않을까 두려워한 나머지 그러기를 거부했다. 약물치료 덕분에 체이스가 안정을 되찾은 것처럼 보이자, 정신과 전문의 중 한 명은 증세가 더 심한 환자를 받으려고 그를 내보내 통원치료를 받게끔 했다. 앞서 의사의 지시를 거부했던 간호사는 후에 이렇게 회상하였다.

"(체이스가) 퇴원한다는 사실을 안 우리는 모두 결사반대했지만, 아무 소용이 없었습니다."

훗날 체이스의 퇴원 결정을 어떻게 생각하느냐는 질문을 받았던 외부기관 소속 의사 한 명은 "약이 잘 들어서 그 사람이 잠잠했기 때문"에 그런 결정이 나온 것 아니겠냐고 대답했다. 체이스에게 살해된 희생자들의 가족은 그의 퇴원을 허락했던 정신과 전문의들을 대상으로 나중에 소송을 제기하고, 상당한 금액의 손해배상을 청구했다.

1977년에 퇴원한 체이스는 어머니의 보호를 받으며 대부분의 시간을 보냈으며, 어머니는 그에게 아파트를 하나 마련해주었다. 그는 어머니와 함께 살기도 했지만 대부분은 아파트에서 혼자 지냈는데 나중에 그가 붙잡힌 곳도 바로 이 아파트였다. 체이스는 장애연금으로 살아가는 통원환자이면서도 주위에는 자신이 일하지 않고도 먹고 살 수 있다고 떠벌렸다.

퇴원 후의 이 시기에 체이스를 우연히 만난 옛 친구들의 말에 따르면, 그는 완전히 과거 속에서 살아가는 사람처럼 보였으며, 학창시절에 있었던 일은 마치 현재인 양 이야기하면서도 그 사이의 8~10년이라는 공백기에 대해서는 한마디도 하지 않았다고 한다. 대신 비행접시니 UFO이니 나치 범죄조직이니 따위의 화제를 꺼내면서, 이러한 것들이 고등학교 때부터 지금까지 자신의 뒤를 쫓고 있다고 주절거렸다. 어느 날엔가 집안 정리 좀 하라고 어머니가 나무라자, 체이스는 어머니가 더 이상 아파트에 들어오지 못하도록 막아버렸다.


## 총기 사용을 시작하다

레이크 타호 사건이 발생한 시점은 1977년 8월이었다. 그때부터 첫 번째 살인을 저지를 때까지 체이스가 보인 행동은 정신질환이 악화됨과 더불어 범죄 성향이 증가하는 과정을 극명하게 보여주기 때문에 조금 더 자세히 살펴보는 것이 좋겠다. 그해 9월, 어머니와 말다툼을 한 뒤 체이스는 그녀가 기르던 고양이를 죽여버렸다. 그는 10월에 두 번, 미국동물애호협회에서 마리 당 15달러씩 주고 개를 사들였다. 10월 20일에는 자신의 트럭에 넣으려고 휘발유를 2달러어치 훔치기도 했다. 경관의 질문을 받았을 때 그는 침착하게 혐의를 부인하고는 차를 몰고 유유히 자리를 떴다. 11월 중순, 체이스는 래브라도 종 강아지를 판다는 지방신문 광고를 보고 개 주인의 집을 찾아갔으며, 흥정을 벌여 한 마리 값으로 두 마리를 데려갔다. 11월 하순에 체이스는 길에서 훔친 개의 주인이 신문에 개를 찾는다는 광고를 내자 그 집에 전화를 걸어 가족들을 괴롭혔다. 인근 경찰서에는 다른 애완동물이 없어졌다는 신고도 여러 건 들어왔다.

체이스는 총포상에 찾아가 문제의 22구경 권총을 구입했다. 구입 전에 필요한 서식을 작성할 때 그는 정신질환 치료를 받은 경력이 있냐는 질문에 한 번도 없다고 대답했다. 그러나 유예기간이 있었기 때문에 12월 8일까지는 총을 인수할 수가 없었다. 기다리는 동안 체이스는 트럭을 재등록하는 등 정신이 멀쩡한 사람이 할 수 있는 일을 몇 가지 처리했다. 로스앤젤레스 교살범에 대한 신문기사를 스크랩하고 개를 무료로 준다는 광고에 동그라미를 쳐두기도 했다.

12월 8일, 드디어 가게에서 총을 수령하고 필요한 탄약도 몇 통 구입한 체이스는 본격적으로 총을 쏘기 시작했다. 처음에는 파레스 가족이 사는 집의 창문 없는 벽에 대고 한 발을 쏘았다. 그리고 하루나 이틀이 지나, 체이스가 쏜 총알이 폴렌스키 씨의 부엌 창문을 뚫고 들어가 싱크대 앞에 몸을 굽히고 서 있던 폴렌스키 부인의 머리칼을 스치고 지나갔다. 이때도 발사된 총알은 단 한 발이었다. 이 일이 있고 얼마 후 체이스는 앰브로스 그리핀에게 두 발을 쏘았는데, 그 중 한 발이 죽음으로 몰고 갔다. 체이스가 폴렌스키 부인과 그리핀에 게 마구잡이로 총을 쏘았다고 보기는 매우 힘들다. 나중에 분석해본 결과, 이동 중인 차에서 그리핀의 집 앞에 서 있는 나무 여러 그루를 피해 정확히 가슴을 맞히려면 매우 신중하게 사격을 해야 한다는 사 실이 밝혀졌다. 폴렌스키 부인이 죽지 않은 것만도 기적이었다.

1978년 1월 5일, 체이스는 그리핀 살인사건에 대한 기사가 실렸 던 〈새크라멘토 비〉 한 부를 구입하여 무분별한 총격을 규탄하는 기 사가 실린 페이지를 스크랩해두었다. 탄약을 세 통 더 사들인 뒤 며 칠 후엔 시끄러운 음악을 짜증스럽게 틀어댄 이웃사람을 쫓아낸다며 차고에 불을 질렀다.

경찰은 1월 23일, 그러니까 테리 월린이 살해된 바로 그날 체이스 의 행적을 낱낱이 추적할 수 있었다. 그날 아침 일찍 그는 근처의 어 떤 집에 들어가려고 시도하다가, 부엌 창문 너머 안주인과 얼굴이 마 주치자 그냥 물러났다. 그러나 곧장 떠나는 대신 그 집 테라스에서 얼마 동안 꼼짝도 하지 않고 앉아 있었다. 안주인은 전화로 경찰을 불렀지만 체이스는 경찰이 도착하기 전에 자리를 떴다. 그리고 얼마 후 한 집주인이 다른 집에 무단으로 침입한 그를 발견했다. 체이스는 달아났고, 그를 쫓아가다가 놓쳐버린 집주인은 돌아와 피해가 어느 정도인지 알아보았다. 체이스는 귀중품을 일부 가져갔으며, 아이 침 대에 대변을 보았고, 서랍 안에 든 옷 위에는 오줌까지 누는 기이한 행동을 보였는데 이는 전형적인 성도착성 절도의 특징이다.

한 시간 뒤 체이스는 쇼핑센터 주차장에 나타나 거기서 고등학교

동창인 여성을 알아보았으며, 이 여성이 나중에 체이스를 의심하게 된 것이다. 그는 피 묻은 셔츠를 입고, 입 주변에는 노란 딱지가 앉아 있는 등 그녀가 몇 년 전 알고 지냈던 소년과는 완전히 다른 사람이 되어 있었다. 체이스와도 친한 사이였던 그녀의 예전 남자친구가 죽을 때 오토바이에 함께 타고 있었냐는 질문을 받을 때까지도 그녀는 상대방을 알아보지 못했다. 그녀는 아니라고 대답한 뒤, 그에게 누구냐고 되물었다. 그는 자신의 이름을 댔다.

놀란 그녀는 은행에 가야 한다는 말로 자리를 피해보려 했지만 체이스는 기다렸다가 차까지 따라가서는 옆 좌석에 타려고 들었다. 그녀는 차 문을 잠가버린 뒤 얼른 시동을 걸고 떠나버렸다. 몇 분 뒤 체이스는 쇼핑센터 근처에 있는 어떤 집 안뜰을 가로지르던 중 집주인이 나가라고 소리를 지르자 지름길로 가고 있는 것뿐이라고 대꾸한 뒤 이웃이었던 테리 윌린의 집으로 들어간 것이다.

실종된 아기의 시신은 1978년 중반, 체이스가 살던 아파트에서 그리 멀지 않은 장소에서 발견되었다. 교도소에서 그는 말을 많이 하려들지 않았다. 재판 장소는 새크라멘토에서 팰러앨토로 바뀌었으며, 여러 차례 재판이 연기되었다. 다음해에 서로 대화를 나눌 수 있을 만큼 체이스의 신임을 얻어낸 한 정신과 전문의가, 잡히지 않았다면 살인을 계속했을지 체이스에게 물어보았다.

"처음 사람을 죽였을 때는 일종의 사고였어요. 내 차가 고장났거든요. 자리를 뜨고 싶었지만 변속장치가 없었어요. 나는 아파트를 얻어야 했어요. 엄마가 크리스마스에도 집에 못 들어오게 했거든요. 그 전에는 크리스마스 때마다 날 초대해서 저녁을 같이 먹고, 엄마, 할머니, 누나랑 이야기도 하게 해주었는데 말예요. 그해에는 엄마가 날 못 들어오게 했기 때문에 차에서 총을 쏘아 사람을 죽인 거예요. 두 번째 이유는 사람들이 부자라서 심술이 났을 뿐이에요.

나는 계속 감시당하고 있었고 어느 날엔가 한 여자를 쏘아서 피를 좀 빼냈어요. 다른 집으로 걸어들어가 보았더니 온 가족이 다 모여 있더군요. 나는 가족을 전부 쏘았어요. 그때 거기서 누군가 나를 바라보았고 나 또한 그 여자를 보았어요. 여자가 경찰을 불렀지만 경찰은 날 찾지 못했지요. 다른 친구 둘처럼 커트도 오토바이 사고로 죽었는데, 사실은 조직이 죽인 거고, 커트는 마피아 활동을 하면서 마약을 팔았어요. 커트의 여자친구도 그 친구를 기억하고 있었는데 나는 정보 수집 중이었어요. 그런데 그 여자는 자기가 다른 사람이랑 결혼했다고 하면서 나와는 이야기하려 들지 않았어요. 우리 엄마를 조종해서 날 중독시키면서 조직 전체가 돈을 벌고 있던 거예요. 나는 그들의 정체를 알고 있는데, 내가 바라는 대로 조각을 꿰어 맞출 수만 있다면 법정에서 음모를 밝힐 수 있을지도 모르죠."

재판은 1979년 초에 시작되었는데, 1979년 5월 6일 〈새크라멘토 비〉의 아이리스 양 기자는 법정에 출석한 체이스의 모습을 다음과 같이 묘사하였다.

'피고는 기운이 하나도 없었다. 표정은 멍하고, 갈색 머리칼은 힘 없이 늘어져 있었으며, 푹 꺼진 눈은 흐릿하고, 안색은 창백했으며 몸은 뼈와 가죽만 남아 살이라고는 찾아보기 힘들었다. 스물아홉 번째 생일을 불과 2주 앞둔 리처드 트렌튼 체이스는 지난 4개월 반 동안 내내 의자에 웅크리고 앉아서, 앞에 놓인 종이를 만지작거리거나

형광등 불빛을 멍하니 바라보고 있었다.'

　최근에 발효된 캘리포니아 주법에 따라 검찰이 끈질기게 사형을 구형하지 않았다면 재판도 없었을 것이다. 변호인 측에서는 체이스가 정신질환을 앓고 있으므로 재판을 받을 능력이 없다고 맞섰지만, 검사 측에서는 체이스가 범행 당시 충분한 변별력을 갖추고 있었기 때문에 그 결과에 책임을 져야 마땅하다고 주장했다. 테리 윌린, 미로스의 집에서 살해된 세 사람, 죽은 아기, 그리고 앰브로스 그리핀까지, 체이스는 총 6건에 대해 일급살인죄로 기소되었다. 배심원들은 불과 몇 시간 만에 논의를 끝내고 모든 기소조항에 대하여 유죄를 선언하였다. 그는 샌 퀘엔틴에 있는 사형수 감방으로 보내졌다.

　나는 이 판결이나 사건 처리 결과에 동의할 수 없었다. 이와 비슷한 시기에 전직 샌프란시스코 시청 관리인이던 댄 화이트가 모스코니 시장과 관리인 하비 밀크를 살해한 사건이 있었다. 화이트는 자신이 트윙키 초코바 같은 인스턴트식품을 많이 먹어서 정신이 나갔었다고 주장했는데, 이러한 한정책임능력 변론이 받아들여져 주 교도소에 수감된 결과 사형을 피하게 되었다. 그러나 분명 정신질환자인 체이스는 남은 생애를 정신병원에서 보내야 마땅한 데도 불구하고 사형을 언도받은 것이다.


**범죄자에게 보이는 환상**

　나는 체이스를 만나기 위해 존 콘웨이 요원과 함께 샌 퀘엔틴의 사형수 감방을 방문했다. 캘리포니아 FBI 지국에서 교도소 연락 업무를 맡고 있었던 콘웨이 요원는 유난히 침착하고 잘생긴 세련된 사람으로, 대화를 나눌 만한 분위기로 금방 수감자들을 유도하는 데 일가견이 있었다.

체이스를 만나러 가는 일은 그때까지 내가 한 경험 중 가장 괴상했다. 감옥 안에 들어선 순간부터 방에 들어가 앉는 순간까지 등 뒤에서 쉴 새 없이 문이 쾅쾅 닫히는, 답답하고도 무시무시한 경험을 했다. 그 전에도 교도소에 찾아가 본 적은 많았지만 이번처럼 으스스한 기분이 들기는 처음이었다. 이제는 돌아나갈 길도 없겠다고 생각한 나와는 달리 콘웨이 요원은 훨씬 더 태연했다.

엘리베이터를 몇 번이고 갈아타며 올라간 끝에, 우리는 마침내 사형수 감방 앞에 다다랐다. 감방 안에서는 괴상한 소음과 신음을 비롯해 거의 사람 소리 같지 않은 괴성이 흘러나왔다. 지정된 방에 앉아 체이스를 기다리고 있던 우리는 그가 복도를 따라 걸어오는 소리를 들었다. 족쇄를 차고 있어서 걸을 때마다 짤랑거리는 소리가 나는 것을 들으니, 대번에 디킨스의 『크리스마스 캐럴』에 나오는 마레의 유령이 생각났다. 족쇄뿐 아니라 수갑도 차고 있었는데, 수갑은 몸에 채워진 여러 개의 보안 벨트 중 하나의 구멍으로 연결되어 있었다. 따라서 발을 질질 끌며 조금씩 움직이는 것 말고는 거의 움직일 수가 없는 처지였다.

그의 외모는 또 다른 충격이었다. 비쩍 마른 몸에 검은 장발의 이상하게 생긴 청년이기는 했지만, 정말로 날 사로잡았던 것은 바로 그의 눈이었다. 나는 절대로 그 눈을 잊지 못할 것이다. 마치 영화 〈죠스)에 나오는 상어의 눈처럼 눈동자는 찾아볼 수 없이 까만 점만 보였다. 그 사악한 눈은 면담이 끝난 뒤에도 오랫동안 나를 따라다녔다. 심지어 그가 나를 보는 것이 아니라 사실은 내 속을 꿰뚫어 더 깊은 무언가를 응시하고 있다는 기분까지 들었다. 하지만 겉으로 보이는 그는 공격적인 모습을 감춘 채 얌전히 자리에 앉아 있었다. 손에는 플라스틱 컵을 하나 들고 있었는데, 처음에는 그 컵 이야기는 하지 않으려고 했다.

살인범과 처음 면담을 할 때는 으레 감상적인 대화를 나누면서 친근감을 유도하기 마련인데, 체이스는 이미 유죄가 확정되어 사형수 감방에 있는 처지였기 때문에 굳이 그럴 필요가 없었다. 보통의 경우에는 내가 믿고 속내를 털어놓아도 될 만한 사람이라는 점을 인터뷰 상대방에게 보여주기 위해서 갖은 애를 써야 한다. 그러나 그의 정신 상태를 감안했을 때 체이스와 나는 상대적으로 편안하게 대화를 나눌 수 있었다. 그는 사람을 죽인 사실은 인정했지만 자신이 살기 위해서는 어쩔 수 없었다고 말하며, 이윽고 현재 자신이 죽어가고 있으며 살기 위해 필요한 피를 얻으려면 다른 사람을 죽여야만 했다는 내용의 항소를 준비 중이라고 했다.

그러면서 자신의 생명이 위태로운 이유가 바로 '비눗갑 중독' 때문이라고 결론 내렸다. 내가 비눗갑 중독이 무엇인지 잘 모르겠다고 하자 그가 설명해주었다.

"비눗갑은 집집마다 있는 물건이지요."

그리고 비누를 들어올려 보았을 때 비누 아래쪽이 보송보송하게 마른 상태면 괜찮지만, 축축하게 젖어 있으면 비눗갑에 중독된 것이라고 설명했다. 그 독이 어떤 해를 끼치는지 물어보자, 비눗갑 독은 사람의 피를 가루로 만들어버리며 이 가루는 몸을 못 쓰게 만들고 기력을 좀먹는다는 대답이 돌아왔다.

체이스의 설명이 우스꽝스럽거나 어처구니가 없다고 생각할지도 모르지만 이 상황을 직접 대면한 나로서는 적절한 반응을 보여주어야만 했다. 소름끼친다거나 충격적이라는 반응을 보이지 않으면서도 설명 내용, 즉 살인범의 논리를 있는 그대로 받아들여야 했던 것이다. 살인범의 환상에 대해서는 논평을 하지 않으면서도 말을 계속하도록 유도하는 것이 면담을 잘하는 요령이었다. 따라서 "세상에 비눗갑 중독 따윈 존재하지 않아"라거나 "아, 그러고 보니 나도 비눗갑에 중독된 사람을 본 적이 있다네"라고는 말할 수 없었다. 이런 말을 해보았자 면담에는 아무런 도움이 되지 않으므로 나는 이 문제를 놓고 왈가왈부하지 않고 잠자코 그의 설명을 받아들였다.

체이스가 자신은 태어날 때부터 유태인이라는 이야기를 하기 시작했을 때에도 똑같은 요령이 적용되었다. 나는 그 주장이 사실이 아니라는 점을 이미 알고 있었다. 그는 자기 이마에 다윗의 별 표식이 되어 있기 때문에 평생 나치의 박해에 시달렸다며 내게 이마를 보여주었다. 물론 이 주장에 대해 "헛소리 말게!"라고 하거나 이야기 방향을 돌려서 "우와, 나도 그렇게 아름다운 별이 있으면 좋겠군!"이라고 대답할 수도 있었다. 그러나 이런 대답은 아무런 도움이 되지 않을 것이다.

다윗의 별이라고는 눈에 보이지 않았지만, 체이스가 나를 함정에 빠뜨리거나 자신의 설명을 얼마나 잘 따라오고 있는지 알아보려고 일부러 다윗의 별 이야기를 하고 있을지도 모른다는 생각이 들었다. 실제로는 팔이나 가슴에 있는 별을 이마에 있다고 하면서 나를 상대로 장난을 치거나, 내가 자신에 대해 얼마나 알고 있는지를 확인하려 하는지도 모를 일이었다. 그래서 나는 오늘따라 안경을 가져오지 않은데다 조명까지 어두워서 제대로 보이지는 않지만, 이마에 별이 있다는 그의 말이 사실임을 믿겠노라고만 대답했다. 그는 지구 위를 끊임없이 돌아다니면서 자신에게 텔레파시로 사람을 죽여 피를 보충하라는 지령을 내렸던 UFO와 나치가 연관이 있다고 말하며 이런 말로 설명을 마무리지었다.

"그러니 레슬러 씨도 그 살인이 모두 정당방위였다는 점을 확실히 아셨을 겁니다."

이 면담의 가장 큰 소득은 체이스가 어떻게 희생자를 선택했는지 알아내었다는 점일 것이다. 일찍이 체이스를 면담했던 많은 사람들도 같은 질문을 했지만 답을 얻지 못한 반면, 나는 그와 허심탄회한 대화를 나눌 만큼 충분히 신임을 얻은 상태였기 때문에 대답을 들을 수 있었다. 그는 사람을 죽이라는 목소리가 들리면 길에 나가서 아무 집이나 문을 흔들어 보고 다녔다고 했다. 문이 잠겨 있으면 들어가지 않았지만 열려 있으면 거리낌 없이 안으로 들어갔다. 나는 체이스에게 들어가고 싶으면 문을 부수고라도 들어갈 텐데 왜 그러지 않았는지 물어보았다.

"아. 문이 잠겨 있으면 환영받지 못한다는 뜻이잖아요."

그야말로 간발의 차이로 누구는 체이스의 손에 끔찍하게 죽은 반면 누구는 흉악한 범죄에 희생되는 일을 모면했던 셈이다!

마지막으로, 나는 그가 들고 있는 작은 컵에 대해서도 물어보았다. 그는 그것이 교도소 측에서 자신을 독살하려 한다는 증거라고 말했다. 앞으로 쑥 내민 컵 안에는 무언가 끈적끈적한 노란 덩어리가 들어 있었는데, 나중에 알고 보니 저녁식사로 나온 인스턴트 마카로니 치즈였다. 체이스는 내게 그 컵을 콴티코에 있는 FBI 검사실로 가져가 성분을 분석해달라고 부탁했다. 나로서는 차마 거절할 수 없는 선물이었다.

체이스와의 인터뷰를 통해 내가 수집한 정보는 BSU에서 일하는 사람들이 '조직적' 살인범과는 극명한 대조를 이루는 '비조직적' 살인범에 대하여 이미 윤곽을 잡아나가고 있던 특징을 확증하는 데 큰 도움이 되었다. 체이스의 경우는 비조직적 범행 양식에 단순히 일치하는 이상으로, 나를 비롯하여 법 집행 분야에 종사하는 사람들이 만나본 그 누구보다도 구체적인 예를 보여주었다. 그런 점에서 그의 경우는 매우 전형적인 사례였다.

체이스가 교도소에 있는 동안 다른 재소자들은 그를 심하게 놀려댔다. 그들은 가까이 오면 죽여버리겠다는 협박을 일삼거나 자살을 하라고 부추기기도 하였다. 이 시기에 체이스를 진찰했던 교도소 소속 심리학자와 정신과 전문의들은 사형을 둘러싼 소동이 가라앉기를 기다렸다가 체이스가 '정신병자에 제정신이 아니며, 무능력자이고, 만성환자인 상태이기 때문에' 정신질환 범죄자를 전문으로 수용하며 캘리포니아 감옥 병원이라 불리는 배커빌 교도소로 보내야 한다고 제안하였다. 나 역시 이 의견에 전적으로 동의하였다. 이 즈음까지도 체이스는 감옥에서 나오는 식사 성분을 FBI가 분석하고 있으리라 믿고, 항소를 마무리지을 수 있도록 자신을 워싱턴으로 보내달라는 편지를 수차례 콘웨이 요원과 나에게 보내왔다. 그는 UFO가 항공기 추락사고는 물론, 이란인들이 미국에 대항해 사용하는 대공화기와도 관계가 있다는 사실을 지금쯤은 FBI에서도 알고 싶어하리라고 확신했다.

'FBI라면 레이더로 금방 UFO를 찾을 수 있을 겁니다.' 그가 내게 보낸 편지의 한 구절이다. '그리고 그것들이 밤에는 핵융합 기계를 조작해 빛을 내는 별이 되어 날 따라다닌다는 사실도 알겠지요.'

내가 체이스에게서 들은 소식은 그것이 마지막이었다. 1980년 크리스마스 직후, 체이스는 배커빌 교도소 감방 안에서 차가운 시체로 발견되었다. 환상을 가라앉히고 유순하게 만들 목적으로 처방된 항우울제를 모아두었다가 한꺼번에 먹어버렸던 것이다. 어떤 사람들은 그의 죽음을 자살로 보았다. 그러나 그의 죽음은 사고사이며, 리처드 트렌튼 체이스는 그를 살인마로 만들고 평생 따라다니면서 괴롭혔던 목소리를 잠재우려고 약을 먹었을지도 모른다고 믿는 사람도 있었다.

02

범죄자와
싸우는
사람들

## 아홉 살 꼬마들의 탐정사무소

내가 아홉 살이던 1946년의 일이다. 그때 시카고에서는 괴물이 날뛰고 있었고, 어린 나는 잔뜩 호기심에 들떠 있었다. 아버지가 〈시카고 트리뷴〉 지에서 보안담당직원으로 근무하던 덕분에 집에는 널린 것이 신문이었다.

나는 그 전해 여름 〈트리뷴〉 지에서 어떤 아파트에서 중년부인이 살해되었다는 기사를 본 적이 있었다. 그 사건은 다음해 12월에 한 아파트식 호텔에서 전직 해군 예비부대원이었던 여자가 살해된 사건이 일어날 때까지만 해도 단순 살인사건으로 남아 있었다. 살인범은 희생자의 립스틱으로 벽에다 이런 낙서를 해놓았다.

"더 죽이기 전에 제발 날 잡아줘. 난 통제불능이야."

너무 끔찍하기 때문에 차마 신문지상에 공개하지 못했던 모종의 증거를 토대로 —어떤 증거인지 어린 나로서는 감도 잡히지 않았지만— 경찰은 이 사건이 서로 관련이 있다는 결론을 내렸다. 〈시카고

트리뷴〉에서는 단서를 찾아 여기저기 기자들을 파견하는 등 살인범 추적에 잔뜩 열을 올렸다. 해가 바뀌고 얼마 되지 않아 또 다른 범죄가 일어났는데, 처음에는 이 사건이 앞서 두 사건과 관계가 있다고 생각한 사람은 아무도 없었다. 수잔느 데그넌이라는 여섯 살짜리 여자아이가 자기 집 방에 있다가 유괴되어 살해당한 사건이었는데, 시체는 시카고 에반스턴 지역의 하수구 여러 군데에서 토막난 채로 발견되었다. 시카고 전체가 이 끔찍한 범죄에 경악하였으며, 자녀의 안전을 걱정하는 부모도 부쩍 늘었다.

나는 도대체 어떤 종류의 인간이 어린 여자아이를 죽여서 토막을 낼 수 있는지 궁금해졌다. 괴물은 아닐까? 정말 사람이 맞기는 할까? 그땐 겨우 아홉 살짜리 꼬마에 불과했기에 그렇게 흉악한 범죄를 저지르는 사람이 누구일지는 감히 상상조차 할 수 없었지만, 나는 대신 수잔느를 죽인 범인을 잡는 공상에 빠져들었다. 지금 생각해보니 약간 겁이 났던 모양으로, 그 두려움을 떨쳐버리는 나만의 방식으로 살인범을 잡는 상상을 하며 놀지 않았나 싶다. 하지만 실제로는 겁이 났다기보다는 매료되었다는 표현이 더 정확했으리라.

나는 토요일마다 영화관에서 보던 영화를 그대로 따라해보고 싶었다. 〈조직 이야기〉나 〈꼬마 악당들〉 중 하나에 탐정사무소가 나온 것을 보고, 1946년 여름에 나는 친구 세 명과 함께 탐정사무소를 하나 차렸다. 차고에 사무실을 차리고는 'RKPK 사무소'라 이름 붙였는데, 우리끼리 'RKPK 특급'이라 불렀던 바퀴 달린 나무 '전차'도 있었다. 우리는 수사를 하지 않을 때면 '특급'을 타고 식료품 배달을 했다. 한 번 배달해주는 데 25센트씩 받았다. 배달업은 사무소 유지

경비를 충당하기 위한 부업인 셈이었다. 영화에 나오는 주인공 탐정들과 마찬가지로, 우리 역시 의뢰받은 사건만으로는 임대료를 내기도 어려운 실정이었다.

그해 여름, 우리의 주된 활동은 '탐정 옷'을 차려입고—모자와 긴 코트를 말한다—버스정류장 주변에 숨어서 미행할 용의자가 나타나길 기다리는 것이었다. 당시 국가적 영웅이었던 FBI 수사관들이나 샘 스페이드(대쉴 해미트의 대표작 『말타의 매』에 등장하는 유명한 탐정—역자 주)처럼 보이고 싶었던 것이다. 이웃집 아저씨나 나이 많은 형들이 점심봉투나 서류가방을 들고 버스에서 내리면, 우리는 그가 수잔느 데그넌 살인사건의 용의자라고 가정하고는 집까지 따라 가 감시를 하다가 시간이 되면 임무를 교대하거나 메모한 내용을 비교해보곤 했다. 감시당하는 사람들은 긴 코트를 차려입은 이 괴상한 어린애들이 도대체 무얼 하는지 의아하게 생각했지만, 왜들 그러는지 알아낸 사람은 단 한 명도 없었다.

윌리엄 하이렌스는 그해 여름에 체포되었는데, 나는 그가 수잔느를 죽인 것은 물론 아파트 살인사건의 범인이기도 하다는 사실을 알고 깜짝 놀랐다. 그의 말로는 성적인 의미가 있는 어떤 물건을 훔치던 중 여자들이 자기를 놀래켰기 때문에 죽였다는 것이었다. 당시의 관습에 따라 더 이상의 상세한 내용은 공개되지 않았으며, 아홉 살배기 꼬마였던 나는 성에 대해서는 제대로 알지 못했으므로 그 부분은 금방 잊어버렸다. 몇 년 뒤 성도착성 절도가 무엇인지에 대해 일반인보다 훨씬 더 많이 배우기는 했지만 말이다.

그러나 사건 당시 하이렌스에 대해 가장 호기심이 들었던 부분은 그와 나의 나이 차가 별로 안 난다는 사실이었다. 그는 겨우 열일곱 살이었으며 시카고 대학에 다니는 학생이었다. 나중에 밝혀진 바에 따르면, 그는 살인을 저지른 후에도 기숙사 방으로 돌아가 침착하게 수사진을 따돌릴 만큼 정신이 말짱했다고 한다. 그가 검거된 것은 거의 우연에 가까웠는데, 하이렌스가 절도를 하려다 실패하고 나갈 길을 찾고 있을 때 비번이던 한 경찰관이 그를 발견하고 붙잡은 것이다. 곧이어 심한 몸싸움이 벌어졌고 천만 다행으로 하이렌스가 총을 두 번이나 엉뚱한 데다 쏘아, 그 사이 동료 경찰관이 달려와 손에 잡히는 화분으로 머리를 후려쳐 기절시켰다.

수사당국은 하이렌스의 기숙사 방에서 성도착성 절도행각을 보여주는 기념물을 찾아냈다. 〈타임〉지에서는 하이렌스 사건을 "세기의 범죄행각"이라 부르고, 사건 취재나 재판 방청을 목적으로 전국에서 시카고로 몰려든 수많은 기자들의 행렬에 놀라움을 표시하였다.

하이렌스가 붙잡힌 뒤 우리 아홉 살짜리들은 버스정류장을 지키고 서서 무시무시한 살인마 하이렌스가 나타나기를 기다리거나, 그를 은신처까지 미행하는 놀이를 하며 놀았다. 그해 여름이 지나면서 이런 상상놀이나 탐정사무소도 시들해져버렸지만, 나는 그 어린 나이에도 하이렌스 같은 범죄자 자체는 물론 이들을 뒤쫓는 일에 매력을 느꼈고, 자라면서 자연스럽게 내가 평생 몸 바치게 될 일, 즉 범죄자들을 붙잡고 그들을 이해하는 일에 빠져들게 되었다. 나는 고등학교 시절에는 특별히 관심 있는 과목도 없었으며, 시카고의 한 2년제 대학을 졸업할 때까지도 학업에는 별 흥미가 없었다. 졸업 후 결혼을 하였고, 군대에 입대하여 오키나와에 배치되었다.

나는 해외 근무 중에도 계속 〈시카고 트리뷴〉을 구독했는데, 우연히 일요일 특별판을 보다가 미시간 주에 범죄학 및 경찰행정 교육기관이 있다는 기사를 발견했다. 꽤 구미가 당기는 기사였다. 결국 나는 그곳에 지원해서 합격했으며, 2년의 복무 기간이 끝난 후 학부생활을 시작했다. 법 집행 분야에 흥미를 두어서인지 성적도 꾸준히 향상되었다. 학부 졸업 후 대학원에 진학했지만 한 학기를 마친 뒤 다시 군으로 돌아가게 되었고, 이번에는 미시간 대학에서 ROTC로 복무한 뒤라 장교의 신분이었다.

사실은 시카고 경찰에서 근무하고 싶었지만, 지나친 고학력자는 '말썽을 피울' 소지가 다분하기 때문에 받아주기 힘들다는 대답만 돌아왔다. 시카고 순찰대원이었던 처남 프랭크 그라스저는 우리 대학 총장 입김이 아무리 세다 해도 높이 올라가 봐야 순찰대원이 고작이라고 귀띔해줬는데, 그 정도는 고등학교 졸업장만 있어도 합격할수 있었다. 프랭크는 내가 법 집행 분야에 흥미를 잃지 않도록 계속 격려해주었다.

그러나 이때 군으로부터 독일의 한 주둔지에서 헌병 중위로 복무할 기회를 주겠노라고 제안해왔다. 일 자체에 구미가 당기기도 했지만, 둘 다 독일계인 우리 부부가 선조들의 나라에 가볼 좋은 기회라는 생각이 들어서 흔쾌히 제안에 응했다. 나는 다행스럽게도 아샤펜부르크에서 헌병대장으로 복무하게 되었다. 아샤펜부르크는 인구 4만 5,000명의 소도시인 데 비해 우리 주둔 장병 수는 8,000명이나 되었으므로, 나는 사실상 경찰서장의 역할도 겸하게 되었다. 소도시라고는 했지만 그곳에서 나는 살인, 절도, 방화 등 경찰서장이 담당할 만한 사건을 모두 경험해보았다.


## 범죄와의 전쟁을 위한 과정들


4년 후 다시 제대할 무렵이 되었을 때, 나는 시카고 근처 포트 셰리던에 본부를 두고 있는 미군 범죄수사대(CID, Criminal Investigation Department) 책임자로 근무할 기회를 얻었다. CID는 인근 5개 주 군사재판권을 담당하는 사복 수사팀으로 내 업무는 시카고, 디트로이트, 밀워키, 미니애폴리스, 세인트 폴 지역에서 근무하는 사람들을 감독하는 것이었다. 군대와 같이 엄격한 조직 안에서는 그나마 있던 재능과 추진력도 사라진다는 일반인들의 생각과는 달리, 군은 훌륭한 인재들을 자극하고 유지하는 여러 가지 방법을 개발했으며, 재능 있는 사람을 주시하고 있다가 적합한 임무를 맡겼다. 나는 이미 그 혜택을 두 번이나 받은 셈이다.

나중에 알고 보니 포트 셰리던에서의 임무는 FBI 지국 운영과 비슷한 점이 많았다. 내 밑에서 일하는 요원들은 모두 민간인 복장을 하고, 신임장과 배지, 38구경 총을 가지고 다니면서 현지 경찰이나 FBI와 공조수사를 하는 경우도 많았다. 아샤펜부르크에서 나는 중위 계급으로 경감 역할을 했었고, 포트 셰리던에서는 아직 상당히 젊은 축이었는데도 대위 계급으로 총경 역할을 했다.

큰 사건을 맡았을 때에는 연방마약수사국(FBN, Federal Bureau of Narcotics, 후에는 '마약단속국'으로 바뀌었다) 요원들이 일부 파견 나와 마약범죄 조직에 잠입한 적도 있었다. 이들은 포트 셰리던에서 불명예제대 1순위인 골칫덩어리들인 양 행세했다. 잠입 작전은 성공이었지만 우리가 기습 정보를 입수했을 때 비밀 정보원들은 처참하게 살해되기 일보 직전이어서 무척 위험했다.

사건의 마무리는 마치 영화의 한 장면 같았다. 수사를 마치면 3일간 포상휴가를 약속받은 모든 대원들이 건물 앞에 집결했으며, CID와 FBN, FBI 요원들이 승용차, 트럭, 자동소총으로 주변을 포위했다. 조직원들 사이에서 정보원들이 앞으로 나와 배지를 달고, 지휘관과 함께 조직원들 사이를 지나가면서 마약거래상을 지목하면 다른 대원들이 지목된 사람을 연행해 갔다.

이런 일들을 경험하면서, 나는 같은 일을 계속하되 이번에는 민간인 신분으로 FBI와 협력하고 싶다는 생각을 하게 되었다. 나는 CID 지휘관이었기 때문에 FBI를 비롯하여 우리가 정기적으로 접촉하는 다양한 사법기관 관계자들을 대상으로 모임을 주최할 때도 많았다.

1960년대 당시에는 FBI가 담당할 만한 사건이 매우 많았다. 대학 캠퍼스에서 불붙기 시작하던 반체제 운동과 폭동의 기미가 인근 기지의 젊은 군인들에게도 퍼져나갔다. CID 요원들은 파괴행위를 공작하는 단체에 잠입해서 얻어낸 정보를 나는 물론이고 FBI에게도 보고했다. 독자는 쓸데없는 호들갑이라고 생각할지도 모르지만, 실제로 이 중 한 단체가 포트 셰리던에서 폭발물을 훔친 후에 일부 군사목표를 파괴할 계획을 세우던 중 발각된 사건도 있었다.

나는 몇 년 뒤 FBI 요원이 되고 나서 이런 예전 사건들을 조사할 기회가 있었는데, 우리 CID 요원들이 해낸 일의 공로가 FBI 시카고 지국 요원들에게 돌아갔다는 사실을 알게 되었다. 제대로 된 방법은 아니었지만 내게는 어쨌든 FBI의 일처리 방식이 어떤지 최초로 깨닫게 된 사건이었다. 이는 FBI 내부에서는 '일방통행로'라 부르는 방식으로, 즉 FBI는 다른 법 집행 기관에서 도움을 받는 일은 있어도 도움을 주는 일은 '절대로' 없었다.

제대를 앞두고 법 집행 분야에서 경력을 더 쌓을 수 있는 길을 모색하던 중에, 공교롭게도 베트남전이 치열해지는 바람에 나는 내 위치를 떠날 수 없는 처지가 되어버렸다. 당시에는 그 누구도 제대가 허용되지 않았기 때문인데, 그때 군에서 내게 흥미로운 제안을 해왔다. 상관 한 명이 내 기록을 보고 대학원 과정을 한 학기 이수했다는 사실을 알았던 것이다. 군의 제안은, 석사학위를 딴 뒤에 2년 더 추가 복무하는 조건으로 경찰행정 석사과정 학비를 대주는 것은 물론 봉급도 따로 지급하겠다는 것이었다.

미시간 주에 있던 나는 아내와 아이 둘이 딸린 처지였는데, 이번에는 학업뿐 아니라 군 비밀임무까지 수행하게 되었다. 베트남전에 적극 반대하는 단체에 잠입해서 정보를 수집하는 임무였다. 나는 머리를 길게 기르고, 민주학생운동연합(SDS, Students for a Democratic Society)을 비롯하여 다양한 신 좌파 모임에 참석했으며 가두시위를 벌이기도 했다. 혹은 정부에 불만이 많은 퇴역군인으로 위장하고 단체 간 친목회를 비롯한 각종 모임에 나갔는데, 어린 딸애를 무등태우고 있는 장발의 내 사진이 대학 신문 1면에 실리기도 했다. 당시 우리는 교내 CIA 요원 모집에 반대하고 있었기 때문에 어쩌면 CIA 파일에도 내 사진이 들어가 있을지도 모를 일이다.

내 생각에 이런 급진적 시위자들은 자기네가 무슨 소리를 하는지도 모르는 것 같았다. 이들은 군 복무 경험도 없었고 군에서 하는 일이 무엇인지도 제대로 모르면서 무조건 군대를 적이라고 단정했다. 법석을 떠는 것이 즐겁다는 이유만으로 난장판을 벌인다는 생각이 들 때도 많았다.

이런 모임에 자주 나오는 심리학과 조교수가 한 명 있었는데, 그는 학생들이 반전시위에 참석하도록 선동하고, 심지어 ROTC에 집단 입대하여 체제를 파괴해야 한다는 이야기까지 했다. ROTC 수업 시간에는 일부러 바보 같은 질문을 해서 교관들을 당황시키고, 졸업할 때가 되면 임관을 거부해야 한다는 것이 그의 주장이었는데, 결국 얼마 지나지 않아 권고사직을 하게 되었다.

나는 학위를 딴 후 1년은 태국에서 헌병 사령관으로, 그 다음 1년은 포트 셰리던에서 헌병 부사령관으로 복무했다. 당시 소령이었던 나는 군복무를 계속할지 심각하게 고민하고 있었는데, FBI에 있던 친구들이 예전에 무산되었던 FBI에 다시 한 번 지원해보라고 권유했다. 32살이 된 그 당시에는 이 제안이 3년 전에 생각했던 것만큼 매력적으로 보이지 않았지만, FBI가 수행하는 임무는 여전히 마음에 들었으므로 지원서를 냈고 결국 합격했다. CID에서도 얼마든지 경력을 쌓을 수 있다고 제대를 만류하는 상관도 많았지만, FBI 특수요원이 된다는 사실에 잔뜩 들떠 있던 내게는 이런 말이 귀에 들어오지 않았다.

## 마침내 FBI 요원으로

그러나 나는 FBI에 들어간 지 30분 만에 곤경에 처하고 말았다. 1970년 2월 어느 월요일 아침 8시까지 옛 우체국 건물로 오라는 편지를 받은 나는 잔뜩 기대에 부풀어 7시 50분에 도착했지만, 강의실에는 장소가 몇 블록이나 떨어져 있는 법무부 건물로 변경되었다는 쪽지 한 장만 달랑 붙어 있었다. 그리로 허둥지둥 달려간 나는 홀에서 상담요원들과 마주쳤는데, 이들은 내 이름을 물어보더니 큰일 났다며 겁을 주었다. 강의실에 갔더니 요원들의 보험이며 은퇴 문제를 놓고 재미없는 강의를 하고 있던 교관이 강의를 중단하고 내가 왜 늦었는지 추궁했다. 나는 통보받은 장소에 10분이나 일찍 도착했으며, 장소 변경 고지를 받은 적이 없다고 버티었다. 그러자 일처리가 자신의 소관이 아니었던지 그는 나를 상급 관리자에게 보냈다.

그 당시에는 에드가 후버가 FBI 국장으로 건재하고 있었는데, 훈련부서의 부책임자인 조 캐스퍼는 후버의 오른팔과도 같은 존재였다. 별명은 만화 주인공인 캐스퍼를 따서 '꼬마유령'이었지만, 그는 별명이 주는 다정함과는 거리가 먼 사람이었다. 나는 제시간에 맞추어 왔지만 장소가 변경되었다는 사실을 뒤늦게 알았노라는 주장을 그에게도 되풀이했다. 강의실 변경을 알리는 통지를 한 명도 빼놓지 않고 발송했다는 꼬마유령의 말에, 나는 내가 받은 것이라고는 옛 우체국 건물로 가라는 통지서뿐이었다고 대꾸했다.

그는 나에게 내 잘못을 시인하고 명령 불복종 사실을 인정하라고 요구했지만 나는 그렇게 할 생각이 없었다. 대신 군대에서 상당 기간

복무한 경력이 있기 때문에 명령에 대해서는 지시든 복종이든 잘 알고 있다고 말해주었다. 꼬마유령은 어찌나 노발대발하던지, 당장 FBI에서 쫓아내겠다고 위협할 때에는 마치 귀에서 김이 새어나오는 것 같았다. 나 역시 지지 않고 FBI가 이렇게 사소한 일로 트집이나 잡는 조직이어서, 자기네가 뽑아온 신참요원을 다루는 방법조차 제대로 모른다면 그 편이 모두에게 최선이겠다고 대들었다. 쫓겨난다고 해도 당장 군에서 반색을 하며 날 데려갈 테니까.

"빌어먹을! 오른손 들어!"

꼬마유령은 이렇게 말하더니 입 닥치라고 욕을 하고는 "앞으로 자네를 지켜보겠네"라고 경고했다. 신참요원에게 겁을 주는 전형적인 수법이었지만, 나는 다른 신참에 비해서는 나이도 많았고 세상 물정도 많이 알았으며, 군대나 유사 조직의 일처리 방식에 대해서도 익숙해져 있었으므로 그런 말을 들어도 꿋꿋이 버텼다. 그러나 그 경험은 내게 씁쓸한 기억으로 남았으며, 나는 그날부터 20년 후 은퇴할 때까지 줄곧 FBI의 '정석대로만 하는' 답답하고 경직된 일처리 방식에 맞서야 했다.

70-2 훈련조의 훈련 및 상담은 수사국 내에서 더 높은 관리직으로 승진하고 싶어하던 40대 중반의 노련한 요원 두 명이 담당했다. 이들은 '승진으로 가는 엘리베이터'를 타려고 16주에 달하는 훈련 기간 동안 신참요원들을 제대로 훈련시켜야 했다. 신참들의 훈련에 혹시라도 문제가 생기면 본부 관리직은커녕 파면당할 수도 있기 때문에, 이들은 말하자면 '고위험 고수익'인 일을 맡은 셈이었다.

상담요원 중 한 명은 'O.C.조'라고들 불렸던 조 오코넬로, 그는 범죄조직에 맞서 싸운 공로로 유명한 사람이었다. 당시에는 갱 단원들을 도청한 일 때문에 수백만 달러짜리 소송에 걸린 채 계류 중이었다(결국은 상대방이 소를 취하했다). 그는 소송 건에 대해서는 전혀 신경 쓰지 않았지만, '책상물림 나리들'에 대해서는 달랐다. '책상물림 나리들'은 본부 상관을 삐딱하게 가리키는 그만의 표현이었다. 상관들이 FBI 요원이 저지를 수 있는 법규 위반에 대해 일장연설을 하고 갈 때가 자주 있었는데, 상관 한 명이 다녀가고 나면 O.C.조는 자기가 시험 준비를 도와줄 테니 방금 받아 적은 내용은 다 찢어버리라고 말했다. 그는 또한 도움이 더 필요한 사람은 누구든 따로 불러서 상담을 해주었다. 이제와 돌아보니 말이지만, 그를 정기적으로 만나 상담을 하고 여러 가지 조언을 구했던 사람들은 훗날 순조롭게 승진한 반면, 더 유능한 요원 상당수는 수년간 현장에서 잡무에만 매달리다 한 번도 관리직에 올라보지 못한 채 은퇴한 경우가 많았다.

나머지 한 명은 버드 애버트라는 상담요원으로, 소심하다는 이유에서 별명이 '샌님'이었다. 그는 O.C.조의 반골 기질에 언제나 노심초사했다. 둘은 우리 조를 함께 책임지는 운명공동체였기 때문에 보다 전형적인 관료에 가깝던 샌님은 O.C.조의 파격적인 행동 때문에 자기까지 본부 관리직 승진에 지장이 있을까봐 걱정하지 않을 수 없었다. 하지만 결국에는 이 두 사람 모두 승진한 것으로 보아 우리 신참들이 윗사람들의 마음에 흡족할 만큼 잘 해냈던 모양이다.

훈련을 마친 나는 몇 년 동안 시카고, 뉴올리언스, 클리블랜드 FBI 지국에서 특수요원의 신분으로 현장업무에 종사했다. 이때가 1970년대 초였는데, 때마침 버지니아 주 콴티코에 새로운 FBI 훈련원이 설립되었다. 이는 후에 세계 최고의 수사관들을 양산할 훈련원을 세워야 한다고 주장했던 에드가 후버의 마지막 업적이었다. 켄 조셉이 본부로 들어와 콴티코 훈련 프로그램을 짜는 일을 돕게 되면서 클리블랜드에 있던 나를 불러들였다. 나는 FBI 국립아카데미(FBINA, FBI National Academy)에서 연수를 받으러 오는 경찰관들을 담당하는 교관 일을 시작했다. 교관 한 명당 훈련생을 50명 정도 배정받아 몇 달 동안 훈련을 함께 하는 프로그램이었다.

1974년 6월까지 일했을 즈음, 나는 콴티코에 계속 머물면서 경력을 쌓아야겠다고 마음먹었다. 학구적인 분위기도 좋았고, 버지니아 주의 아름다운 풍광도 마음에 들었으며, 관리직으로 승진하려면 콴티코에서의 경력이 필요하다는 생각이 들었다.

그러나 나를 콴티코에 눌러앉힌 또 다른 요인은 생긴 지 얼마 안 된 BSU였다. 처음에는 하워드 테텐과 패트 멀리니라고 하는 고참 요원 두 명이 BSU를 맡았다. 거의 2미터에 달하는 큰 키에 빼빼 마른 테텐, 그리고 177센티미터 키에 통통하고 우스꽝스럽게 생긴 멀리니, 이 두 사람은 강의할 때도 항상 붙어다니는 단짝이라 모두들 '거꾸리와 장다리 팀'이라고 불렀다. 테텐은 조용하고 감정을 잘 드러내지 않으며 단정한 반면, 멀리니는 재빠르고 활동적이었는데, 둘은 강의로 바쁜 나날을 보내는 와중에도 틈틈이 흉악범죄를 분석하고 유력한 용의자들의 외모나 행동을 분석했다. 나는 이들에게서 프로파일링 기법을 배웠으며, 이들이 몇 년 후 은퇴했을 때에는 수석 프로파일러 자리를 이어받았다.

프로파일링을 배우는 것은 난폭한 범죄자의 마음속을 이해하려는 시도이자 내가 콴티코에서 이상심리학 및 범죄심리학을 강의하면서 개인적으로 추구하던 '그 무엇'이기도 했다. 타인을 대상으로 돈과는 아무런 상관이 없는 범죄를 저지르는 사람들은 범행동기가 금전적 이득에 있는 일반 범죄자들과는 다른 종류에 속한다. 살인범, 강간범, 아동 성폭행범은 범죄행각을 통해 금전적 이득을 추구하지 않지만, 대신 기이한—이해할 수 있는 경우도 간혹 있긴 하지만—방법으로 정서적 만족을 추구한다. 이들은 그런 점에서 일반 범죄자와 구별되며, 적어도 나는 그 점 때문에 이들에게 흥미를 느꼈다.

콴티코에서 이상심리부터 면담 기술에 이르기까지 다양한 과목을 가르치면서, 나는 내가 손색없는 교관이라는 사실뿐 아니라 스스로 가르치는 일을 좋아한다는 사실까지 깨달았다. 우리는 훈련을 목적으로 국내외에서 현장학습을 해야 했는데, 여기저기 옮겨 다니기는 힘들었지만 그 대신 해외에서 훌륭한 수사관들을 많이 만나보는 귀한 기회를 얻을 수 있었다.

이제는 널리 쓰이는 표현이 되었지만, 내가 '연쇄살인범(serial killer)'이라는 용어를 처음 고안해낸 것도 이런 해외훈련 중이었다. '샘의 아들'이라 불린 뉴욕의 살인범 데이비드 버코위츠 류의 살인 사건도 당시에는 일률적으로 '낯선 사람에 의한 살인'이라고 불렀다. 그러나 살인범들이 희생자를 알고 있는 경우도 가끔 있었기 때문에 내게는 이 용어가 부적절해 보였다. 이 외에도 여러 가지 용어가 쓰이고 있었지만 정곡을 찌르는 표현은 없는 실정이었다. 나는 영국 브람실 경찰학교의 초빙을 받아 간 어느 세미나에서 영국인들이 '연쇄범죄'라 부르는 범죄 유형—여러 번에 걸친 강간, 절도, 방화, 살인사건 등―에 대해 논하는 모습을 보았는데, '연쇄(serial)'라는 표현이 살인을 한 번 저지른 뒤에도 유사한 방식으로 계속해서 살인을 저지르는 사람의 특징을 잘 드러낸다는 생각이 들었다.

그때 이후로 나는 콴티코를 비롯한 여러 곳에서 강의를 할 때면 으레 '연쇄살인범'이라는 표현을 사용하기 시작했다. 당시에는 그리 대단한 발명이라는 생각이 들지 않았지만, 잔혹한 범죄에 맞서 살인범의 심리를 이해하고, 다음 연쇄살인범을 좀더 빨리 잡을 방법을 모색하는 우리 모두의 노력이 빚어낸 결실이었다.

지금 돌아보니 '연쇄살인범'이라는 용어를 만들 때 나는 어릴 적 토요일마다 극장에서 보던 연속 활극을 염두에 두었던 것 같다. 연속 활극은 매번 아슬아슬하게 끝나버리기 때문에 다음주에 다시 극장에 가서 후속편을 보지 않고는 배길 재간이 없다. 긴장을 누그러뜨리기는커녕 더욱 고조시키는 마무리 방식은 연극 용어에 빗대어 말하자면 '만족스러운 결말'은 아니었다.

그런데 연쇄살인범의 마음속에서도 이와 비슷한 불만족 상태가 발생한다. 실제 살인은 상상할 때처럼 완벽하게 이루어지지 않기 때문에, 살인범은 사람을 죽이면서 더욱 위기감을 느끼게 된다. 극장의 경우, 영화 주인공이 유사(流砂)에 휩쓸리는 장면에서 한 회가 끝나버리면 관객은 십중팔구 다음주에 다시 와서 주인공이 위기를 어떻게 벗어나는지 구경할 것이다. 마찬가지로 연쇄살인범은 살인을 한 번 저지른 뒤에 아쉬웠던 점을 곰곰이 생각한다.

"젠장, 그 여자를 너무 빨리 죽여버렸어. 적당히 괴롭히면서 즐길 시간도 없었잖아. 새로운 성폭행 방법을 개발해서 시도해봤어야 하는 건데."

이런 생각을 하다 보면, 살인범은 어느새 '다음번에는 어떻게 하면 더욱 완벽하게 사람을 죽일 수 있을까'라는 생각에 골몰하게 된다. 좀더 잘 하고 싶다는 욕구가 살인을 부추기는 것이다.

그러나 연쇄살인범에 대해 일반대중이 생각하는 바는 좀 다르다. 대다수는 살인범이 일종의 '지킬 박사와 하이드' 같은 사람이라고 생각한다. 하루는 정상일지 모르지만 다음날에는 머리카락과 송곳니가 길어지는 등 자기 힘으로는 어찌해 볼 도리가 없는 생리적 변화가 일어나기 시작해서, 결국 보름달이 뜰 무렵이면 또 다른 희생자를 찾아나서야 한다는 식이다. 그러나 연쇄살인범은 그런 사람이 아니다. 그들은 환상에 사로잡혀 있으며, 그들의 '충족되지 않은 경험'이 그 환상의 일부가 되어 다음 살인을 부추긴다. '연쇄살인범'이라는 용어의 뒤에 숨어 있는 진짜 뜻은 바로 이런 것이다.

## 본격적인 범죄심리학 교육

1975년 이후 3년간 나는 인질협상기술을 가르치게 되었다. FBI는 인질극 이해 및 처리의 당대 일인자였던 뉴욕 경찰에 비하면 상당히 뒤처져 있었다. 그러나 FBI는 프랭크 볼츠 경위와 하비 슐로스베르크 형사 등 뉴욕 경찰 내 전문가들에게서 상당한 정보를 얻어내는 데 성공했다. 우리는 이렇게 배운 기술을 전국의 수사기관에 전파하고 가르쳤다. 나는 한때 군에 몸담았던 인연으로 헌병대와 CID 요원들에게도 협상기술을 가르쳤는데, 지난 15년간 전세계에서 인질협상 훈련을 받은 미군의 90퍼센트는 내 손을 거치지 않았나 싶다.

법 집행 분야에서는 이때가 무척 흥미로운 시기였다. 1960년대 후반과 1970년대 초반, 전직 그린베레를 비롯하여 베트남 밀림 속에서 훈련받은 사람들이 대거 제대하여 경찰력에 합류했다. 이들의 무기 다루는 기술 및 공격 전법을 기반으로 하여 미국 법 집행 사상 일찍이 유례가 없었던 새 조직인 스와트(SWAT, 특수기동대) 팀이 탄생했다. 스와트 팀은 법 집행 분야 최초의 준 군사조직이었다. FBI에서도 요원들에게 권총은 물론 소총과 자동소총 사용법까지 가르치고 있었지만, 그 전에는 일제 검거 작전의 준군사적 측면에 대해서 관심을 보이는 사람이 거의 없었다. 그러나 스와트 팀은 전문 저격수를 투입하여 범죄자를 사살했으며, 현장 급습이나 인질구출 작전을 수행할 때에는 저격용 총이나 수류탄 투척기 같은 중화기를 사용하는 등 언론의 주목을 받았다.

문제는 이런 전략을 사용한 결과 희생자가 많이 발생한다는 점이었다. 죽은 사람은 대부분 범죄자들이기는 했지만, 경찰관들 역시 무더기로 희생당했고 인질들의 피해도 상당했다. 뉴욕 경찰은 사상자를 줄이기 위한 노력의 일환으로 인질협상전담 팀을 창설했고, FBI도 인질극을 보다 원만하게 접근하여 해결하자는 생각을 재빨리 받아들였다. 이런 접근 방식은 내 장기이자 프로파일링의 기본이 되는 범인심리 이해의 중요성을 강조하고 있었기 때문에, 나 역시 그 방식이 마음에 들었다.

그 당시 법 집행 분야에서는 범인의 심리를 이해한다는 것 자체가 매우 생소한 일이었다. 경찰관들은 심리학과 관련된 실제적인 훈련을 전혀 받지 못했으며, 대치 상황에서 상대방을 설득하기보다는 무력만을 사용하는 경우가 태반이었다. 그러나 FBI가 인질협상기술을 가르치고 개발하는 일을 맡으면서, 스와트 팀의 투입 빈도는 물론 인질극 도중 발생하는 사망자 수도 현저히 줄어들었다.

이제는 제일 먼저 대화를 시도해보고 가능하다면 최대한 무기 사용을 자제하는 것이 관행이 되었다. 이런 접근 방식이 탄생한 것은 또한 부적절한 무력 사용을 이유로 여러 경찰 사법기관에 수백만 달러짜리 소송이 몇 건이나 걸려 있었기 때문이기도 했다. 이런 배경 때문에 평화적인 해결방법을 모두 시도해본 다음에야 최후의 수단으로 스와트 팀을 투입한다는 규정이 만들어졌다.

그 후 10년 사이, 범죄에 대한 행동학적 접근은 인질협상과 프로파일링의 영역을 넘어 FBI의 '국립강력범죄연구소(NCAVC, National Center for the Analysis of Violent Crime)'와 '강력범죄자 체포 프로그램(VICAP, Violent Criminal Apprehension Program)'의 설립으로 이어졌다. 나는 이 두 기관을 설립할 때 모두 중심 역할을 했지만, 이 이야기는 나중에 따로 하는 편이 낫겠다.

우리끼리 '순회공연'이라고 불렀던 순회 훈련소 교관으로 클리블랜드에 가 있던 중, 인질협상 기술을 실제로 적용해볼 기회가 생겼다. 총을 든 흑인이 워렌스빌 하이츠 경찰서에 들어가 경찰서장과 17세 소녀 한 명을 인질로 붙잡은 것이다. 어찌어찌하여 인질범의 요구는 일반에 공개되었다. 개중에는 모든 백인들이 즉시 지구상에서 사라져야 하며, 이 문제에 대해 지미 카터 대통령과 면담을 해야겠다는 요구도 있었다. 도저히 이성적이라고는 볼 수 없는 내용이었기 때문에 나는 인질범의 요구를 들어줄 생각이 전혀 없었다.

그런데 지휘 현장에 아주 중요한 인물이 나와 통화하고 싶어한다는 전화가 걸려왔다. 전화를 받았더니 조디 파월 대통령 언론공보관이 백악관에서도 이번 일에 대해 알게 되었으며 카터 대통령도 테러리스트와 이야기를 나눌 준비가 되어 있다는 통보를 해왔다. 당황한 나는 현재 클리블랜드에는 테러리스트가 한 명도 없다고 대답했다. 백악관에서 이런 일에까지 개입하리라는 생각은 들지 않았지만, 나는 최대한 예의를 지키면서 당장은 인질범과의 통화가 불가능하다고 거짓말을 했고, 덧붙여 대통령이 나서야 할 정도가 되면 우리가 먼저 연락하겠노라고 말해두었다. 결국 유혈사태나 대통령의 개입 없이 상황을 해결했다.

FBI에서 인질협상 훈련을 담당한 것은 고작 2년에 불과하지만, 나는 1977년 이후에도 여러 해 동안 이 분야의 일에 종사하며 훈련 때면 대개 테러리스트 역할을 맡았다. 1978년에는 인적 드문 곳에 위치한 버려진 핵시설에서, 1980년대에는 레이크 플레시드를 비롯한 여러 장소에서 일주일 동안 미국 정부와 외국의 주요 법 집행기관들이 참가하여 모의 테러 대처 및 인질협상 훈련을 대대적으로 벌였다. 나는 몇 번인가 테러리스트 대장 역을 맡아, 과학자나 정부 요직인사처럼 중요한 인물 역을 맡은 자원자들이 가득 탄 버스를 납치해서 고립된 농장이나 스키장으로 데려가 인질극을 벌였다. 총, 수류탄, 다이너마이트나 기타 무기는 모두 진짜를 사용했으며, 내가 국외탈출용 비행기를 요구했을 때 실제로 제일 가까운 공항까지 비행기를 징

발해 온 적도 있었다. 우리는 모두 진지하게 훈련에 임했으며 각자 맡은 인물의 성격을 충실히 연기했다.

레이크 플레시드 훈련의 경우, 내가 대장격인 '10'을 맡고, FBI 자동소총 전문가가 '20'을, 그리고 CIA, 재무성 비밀 검찰국, 육군의 델타포스와 영국 델타포스에 해당하는 SAS 요원이 각각 '30', '40', '50', '60'의 역할을 맡았다. 이런 모의훈련들이 너무나 실감나게 진행된 나머지, 일부 인질들은 인질범과 자신을 동일시하고 살아남기 위해 자발적으로 협력하는 '스톡홀름 신드롬' 증세를 보이기도 했다. FBI 측 대표 역할은 옛 제자들이 맡아서 전화로 협상을 벌였는데, 이들은 내가 FBI의 전략을 훤히 꿰고 있기 때문에 상대하기 어렵다고 불평하기도 했다. 그러나 훈련 막바지에 이르면 언제나 '우리편'이 인질을 구출하고 테러리스트들을 체포했다. 가끔은 유혈사태—물론 모의였다—가 벌어지기도 했지만 말이다.

나는 1970년대 중반에 인질협상 기술을 가르치기 시작하면서 슬슬 불만을 느끼기 시작했다. 언제나 같은 내용을 되풀이해 가르치는 일만으로는 성에 차지 않았기에 새로운 도전을 갈망했던 것이다. 그러나 콴티코 훈련원의 다른 교관들은 새로운 영역을 개척하는 일에 대부분 별 관심이 없었다. 관료주의 제도 안에서는 혁신이 좌절되는 경우가 많으며, 상부에서는 늘 교관들에게 강의 기술이나 발표내용을 새로이 개발하도록 권장한다고 주장했지만 이 점에서는 FBI도 예외가 아니었다. 많은 교관들은 윗세대 강사들에게서 그대로 물려받은 판에 박힌 사례만 강의하면서도 전혀 불만이 없었다. 내 동료였던 존 마인더맨은 그런 강사들을 가리켜, 다루는 영역은 넓지만 깊이가 전혀 없다는 뜻에서 '기름막'이라고 불렀다. 샌프란시스코 순찰대 출신인 마인더맨은, 연수생의 대다수를 차지하는 경찰관들에게 효과적으로 강의하는 방법에 대하여 내게 많은 것을 가르쳐주었다.

범죄학 강의 시간에 나는 판에 박힌 것은 아니라 해도 일반인도 쉽게 정보를 얻을 수 있는 유명한 사례들을 많이 들었다. 우리는 찰스 맨슨, 시란 시란, 데이비드 버코위츠, 텍사스 타워 살인범 찰스 휘트먼 등을 수업시간에 다루었다. 이들 사건을 집중 연구하는 과정에서, 나는 깊이 있는 정보를 제공해주는 정보원이 드문 까닭에 수업을 하면서 이런 살인범들에 대해서 독창적이거나 특이한 정보를 줄 수 없다는 사실을 깨달았다. 맨슨 사건의 경우, 관련 저서는 검사 측 관점에서 쓴 책 아니면 언론보도나 맨슨 일당과의 인터뷰 내용에서 주워 담은 부스러기가 고작이었다.

세계 최고의 수사관 양성기관에서 범죄심리학 강의를 듣는 경찰관이 기대하는 정보, 맨슨의 심리를 훌륭하게 분석한 자료는 없는 것일까? 맨슨 사건을 외부에서 바라본 사람들 대부분은 그가 '정신 나간' 사람이기 때문에 맨슨이 한 일에 대해 연구해보았자 아무런 소득이 없다고 이미 오래 전에 단정지어버렸다. 하지만 문자 그대로 맨슨이 '정신 나간' 사람이 아니라면 어떨까? 그렇다면 맨슨의 지시 하에 저질러진 살인사건들을 연구해서 이해의 폭을 넓힐 수도 있지 않을까?

불행히도, 남들도 다 가진 자료만 가지고는 이런 질문에 제대로 답할 수가 없었다. 시카고에서 8명의 간호사를 살해한 리처드 스펙의 경우에는 그와 집중면담을 했던 정신과 전문의가 쓴 책이 있어서 자료 사정이 조금 나은 편이었다. 그러나 이 경우에도 면담자가 우리 학생들과는 달리 범죄자들을 다루어본 경력도 없고 법 집행의 관점에서 문제를 이해할 필요성도 모르는 사람이었기 때문에 면담 내용을 크게 참고할 수는 없는 실정이었다.

나는 물론 개인적 호기심도 있었지만, 연수 온 경찰관들에게 실제 활용 가능한 내용을 가르쳐주고 싶었기에 흉악범들의 마음속을 더 잘 이해하는 방법을 모색하기 시작했다. 내가 이런 결론을 내렸을 당시 FBI는 살인범, 강간범, 아동 성폭행범 등에 대해서는 거의 관심이 없었다. 이런 범행은 대부분 각 주 수사기관의 관할이지 FBI가 개입하도록 되어 있는 연방법 위반에는 해당되지 않았다. 훈련원에서는 분명히 연수생들에게 범죄학도 가르치고 있었기 때문에, 내게는 범죄자의 심리 연구가 무척 의미 있는 작업이었지만 동료 교관이나 상관들에게는 그렇지 않았다. 이들은 참여조차 하고 싶지 않다는 반응을 보였지만 나는 무척 매력을 느끼고 있었다.


## 제3의 수사를 위한 도전

나를 격려해준 이들은 정신보건 및 관련 영역 전문가들의 모임에 나가서 만난 사람들이었다. 나는 호기심에 이끌려 '미국정신의학회', '미국법의학회', '미국정신의학및법학회'를 비롯한 다양한 학회에 참석하기 시작했다. 동료들 중에는 이런 모임에 참석할 가치가 있다고 생각하는 사람이 아무도 없었으며, 그런 태도는 수사국 역시 다르지 않았다. 여러 해 동안 FBI에서 전문학회 참석 비용을 일부 지원받는 경우도 드물게 있기는 했지만, 나는 자비로 회비를 내가며 회원활동을 했다. 정신보건 전문가들을 기피하는 FBI 측의 태도는 범죄자들에 대해서 알아야 할 사실은 FBI에서 이미 다 알고 있다는 믿음과 상통하는 것이었다.

그러나 내 의견은 달라서 아직도 우리가 더 배워야 할 사항이 많으며, 법 집행 외의 분야에 종사하는 전문가들에게서 큰 도움을 얻을 수 있으리라는 생각이었다. 전문가들의 회합에 참석하고, 후에 이들을 대상으로 강연을 하거나 내 경험을 이야기할 기회가 생기면서 나는 내 시야가 넓어진 것을 확연히 느꼈다. 나는 정신과 전문의, 심리학자, 강력범죄 피해자 지원사업을 적극적으로 벌이는 이들을 비롯한 여러 정신보건 전문가들과의 만남을 통해 범죄자 심리 연구를 본격적으로 추진해 보겠다는 결심을 굳혔다.

나는 미국 각지의 순회 훈련소에 강의를 하러 갈 때마다 지역 경찰서에 들러서 강간범, 아동 성폭행범, 살인범 등 흉악범 관련사건 파일을 한 부 복사해달라고 부탁하였다. 경찰과 다년간 협력 작업을 한 덕분에 다양한 당국책임자들과 이야기를 나누고 정보를 얻기는 상당히 쉬운 편이었다. 콴티코 연수생 중 내가 관심을 갖고 있는 사건을 담당했던 경관이 있다면, 나는 그 사건과 관련한 경찰서 파일을 조사해 오라는 과제를 내주고, 한 부는 따로 받아서 내가 개인적으로 수집하는 자료에 추가해두었다. 연수생들은 살인범에 대해 알고 있거나 알지 못하는 정보를 체계화해 보자는 시도에 적극적으로 협조했으며 귀한 자료를 많이 가져다주었다. 이렇듯 적극적인 반응은 범죄자 심리 분석에 대한 정보와 이해가 너무나 부족한 현실을 반증하는 것이기도 했다.

이 무렵 나는 우연히 니체가 쓴 글을 보고 몹시 충격을 받았다. 내가 이 분야를 연구하면서 느끼고 있었던 매혹과 위험의 요소를 모두 날카롭게 지적하고 있는 구절이었다. 나는 이 글을 슬라이드로 만들어 강의나 발표 때마다 사람들에게 보여 주었다.

괴물과 싸우는 사람은 그 과정에서 자신도 괴물이 되지 않도록 조심해야 한다. 우리가 심연을 들여다보면, 심연 또한 우리를 들여다본다.

나는 인간의 범죄적 본성을 탐구하는 사람으로서 냉철한 이성을 유지해야 할 중요성을 특히 잘 실감하고 있다. 다른 이들에게 질문을 하거나 정보제공을 부탁한 결과, 나는 곧 흉악범들에 대해 언론 매체나 현지 경찰서를 비롯하여 그 어떤 기관이나 개인이 구할 수 있는 것보다 훨씬 더 많은 자료가 담긴 파일을 보유하게 되었다. 이런 자료는 구하려는 사람이 별로 없기 때문이었을지도 모른다. 니체의 글이 암시하듯, 괴물을 상대하는 일에는 문제가 따랐고, 다른 연구자들도 나처럼 절차상의 문제에 직면하게 되었다. 학자들은 FBI 요원만큼 쉽사리 경찰 파일을 구할 수가 없었으며, 파일에 접근하려는 시도 자체가 무산될 때도 많았다. 따라서 내 경우 연구 수행에 있어서 가히 특권층이라 할 만했다.

나는 사무실과 집을 가리지 않고 자료를 파고들어 체계적으로 분석하면서 이해를 넓혀 나갔는데, 작업을 하다 보니 집중적으로 연구를 하면 흉악범들의 심리를 더욱 깊이 파고들 수 있겠다는 생각이 들었다. 그러다 마침내 수업 중 논의의 대상이 되는 사람들, 즉 살인을 저지른 당사자와 직접 이야기를 나누고 싶다는 생각을 하기에 이르렀다. 나는 존 마인더맨에게 이 생각을 이야기했고, 우리는 한번 시도해 보자는 결론을 내렸다.

환경, 어린 시절, 배경 등에서 어떤 요소 때문에 사람을 죽이게 되는지 알아보고 싶었고, 범행 자체에 대해서도 더 자세히 조사해보고 싶었다. 즉 공격 도중 벌어진 일, 희생자가 숨이 끊어진 것을 확인한 뒤에 곧장 취한 행동, 시체를 버릴 장소를 결정한 과정 같은 사항 말이다. 충분히 면담을 해서 정보를 웬만큼 얻는다면 유용한 목록을 만들어 볼 수 있을 것 같았다. 살인범 중에는 기념이 될 만한 물건을 가져가거나 평소에 포르노잡지나 비디오를 보는 사람이 압도적으로 많았다. '범인은 범행현장에 반드시 돌아온다'든가 하는, 살인과 관련된 여러 가지 통설도 정말인지 확인해보고 싶었다.

어느 날 나는 콴티코 훈련원에서 해군 제독이자 컴퓨터 전문가인 그레이스 호퍼의 특별강연을 듣게 되었는데, 해군 당국을 구슬려서 혁신을 일으키는 자신만의 전략을 소개하는 부분이 특히 인상 깊었다. 호퍼 제독은 자기가 "허락을 구하는 것보다는 용서를 구하는 편이 낫다"는 격언을 신조로 삼고 당국을 이겼다고 말했다. 그의 말에 따르면, 어떤 제안이든 문서의 형식을 갖추게 되면 제안서가 거절당하는 동시에 프로젝트 전체가 사장되어 버린다는 것이다. 반면 '서류상 없는' 프로젝트라면…… 그 다음은 독자도 짐작할 수 있을 것이다. 나는 시작도 하기 전에 발목을 잡히는 일은 피하고 싶었기 때문에 살인범들과 면담을 하겠다는 계획은 그대로 진행하되 상관들에게는 입도 뻥긋하지 말아야겠다고 결심했다.

1978년 초 캘리포니아 북부에서 열린 순회 훈련소에서 강의를 하게 된 나는 이 일을 절호의 기회로 삼았다. 콴티코에서 내 강의를 들었던 존 콘웨이 요원이 샌 라파엘에 배치되어 캘리포니아 지역 교도소와 FBI 사이의 연락 업무를 맡고 있었던 것이다. 나는 그에게 범죄자 몇 명을 만나 보고 싶으니 캘리포니아 지역 교도소 중 어디에 수감되어 있는지를 알아봐 달라고 부탁한 후, 강의 일정에 맞추어 캘리포니아로 갔더니 콘웨이 요원이 이미 필요한 정보를 모두 구비해놓고 날 기다리고 있었다. 우리는 FBI 요원이었기 때문에 배지만 제시하기만 하면 전국 어느 교도소에나 자유롭게 들어갈 수 있었으며, 일단 교도소 안에 발을 들여놓고 나면 면담 이유를 일일이 설명할 필요도 없었다.

나흘 동안 강의를 한 뒤 어느 금요일, 우리는 드디어 교도소들을 둘러보러 출발했다. 재소자들을 만나는 일은 생각보다 시간이 오래 걸려서 주말은 물론 그 다음주까지 여러 교도소를 돌아다녀야만 했다. 그 동안 콘웨이 요원과 나는 미국에서 체포된 살인범 중 가장 위험하고 악명 높은 일곱 명을 만나보았다. 로버트 케네디 상원의원을 암살한 시란 시란, 사교 교주 찰스 맨슨, 맨슨의 사주를 받아 살인을 저지른 텍스 왓슨, 이민 노동자들을 여럿 살해한 후안 코로나, 13명을 죽인 허버트 멀린, 6명을 살해한 존 프레이저, 외조부모와 어머니를 토막살해한 에드먼드 캠퍼가 바로 그들이었다. 유죄가 확정된 살인범들을 이런 식으로 면담하는 것은 유례가 없던 일이었다.

## 살인자의 심연을 들여다보라

내가 최초로 면담한 죄수는 솔대드 교도소에 수감되어 있던 시란 시란이었다. 교도소에서는 면담장소로 직원회의에나 쓰일 법한 커다란 방을 배정해주었다. 친근한 분위기를 조성하기에 좋은 환경은 아니었지만, 우리는 어쨌든 목적을 달성한 셈이었다.

이윽고 흥분한 동시에 겁에 질린 듯이 보이는 시란이 방에 들어섰다. 처음에는 주먹을 불끈 쥔 채 벽에 기대서서 악수조차 하려들지 않았다. 시란은 우리의 속셈이 무엇인지 알고 싶어했다. 우리가 정말로 FBI 요원들이라면 암살범들과 정기적으로 면담을 하는 재무성 비밀 검찰국과도 끈이 닿아 있으리라는 것이 그의 믿음이었다. 하지만 비밀 검찰국에서 하는 면담은 우리와는 이유가 전혀 달랐다. 케네디 상원의원 암살 혐의에 대해 유죄선고를 받았을 당시, 시란은 편집형 정신분열증의 모든 증상을 보이고 있다는 진단을 받았다.

이제 콘웨이 요원과 나도 그런 진단이 나온 이유를 깨달았다. 그는 녹음기도 사용하지 못하게 했으며, 우선 변호사부터 만나야겠다고 우겼다. 나는 이 면담은 본격적인 이야기를 나누기 전의 임시 면담에 불과하며, 다만 그와 이야기를 나누고 싶어서 온 것이라고 말해주었다. 나는 겁에 질린 시란을 달래어 대화를 시작해 보려고 교도소안 사정에 대한 질문을 던져 보았는데, 그 질문이 효과가 있었던지 시란이 입을 열었다. 그는 〈플레이보이〉지 기자와 인터뷰를 한 이유 때문에 자신을 '배신' 한 옛 감방동료에게 화가 나 있었다. 그는 쥐었던 주먹을 천천히 펴고 우리가 앉아 있던 탁자 쪽으로 다가오더니,

마침내 자리에 앉아서 어느 정도 긴장을 풀었다.

시란은 케네디 의원을 암살하라는 목소리들을 들었으며, 한번은 거울을 들여다보는데 자신의 얼굴에 금이 가더니 마루에 떨어져 산산이 부서지는 느낌이 든 적도 있었다고 말했다. 둘 다 편집형 정신분열증이라는 진단과 일치하는 이야기였다. 이야기를 하는 내내 시란은 언제나 자신을 3인칭으로 불렀다. '시란은 이러저러한 행동을 했다', '시란은 기분이 어땠다' 는 식이었다. 그는 교도소 당국에서 자신을 보호감호 조치한 것은 자살을 방지하기 위해서가 아니라—실제로는 그랬지만—일반 절도범이나 아동 성폭행범과는 구별되는 특별대우라고 주장했다.

시란은 분쟁지역에서 성장한 아랍인으로, 이 사실이 그의 범행동기와 자기 인식에도 큰 영향을 미쳤다. 예를 들면, 그는 느닷없이 내게 마크 펠트가 유태인이냐고 물었다. 펠트는 평판도 좋고 영향력도 대단한 FBI 부국장이었다. 세상을 바라보는 그의 시각이 어떤지 보여주는 질문이었다. 시란은 케네디 의원이 이스라엘에 대한 제트기 추가 판매를 지지했다는 사실을 알았으며, 그를 죽였기 때문에 이스라엘 편을 들 사람이 미국 대통령이 되는 사태를 막을 수 있었다고 말했다. 자기, 즉 시란은 세계 역사를 바꾸어 놓았으며 아랍 국가들을 도와주었다는 것이다. 다른 사람을 끌어들이는 그의 매력을 두려워한 사면 위원회에서 일부러 석방을 미루는 것이라고도 말했다. 그는 석방된다면 요르단으로 돌아가고 싶다고 했는데, 사람들이 그를 무등 태워 거리를 행진하는 등 영웅대접을 해주리라고 확신했다. 그리고 당시에는 오해를 사더라도 훗날 역사적인 관점에서 돌아보면 자신은 분명 의미 있는 일을 했노라고 주장했다.

시란은 대학에서 정치학을 전공했으며, 미국 국무부에서 외교관으로 일하다 대사의 지위까지 오르는 것이 꿈이었다고 했다. 그는 케네디 가 사람들을 존경했음에도 불구하고 그중 한 명을 저격하게 되는데, 암살을 통해 자신을 유명인과 동일시하려는 정신이상적 욕구는 시란이나 존 힝클리, 마크 채프먼, 아서 브레머 같은 사람들에게서 흔히 찾아볼 수 있다. 미국에서는 이런 종류의 범죄에 대한 평균 형량이 10년 정도라는 사실을 알고 있었던 시란은 이제 1978년이 되었으니 자기도 곧 석방되리라고 생각했다. 그는 수감 생활이 너무 길어지지만 않는다면 자신에게도 재활 가능성이 충분하다고 믿었다.

면담이 끝날 무렵, 그는 문간에 서서 배를 안으로 집어넣고 근육에 힘을 주어 육체미를 자랑해 보였다. 평소에 근육운동을 상당히 했는지 사실 몸매가 훌륭하기는 했다. 시란이 말했다.

"자, 레슬러 씨. 이제 시란을 어떻게 생각하세요?"

나는 그 질문에 대답하지 않았으며, 시란은 곧 끌려 나갔다. 그는 시란을 만나는 사람은 누구나 그를 사랑하게 된다고 철석같이 믿었다. 교도소 안에서 정신분열증은 다소 호전되었을지 몰라도 편집증은 전혀 나아지지 않았던 것이다. 이후 시란은 우리와 더 이상의 면담을 거부했다.

프레이저, 멀린, 코로나는 모두 비조직적 살인범에 딱 들어맞는 경우였는데, 정신이상이 심각한 나머지 면담을 시도해도 아무 성과가 없었다. 코로나와는 아예 의사소통 자체가 불가능했으며, 프레이저는 혼자만의 망상에 사로잡혀 있었다. 멀린은 온순하고 예의바르기는 했지만 한 마디도 말이 없었다.

찰스 맨슨, 텍스 왓슨을 비롯하여 가장 확실하게 조직적 살인범의 분류에 드는 이들과의 면담에서는 조금 더 운이 좋았다. 맨슨의 경우 자신이 저지른 살인을 정신이상자의 소행으로 꾸몄지만 결국에는 진실이 밝혀졌다. 당연한 일이지만, 나는 살인범을 실제로 만나기 전에 그들과 그들이 저지른 범죄에 대해 상세히 조사를 했으며, 그 결과 살인범 본인에 대한 상당한 지식을 얻었다.

맨슨의 경우에는 특히 그랬다. 면담실에 들어온 그의 첫마디는 FBI의 속셈이 무엇이며 자신이 왜 이야기를 해야 하는지 알고 싶다는 것이었다. 그러나 내가 그에게 인간적으로 관심이 있어서 왔다고 주지시키자, 타고난 이야기꾼이며 자기 이야기를 늘어놓기 좋아하는 맨슨인지라 이야기 보따리를 슬슬 풀어놓았다. 나는 그가 복잡하고 교활한 성품의 소유자라는 사실을 발견했고, 그의 세계관이나 다른 사람에게 살인을 사주한 방법에 대해서도 많은 것을 알게 되었다. 그는 정신이상과는 거리가 멀었으며, 자신이 저지른 범죄나 그의 카리스마에 매료될 수밖에 없었던 이들에 대한 이야기를 할 때도 날카로운 통찰력을 과시했다.

맨슨과의 임시 면담에서 기대 이상의 정보를 얻은지라 이렇게 면담을 하면서 살인범들의 행동을 좀더 이해할 수 있으리라는 확신은 더욱 굳어졌다. 문헌자료는 살인범 본인에게서 직접 듣는 이야기에 비교할 바가 아니었다. 과거에는 연구자들이 살인범의 마음 바깥에서 안을 들여다보며 연구를 할 수밖에 없었고, 나 또한 예외가 아니었다. 그러나 이제는 살인범의 마음속에 들어가 안에서 밖을 내다보는 특별한 경험을 할 수 있게 된 것이다.


## 무엇이 제대로 된 원칙인가


맨슨을 비롯한 여러 살인범과의 면담 내용은 다음 장에서 상세하게 다루겠지만, 우선은 FBI처럼 경직된 조직 안에서 살인범 면담 프로젝트가 성사된 과정을 설명하고 넘어가야겠다. 괴상하고 편집증적인 살인범들과 며칠 면담을 한 결과, 나는 스스로도 약간 망상증의 기미를 보이게 되어 FBI에서는 면담 허가를 해줄 리가 없으니 몰래 면담을 계속할 방법을 찾아야겠다고 생각했다. 맨슨이나 시란처럼 유명한 재소자를 만나려면 당연히 상부의 허가를 얻어야 했지만 나는 그러지 않았다. 메모도 하지 않는 임시 면담으로, 내용을 녹음하는 정식 면담을 해도 되는지 물어보는 절차에 불과하기 때문에 문제될 것이 없다는 생각이었다. 그러나 아무리 임시 면담이라고 해도 서류는 꾸며두었어야 했다. 나는 FBI의 기본 원칙을 위반했으며, 허가도 받지 않고 일을 저지른 셈이었다.

FBI 요원들은 일처리 방식에 따라 크게 둘로 나뉜다. 대다수는 조직 내 충돌을 피하기 위해 하는 일마다 우선 상부의 허락을 구했다. 내가 보기에 이들은 쓸데없이 걱정이 많은 사람들이었다. 다음으로는 일을 제대로 하고 싶다는 이유에서 무슨 일이든 절대로 허락을 구하지 않는 극소수가 있었다. 나는 두말할 나위 없이 후자에 속했기 때문에 월권행위의 대가를 치를 각오가 되어 있었다. 호퍼 제독의 원칙을 따라, 조만간 불려가 문책을 당하게 되면 어떻게 대처할지 미리 생각해둘 작정이었다.

그러나 나는 콴티코에 돌아와서도 새로 얻어낸 정보에 들떠 있던 나머지 서류를 꾸미기 전에 면담을 한 번 더 해보기로 마음먹었다. 1978년 봄, 당시에는 내 '프로젝트'가 영영 사장될 가능성이 매우 높았기 때문이었다. 콴티코에서 그리 멀지 않은 웨스트버지니아 주 앨더슨이라는 곳에 여성교도소가 하나 있었다. 그곳에는 맨슨이 거느렸던 '소녀들' 무리에 끼어 있던 스퀴키 프롬과 산드라 굿이 수감되어 있었으며, 제럴드 포드 대통령 암살미수범인 사라 제인 무어도 있었다. 나는 단 하루 동안 이들 세 명을 모두 만나볼 수 있었다. 이 당시 이혼수속을 밟고 있던 마인더맨은 FBI 지도 주임 자리를 맡아 샌프란시스코로 돌아가고 없었다. 나는 마인더맨을 대신할 지원군이 필요했기에, 이번에는 콴티코에서 상담요원 과정을 마친 뒤 내 추천을 받아 BSU의 일원이 된 젊고 적극적인 존 더글러스 요원과 동행했다.

웨스트버지니아로 떠나기 전, 나는 직속상관인 래리 먼로에게 내 계획을 알렸다. 예상했던 대로 래리는 잔뜩 당황했다.

"캘리포니아에서 도대체 누구와 면담을 했다고? 웨스트버지니아에서 누구를 만날 작정이라고?"

돌아온 뒤에 모든 경과를 문서로 작성해 보고할 테니 걱정 말라는 내 말에, 래리는 전형적인 중간 관리자의 반응을 보였다. 그는 우리를 웨스트버지니아로 보내주는 대신, 혹시 절차상의 문제라도 발생하면 자신은 모르는 일이며 모든 책임은 내가 져야 한다는 조건을 달았다. 그 동안의 일이 모두 내 책임인 것은 분명했으므로 나는 이 조건에 아무 이의가 없었다.

더글라스 요원과 나는 세 여성 모두와 이야기를 나눈 결과 귀한 정보를 얻을 수 있었다. 특히 프롬과 굿은 내가 앞서 맨슨과 텍스 왓슨을 만나본 뒤 어렴풋이 짐작했던 맨슨의 영향력이 어느 정도인지 확인시켜 주었다.

콴티코로 돌아온 뒤 내가 보인 행동은 '연쇄적'이라고 부를 만했다. 나는 서류라면 기각시키기 일쑤인 상관과 맞닥뜨리기 전에 면담을 한 건이라도 더 해서 내 범죄에 완벽을 기하려고 안달이 나 있었다. 그러나 이 계획은 우연히 새어나가는 바람에 실패로 돌아가고 말았다. 내가 하는 일에 대해 친한 동료에게 슬쩍 자랑을 한 적이 있는데, 그가 식당에서 다른 사람들에게 내 이야기를 할 때 바로 근처에 켄 조셉이 앉아 있었던 것이다. 내 친구이기는 했지만, 켄은 당시 FBI 훈련원장으로 최고 관리자의 자리에 있었으며, 상급자는 하급자가 무슨 일을 하는지 일일이 보고를 받아야 한다는 후버 전 국장의 믿음을 한결같이 고수했다. 이제 미시간 대학 동창 로버트 레슬러가 저지른, 명백히 독단적인 행동에 직면한 그는 후버 전 국장의 신념에 따라 고위관리답게 행동해야 했다.

래리 먼로와 나는 켄의 사무실에 불려가 왜 자기한테 미리 보고를 하지 않았냐는 추궁을 당했다. 다행히 켄은 한두 달 전 교관들 앞으로 공문을 보내어 훈련원 역사상 처음으로 연구를 권장한 적이 있었다. 그래서 나는 내 프로젝트가 임시라는 말을 강조하면서, 그저 켄의 권고에 따른 것이었다고 말했다. 정말은 그렇지 않다는 사실을 우리 셋 다 잘 알고 있었지만 아무도 드러내놓고 말하지는 않았다. 켄은 시란이나 맨슨처럼 '중요한' 인물을 면담하는 것은 FBI에 책임 문제를 야기할 수 있다며 일장 연설을 늘어놓았다. 나는 캘리포니아로 떠나기 전에 이미 메모를 돌려 내 계획을 밝혀두었다고 대답했다. 그런 메모는 본 적도 없다는 켄의 말에, 나는 어딘가 파일 사이에 사본이 한 부 남아 있을 테니 찾아 보여주겠노라고 천연덕스럽게 제안했다.

대화 내내 래리 먼로와 켄 조셉은 엄숙한 표정을 짓고 있었으며, 내 얼굴에도 웃음기라고는 없었다. 우리는 정부기관에서 일하는 사람들이라면 잘 아는 관료주의적 절차에 장단을 맞추고 있는 중이었다. 켄의 사무실을 나서자마자, 나는 당장 메모를 만들어서 날짜를 조작해야 한다는 사실을 깨달았다. 우선 내가 연쇄살인범 면담 프로그램에 본격적으로 착수하기 전 '사전 작업'에 들어갈 예정이라는 내용의 메모를 작성했다. 그리고 유죄선고를 받은 살인범들의 연구 동참 의사를 타진할 목적으로 캘리포니아 일대의 교도소를 둘러보겠다고 적었다.

다음으로 나는 메모를 구겨서 발로 몇 번 밟고, 한 번 복사한 종이를 다시 복사해서 파일 안에 붙인 뒤 켄에게 보여주면서, 메모가 다른 서류철에 섞여 들어갔던 모양인데 지금이라도 찾았으니 다행 아니냐고 둘러대었다. 서류가 뒤섞이는 일은 흔히 있었기 때문에 켄도 굳이 의심하는 기색을 보이지는 않았다. 게다가 그는 재소자들을 면담할 필요가 있다는 내 주장에 동의하는 사람이었으므로 맡은 역할을 제대로 해주었다.

이제 임시 프로젝트 건도 정당화되었으니 켄은 내게 면담 수행 기본원칙, 외부 전문가 및 학술기관과의 연계 계획 등 면담 프로젝트의 추진과정과 전망을 상세히 밝힌 정식 보고서를 제출하라고 명했다. 나는 기쁜 마음으로 지시를 따랐으며, 우리 셋이 제안서 초안을 수도 없이 주고받은 결과 장기 목표, 면담 대상, 수사국과 재소자가 모두 보호받을 수 있는 구체적 방법 등을 명시한 1급 제안서가 완성되었다. 이제 면담을 시행하기까지는 일곱 번의 승인 절차가 더 남아 있었다. 예를 들어 면담 대상 범죄자는 현재 탄원서를 제출한 상태가 아니라는 확인과 동시에, 면담 대상을 유죄가 확정된 범죄자로 국한시켜야만 했다. 우리는 수사국의 경비는 한 푼도 사용하지 않겠다고 약속한 대신 이를 순회 훈련소 경비로 돌릴 생각이었다.

1978년 말에 켄의 서명을 받은 제안서는 워싱턴 본부로 올라가 클라렌스 켈리 국장 바로 아래의 고위간부인 존 맥더모트에게 넘어갔다. 흰 셔츠의 빳빳한 칼라 위로 보이는 얼굴이 온통 사탕무처럼 빨갰기 때문에 맥더모트는 요원들 사이에서 '순무'로 통했다. 아마도 혈압이 높은 탓이었겠지만 후버 전 국장 밑에서 오래 시달리다 보니 고혈압이 생겼는지도 모를 일이었다. 순무는 우리가 '범죄인 성격 조사 프로젝트(CPRP, Criminal Personality Research Project)'라 이름 붙인 보고서를 보고는 곧바로 기각시켜 버렸다.

서면 통지 내용에 따르면 애초에 발상 자체가 말도 안 된다는 것이다. 범죄자를 체포하고 법의 심판대에 세우며 투옥하는 것이 FBI의 임무이지, 사회복지사가 담당해야 할 일은 우리 몫이 아니라는 것이었다. 마찬가지로 우리는 사회학자도 아니었으며 사회학자 노릇을 해서도 안 되었다. 범죄자들을 동정적으로 면담하는 일은 학자들이

나서도 충분했다. 살인자들과 면담을 한다는 괘씸한 발상은 수사국 전통에 위배되는 일이며, FBI는 언제나 범죄자들과 적대적인 관계를 유지했기 때문에 설령 면담을 한다 해도 면담 상대가 입을 열지 않으리라는 말도 했다.

순무의 반응은 그가 후버 밑에 처음 들어갔던 1940년대 FBI의 입장을 그대로 답습한 것이었다. 내가 이미 십여 명의 살인범들을 만나 허심탄회하게 이야기를 나누었으며 그 결과 수사국이 범인 행동 분석에 대한 이해를 넓힐 수 있었다는 사실은 완전히 무시되었다. 수사국 역사상 전례가 없는 행동이라면 무조건 이득이 될 리가 없다고 생각하는 모양이었다. 순무는 범죄적 행동 및 이상심리학 분야의 외부 권위자를 초빙하자는 제안 역시 못마땅해했다. 외부인이 우리에게 가치 있는 것을 가르칠 수 있을 리가 없다는 수사국의 오랜 아집에 반한다는 이유에서였다.

순무의 반응과 마찬가지로 수사국의 이런 태도 역시 불합리하기 짝이 없었지만 일단 순무의 손에서 제안서가 기각당한 이상 프로젝트 전체를 포기할 수밖에 없었다. 그레이스 호퍼 제독의 법칙을 충실히 지켰지만, 나는 더 이상 재소자 면담을 할 수 없는 처지가 되었다.

### 마침내 허락받은 면담 프로그램

나는 순무가 은퇴하고 클라렌스 켈리 국장이 물러난 뒤 진취적인 윌리엄 웹스터 신임국장이 부임할 때까지 그저 기다릴 수밖에 없었다. 이 즈음에는 켄 조셉 역시 은퇴해 버렸지만, 새 관리책임자인 제임스 맥켄지가 이 프로젝트에 큰 관심을 보였다. 맥켄지는 FBI 역사상 최연소 부국장으로, 초고속 승진 사실 자체가 관료조직의 생리에 대한 그의 이해와 능력을 잘 보여주었다. 맥켄지는 기존 계획서를 거의 손도 대지 않은 채 웹스터 국장에게 다시 제출했다. 웹스터 신임 국장은 FBI가 나아갈 방향을 새로이 모색하고 외부전문가들과 공조하여 미개척 분야를 개척하자는 내용의 훈시를 한 적이 있었다. 그는 제안서를 보더니 이야기를 더 듣고 싶다며 나와 맥켄지, 먼로를 사무실 업무오찬에 초대했다.

　오찬은 국장 사무실 옆, 신형 정부청사에서 으레 볼 수 있는 중간 크기의 회의실에서 열렸다. 계획서에는 이미 다른 관료들의 이름이 여럿 올라 있던 터라 모인 사람도 많았지만, 그 계획은 원래 내 작품이었기 때문에 내가 발표를 맡았다. 다른 사람들은 별 말 없이 식사에 열중했지만, 나는 말하느라 바빠서 앞에 놓인 샌드위치도 제대로 먹을 수가 없었다. 웹스터 국장은 냉정하고 침착하며 좀처럼 감정을 드러내지 않는 인물이어서, 나는 발표를 하면서도 그가 이 제안을 어떻게 생각하는지 도통 감을 잡을 수 없었다. 나중에는 속을 읽어보려고 애써봤자 소용이 없겠다는 생각까지 들었다. 그러나 결국 나는 이 프로젝트가 예전에 맥더모트의 손에서 기각당한 적이 있다는 말로 그의 관심을 끄는 데 성공했다. 웹스터는 FBI에 새바람을 불어넣기 위해 영입된 사람이었으니 이 말에 관심을 보인 것도 당연했다.

　이제 국장은 적극적으로 발표에 귀를 기울였고, 오찬에 참석한 다른 사람들도 지지 의사를 표명해주었다. 이는 통상적인 관료조직의 일처리 방식에 비추어보면 상당히 이례적인 일이었다. 국장은 계획 안에 호감을 보이기는 했지만 대신 일단 착수하면 철두철미하게 진행하라고 지시했다. 그는 '주먹구구식 조사'란 표현을 써가면서 일을 마구잡이로 처리하면 안 된다는 점을 강조했다. 공조 대상은 일류 대학과 병원이어야 한다는 것이 그의 주장이었는데, 우리가 보스턴 대학, 보스턴 시립병원과 공조하기로 결정했으며 전국적으로 유명한 정신의학, 심리학 및 범죄행동학 전문가들도 여럿 참여한다고 했더니 매우 흡족해했다. 사실 이들은 모두 내가 여러 학회에서 만나 수년간 알고 지내온 사람들이었다. 한마디로 우리의 계획안은 FBI 내 모든 상급자들의 승인을 얻어내는 데 성공했다.

나는 나중에 웹스터와의 식사자리가 말 그대로 업무오찬이었다는 사실을 알게 되었다. 발표하느라 제대로 먹지도 못했던 샌드위치 값으로 7달러를 지불하라는 청구서가 날아든 것이다. 그러나 식대를 누가 지불하느냐는 문제는 우리가 추진력을 얻었다는 사실에 비하면 아무것도 아니었다. 우리는 몇 개월 뒤 법무부에서도 연구지원금을 얻어냈다. 이제는 일주일 내내 면담만 할 수도 있었으며, 연구비용을 순회 훈련소 경비로 돌릴 필요도 없게 된 것이다.

프로젝트에 대한 지원승인이 떨어져 구체적인 자금 지원을 기다리고 있을 무렵, 나는 어린 시절 매료되었던 살인범 윌리엄 하이렌스를 직접 만나보기로 결심했다. 세인트루이스에서 열렸던 순회 훈련소에서 강의를 하던 도중 짬을 내어 동료요원 한 명과 차를 몰고 일리노이 주 남부로 갔다. 하이렌스는 수감된 지 30년이 넘었고, 이제는 40대 후반의 중년남자가 되어 있었다. 나는 어린 시절부터 그가 저지른 범죄에 관심이 많았으며, 우리 둘은 시카고 동향 사람이라는 말로 이야기를 시작했다. 우리 둘의 8년이라는 나이 차는 내가 아홉 살이고 그가 열일곱 살이던 옛날만큼 커보이지 않았다.

1940년대에서 1970년대 사이, 나는 하이렌스 본인에 대해서는 물론 그가 저지른 범죄의 성적인 내용, 살인에 앞서 저지른 성도착성 절도행각, 그가 연루되어 있을지도 모르는 수많은 미결 살인미수 및 상해 사건, 가족과 친구들에게까지 범죄 사실을 숨겼던 치밀함 등 그를 둘러싼 많은 사실을 알게 되었다. 그는 자기가 저지른 범죄만큼이나 특이한 변명을 늘어놓았다. 한때 같이 살았던 조지 머맨이라는 사람이 진범이며, 자신은 범죄를 저지르지 않았다고 주장하는 것이었다. 그러나 하이렌스는 세 건의 살인을 저지른 범행 장소로 수사관들을 안내하고 범행을 재연해 보이기까지 했기 때문에 그 주장은 자연히 거짓말임이 드러났다. 하이렌스는 끈질긴 추궁을 받고서야 비로소 조지 머맨이 가상의 인물이라는 사실을 인정했다.

하이렌스는 다중인격은 아니었지만 어릴 때부터 정신적으로 문제가 나타나기 시작했다. 10대 시절에는 문제가 표면화될 정도로 심각해져서 성적 공상에 빠져들거나 자기 방에 틀어박혀 여성 속옷을 입고 나치 간부들의 사진을 몰래 꺼내보곤 했다. 이런 사진뿐 아니라 권총이며 소총을 여러 자루 숨겨놓았던 사실이 발각되었을 때 그는 절도와 방화를 몇 건 저질렀다는 사실을 시인했으며, 수감되는 대신 한 가톨릭 기숙학교로 보내어졌다.

몇 년 뒤 기숙학교에서의 과정을 마친 그는 사회복귀에 적합하다는 판정을 받았다. 이런 판정에는 특히 시카고 대학에서 1학년 과정의 대부분을 생략하고 넘어갈 만큼 학업성적이 뛰어나다는 사실이 큰 역할을 했다. 그러나 기숙학교에서 나온 지 얼마 되지 않아 사람을 죽이기 시작했는데, 이 살인들은 그가 10대 초반에 저질렀던 절도와 여타 범죄의 연장선상에 있다고 볼 수도 있었다. 실제로 그는 살인을 저지르는 사이에도 수없이 절도 행각을 벌였다.

하이렌스는 사실상 한 번도 재판을 받은 적이 없었다. 사전심리에서 정신과 전문의들이 하이렌스의 변호사에게, 하이렌스의 정신이 조지 머맨—머더 맨(murder man, 살인자)에서 나온 이름일지도 모른다—이 되도록 사로잡혔으므로 범행 당시에는 책임능력이 없었다는 변론을 펼 수는 있을지 몰라도 재판을 받으면 틀림없이 사형감이라고 조언했기 때문이다. 지문, 자필, 본인의 자백 등 그에게 불리한 증거는 사방에 널려 있었다. 재판을 받지 않는 방법은 유죄를 인정하는 대신 정신과 전문의들이 권한 치료감호형을 받는 것이다.

하이렌스는 이 협상을 받아들여 유죄를 인정하고 종신형을 선고받았다. 부모는 하이렌스의 유죄가 확정된 후 이혼했으며, 이름을 바꾸고 아들이 저지른 범죄의 책임을 놓고 서로를 헐뜯기 시작했다. 부모와는 대조적으로 하이렌스는 유죄가 확정된 이후 모범수가 되었으며, 미국 최초로 수감 중 학사학위를 받았고 심지어 대학원 과정까지 들어갔다.

나는 어린 시절부터 뒤쫓아 온 하이렌스와의 면담을 잔뜩 기대하며 만반의 준비를 했지만, 실제 면담은 그리 순조롭게 풀리지 않았다. 그는 내가 자신에 대해 잘 알고 있다는 사실에는 관심을 보였지만, 한때 유죄를 인정했던 범죄에 대해서는 더 이상 죄를 인정하려

들지 않았다. 그는 자신이 누명을 썼다고 믿게 되었으며, 성도착성 절도 도중 그를 놀라게 했다는 이유로 두 여성을 죽이거나 여섯 살짜리 소녀를 목 졸라 죽인 뒤 토막냈다는 사실을 1940년대 체포 당시만큼 확실하게 인지하지 못했다.

특히 수잔느 데그넌을 침대 위에서 강간했다는 사실을 나는 아직까지 기억하고 있었다. 그는 시체를 담요에 싸서 지하실로 가져가서는 토막을 냈으며, 눈도 깜짝 않고 시체를 내다버린 후에 기숙사 방으로 돌아왔다. 내 눈 앞에는 이제 와서 뻔뻔스럽게 자기 죄를 부인하는 인간 괴물이 앉아 있는 것이다.

하이렌스는 자기에게 성적인 문제가 있었으며 주거침입을 했다는 사실은 인정했지만, 모든 것이 그저 사춘기의 실없는 장난이었다고 말했다. 그리고 자신이 사회에 해악을 끼친 적이 없으며 오랜 세월 모범수로 복역했으니 자유인으로 여생을 보낼 자격이 충분하다고 주장했다.

면담은 실망스럽게 끝나버렸다. 그러나 유죄가 확정된 연쇄살인범들과의 면담을 통해 사법기관에 유용한 정보를 얻으려는 시도가 제 궤도에 올라 FBI와 법무부의 정식승인을 받은 프로그램의 일환으로 추진되고 있다는 인정이 더 중요했다. 이에 발맞추어, 나는 미국 각지의 교도소에서 가장 위험한 흉악범들을 100명 이상 만나보았고, 후진 양성에 노력했으며, 면담에서 얻은 정보를 통해서 여러 가지 살인 유형을 파악하고 살인범들을 체포하는 방법에 대한 이해를 넓혀나갔다.

앞서 말했듯 윌리엄 하이렌스는 벽에 "더 죽이기 전에 제발 날 잡아줘. 난 통제불능이야"라고 써놓았다. 나는 이제 그 방법을 배우기 위한 시도의 일환으로 연쇄살인범들을 면담할 참이었다.

03

# 살인자와의
# 인터뷰

## 살인자와 한 방에 갇히다

나는 에드먼드 캠퍼와의 세 번째 면담을 마무리짓고 있었다. 키가 2미터 5센티미터에 몸무게는 거의 135킬로그램을 육박하는 거구의 캠퍼는 놀라운 지능의 소유자로, 어린 시절 외조부모를 죽인 뒤 소년 원에서 4년을 보냈고, 출소해서는 자기 어머니를 포함해 8명을 더 죽인 인물이었다. 그는 일곱 번 연속 종신형을 선고받고 현재 복역 중이었다.

나는 이전에도 두 번 캘리포니아 배커빌 교도소에 찾아가 그와 이야기를 나누었는데, 처음에는 존 콘웨이 요원과 함께였으며 두 번째는 콘웨이뿐 아니라 최근 들어 가까워진 콴티코 훈련원 동료 존 더글라스 요원도 데리고 갔다. 앞서 했던 두 면담에서 우리는 높은 지능을 자랑하는 동시에 희생자의 목을 자르고 시체를 토막낸 이 잔인한 남자의 과거, 살인동기, 범행과 관련된 환상에 대하여 꽤 깊이 있는 이야기를 들을 수 있었다. 이런 식으로 접근해 대화를 나누고 이 정도의 성과를 얻어낸 것은 우리가 처음이었다.

나는 캠퍼의 신뢰를 얻었다는 자신감에 들뜬 나머지 세 번째에는 대담하게도 혼자 그를 만나러 갔다. 면담은 사형수 감방 바로 옆에 있는 다른 감방 안에서 했는데, 이곳은 죄수가 가스실로 들어가기 전 마지막으로 목사의 축복기도를 받는 곳이었다. 캠퍼는 격리 수감되지 않고 일반 재소자들과 함께 있었는데도 교도소 당국에서는 굳이 이곳을 면담 장소로 지정했다. 폐쇄공포증을 일으킬 만큼 답답한 이 방 안에서 캠퍼와 거의 4시간에 걸쳐 잔인한 살인에 수반되는 온갖 끔찍한 행위에 대한 이야기를 나눈 뒤, 나는 이제 면담을 끝내야겠다는 생각으로 벨을 눌러 교도관을 불렀다. 교도관이 바로 오지 않자 나는 대화를 계속할 수밖에 없었다.

연쇄살인범들은 사람을 싫어하는 편이다. 하지만 이들 역시 수감 생활의 지루함을 덜어줄 수 있는 일이라면 무엇이든 환영하기 마련이며, 여기에는 나 같은 사람의 방문도 포함된다. 이들은 마음속에 품고 있는 생각이 많기 때문에 제대로 접근하기만 하면 상대방에게 속을 털어놓기 시작한다. 처음에는 대화를 나눈다기보다는 일방적으로 이야기를 들어주어야만 할 때가 많다. 그러나 캠퍼와 나는 이제 서로에 대한 이야기를 나눌 만큼 나눈 상태였다. 몇 분 후 벨을 다시 눌렀지만 여전히 아무 응답이 없었다. 벨을 처음 누른 지 15분이 지났을 때 세 번째로 벨을 눌러 보았지만 역시 교도관은 오지 않았다.

침착하고 냉정한 태도를 유지하려는 노력에도 불구하고 내 얼굴에 겁먹은 기색이 비쳤던 모양이다. 대부분의 살인범들이 그렇듯이 다른 사람의 생각을 귀신같이 읽어낼 줄 아는 캠퍼는 이를 대번에 눈치챘다.

"안심해요. 근무 교대 중이거나 식사시간이라 그런 거니까."

그가 씩 웃으면서 의자에서 일어서자 안 그래도 큰 몸집이 더 거대해 보였다.

"교도관이 와서 당신을 꺼내주려면 적어도 15분, 아니면 20분은 더 걸릴 거요."

그가 말했다. 나는 냉정하고 태연해 보이려고 무진 애를 쓰고 있었지만 그만 확연하게 두려운 기색을 내비치고 말았는데 캠퍼는 이를 놓치지 않았다.

"내가 여기서 난장판을 만들어버리면 당신은 무척 곤란해지겠지. 안 그래, 선생? 당신 머리통을 잡아뜯어서 탁자 위에 올려놨다가 교도관한테 보여줄 수도 있다고."

머릿속이 온통 뒤죽박죽 되었다. 나는 그가 그 커다란 팔을 벌리고 내게 다가와 나를 벽에 밀어붙이고 목을 조르며, 내 머리를 비틀어서 목을 부러뜨리는 모습을 상상했다. 일은 눈 깜짝할 사이에 끝나버릴 것이며, 둘의 체구 차이로 보아 나는 찍소리도 못 내고 몇 번 버둥거리다가 바로 질식해버릴 게 뻔했다. 누가 손쓸 틈도 없이 날 죽일 수 있다는 그의 말은 옳았다. 나는 용기를 내어, 내 몸에 손을 대면 그 역시 무척 곤란해질 것이라고 대꾸했다.

"곤란해져 봤자지. 기껏해야 TV 시청 금지 정도일 텐데?"

그가 코웃음을 쳤다. 나는 그가 오랫동안 독방 신세를 져야 할 것이라고 맞받아쳤다. 우리는 둘 다 독방에 수감되는 죄수는 외로움을 견디지 못하고 적어도 일시적인 정신이상을 일으키는 경우가 많다는 사실을 잘 알고 있었다. 캠퍼는 자기가 수감생활을 오래 했기 때문에 외로움쯤은 거뜬히 이겨낼 수 있으며, 독방 생활이 평생 가지도 않을 테니까 괜찮다는 말로 내 엄포를 무시해버렸다. 언젠가는 동료들이 있는 감방으로 돌아갈 것이며, FBI 요원을 '작살낸' 대가로 동료들에게 영웅대접을 받게 될 테니 곤란해지는 정도는 문제도 아니라는 것이었다.

캠퍼가 날 죽이지 못하도록 적절한 말이나 행동이 없는지 궁리하는 동안 맥박이 점점 더 빨라졌다. 그가 정말로 날 죽이리라고는 생각지 않았지만 그렇다고 마음을 놓을 수도 없었다. 그는 더할 나위 없이 위험한 살인범이고, 자기 말처럼 이제는 손해 볼 것도 별로 없는 처지였다. 어쩌자고 이런 곳에 혼자 오는 멍청한 짓을 했을까?

갑자기 나는 내가 어쩌다가 스스로를 이런 상황에 몰아넣게 되었는지 깨달았다. 그 누구보다 더 잘 알고 있어야 할 내가 그만 인질협상을 배우는 학생들이 '스톡홀름 신드롬'이라고 부르는 행동을 보인 것이다. 즉 자신을 납치범과 동일시하여 상대를 신뢰하는 실수를 저질렀던 것이다. 명색이 FBI 인질협상훈련 수석교관이면서 기본 중의 기본을 잊어버리다니! 다음부터는 살인범과 조금 가까워졌다는 생각에 이렇게 자만하는 일이 절대 없도록 하리라. 다음이 있다면 말이지만……

"에드."

내가 입을 열었다.

"설마 내가 자기방어 수단도 하나 없이 여기 왔겠소?"

"웃기지 마시오. 들어올 때 무기소지를 허용했을 리가 없지."

물론 캠퍼의 지적은 옳았다. 재소자들이 무기를 탈취하여 교도관을 위협하거나 탈옥하는 사태를 방지하기 위해 교도소에서는 방문객들에게 무기소지를 허용하지 않는다. 그렇지만 FBI 요원은 일반 교도관이나 경찰과는 달리 특권을 누린다고 나는 우겼다.

"그럼 당신은 뭘 가져왔소?"

"무얼 어디에 숨겨 왔는지는 구체적으로 이야기할 수 없지."

"이봐, 뜸들이지 말고 말해 봐. 뭐요, 독침이 든 펜이라도 되나보지?"

"그럴지도. 하지만 그밖에도 가지고 올 무기는 많지."

"그럼 격투기라도 되나보군."

캠퍼는 생각에 잠겼다.

"가라데? 검정띠라도 땄나? 당신이 날 이길 수 있을 것 같아?"

이 말에 긴장이 완전히 풀어진 게 아니라면 적어도 약간은 누그러졌다는 생각이 들었다. 그의 목소리에 장난기가 배어 있는 것 같았다. 하지만 확실하지는 않았는데, 그는 내가 아직 불안해한다는 사실을 알아챘는지 계속 날 위협하면서 가지고 놀기로 작정한 모양이었다. 그러나 이제 나는 약간의 평정심을 되찾고 평소에 가르치던 인질협상 기술을 떠올렸다.

인질협상의 제1규칙은 계속해서 이야기를 하고 또 하라는 것인데, 보통은 시간을 끌면 끌수록 상황해결에 도움이 되기 때문이다. 그래서 나는 캠퍼와 격투기에 대한 이야기를 나누기 시작했는데, 교도소처럼 거친 장소에서는 자기방어수단으로 격투기를 연마하는 재소자들이 많아서인지 캠퍼 역시 흥미를 보였다. 우리의 이야기는 마침내 교도관이 나타나서 감방 문을 열어줄 때까지 계속되었다.

면담 절차에 따르면 면담자는 교도관이 재소자를 데리고 나갈 때까지 방안에 남아 기다려야 한다. 캠퍼는 복도로 나가기 전에 내 어깨에 손을 얹었다.

"그냥 장난이었다는 거, 당신도 알죠?"

"당연하지."

나는 이렇게 대답하고 몰래 안도의 한숨을 내쉬었다. 그리곤 나 자신은 물론이요 다른 FBI 면담자 역시 다시는 이런 상황에 빠지는 일이 없도록 하겠다고 다짐했다. 그 이후로 유죄가 확정된 살인범이나 강간범, 혹은 아동 성폭행범을 면담할 때는 절대로 혼자 가지 않는 것이 우리의 방침이 되었다. 다시 말해 면담을 갈 때면 늘 짝을 지어서 함께 들어갔다.


## 면담에도 자격이 있다

내가 창안한 '범죄인 성격조사 프로젝트'가 1970년대에 본격적으로 추진되기 시작하면서, 나는 미국 전역에서 열리는 순회훈련소에 출강할 일이 생길 때마다 근처 교도소에 수감되어 있는 범죄자들을 만나보았다. 면담 업무를 다른 사람에게 넘겨주기 전까지, 나는 유죄 선고를 받은 흉악범들을 100명도 넘게 만나보았는데, 이는 일찍이 유례가 없는 기록이었다. 면담에서 수집한 정보를 분석하고 체계화하여 '범죄인 성격조사 프로젝트'에 활용한 결과, 마침내 우리는 이 살인범들의 배경이나 행동에 따른 유형을 나누어서 문서화할 수 있었다. 이 책에서도 몇 장에 걸쳐 살인범들의 유년기와 청소년기, 범죄를 저지르기 전에 받은 스트레스, 구체적인 범죄행위 등을 다룰 예정이다.

그러나 그 전에 먼저 유죄선고를 받은 살인범들과 면담하는 기술에 대해 설명하고, 내가 여러 교도소 안 작은 방에서 몸서리치는 범죄를 저지른 사람들과 대화를 나누며 보낸 시간 중 일부 기억할 만한 순간에 대해 이야기하고 싶다. 범죄자의 성격이나 행동에 대한 통찰력을 제대로 얻을 수 없다면 흉악범을 면담할 의미가 없다. 중요한 정보를 제대로 얻기 위해 면담자는 재소자가 자신에게 진지한 관심을 보이고 기꺼이 속내를 털어놓을 만큼 신뢰를 얻어야 하며, 신뢰를 얻으려면 재소자가 자신을 존중하도록 만들어야 한다.

존중받는 이야기 상대가 되려면 이들이 저지른 극악무도한 범죄에 대한 개인적 감정을 철저히 숨길 필요가 있다. 상대방이 사람을 죽인 뒤 시체를 토막낸 방법을 설명하고 있는데 얼굴을 찡그리거나 손을 내젓는 등의 행동으로 혐오감을 내비쳤다면, 이야기는 그 자리에서 끝나버린다. 이와 반대로 반응을 보인답시고 "아, 머리를 잘랐단 말이지. 대단한 건 아니군. 나도 그런 사람들을 많이 봤거든"이라고 말할 경우에도 상대방은 입을 다물어버릴 것이다. 이들은 정신이 상자일지는 몰라도 멍청이는 아니며, 상대방의 행동 뒤에 숨은 의미를 알아차리지 못할 정도로 둔하지도 않다.

면담자들은 민감한 질문을 너무 성급하게 끄집어내는 경우가 많다. 그러면 심리적인 장벽이 높아지면서 면담도 사실상 끝나버린다.

재소자들은 남아도는 것이 시간이라 서두를 이유가 없기 때문에 이들이 대화를 불편해한다면 우리 역시 면담에서 아무 정보도 건질 수 없다. 따라서 면담을 시작할 때에는 그들이 긴장을 풀고 자기가 살아온 이야기를 시시콜콜 털어놓아도 좋겠다고 생각할 때까지 충분히 뜸을 들여야 한다. 나는 면담을 할 때면 고개를 끄덕이거나 적절히 맞장구를 치면서, 이제는 중요한 질문을 꺼내도 되겠다 싶어질 때까지 천천히 들어간다. 제대로 된 이야기를 들으려면 몇 시간씩 걸릴 때도 있고, 면담 한 번으로는 안 될 때도 많다.

BSU에서 일하는 요원 중 일부는 유죄가 확정된 흉악범들과 면담을 하는 만만찮은 일을 이런저런 이유에서 감당하지 못한다. 아이들을 여럿 강간 살해한 남자와 면담을 하러 간 요원이 있었다. 그 요원은 자기에게도 아이가 있었기 때문에 그 살인범을 혐오했으며, 그 결과 면담도 순조롭게 진행될 리가 없었다. 면담 상대가 실내 흡연에 불쾌감을 표시하며 창문을 열고 싶다고 하자, 그 요원은 잔소리 말고 얌전히 앉아서 묻는 말에 대답이나 하라고 윽박질렀다. 그러다 범죄자의 길에 들어서지 않았더라면 무엇을 하고 싶었는지 묻는 질문이 나왔을 때 살인범은 우주비행사가 되고 싶었다고 대답했다.

"그러시겠지. 어린 사내애도 하나 태우고 싶었을 테고."

그 요원은 함께 온 다른 FBI요원을 바라보며 빈정거렸다.

이는 면담 자체를 망쳐버리는, 적대적인 행동이었다. 그는 면담 상황이 주는 스트레스를 견디지 못한 것이다. 이 일이 있은 직후 그 요원은 나를 찾아와서—그를 아동 성폭행범과 면담하도록 보낸 사람이 나였으므로—자신이 면담에는 소질이 없다는 사실을 솔직히 인정했다.

"이 짐승들과는 도저히 일 못하겠습니다."

그는 내게 이렇게 말했다. 나는 자신의 단점에 과감하게 대면하는 그의 용기를 칭찬해주었다. 그는 전문 분야를 바꾸었고, 얼마 되지 않아 경찰관 스트레스 관리 및 수사관 상담 분야의 일인자 가운데 하나로 성장했다. 그의 재능이나 가능성에 무슨 결점이 있었던 것은 아니다. 그러나 그는 유죄선고를 받은 아동 성폭행범을 면담하고 그 면담에서 수사에 도움이 되는 정보를 얻어내는 일에는 적성이 맞지 않았던 것이다.

'범죄인 성격조사 프로젝트'에 참여하고 싶어하는 사람들은 수없이 많지만, 그중에는 어려운 일은 기피하려 드는 사람이 대부분이다. 그들은 맨슨이나 버코위츠처럼 유명한 살인자들과의 면담은 하지 못해서 안달이었지만, 유명하지는 않아도 비슷한 정도로 끔찍한 범죄를 저지른 다른 살인범을 면담하기 위해 시간과 수고를 들이는 일은 싫어했다.

교도소를 실제로 방문하기 전에는 준비를 몇 시간이나 해야 한다. 면담을 하러 가서도 우선 교도소 기록을 꼼꼼히 검토하고 복잡한 '협의서'를 작성해야 한다. 재소자와의 면담은 한번 시작하면 보통 서너 시간 동안 이어지며, 면담이 끝나면 보고서를 마저 작성하고 다른 행정상의 절차를 마무리지어야 하는 일이 기다리고 있다.

BSU에서 일하는 사람 치고 이런 상황이 주는 스트레스의 희생양이 되지 않은 사람은 거의 없었다. 한 여성 프로파일러는 일 때문에 몇 년 동안 악몽에 시달린 끝에 면담업무를 그만두었다. 게다가 남의 집에 무단침입해 여성을 강간한 사람들과는 제대로 면담을 진행할 수 없었다. 그래서 그녀 역시 FBI 내 다른 분야로 업무를 바꾸었다. 출혈성 궤양이 생기거나 심장마비로 오인할 만큼 격렬한 불안 발작 증세를 겪은 요원도 몇 명 있었다. 나 자신까지 포함해서 네 명은 이유 없이 체중이 급감했는데, 6개월 사이 적게는 9킬로그램, 많게는 자그마치 18킬로그램이나 줄었다. 우리는 위장 검사를 포함하여 온갖 검사를 다 받아보았지만, 급격한 체중 감소에 대한 신체상의 이유는 하나도 발견할 수 없었다. 이런 증상은 모두 스트레스에 시달렸기 때문에 일어난 것이었다.

어떤 남자 요원은 면담상대였던 연쇄살인범의 손아귀에 완전히 걸려들었다. 그는 살인범이 면담시 내게 보인 적대감을 잘못 해석한 결과, 자신만이 이 살인범과 면담을 할 수 있다고 오해했다. 그는 심지어 FBI에서 분석한 자료를 상당 부분 누설하기까지 했는데, 살인범은 그 자료를 토대로 탄원서를 작성해 사형을 면해 보려고 시도했다. 상대방은 다른 사람을 조종하는 능력이 탁월한 인물인 반면, 그 요원은 살인범이 휘두르는 어마어마한 영향력에 대응할 준비를 미처 갖추지 못한 초심자였기 때문에 일어난 일이었다.

그 요원은 심지어 자료를 누설하는 과정에서 수완 좋게도 수사국 내 서류정리 담당 직원을 한 명 끌어들이기까지 했다. 걱정이 되었던 상관이 면담에 동행하기를 자처했지만, 나중에는 상관 역시 자기가 저 '매력적이고 사악한 인물'과 얼마나 친해졌는지를 주변 사람들에게 자랑하고 다니게 되었다. 살인범이 마침내 처형되었을 때 그 요원은 새하얗게 질려 어쩔 줄 몰랐으며, 마치 절친한 친구나 친척이 죽은 것만큼이나 충격을 받았다. '심연'을 너무 깊이 들여다 볼 때 따르는 위험을 충격적으로 보여준 예가 아닐 수 없다.

면담자가 안정된 생활을 하는 사람이라면 흉악범을 대할 때 적정 거리를 유지하는 데 어느 정도 도움이 되기는 하지만, 나처럼 기본적으로 안정적인 생활을 누리는 사람조차도 상당한 스트레스를 피할 수 없다. 나 역시 1978년에 면담을 시작할 때만 해도 앞으로 받을 스트레스가 어느 정도일지 짐작조차 하지 못했다.


## 범죄자와의 면담 요령

면담 환경에 대해서도 짚고 넘어가자. 교도소를 방문하는 외부인들은 재소자의 가족이거나 변호사일 경우에도 제한된 접촉밖에 허용되지 않는 경우가 대부분이다. 유리창에 뚫린 작은 구멍이나 전화기를 통해 이야기를 나누거나, 그렇지 않더라도 재소자와는 일정한 거리를 두어야 한다. 그러나 나는 변호사 사무실이나 교정감의 방에서 면담을 할 수 있어서, 유죄판결을 받은 죄수와도 상대적으로 편안하게 이야기를 나눌 수 있었다. 재소자들이 면담 장소에 들어설 때는 손에 수갑이 채워져 있는 경우가 많은데, 이럴 때 나는 언제나 교도관에게 수갑을 풀어달라고 요청했다. 이는 면담 상대자와 친밀감을 형성하려는 시도다.

면담이 시작되면 재소자는 FBI에서 자기를 보러 온 이유가 무엇인지 물어보기 마련이므로, 나는 이유를 설명하면서 내가 상대방에 대해 얼마나 많이 알고 있는지를 넌지시 비추고, 특정 범죄사실에 대한 정보를 캐러 온 것이 아니라 특정유형의 범죄자 연구에 도움이 될까 해서 온 것뿐이라고 말해주었다. 물론 그 구체적 유형이 강간살인범이라는 등의 말은 입 밖에 내지 않는다. 행여 그렇게 말해버린다면 더 이상 이야기를 나눌 수 없을 테니까. 나는 상대방에게 그의 어린 시절을 비롯해 지금까지 살아온 이야기를 모두 듣고 싶으며, 그가 말한 내용은 교도소 당국에는 철저히 비밀로 부쳐두겠다고 약속했다.

재소자들은 사적인 이야기가 교도소 당국에 알려져서 자신들에게 해가 될까 몹시 두려워하기 때문에, 이 마지막 '규칙'은 반드시 이야기해 둬야 한다. 확실한 이유는 잘 모르겠지만 그들은 내 말을 믿었으며, 나 또한 약속을 지켰다. 더불어 재소자들에게 아직 판결이 나지 않은 범죄에 대해서는 아무 이야기도 하지 말라고—예를 들어 12명이 아니라 실제로는 24명을 죽였다고 시인하는 일 등—미리 주의를 주었다. 그런 이야기를 들으면 나는 수사관으로서 필요한 절차를 밟을 수밖에 없으며, 그 정보 때문에 추가 수사가 이루어질지도 모르기 때문이었다.

히피 교주로 행세하면서 여러 건의 살인을 사주했던 찰스 맨슨의 경우, 거의 모든 사람들이 그와 한번 이야기를 나누어보고 싶어했다. 그들 대부분은 맨슨의 이야기를 들어야 할 필요가 있어서라기보다는 그저 그를 만났다는 사실을 남에게 자랑하고 싶기 때문이었다. 맨슨과 그 일당 중 몇 명은 이미 기자나 흥미 위주로만 접근하는 사람들과 여러 번 면담을 한 경험이 있어서 그런 대접에는 질릴 대로 질려 있었다.

방송인인 톰 스나이더가 몇 해 전 맨슨과 이야기를 나누다가 사람 귀를 도려내는 기분이 어떤지 물었던 일이 기억난다. 이 질문은 마치 맨슨더러 속내를 털어놓는 걸 그만두고, 대신 능란한 말솜씨로 핵심을 피하면서 스나이더에 대한 적개심을 표현하라고 권하는 것이나 다름없었다. 방송을 지켜보자니 스나이더에 대한 맨슨의 관심이 깡그리 사라져버렸다는 사실을 분명히 알 수 있었다.

"이 자식, 순 얼간이잖아."

내 귀에는 맨슨이 이렇게 중얼거리는 소리가 들리는 것 같았다.

"순 되는 대로 지껄이고 있어. 그럼 나도 되는 대로 지껄여주지."

중요한 정보를 얻어내는 일은 완전히 종친 셈이었다. 스나이더가 맨슨에게 귀를 잘라야 하는 이유가 특별히 있었는지 물었다면 맨슨이 품고 있는 환상과 귀를 자르는 비상식적인 행동을 연결지을 수 있는 흥미로운 대답을 얻었을지도 모른다. 그러나 스나이더의 질문은 엉뚱한 방향으로 빠져버렸고, 인터뷰는 시청자를 자극한다는 점을 제외하고는 알맹이는 전혀 건지지 못한 채로 끝나 버렸다.

무시무시한 범죄자들과 면담을 거듭하면서, 나는 철저한 준비를 통해 범죄자들로 하여금 면담은 시간낭비가 아니라는 점을 인식시켜 줘야 한다고 느꼈다. 다시 말해 그들에게 내가 이야기를 들을 만한 자격이 있는 사람이라는 인상을 심어주어야 했다. 본인이 살아온 삶과 범죄 사실에 대해 미리 꼼꼼하게 준비를 해간다면 내가 신뢰를 얻을 만한 사람이라는 점을 입증해 보일 수 있었다. 예를 들어 상대방이 이야기 도중 언급한 이름이나 다른 전력에 대해 내가 알고 있다면 대화도 잘 풀리기 마련이었다.

"바비는 마약거래상과 만날 때 날 데리고 다녔지요."

맨슨이 이렇게 이야기를 시작했을 때, 나는 그가 말을 더 잇기 전에 얼른 끼어들었다.

"바비 보솔레이유 말이지요?"

"맞아요."

그는 이렇게 대답하고는, 내가 자신의 삶에 대해 알려져 있는 사항은 모두 숙지하고 올 만큼 성의를 보인 것과, 자기가 하는 말의 맥락을 제대로 이해하고 있다는 사실에 흡족해했다. 내가 끼어들었던 이유도 바로 그 점, 즉 그가 하는 이야기를 제대로 이해하고 있으며 그 내용이 중요하다고 생각한다는 점을 보여주기 위해서였다. 그랬더니 그는 더욱 솔직하게 자세한 이야기를 해주었다. 맨슨은 톰 스나이더와 인터뷰할 때에는 말을 천천히 하면서 일일이 설명을 해주어야 했기 때문에, 그 결과 정작 중요한 말은 단 한 마디도 하지 않았다. 그러나 성의를 보이는 사람에게는 이야기 시간을 줄이고, 자신이 생각했던 문제에 대해 빠르고 거침없이 지껄일 수 있었다.

맨슨이 하는 이야기 중에는 수사관들이 일찍이 들어보지 못했던 부분도 있었는데, 이는 내가 자기 말을 따라잡을 수 있을 만큼 배경지식이 충분하다는 사실을 그가 믿어준 덕분이었다. 비록 살인범의 삶일지라도 그 속에서 무언가 긍정적인 점을 찾아내 대화를 해보려는 꾸준한 시도 역시 면담에 도움이 되었다. 예를 들어 텍스 왓슨을 만났을 때에는 그가 교도소에서 기독교도로 거듭났다는 이야기에서 시작해 면담을 풀어나갈 수 있었다. 물론 맨슨과 같은 사람에게서는 긍정적인 요소를 찾아내기가 더 어렵기는 했지만, 세상 사람들은 다

부정하더라도 맨슨 자신만은 긍정적으로 생각하는 부분에 초점을 맞출 수는 있었다.

찰스 맨슨의 수수께끼를 푸는 열쇠는 아마도 그가 불우한 초년기를 보냈다는 사실일 것이다. 그는 10대 시절부터 소년원을 들락거리기 시작하여 32세가 될 때까지 온갖 교정시설에서 자그마치 20년이라는 세월을 보냈다. 훗날 캘리포니아 터미널 아일랜드 교도소에서 출소할 때 그는 앞으로 두 번 다시 교도소에 발을 들이지 않겠다고 결심했다. 10대와 20대에 범죄를 저질렀던 사람 중에는 30대 초반에 성숙해져서 반사회적 행동을 그만두고 출소 후 범죄와는 담을 쌓고 사는 사람도 많다.

맨슨은 키 168센티미터, 몸무게 60킬로그램 가량의 작은 체구라서 호감을 주는 외모는 아니었지만, 대신 감수성이 남달랐다. 교도소에서 기타 치는 법을 배우고 심지어 작곡까지 하는 등 음악가가 되어 생계를 유지하고 싶어했다. 1960년대 중반에 출소한 그는 당시 웨스트코스트 지역 젊은이들 사이에 불붙듯 번져가던 반문화 운동에 스며들어 젊은이들이 벌이던 운동에 합류했다.

"애들이 어떤 사람들에게 열광하는지 뻔히 보이지 뭡니까."

맨슨이 내게 한 말이다.

"그래서 나도 그런 사람이 되기로 했어요."

맨슨은 젊은이들이 누구를 존경하고 무엇에 열광하는지 본인들보다 더 잘 알았다. 머리를 기른 사람들, 맨발에 샌들을 신고 다니는 사람들, 형이상학적인 이야기를 늘어놓으면서 기타를 치고, 알아듣지도 못할 노래를 쓰는 기이한 사람들이 무조건 환영받던 때였다. 맨슨은 환각제 문화 중심지인 샌프란시스코의 하이트-애쉬베리 지구를 이리저리 걸어 다니기만 해도 자기가 다른 히피들보다 십여 년은 연상이고, 옷차림이나 행동방식이 특이하다는 이유로 소년소녀들이 모여든다는 사실을 알게 되었다.

"나는 그애들이 무얼 보고 싶어하는지 알았기 때문에 그렇게 되어준 것뿐이에요."

곧 그는 "공짜 식사, 공짜 잠자리, 공짜 섹스, 공짜 주사"를 얻게 되었으며 일종의 도사 행세를 하게 되었다.

"음화 사진이 된 셈이죠. 그 아이들의 거울이 되어준 겁니다."

맨슨은 거울을 보는 사람은 거울 자체가 아니라 그 반짝이는 표면에 반사된 영상을 본다는 말로 이 이미지를 설명했다.

"그들은 자신의 모습을 찾아 사방을 헤매고 다녔어요. 사실이지, 난 그렇게 대단한 사람은 아니에요. 힘으로 설칠 수 없는 이상 머리를 짜내는 수밖에 없었습니다."

상대를 물끄러미 응시하면서 최면을 거는 듯한 그 특유의 눈길은 큰 도움이 되었다. 그는 다른 사람에 비해 유난히 조종하기 쉬운 청소년들이 몇 있으며, 이들은 그가 시키는 일이라면 무엇이든 하리라는 사실을 깨달았다. 맨슨은 데쓰밸리 근처의 사막에 자리를 잡고 탈선 청소년 여름캠프와 비슷한 시설을 운영했다. 아이들보다 나이도 많고, 20년이나 수감생활을 했기 때문에 사람을 조종하는 기술도 한 수 위였던 그는 아이들의 자기방어벽을 손쉽게 허물어뜨렸으며, 탈선의 도를 넘어 심각한 범죄행각에 이르기까지 점점 더 심한 요구를 하기 시작했다.

맨슨이 내린 결론은 자기가 다만 제자들이 원하는 것을 비추어주는 거울이 되었을 뿐이기 때문에 그들이 저지른 살인에 대한 책임을 질 이유가 없다는 것이었다. 그가 왜 감옥에 갇혀 있는지 "모르겠다"고 한 것도 그런 이유에서였다. 무척이나 교묘한 설명이었다. 평생 자신이 시달려온 정신병적 이상성격과 권력에 대한 집착 이야기는 일부러 빼놓았기 때문이다. 그러나 주변의 젊은이들을 지배한 기술에 대해서는 면담 도중 상세하게 이야기해주었다. 그와 제자들이 저지른 여러 건의 살인사건을 파헤치려면 사람을 교묘하게 조종하는 그의 천재성에 대한 이해가 핵심이었다.

그는 살인을 드러내놓고 지시하지는 않았지만, 제자들이 그를 기쁘게 해주려면 어떻게 해야 할지 스스로 깨닫게 만드는 환경을 만들었다. 물론 제자들은 그를 기쁘게 해주고 싶어 안달이었다. 라 비앙카에 있는 집에서 살인이 저질러지기 직전, 맨슨은 제자들에게 자기가 유죄 선고를 받은 적이 있기 때문에 범행현장에 같이 있으면 가석방 규정을 어기게 되므로 잠깐 나가 있겠다고 말했다. 제자들은 그의 말을 진짜라고 믿고 추호도 의심하지 않았다. 한번은 면담 중에 맨슨이 마구 흥분하면서 교도관들이 죄수를 다루는 방식을 보여주겠다고 탁자 위에 뛰어 올라간 적이 있었다. 나는 그가 마음껏 설치도록 내버려둘 참이었지만, 함께 왔던 존 콘웨이 요원이 딱 잘라 말했다.

"찰스, 당장 내려와서 앉아요. 얌전하게 행동하는 게 좋을 걸."

이번 경우 맨슨의 과장된 행동에 휘말려 들지 않은 콘웨이 요원의 처사가 적절했다. 탁자에서 내려온 맨슨은 정말로 자리에 얌전히 앉더니, 사람들의 마음을 조종하는 자기만의 요령에 대해 좀더 자세히 이야기하기 시작했다.

면담이 거의 끝나갈 무렵, 맨슨은 감방으로 다시 가져갈 수 있는 무언가를 달라고 내게 사정했다. FBI 요원을 "벗겨먹었다"고 자랑할 수 있는 기념품이 갖고 싶었던 것이다. 그의 말로는, 구체적인 물증이 없으면 그가 우리와 이렇게 오랫동안 이야기를 나누었다는 사실을 아무도 믿어주지 않으리라는 것이었다. 그러면 구구하게 설명을 해야 할 것이고, 재소자들 사이에서 자기 지위가 떨어질지도 모른다는 말도 했다.

그는 갑자기 내 FBI 배지를 낚아채 자기 옷에 갖다대더니, 교도관이나 다른 재소자에게 명령을 내리는 흉내를 내었다. 나는 안됐지만 배지는 줄 수 없다고 말했다. 그러자 맨슨은 내가 끼고 간 오래된 조종사 선글라스를 탐냈는데, 그 정도는 기꺼이 선물로 내어주어도 좋을 것 같았다. 그는 안경을 받아 들더니 행여라도 훔쳤다는 소리를 들을세라 조심스레 가슴 호주머니에 집어넣었다.

그러나 교도관들은 당연히 그를 의심할 수밖에 없었다. 면담이 끝나고 얼마 지나지 않아, 맨슨이 교도관들의 손에 붙잡힌 채 몸을 뒤틀고 반항하며 자기가 좀도둑질이나 할 사람이냐고 고래고래 소리를 지르면서 끌려왔다. 나는 근엄한 표정으로 그 안경은 내가 준 선물이라고 증언해주었다. 그러자 교도관들은 어이가 없다는 표정으로 날 쳐다보았다. 찰스 맨슨은 최대한 점잔을 빼며 그 안경으로 오싹한 두 눈을 가린 채 의기양양하게 복도를 걸어 내려갔다. 그는 분명 감방에 돌아가자마자 FBI 요원에게서 빼앗은 물건이라며 자랑을 늘어놓았을 것이다. 맨슨이 써먹는 속임수를 잘 보여주는 예였다. 살인범의 마음속을 들여다보고 독특한 통찰력을 얻은 대가로 안경을 내어주고 잠깐 얼간이 취급을 받는 정도쯤은 내게 아무것도 아니었다.

## 살인을 부르는 이교도 집단

교도소 순방을 시작한 지 얼마 안 되었을 무렵, 나는 캘리포니아 연안에 있는 한 교도소에서 맨슨을 만나본 뒤 샌 루이스 오비스포 교도소로 가서 찰스 텍스 왓슨을 만났다. 왓슨은 자기가 감옥 안에서 예수님을 영접했노라고 주장했다. 그는 구원받았으며 기독교도로 거듭났고, 실제로도 상당히 유명한 전도사가 되어 일요일이면 재소자뿐 아니라 인근 주민들까지도 그의 설교를 들으러 왔다.

솔직히 말하자면, 그는 교도소 당국까지도 구워삶았는지 자기가 소장인 양 교도소 안을 활보하고 다녔다. 당국은 왓슨이 좋은 일을 하고 있으며 재활의 빛나는 본보기라고 생각했다. 내가 보기에 그가 선행을 베풀고 다른 사람들을 돕고 있다는 사실에는 의심의 여지가 없었지만, 진정으로 개종한 것인지 아니면 사면을 노리고 일부러 개종한 척한 것인지는 확신할 수가 없었다.

왓슨은 비교적 정상인처럼 보였다. 시란 시란, 찰스 맨슨, 에드 캠퍼를 얼마 전 만나고 온 참이었으니 그것도 무리는 아니었다. 그가 테이트-라 비앙카 살인들을 저지를 당시에는 마약에 취해 제정신이 아니었으며 완전히 맨슨의 손아귀에 잡혀 있었다고 순순히 인정했다. 정의의 심판이 제대로 내려졌다면 자기는 재판 즉시 처형되어 마땅하다는 말까지 했다. 그러나 그는 삶을 허락받았으며, 사탄은 그에게서 완전히 떠났고, 하나님의 품에 안겨 끔찍한 범죄를 저질렀던 과거의 자신과는 완전히 딴 사람이 되었다고 덧붙였다.

교도소 교화 목사인 레이 획스트라가 쓴 『나를 위해 죽겠는가?(Will you die for me?)』라는 책에서, 왓슨은 맨슨이 제자들에게 살인을 지시했다고 하면서 모든 책임을 맨슨에게 돌렸다. 테이트 살인사건이 일어나기 직전, 맨슨은 왓슨이 강도행각을 벌였던 마약상을 칼로 찔러 죽여서 그에게 불리한 상황을 수습해준 적이 있는데, 그대가로 자기를 위해 "돼지 몇 마리"를 죽여달라는 부탁을 했다는 것이다. 면담 도중 왓슨은 맨슨이 직접적이고 노골적인 살인지령은 내리지 않았다고 인정했지만, 그의 말을 들은 제자들이 무슨 짓을 저지를지 훤히 알고 있었으며, 말리지도 않았을 뿐더러 후에 자기를 위해 사람들을 죽였다는 말을 듣고는 크게 기뻐했다고 주장했다.

왓슨은 텍사스 주의 한 소도시에서 자라난 전형적인 미국 소년이었다. 스스로를 묘사한 바에 따르면 그는 "우등생, 장애물 경주에서 세운 기록이 아직도 건재한 육상 스타, 응원단장, 스포츠머리에 한번 달렸다 하면 상을 타오는 이웃집 소년"이었다. 1960년대 말 대학을 졸업한 그는 해변과 태양, 소녀들, 향정신성 약물, 손쉬운 삶을 경험해보고 싶어서 캘리포니아로 흘러들어 갔다고 했다.

그러다 왓슨은 우연히 맨슨을 만나 함께 다니기 시작했고, 맨슨의 곁에 있을 수만 있다면 다른 건 모두 포기해도 좋았다. 왓슨은 옥살이를 얼마 동안 해보고 나니 이제야 맨슨을 이해하겠다고 했다. 그의 말에 따르면 맨슨은 새로 들어온 죄수를 손아귀에 쥐고 흔드는 고참

죄수처럼 행동했고, 그를 다른 사람처럼 동성애자로 만들어버리지는 않았지만 자기의 노예로 만들었다는 것이다. 왓슨은 책에다 이렇게 써놓았다.

'내가 약에 손대기 시작했을 때만 해도 맨슨은 내 인생에서 그리 중요한 인물이 아니었다.'

그러나, 그의 친구 중 한 명은 틈만 나면 왓슨에게 '찰리의 복음'을 열성적으로 전하려 들었으며 '패밀리' 안의 '소녀들' 역시 맨슨의 철학을 최면처럼 끊임없이 되풀이하여 주입시켰다.

그들은 우리 각자에게 어떤 자아, 즉 우리 자신을 주변의 생명과 단절된 독립된 존재로 증명해 보이고 싶은 욕구가 있다고 말했다. 우리는 그 자아에 한없이 집착하면서, 독립적인 자아만이 우리의 생존을 보장하는 유일한 것이며 자아 없이는 우리도 사라져 버린다고 생각한다. 그러나 진정한 자유는 우리 자신을 포기하는 것, 즉 우리를 서로 갈라놓고 생명 그 자체에서 떨어뜨려 놓았던 자아로부터 자유로워지는 것이다.

"존재하기를 멈추어라." 맨슨은 직접 작곡한 곡에서 이렇게 노래했다. "존재하기를 멈추어라. 와서 날 사랑한다고 말해보렴." 소녀들은 끝도 없이 그 노래를 따라 불렀다. 존재하기를 멈추어라, 네 자신의 자아를 죽여라, 그리고 죽어라. 일단 존재하기를 멈추면 완전한 사랑과 합일의 경지에 이를 수 있다는 것이었다.

맨슨은 향정신성 약물을 사용하고, 인격을 농락하고, 광란의 축제에 끌어들이는 방법을 통해 제자들의 자아를 말살시켰다. 매일 저녁

식사가 끝나면 맨슨은 목장 뒤에 있는 작은 언덕에 올라가 마약에 취해 열광하는 청중들에게 자기의 사상을 설파했다. 과거는 하찮은 것이니 모두 잊어버려야 하며, 그들이 태어난 가정이나 중산층이라는 뿌리는 더더욱 뽑아내 버려야 한다고 설교했다. 중요한 것은 오직 새로운 가족, 즉 '맨슨 패밀리' 뿐이라는 것이었다. 맨슨은 당시 30대 초반이었는데, 예수 역시 십자가에 매달릴 때 30대 초반이었기 때문에 제자들은 맨슨을 마치 재림 예수처럼 받아들였다.

그들은 맨슨이 예수와 마찬가지로 세상을 바꾸어놓을 사람이라고 생각했다. 맨슨도 이를 부인하지 않고 이야기할 때면 묵시적인 표현을 쓰거나 교부들의 가르침을 비웃었으며 사랑을 설파했다. 맨슨은 신참자들에게 자기를 만난 후 새로 태어났다는 사실을 상징하기 위해 이름을 새로 지어주었다. 왓슨은 '텍스'라는 이름을 받았는데, 여기에는 그가 텍사스 출신이며 발음에 비음이 섞였다는 이유도 있었지만 맨슨 패밀리 안에는 찰스라는 이름이 둘일 수 없다는 이유도 숨어 있었다. 실제로 내가 맨슨과 왓슨을 차례로 만나면서 알게 된 바는, 둘의 대결구도는 살인을 저지르는 결정적인 요소로 작용했다는 점이다.

결정적인 계기가 된 것은 맨슨의 '산상수훈'이었다. 맨슨은 낡은 세상이 머지않아 종말을 맞을 것이며, 그는 무리를 이끌고 사막 한복판에 있는 비밀장소에서 종말의 순간을 기다렸다가 나와서 이 땅을 새로이 번성시키겠노라고 말했다. 그는 종말을 앞당기기 위해서는 피비린내 나는 살인이 있어야 한다고 제자들을 충동질했다. 그는 언덕 위에서 밤마다 장황한 설교를 되풀이했다. 자기는 어린 시절부터 속아 살아왔고, 평생 제대로 된 생일상을 받아본 적도 없으며, 태어난 날부터 자기 인생은 '꼬여버렸다'는 것이다.

맨슨은 자기가 당한 일을 보상받으려면 '돼지 몇 마리'를 죽여야 한다고 설교했다. 중산층이나 혜택 받은 사람들을 '돼지'로 규정하고, 잔인한 고문과 살인이라는 방법으로 이들을 안락한 삶에서 강제로 끌어내야 한다고 가르쳤다. 왓슨이 책에 쓴 말이다.

'외부인들에게는 맨슨의 가르침이 터무니없는 소리로만 들릴 것이다. 하지만 우리에게는 진리의 말씀이었다. 환각제를 더 많이 복용하고 그의 설교에 귀를 기울일수록, 그 말은 더욱 분명하고 필연적이라는 생각이 들었다.' 맨슨은 환각제에 취한 제자들에게 설교를 할 때면 섬뜩한 표현을 사용해 가며 살인이나 고문 장면을 그려 보였다. 그리고 나면 '우리는 모두 그가 한 말을 복창하며 학살과 공포를 머릿속에서 상상했다. 그냥 게임이라고는 했지만, 그런 이미지들은 게임이 끝난 뒤에도 뇌리를 떠나지 않았다.'

어느 날 밤 이런 역할극을 하던 도중, 왓슨은 소녀 몇 명을 불러 모아 무시무시한 일을 해치우고 오겠노라고 맨슨에게 이야기했다. 주동자인 왓슨 자신이 살인에 대한 책임을 지고, 여자들은—자신의 삶을 남자들을 위해 내던지도록 맨슨에게 훈련받은—그의 공범이 되리라는 것이었다. 왓슨의 주장에 따르면 그는 맨슨에게 이렇게 말했다고 한다.

"이 일은 당신을 위한 겁니다, 찰리."

그러자 맨슨이 이렇게 대답했다는 것이다.

"그래, 텍스. 가서 제대로 처리하고 오게."

하지만 맨슨은 자신은 다만 "할 일을 하라"고 말했을 뿐이라고 주장했다.

내가 생각하기에, 둘의 주장은 상반되는 이야기라고 보기 어렵다. 맨슨은 살인을 직접적으로 교사하지 않았을지는 몰라도, 사람을 죽이는 짓을 묵인할 뿐 아니라 말리지도 않겠다는 의도를 제자들에게 분명히 전했던 것이다. 살인이라는 것이 처음에는 맨슨이 제자들에게 섬뜩하게 묘사해 보였던 환상에 불과했지만, 제자들은 그 환상을 소름끼치는 현실로 만들었으며, 맨슨이 설파하는 평화와 사랑이 새로이 뿌리내릴 수 있도록 지금 세상의 종말을 앞당기고 '나쁜 기운'을 척결하는 데 일조했다. 맨슨의 제자들은 모두 그의 가르침에 따라 강도질을 하거나 차와 돈을 훔친 전력이 있으며, 여자들은 그의 지시에 따라 남자들과 동침하거나 한마디 한마디에 절대 복종했기 때문에, 맨슨이 왓슨과 여자들을 노골적으로 말리지 않은 것은 살인행위를 축복해준 것이나 다름없었다.

그러나 이야기는 여기서 끝나지 않는다. 맨슨은 나와 면담을 하던 중에 그가 저지른 일생일대의 실수는 "빌어먹을 왓슨 자식이 패밀리 안에서 너무 커버릴 때까지 내버려둔" 일이었다고 털어놓았다. 왓슨도 여자들에게 존경받고 싶어서 패밀리 안에서 신분상승을 시도했었다고 내게 인정했다. 왓슨은 살인을 통해 최고지도자가 아니면 적어도 맨슨의 오른팔이 되고 싶어했으며, 끔찍한 범죄를 저지르거나 폭력을 사용하는 데 익숙하다는 사실 때문에 모두들 자기를 우러러보게 될 것이라고 상상했다. 결론적으로 테이트-라 비앙카 살인들은 치밀하게 계획되고 배후조종된 살인이 아니라, 정신이 몽롱하고 자아가 말살된 일단의 가출 청소년들이 패밀리 내 권력투쟁에 휘말려 6명의 무고한 생명을 앗아간 우발적인 사건이었다.

나는 캘리포니아 감옥에 있는 맨슨 패밀리의 다른 일원들, 특히 옆에서 살인을 도왔던 수잔 앳킨스를 만나보고 싶었지만 첫 방문에서는 뜻을 이루지 못했다. 그러나 웨스트 버지니아에 있는 앨더슨 여자교도소에서는 리네트 스퀴키 프롬과 산드라 굿을 만날 수 있었다. 이들은 모두 실제 살인현장에는 없었지만 오랫동안 맨슨을 따라다녔던 여자들이다.

두 소녀가 면담실에 들어선 순간은 마치 영화의 한 장면 같았다. 스퀴키는 붉은 옷을 입고 머리에도 붉은 띠를 둘렀으며, 산드라는 초록색 옷을 입고 초록색 머리띠를 했다. 둘은 똑같이 발을 맞추어 마치 수녀와 같은 동작으로 다가왔다. 서로를 '빨강'과 '초록'이라고 부르면서, 자신들이 찰스 맨슨 교회의 자매라고 주장했다.

스퀴키 프롬은 정상적인 가정 출신으로, 가족들은 우주개발계획에 참여한 적도 있을 정도로 교육 수준이 높은 사람들이었다. 산드라 굿은 박사학위 소지자였다. 둘은 모두 지성인이었지만 자신들의 삶을 송두리째 맨슨에게 바치고 말았다. 스퀴키는 45구경 총을 제럴드 포드 대통령에게 겨누고 방아쇠를 당겼다는 혐의로 유죄를 선고받았다(옆에 있던 법무부 비밀 감찰국 요원이 잽싸게 공이와 격침 사이에 손가락을 끼워넣은 덕분에 총은 발사되지 않았지만 그 요원은 부상을 입었다). 산드라는 협박성 우편물을 보낸 혐의로 유죄를 선고받았다. 그녀는 대기업 간부들에게 편지를 써서 지구를 오염시키는 일을 당장 그만두지 않으면 사방에 숨어 있는 맨슨 패밀리 구성원들이 나서서 책임자와 그 가족을 죽여버리겠다고 협박했다.

두 소녀들은 복역 중에도 믿음을 버리지 않았다. 언젠가는 반드시 맨슨이 출감하여 장차 지구의 유일한 희망이 될 운동을 재개할 것이며, 그때가 오면 자신들도 동참하리라는 것이다. 그들은 내가 대통령의 특별사면장을 가져온다 해도 자신들은 맨슨이 풀려날 때까지는 감방을 떠나지 않겠다고 했다. 이 면담에서는 자신들의 삶과 운명을 한 정신이상자에게 바치고자 하는 생각에 사로잡혀 있다는 사실 외에는 더 이상의 이야기를 들을 수 없었다.

산드라 굿은 1991년 말에 출소하여 맨슨이 북역 중인 교도소에서 40킬로미터 정도 떨어진 소도시로 이사했다.

### 단 한 명의 생존자

리처드 스펙은 엄밀히 말해 연쇄살인범은 아니었지만 대량살인자에 속하는 경우였다. 1960년대 말 어느 날 밤, 그는 시카고에서 어떤 집에 강도짓을 하러 들어갔다가 집 안에서 수습 간호사들과 마주쳤다. 다른 간호사들도 일과를 마치고 밤에 집으로 돌아온 뒤였다. 그는 간호사들을 꽁꽁 묶기 시작했는데, 미국인 간호사 몇 명은 고분고분하게 굴면 해코지를 하지는 않으리라고 믿고 다른 사람들에게도 시키는 대로 하자고 말했다. 필리핀 간호사들은 반대했지만 결국에는 모두 결박당하는 신세가 되었다.

스펙은 간호사들을 한 명씩 다른 방으로 데려가 강간하고는 증인

116

을 남기지 않으려고 그중 여덟 명을 죽였다. 아홉 번째 간호사는 침대 밑으로 굴러 들어가서 스펙이 바로 위에서 친구들을 강간 살해하는 와중에 살아남았다. 스펙은 수를 세다 잊어버렸는지 여덟 명까지 죽인 뒤 그냥 가버렸다.

살아남은 아홉 번째 간호사는 나중에 경찰에 찾아가, 팔에 '지옥의 화신'이라는 문신이 새겨져 있다는 사실까지 포함해서 스펙의 인상착의를 상세하게 알려주었다. 이 흉포한 남자가 상처를 입고 병원을 찾을 가능성에 대비해 경찰은 인근 병원 응급실에도 인상착의 내용을 보냈다. 인상착의 내용을 주변에 배포하는 것은 경찰이 흔히 쓰는 방법인데, 이번에는 그 효과가 있었다.

스펙은 사나흘 뒤 팔꿈치 상처를 치료하러 병원에 나타났고, 문신을 알아본 직원들이 신고를 하여 경찰에 체포되었다(나는 스펙과 면담을 할 때 분명 자해흔적으로 보이는 팔꿈치 상처에 대해서도 물어볼 생각이었다). 살아남은 간호사의 증언과 살인현장에 남아 있던 지문 덕분에 스펙은 유죄선고를 받고 종신형을 살게 되었다.

나는 스펙이 유명한 살인범이었기 때문에 면담을 해보고 싶다고 생각했지만, 정작 만나보니 그는 머리가 좋은 편은 못 되었으며 자기가 저지른 범죄에 대해서도 별 생각이 없어 보였다. 교도소 상담관들은 그가 공격적이고 난폭한 행동으로 감방 안팎에서 유명한 건달이라고 귀띔해주었다. 그는 처음에는 텍사스에 있다가 장인 살해미수 혐의로 수배되자 시카고로 도망쳐왔다. 살인을 저지르기 전 몇 달 동안 스펙이 시내에서 하룻밤을 잘 보냈다고 하면 이는 술에 취하고, 마약을 좀 얻고, 술집에 가서 신세질 사람을 물색하거나 싸움판에 뛰어들었다는 뜻이었다. 상대를 흠씬 두들겨 패주면 괜찮은 밤인 셈이었고, 그렇지 않은 밤이면 창녀를 하나 골라서 때리다가 곯아떨어지곤 했다.

수감된 후, 스펙은 참새 한 마리를 잡아 애완동물 삼아 길렀는데, 평소 다리에 줄을 묶어 어깨 위에 얹고 다녔다고 한다. 어느 날 교도관 중 한 명이 스펙에게, 감방 안에서는 애완동물을 기를 수 없게 되어 있으니 참새도 키울 수 없다고 말했다. 스펙은 들은 척도 하지 않았다. 교도관은 몇 번 더 말해도 효과가 없자, 당장 참새를 치우지 않으면 독방에 처넣어 버리겠다고 위협했다. 이 말에 스펙은 환풍기 날개가 돌아가는 쪽으로 걸어가더니 새를 그대로 던져넣었다. 새는 완전히 바스라지고 말았다. 교도관은 깜짝 놀랐다.

"왜 그런 짓을 했지? 그 새를 아끼는 줄 알았는데."

"그랬지." 스펙이 퉁명스럽게 대꾸했다.

"하지만 내가 못 가진다면 다른 놈한테도 못 줘."

스펙은 처음에는 면담을 거부했으며, 교도관들에게 끌려 나왔을 때도 마뜩찮아 하는 표정이 역력했다. 하지만 교도관 한 명이 그에게 슬슬 말을 걸었고, 살인사건 당시 자기는 시카고에 사는 총각이었는데 도시를 헤매고 다니는 불쌍한 총각들에게 기회가 돌아갈 수도 있었을 젊은 여성을 스펙이 여덟 명이나 죽여버렸다는 사실에 화가 났었다고 농담을 던졌다. 그제서야 스펙은 껄껄 웃더니 약간 긴장을 풀었다.

나는 살인범과 함께 농담을 주고받지 않으며 희생자에 대해서도 언급하지 않는다는 것을 철칙으로 삼고 있었기 때문에 마음이 편치 않았다. 살인범을 대화에 끌어들이기 위해 가엾은 희생자들을 비하하는 일은 어떤 경우에도 절대로 용서할 수 없다는 것이 내 생각이었다. 그러나 어쨌든, 우리는 교도관이 누그러뜨린 분위기를 이용해서 스펙과 대화를 시도해보았다.

면담을 시작한 지 얼마 되지 않아, 나는 그가 별로 말할 거리가 없으며 자기가 처한 상황에 대해서도 깊이 생각해본 적이 없다는 사실을 깨달았다. 스펙은 자신이 증인을 없앨 목적으로 간호사들을 다 죽였다고 아무렇지 않게 시인하는 등 사람의 생명을 하찮게 여기는 모습을 보였다.

나는 그의 낮은 지능과 형편없는 태도에 짜증이 났지만 어떻게든 면담에서 소득을 얻어야겠다는 생각이 들어, 병원에서 팔꿈치 상처를 치료하려다가 문신 때문에 덜미를 잡혔는데 상처는 어쩌다가 생긴 거냐고 물어보았다. 그를 진찰했던 의사들은 팔꿈치 안쪽 정맥에 난 상처가 살인을 저지른 뒤 묵었던 싸구려 여인숙에서 자살을 기도한 결과로 보인다고 했지만, 스펙은 술집에서 싸움을 벌였다가 깨진 위스키 병에 벤 것뿐이라고 우겼다. 범죄를 저지른 지 10년이나 지난 지금에도 그는 여전히 거들먹거리고 싶어했던 것이다.


## 또 다른 유형의 짐승

저울 한쪽 끝에 스펙이 있다면 정반대쪽 끝에는 테드 번디가 있었다. 그는 당대 가장 유명한 살인범이었는데, 아마도 사진을 잘 받고 말도 조리 있게 잘하는 그가 끔찍한 살인범일 리가 없다고 생각하는 사람이 많았기 때문일 것이다. 잘생기고, 똑똑하며, 보기에 따라서는 성적 매력도 상당한 번디는 언론을 통해 상냥하고 덕이 있으며 단정한 법학도, 멋진 친구, 자비롭기까지 한 살인범, 희생자들의 숨통을 잽싸게 끊어놓는 근사한 연인으로 포장되어 알려졌다.

그러나 테드 번디는 연쇄살인범계의 귀공자이기는커녕, 잔인하고 가학적이며 비뚤어진 인물이었다. 그의 마지막 희생자는 12세 소녀였는데, 그는 성폭행 도중 소녀의 얼굴을 진흙 구덩이에 처박아 질식사시켰다. 번디는 유창한 언변을 이용하여 어린 소녀나 젊은 여성들을 꾀어낸 뒤, 팔에 두른 깁스 안이나 차 좌석 아래 감춰두었던 짤막한 쇠지레로 상대방을 냅다 후려쳤다. 그리고는 기절하거나 반쯤 정신을 잃은 여성들과 강제로 추잡한 성행위를 벌였는데, 그중에서도 항문성교를 제일 선호했다.

강간이 끝나면 상대방을 목졸라 죽인 뒤 시체를 때로는 수백 킬로미터나 떨어진 곳에 내다버렸다. 그는 사체를 유기하기 전에 토막을 내었고, 가끔 시간(屍姦)을 하기도 했다. 최근에 희생된 여자의 시체를 버린 곳으로 다시 돌아와 토막난 시체를 욕보이는 행위도 일삼았다. 예를 들면 절단된 머리의 입에 사정을 하는 식이었다. 이 남자는 짐승이나 진배없다는 사실을 언론에서 왜 모르는지 한심하기 짝이 없었다. 번디가 처형된 뒤 일찍이 그를 심문했던 전국 각지의 경찰관들은 FBI가 콴티코 훈련원에서 주최한 세미나에 참석했는데, 그들의 추정에 따르면 번디는 10여 개 주를 돌아다니며 36명 내지는 60명의 젊은 여성을 살해했다.

번디는 시애틀에서 살인행각을 벌이기 시작했는데, 11건의 살인을 저지른 후 수사당국이 바짝 뒤를 쫓자 뒤에 줄줄이 시체를 남기면서 남동쪽으로 내려가다가 콜로라도의 스키 휴양지에 이르러 잠시 머물렀다. 그는 콜로라도에서 체포되었지만 용케 도망쳤고, 다시 잡혔다가 두 번째로 달아나서는 남동쪽으로 계속 전진하며 플로리다에 닿을 때까지 전보다 더 많은 살인을 저질렀다.

나는 그가 콜로라도에서 도주했을 때 잠시 그 사건에 관계된 일을 한 적이 있었다. 수석 프로파일러였던 하워드 테텐 요원과 함께 그의 수배문안을 작성하는 일로, 사람들에게 살인범의 범행 수법을 주지시키는 것이 목적이었다. 그 내용은 번디가 젊은이들이 많이 모이는 장소—바닷가, 스키 휴양지, 디스코 클럽, 대학 등—에 자주 나타나며, 가운데 가르마를 탄 젊고 매력적이며 활동적인 여성을 노린다는 것이었다.

번디가 유죄 선고를 받고 탄원기간도 거의 다 써버린 뒤, 나는 번디와도 면담을 해서 그 결과를 연구에 보태고 싶었다. 범행 수법이 교묘하고 영리했기 때문에 이야기를 해보면 연구에 도움이 될 것 같았다. 나는 전에도 그가 복역 중인 플로리다 스타크 교도소를 찾아간 적이 있었지만, 계류 중인 탄원이 끝날 때까지 며칠 내내 기다리기만 하다가 순회훈련원 강의 때문에 면담업무를 다른 사람에게 넘겨주어야 했다.

그 일이 있은 지 몇 년 뒤, BSU에 뜻밖의 편지 한 통이 날아들었다. 내가 주창한 연구 프로젝트에 포함된 살인범 36명에 대한 기록과 범행현장사진을 보고 싶다는 번디의 편지였다. 그는 자신이 BSU의

자문을 맡아 도움을 주고 싶다는 뜻을 밝혔다. 이 일이 계기가 되어 나는 두 번째로 플로리다 교도소를 찾아갔다.

번디는 내가 악수를 청하기도 전에 먼저 손을 내밀었다. 그러더니 내가 자기소개를 할 틈도 없이 아는 척을 해왔다.

"아, 레슬러 씨, 반갑습니다. 여러 해 동안 당신 글을 읽어서 잘 알고 있어요."

그는 BSU에서 출판한 보고서를 많이 가지고 있다고 운을 떼더니, 내가 왜 좀더 일찍 자기를 만나러 오지 않았는지 궁금하다고 했다. 나는 전에 한 번 왔지만 탄원이 계류 중이라서 기다릴 수밖에 없었다고 대답했다. 번디는 나를 좀더 일찍 만나지 못해서 유감이며, 자신은 "무슨 말을 하는지 알아듣는 사람과 대화하길 좋아하기 때문"에 나와는 얼마든지 이야기를 나누어도 좋다며 너스레를 떨었다. 본격적인 이야기를 나누러 자리에 앉기도 전에 나는 번디가 이런 말로 나를 조종하려 한다는 사실을 눈치챘다.

번디는 지금까지 자기를 면담했던 대학교수, 언론인, 경찰관들은 모두 아마추어였던 반면 이제는 전문가와 이야기를 하게 되어 다행이라는 둥의 말을 늘어놓으며 계속해서 내 비위를 맞추려 들었다. 그가 전에 BSU에 편지를 보내 자문역할을 자처한 것도 사실은 우리의 연구결과를 탄원에 이용해 사형을 피해보겠다는 속셈 때문이었다. 믿건 말건 FBI 상관 중에는 이미 유죄가 확정된 살인범 번디에게 연구결과를 보내주자고 권하는 사람이 한 명 있었지만, 내가 반대했기 때문에 결국 번디는 목적을 달성하지 못했다. 우리가 관심 있는 주제는 오직 그가 저지른 범죄에만 국한된다고 나는 말했다. 번디는 내 눈을 똑바로 쳐다보지 않았다. 대신 자기 탄원이 결국 받아들여질 것이며, 절대 처형당하지도 않을 것이라는 말만 늘어놓았다.

좀더 공방전이 오간 후, 그는 가정이라는 전제 하에 자기가 저지른 살인 몇 건에 대한 이야기를 하기로 동의했다. 그중에서도 콜로라도에서 그에게 혐의가 돌아가는 계기가 되었던 사건이 있었는데, 호텔 바에서 남자친구와 함께 있던 여성을 납치 살해한 사건이었다. 나는 어떻게 범행을 성공시킬 수 있었는지 물어보자 번디는 3인칭을 사용하여 "이런 식으로 일이 벌어졌을 가능성도 있다"고 대답했다. 살인범은 아마도 그 여성을 줄곧 지켜보고 있다가 경비 책임자나 호텔 관리인인 척하고 복도에서 접근해서는, 속임수를 써서 그녀를 다른 방으로 끌어들인 뒤 범행을 저질렀으리라는 것이었다.

번디가 특정 범죄사실을 자기가 저지른 그대로 이야기하고 있다는 사실에는 의심의 여지가 없었지만, 그는 범행 사실을 직접적으로 시인하는 일만큼은 한사코 거부했다. 이런 식으로 서너 시간씩 맴돈 뒤에야 나는 번디가 더 이상은 절대로 이야기를 해주지 않을 것이며 처형되는 순간까지 사람들을 속일 것이라는 사실을 깨닫고 미련 없이 자리를 떴다.

그로부터 몇 달 뒤, 사형집행일이 불과 3~4일 앞으로 다가왔을 때 번디는 마음이 바뀌었는지 모두 다 털어놓겠다고 나섰다. 전국 각지에서 경찰관 10여 명이 그를 면담하러 달려왔으며, 이들에게는 각자 서너 시간씩 배정되었다. 그와 첫 번째로 이야기를 나눈 사람은 시애틀에서 온 로버트 케펠로, 번디가 처음 저지른 11건의 살인사건을 끈질기게 추적했던 경찰이었다.

번디는 배정된 면담시간이 다 가도록 첫 번째 살인에 대한 이야기만 잔뜩 늘어놓았을 뿐 다른 사건에 대해서는 한마디도 하지 않았다. 그리고는 케펠에게, 이야기를 다 하려면 생각보다 시간이 걸릴 것 같으니 면담을 하러 온 경찰관들이 모두 모여 사형을 6~8개월 정도 연기해달라는 탄원서를 제출해준다면 더 많은 정보를 알려줄 수 있겠다고 말했다. 물론 이런 속임수는 먹혀들지 않았다. 사건 전모를 밝히겠다는 약속만 거듭하면서 10년이라는 복역기간을 보낸 그가 이제 와서 새삼스레 입을 열 턱이 없었다. 결국 번디는 며칠 뒤에 처형되었다.

당시 번디를 면담했던 경찰관들이 후에 플로리다에서 콴티코로와 FBI 세미나에 참석했을 때, 나는 썩 유쾌하지 않은 사실을 하나 알게 되었다. 번디는 마지막으로 속임수를 쓰는 데 성공했던 것이다. 그는 수사국 내 관계자를 한 명 꼬드겨서 연쇄살인범에 대해 저술한 내 책 한 부를 서명까지 받아갔으며, 책을 방 안에 놓아둔 채 전기의자로 향했다. 그는 심지어 제임스 돕슨 박사와의 마지막 녹화 면담 도중 책 내용을 인용하기까지 했다.


**살인자로 키워진 사람**


뉴욕의 유명한 살인범인 '샘의 아들' 데이비드 버코위츠는 1979년 중반 우리와 세 번에 걸쳐 이야기를 나누었다. 버코위츠는 뉴욕에서 단 1년 사이에 주로 호젓한 길가에 주차해놓은 차를 덮치는 방식으로 6명을 죽이고 다른 6명에게 중상을 입혔다. 그는 범행현장에 경찰에게 보내는 쪽지를 남기는가 하면, 수많은 뉴욕시민들이 밤마다 집에서 두려움에 떨고 있을 때 신문 칼럼니스트와 버젓이 편지를 주고받는 대담성을 보였다. 면담 당시 버코위츠는 아티카 교도소에 격리 수감되어 있었다.

버코위츠는 재판 당시 법정에 나타났던 모습 그대로, 땅딸막하고 안색이 창백하며 수줍음을 많이 타고, 말수가 적으며 공손하고 감정을 내색하지 않는 사람이었다. 그는 내가 내민 손을 선선히 잡았는데, 악수를 청했을 때 상대가 보이는 반응을 보면 면담의 성과를 미리 예상할 수 있다. 악수를 한 뒤 자리에 앉은 버코위츠는 묻는 말에 대답하는 외에는 별 말이 없었다. 그가 녹음기를 쓰지 않았으면 좋겠다는 의사를 밝혔기 때문에, 나는 그의 말을 일일이 손으로 받아 적었다.

범행 장소가 뉴욕 시였기 때문에 버코위츠와 그가 저지른 범행에 대한 언론의 관심은 평소보다 몇 배로 뜨거웠다. 내가 곧 눈치챈 사실이지만, 버코위츠와 뉴욕의 여러 신문사가 편지를 주고받게 된 것도 언론의 지나친 관심 때문이었다. 버코위츠는 자신이 저지른 범죄에 대한 신문기사를 모아둔 스크랩북을 지니고 있었다. 범죄자들은 체포되기 전에 이런 스크랩북을 만들어 기념으로 삼는 경우가 많지만, 버코위츠는 감방 안에서도 기사를 오려붙이는 작업을 계속했으며, 스크랩북을 보면서 환상을 되살린다고 말했다.

내가 버코위츠에게서 알아내고 싶었던 부분은 그가 저지른 범죄의 성적인 부분이었다. 그러나 그는 그 문제에 대해서는 이야기하려

들지 않았고, 자신은 여자친구들과 정상적인 성생활을 유지했으며 그 살인들은 단순한 총격사건에 불과하다고 주장했다. 그래서 나는 그의 어린 시절에 대해 물어보았다. 그는 아주 어렸을 때 입양되었으며 입양가정과의 사이에서 문제가 좀 있었다. 14세 때 양모가 세상을 떠나자 생모를 찾으려고 했지만 여의치 않았다.

그는 고등학교를 졸업하면 군에 들어가 베트남으로 떠나려 했었단다. 전쟁영웅이 되어 훈장을 받고, 중요한 사람으로 인정받아 자신의 정체성을 확립하는 꿈을 꾸었기 때문이다. 그러나 정작 파병된 곳은 한국이었으며, 그곳에서 1년간 지루한 군 생활을 보냈다. 복무 중에는 매춘부와 성관계를 가졌다가 성병에 걸려 자신에게 환멸을 느낀 일도 있었다. 후에 그를 면담하러 온 사람들에게 한 말에 따르면, 여성과 제대로 된 성관계를 맺어본 경험은 그때 한 번뿐이었다고 한다.

버코위츠는 미국에 돌아온 뒤 어찌어찌하여 생모를 찾았다. 그는 생모뿐 아니라 생모와 함께 사는 씨 다른 누나도 만나보았지만 이 만남 역시 그에게 절망만을 안겨주었다. 생모가 자기를 가족의 일원으로 받아들여주길 바랬지만 일이 그렇게 풀리지 않았던 것이다.

버코위츠는 살인을 저지르기 전에 뉴욕에서 적어도 1,488건의 방화를 저질렀다. 그가 방화 일지를 쓰지 않았다면 우리는 이 놀라운 수치를 영영 알지 못했을 것이다. 화재경보기를 오작동시킨 적만도 수백 번에 달했다. 그는 소방관이 되고 싶었지만 실제로 자격시험을 친 적은 한 번도 없었고 다만 퀸스에 있는 사설 운송회사에서 경비원으로 일할 때 방재훈련에 참가해 소방관 비슷한 구조대 역할을 한 적은 있었다.

면담 중에 그가 저지른 살인에 대한 이야기가 나오자, 버코위츠는 재판 당시 그를 검진했던 정신과 전문의들에게 한 말을 되풀이하기 시작했다. 이웃에 사는 샘 카아의 개가 3,000년 묵은 악마에 씌어 그에게 마구 짖어대며 사람을 죽이라는 지시를 했다는 것이었다.

나는 그렇게 터무니없는 설명은 받아들일 수 없다고 말했다. 버코위츠는 어리둥절한 표정으로 악마가 씌었다는 개 이야기를 계속했다. 나는 그가 솔직하게 말하겠다는 내용이 고작 말하는 개 때문에 사람을 죽였다고 주장하는 정도에 불과하다면 이걸로 면담은 끝이라고 말했다. 공책을 덮은 뒤 자리에서 일어나 방에서 나가려고 하자 버코위츠는 나를 만류하면서, 정신과 전문의들이 자기 이야기를 믿어주었으면 FBI도 당연히 믿어야 하지 않느냐고 항의했다.

"데이비드, 우리는 그런 이야기가 듣고 싶어 온 게 아니잖소."

나는 이렇게 말했다.

"우리는 당신이 저지른 범죄에 대한 진짜 사실을 듣고 싶은 거요. 그래도 계속 엉뚱한 이야기만 한다면 자리를 뜰 수밖에 없어요."

이 말에 버코위츠는 한숨을 쉬고 자리를 고쳐 앉더니 사실을 털어놓기 시작했다. '샘의 아들'이니 '말하는 개'니 하는 소리는 수사당국에 정신이상자로 보이려고 지어낸 이야기였으며 자기가 저지른 범행에 합당한 구형을 피해보려고 만들어낸 것이었다. 범행 당시 그는 자신이 무슨 짓을 하는지 알고 있을 만큼은 정신이 말짱한 상태였다. 버코위츠는 나를 만나기 전에 이미 정신과 전문의나 교도소 상담관들과 이야기를 나누어보았기 때문에, 자기가 저지른 범행을 어느 정도까지는 순순히 털어놓았다. 그는 여자들을 쏘았던 진짜 이유가 생모를 향한 증오와 여자들과 원만한 관계를 유지하지 못하는 자신의 무능함 때문이었다고 인정했다.

처음에 그는 칼을 휘둘러서 사람을 죽이려고 시도했다. 우연히 거리에서 마주친 여자를 무작정 찌르고는 뒤도 돌아보지 않고 달아났던 것이다. 버코위츠는 범행을 저지른 뒤 신문을 훑어보았지만 아무런 기사가 없자 피해자가 죽지는 않았다는 결론을 내렸다. 그는 범행 수법을 바꾸기로 결심했다. 칼을 사용하면 죽이기도 어려울 뿐더러 손이나 옷에 피가 많이 묻는다는 단점이 있으므로 일부러 텍사스까지 가서 살인도구로 쓸 44구경 권총과 실탄 몇 발을 구입했다. 뉴욕에서 실탄을 구입한다면 현장에서 탄피라도 발견될 경우 수사당국이 그의 집을 찾아내리라고 생각한 때문이었다. 살인을 몇 번 저지른 다음 더욱 대담해진 버코위츠는 텍사스로 돌아가 실탄을 더 구입하기까지 했다.

그는 주차된 차 안에 혼자 타고 있거나 남자와 애무 중인 여자를 노렸다. 적합한 범행 대상이 눈에 띄면 차에 다가가 총으로 여자를 쏘았고, 가끔은 남자까지 쏘기도 했다. 몰래 여자의 뒤를 밟아 총을 쏘면서 성적 흥분을 느꼈으며, 총을 쏜 뒤에는 자위를 했다.

이제 우리는 문제의 핵심에 다가가고 있었다. 내가 은근히 떠보았더니, 버코위츠는 일반에는 그리 널리 알려지지 않은 이야기를 해주었다. 자기는 매일 밤마다 희생자를 물색하고 다녔다는 것이다. 달의 차고 이지러짐이나 특정한 요일은 물론, 사건을 해결하려는 사람들이 제시한 그 어떤 이론과도 관계가 없다는 대답이었다. 단 매일 밤

거리를 돌아다니기는 했지만 절호의 기회라는 생각이 들지 않으면 공격을 가하지 않았다고 했다. 이 정도의 계획성을 보였다는 사실만으로도 버코위츠가 정신이상 살인범이라는 즉흥적인 추론에 반격을 가할 충분한 근거가 되었다.

버코위츠는 적당한 범행 대상이나 범행 환경을 찾지 못한 날 밤에는 예전에 살인을 저지른 현장으로 차를 몰고 돌아가서 범행 당시의 경험을 되새기며 즐겼다고 했다. 그는 땅바닥에 남아 있는 핏자국이나 경찰이 그려놓은 분필자국을 보면서 성적 흥분을 느꼈으며, 차 안에 앉은 채 이 끔찍한 기념물을 음미하며 자위를 했다.

버코위츠가 대수롭지 않게 해준 이 놀라운 이야기는 앞으로 수사관들에게 큰 도움이 될 중요한 이야기였을 뿐 아니라, 그 동안 수많은 탐정소설의 소재가 되었던 속설도 확인해주었다. 살인범들이 범행현장에 돌아온다는 속설은 진리임이 밝혀졌으며, 앞으로 살인범들을 체포할 때에도 이 사실을 활용할 수 있게 된 것이다.

중요한 사실은 한 가지 더 있었다. 그가 범행현장으로 돌아온 것은 여러 정신과 전문의나 여타 정신보건 전문가들이 주장했던 죄책감 때문은 아니었으며, 사실은 살인이 불러일으키는 성적 쾌감 때문이었다. 살인범이 범행현장에 돌아오는 심리 뒤에는 셜록 홈스나 에르큘 포와르, 심지어 샘 스페이드조차도 감히 상상하지 못했던 의미가 숨어 있었던 것이다.

내게 그의 이야기는 남다른 의미가 숨어 있었다. 나는 오래 전부터 살인범들의 비상식적인 행동은 어떤 측면에서 보면 정상적인 행동의 연장에 불과하다고 주장해왔다. 사춘기 딸을 둔 부모라면 누구나 10

대 소년들이 여자아이가 사는 집 주변을 계속 지나다니거나 주변을 맴돌고, 가끔 충동적이고 무의식적인 행동을 하는 모습을 목격한 적이 있을 것이다. 그렇다면 범행현장 주변을 배회하는 행위 역시 억제되고 부적절한 자아성장의 결과로, 정상적인 행동이 비정상적인 행동으로 연장된 사례라고 볼 수 있다.

버코위츠는 자기가 죽인 사람들의 장례식에 가보고 싶은 강한 충동을 느꼈다. 실제로 장례식장에 나타나는 살인범들도 많다. 그러나 그는 경찰의 감시가 두려워 감히 장례식장까지 가지는 못했다(실제로 경찰은 장례식장을 감시하고 있었다). 경찰이 희생자의 장례식을 감시한다는 사실은 TV나 추리잡지에서 보고 배웠다고 한다. 버코위츠는 장례식이 있는 날이면 일일 휴가를 내고 경찰서 주변의 식당을 기웃거리며 경찰들이 자기의 범행에 대한 이야기를 하지 않는지 엿들으려고 했다. 그러나 아무 이야기도 들을 수 없었다. 그는 장례식에 가지 않은 대신 희생자들의 묘지 위치를 찾아보려고 시도했지만 이 역시 아무 성과를 거두지 못했다. 버코위츠는 불을 지르고 사람을 죽이는 일을 제외하면 믿을 수 없을 만큼 무능력한 사람이었다.

그는 자신이 악명 높은 존재가 된다는 사실이 마음에 들었다. 나중에 경찰이며 신문사와 직접 연락을 취하게 된 것도 그런 이유 때문이었다. 그는 자기가 시 전체에 대고 휘두르는 권력과 신문 판매부수에 미치는 영향이 엄청나다는 사실에 신이 났다. 살인마 잭(1888년 8월 31일부터 11월 사이 런던에서 5명의 창녀를 잔인하게 살해함. 신문이 주목한 최초의 살인마로도 알려져 있다—역자 주)에 대한 책을 읽다가 경찰에게 쪽지를 남긴다는 발상을 얻은 버코위츠는, 첫 희생자의 시체를 눕혀 놓은 차 좌석 밑에다 서툰 글씨로 '빵 빵…… 난 다시 돌아온다'라고 쓰고 '괴물'이라고 서명한 쪽지를 넣어놓았다.

이때까지만 해도 버코위츠는 자신을 '샘의 아들'이라고 지칭하지 않았다. 그 표현은 그가 여러 신문사에 보낸 편지의 한 구절에 불과했다. 그러나 언론에서 그를 '샘의 아들'로 부르기 시작하자 버코위츠 역시 그 별명을 사용하기 시작했으며, 나중에는 로고까지 따로 만들었다. 언론이 그의 범행을 부추긴 것이다.

신문 칼럼니스트 지미 브레슬린 같은 사람들이 버코위츠에게 추파를 던졌으며 그가 범행을 계속하도록 무책임하게 부추겼다는 것이 내 생각이다. 브레슬린은 '샘의 아들'에 대한 칼럼을 여러 편 썼으며, 살인범은 그 응답으로 그에게 직접 편지를 보냈다. 희생자가 늘어나면서 온 도시가 공포에 사로잡혔을 무렵, 이제는 버코위츠 본인조차 언론에 놀아나는 존재가 되고 말았다.

그 일례로, 살인이 일어난 장소가 시내의 일부 지구에 분포되어 있다는 사실을 보여주는 지도와 함께, 앞으로 다른 지구가 공격받을 가능성은 없는지 의문을 제기하는 기사가 신문에 실린 적이 있었다. 버코위츠는 원래 그렇게 할 생각이 없었지만, 문제의 지도와 기사를 본 뒤에는 그대로 따라해 보기로 결심했다.

어떤 신문사에서는 신문 판매부수를 늘린다는 이유만으로 새로운 사실이 아무것도 없는데도 계속 버코위츠에 대한 기사를 실었다. 버코위츠가 유명한(혹은 악명 높은) 사람이 되고 싶어했으며 세상에 충격을 주고 이목을 집중시켜서 특별한 대접을 받기 위해 살인을 계속했다는 사실은 제아무리 멍청한 기자의 눈에도 분명해보였다. 그렇다면 TV와 신문이 살인에 대한 기사를 끊임없이 내보내면서 버코위츠의 욕망을 충족시켜준 것은 앞으로도 살인을 하도록 부추긴 짓이나 다름없었다. 물론 범행 장소가 뉴욕이라는 사실 때문에라도, 사건에 대한 언론의 취재열기를 경찰 수사를 방해하거나 살인범을 자극하지 않는 수준으로 통제하기는 거의 불가능했을 것이다.

그러나 데이비드 버코위츠가 지미 브레슬린 같은 언론인들의 지속적인 관심의 대상이 되고 싶다는 이유로 살인행각을 계속했다는 것은 분명한 사실이다.

버코위츠는 사춘기에 접어들면서 정상적인 섹스뿐 아니라 난폭하고 파괴적이며 살인과 관련된 환상을 갖기 시작했다. 심지어는 6~7세의 어린 나이에도 어항에 암모니아를 부어 양모가 키우던 물고기를 다 죽이고, 죽은 물고기를 핀으로 찔렀던 일도 있었다. 양모가 키우던 새에게 쥐약을 먹여서 죽인 적도 있었다. 그는 새가 고통스럽게 죽어가는 모습과 양모가 손쓸 도리가 없어 괴로워하는 모습을 보면서 짜릿한 쾌감을 느꼈다. 생쥐나 나방처럼 작은 동물을 괴롭히는 일도 많았다. 이 모두는 생명체를 지배하고 싶다는 생각, 권력에 대한 환상 때문이었다. 버코위츠는 또한 대형 항공기 충돌 사고를 일으키는 환상도 있었다고 털어놓았다.

그는 실제로 비행기 사고를 일으킨 적은 없었지만 이 환상의 논리적 연장선상으로 방화를 일삼았다. 대부분의 방화범들은 화재의 흥분과 격렬함에 대한 책임이 자기에게 있다는 사실을 즐거워한다. 성냥에 불을 당기는 간단한 동작 하나만으로 정상적인 사회에서는 기대할 수 없는 사건을 일부러 일으킬 수 있는 것이다. 그들은 일부러 불을 지른 뒤 사람들이 아우성치고, 소방차가 출동하며, 군중이 모여들고, 건물이 불타고 때로는 사람이 죽는 아수라장을 지켜본다. 버코위츠는 불타는 건물 안에서 시신이 들것에 실려 나오는 광경을 구경하기 좋아했다.

방화 행각은 그가 궁극적인 통제력을 발휘할 수 있는 영역, 즉 살인이라는 영역으로 옮겨가기 전의 전주곡이었다. 그는 살인을 저지른 뒤 집에 들어와 언론매체에서 보여주는 살인사건 소식이나 사람들의 공포에 질린 반응을 감상하면서 인생 최대의 흥분을 느꼈다.

악마가 씌었다는 둥 그가 법정에서 한 주장은 어떨까? 그가 털어놓은 바에 의하면 이 모두가 정신적 불능을 인정받아 법적 책임을 피하려고 꾸며낸 거짓말이었다. 그는 자기가 '순교'하는 모습을 상상할 지경에까지 이르렀었기 때문에 적절한 시기에 체포된 셈이라고 말했다. 수많은 연인들이 춤추고 있는 디스코장에 가서 총을 무차별 난사하고, 출동한 경찰과 할리우드 영화에서나 볼 법한 대규모 총격전을 벌인 결과 자기뿐 아니라 수많은 사람이 죽는 상상을 했다는 것이다.

버코위츠의 마지막 환상은 정상인들에 대한 그의 질투심을 여실히 드러내는 것이었다. 버코위츠 본인도 이를 솔직히 인정하면서, 그를 받아들여주고 환상을 충족시켜주며 기꺼이 결혼까지 해줄 좋은 여자를 만났더라면 자기도 기괴한 살인행각을 시작하지 않았을 것이라는 말을 덧붙였다.

면담을 마무리짓기에 근사한 말이었는지 몰라도, 나는 그 말을 믿지 않았으며 지금도 믿지 않는다. 아무리 좋은 여자라 해도 그가 안고 있던 문제를 해결해주거나 살인을 미연에 방지하지는 못했을 것이다. 사실 그는 도저히 사회에 적응할 수 없는 사람이었으며, 그가 안고 있던 문제는 여자들에게 거절당한 경험을 하기 훨씬 전, 대부분의 남자들이 이성과 처음으로 중요한 개인적 관계를 맺기 시작하는 나이에 구체화되기 시작한 환상에 뿌리를 두고 있다.

여자들과 성숙한 관계를 맺지 못한 것은 그가 이런 환상을 품고 있었으며 이를 실천에 옮겼기 때문이다. 내가 면담했던 수많은 범죄자들과 마찬가지로, 그 역시 살인범으로 자라난 것이다.

04

왜
살인자가
되었는가

**사람이 살인자로 변할 수 있는 이유**

"우리는 어디서 왔는가? 우리는 누구인가? 우리는 어디로 가는 가?"

고갱의 유명한 작품에 나오는 이 세 가지 큰 질문은 내가 1970년 후반부터 살인범들을 만나보면서 면담 때마다 주제로 삼았던 질문이기도 하다. 나는 이들이 살인마가 된 계기가 무엇인지 알아내서 살인범의 심리를 이해하고 싶었다. 처음에는 개인적 호기심에서 시작한 일이었지만, 살인범 면담은 훗날 제도화 과정을 거쳐 FBI 산하로 들어갔으며 '범죄인 성격조사 프로젝트'의 핵심이 되었다. 법무부에서도 자금 지원을 해준 이 프로젝트에는 보스턴 대학의 앤 버제스 박사를 비롯한 여러 학자들이 참여했는데, 나는 선임연구원 자격으로 연구에 임했다.

우리는 교도소에서 복역 중인 살인범 36명을 만나 그들의 과거 행적, 범행 동기와 품고 있는 환상의 내용, 특정 범죄행위에 대한 이야기를 나눈 뒤, 면담 내용을 57페이지에 달하는 보고서 양식을 따라 정리해두었다. 그 결과 살인범들의 삶에서 나타나는 중요한 특징을 유형화했을 뿐 아니라, 살인을 저지르기까지 동기가 강화되는 과정도 추적해 들어갈 수 있었다.

여러 전문가들의 의견에 따르면, 우리의 연구는 지금까지 체포된 살인범들에 대해 행해진 연구 중에서도 가장 방대하고 치밀하며 완성도 높은 연구 조사로, 현재 미국 내 교도소에 수감되어 있는 대량 살인자 중 이렇게 많은 수를 대상으로 하여 진행된 연구는 유례가 없었다. 1986년에 발표한 논문에서, 시카고 아이작 레이 센터 소속 법정신의학자인 케이티 부시 박사와 제임스 C. 카바나 주니어 박사는 우리 연구가 광범위하다는 점에서 '대표적'이며 '평가내용이 매우 상세하며 잘 정리되어 있다'고 평한 바 있다.

우리가 조사한 살인범들이 누구이며 어떻게 해서 사람을 죽이게 되었는지 살펴보기 전에, 우선 더할 나위 없이 정상적으로 살던 사람이 35세에 갑자기 사악하고 파괴적인 살인자로 돌변하는 일은 절대 없다는 사실을 확실히 짚어 두어야겠다. 살인의 전조가 되는 행동은 그 이전, 아주 어린 시절부터 존재하고 있었으며 오랜 시간에 걸쳐 서서히 진전된다.

흔히 살인범들은 모두 가난한 결손가정 출신이라고 생각한다. 그러나 연구를 해보니 이 말은 사실이 아니었다. 우리가 만나보았던 살인범들은 대다수가 극빈층도 아니고 수입도 일정한 가정 출신이었다. 그중 절반 이상이 처음에는 양쪽 부모와 함께 살았던 자들이었고 대체로 영리한 편이었다. 연구 대상이었던 36명 중 IQ가 90 미만인 사람이 7명 있기는 했지만 나머지는 정상 범주에 들었으며, 그중 11명은 120이 넘었다.

그러나 겉보기에는 정상적일지 몰라도 이 가정들은 사실상 제 기능을 다하지 못했다. 연구 대상 중 절반은 직계가족 중에 정신질환자가 있었고, 부모가 범죄행위에 연루된 적이 있는 경우도 절반이 넘었다. 가족 중에 술이나 약물을 남용하는 사람이 있는 경우는 거의 70퍼센트에 달했다. 게다가 모두 어린 시절에 심각한 정서적 학대를 당한 경험이 있었다. 성인이 되어서는 이들 모두가 정신과 전문의들이 '성불능자'라고 부르는, 다른 성인과 서로 교감하며 성숙한 관계를 유지할 수 없는 사람들이 되었다.

여러 연구에 따르면 출생 후 6~7세까지 아이의 인생에서 가장 중요한 어른은 어머니이며, 이 시기에 아이는 사랑이 무엇인지 배운다고 한다. 그러나 우리가 연구한 살인범들의 경우 어머니와의 관계는 한결같이 차갑고 냉담하며 사랑이 결여되어 있었다. 정서적인 온기를 느낄 수 없었을 뿐 아니라 정상적인 사람들끼리 애정이나 상호의 존성을 표현하는 방법을 보고 배울 여지도 없었다.

이 아이들에게는 돈보다 더 중요한 것, 바로 사랑이 결핍되어 있었던 것이다. 이들은 결국 남은 평생 동안 그 결핍에 대한 대가를 치르게 되었다. 그리고 그들이 저지른 범죄가 무고한 생명을 여럿 앗아갔으며 살아 있는 사람들의 가슴에도 영영 치유되지 않을 상처를 남겼으므로, 사회 역시 고통받게 된 셈이다.

이 아이들은 신체적, 정신적 학대를 모두 당했다. 신체적 학대가 아이의 폭력적인 성향을 키운다는 사실은 어느 정도 알려진 사실이지만, 정신적 학대도 이에 못지않게 중요하다는 사실을 아는 사람은 많지 않다. 한 어머니는 TV 앞에 놓아둔 상자 안에 갓난아기인 아들을 넣어두고 일하러 나가곤 했다. 아이가 좀 크고 나서는, 아이를 놀이울 안에 넣어두고 음식을 좀 놓아둔 뒤 보모를 두는 대신 TV를 켜놓고 나갔다. 어떤 살인범은 어렸을 때 저녁이면 자기방 안에 갇혀 있을 때가 많았다고 했다. 행여 거실에라도 들어서면 부모는 '저녁만큼은 엄마 아빠 둘이서만 지내는 법'이라고 말하며 자기를 쫓아냈다고 한다. 그 결과 그는 자기가 집에서조차 환영받지 못하는 쓸모없는 인간이라고 생각하며 자랐다.

또 이 아이들은 그 어떤 행동을 해도 무시되거나 아무런 제재를 받지 않는 환경에서 성장했다. 부모라면 아이에게 무엇이 옳고 무엇이 그른지도 가르쳐 주어야 한다. 그러나 이들은 강아지 눈을 찌르거나 남의 물건을 부수는 일은 나쁜 짓이기 때문에 해서는 안 된다는 가르침을 받지 못한 채 자랐다. 0~6세 아동의 최대 과제는 사회화다. 다시 말해 아이들에게 세상은 혼자 살아가는 것이 아니며 다른 사람들과의 적절한 상호작용이 필수적이라는 사실을 가르쳐 주어야 한다. 하지만 자라서 살인을 저지르는 아이들은 이 중요한 문제에 대해서 제대로 교육을 받지 못했기 때문에 주로 어머니가 소홀한 탓이지만 세상을 자기중심적으로밖에 생각하지 못한다.

1장에서 다루었던 '흡혈귀 살인마' 리처드 체이스는 체포될 때까지 6명을 죽였다. 체이스의 판결과 관련하여 실시된 정신과 면담에 따르면, 체이스의 어머니는 정신분열증 환자라서 아들을 사회화시키거나 사랑으로 보살펴주는 일이 정서적으로 불가능한 사람이었다.

우리가 만나본 살인범 중 어머니가 심각한 정신적 문제를 안고 있었던 사람은 체이스 외에도 9명이 더 있었다. 게다가 정신적 문제가 전문가들의 관심범위에 들 만큼 심각하지 않은 경우라 해도 어머니 역할에 문제가 있는 사람이 많았다. 예를 들면 상당수 어머니들이 알코올중독자였다.

아동 유기의 유형도 여러 가지였다. 한 면담자에게 자기는 TV 연속극에 나오는 모범가정 출신이 아니라고 한 테드 번디의 말은 이를 잘 보여준다. 번디는 자기를 키워준 여성을 누나라고 생각했지만 사실 그녀는 번디의 친어머니였다. 둘 사이에서 딱히 꼬집어 말할 만큼의 무관심이나 학대가 있었던 것 같지는 않지만, 그의 이야기로 미루어 보아 가족 중 다른 누군가가 번디를 신체적 혹은 성적으로 학대했을 가능성이 매우 높았다.

어머니가 아이에게 젖을 먹이고 있는데도 아버지가 아랑곳하지 않고 폭력을 휘두른 경우도 있었다. 한 살인범의 경우에는 아버지가 해군이어서 임무수행 때문에 집을 떠나 있을 때가 많았다. 그래도 가끔 들어와 얼굴을 비칠 때가 있기는 했는데, 아이들은 아버지가 오기만 하면 겁에 질려 어쩔 줄 몰랐다. 집에 들어서기만 하면 아내와 자식들을 때리고 아들을 성적으로 학대하기 일쑤였고, 결국 학대받으며 자란 아들은 나중에 살인범이 되었다.

보고에 따르면 살인범들의 40퍼센트 이상은 어린 시절에 두들겨 맞거나 학대를 당한 경험이 있다고 한다. 어릴 때 성적 스트레스가 심한 일을 목격하거나 당한 적이 있는 사람은 전체의 70퍼센트 이상이며, 이는 일반인에 비해 훨씬 높은 비율이 아닐 수 없다.

"나는 어릴 때 엄마랑 잤어요."

한 살인범은 이렇게 말했다.

"열네 살 때부터 아버지에게 학대당했습니다."

또 다른 살인범도 이렇게 이야기했다.

"새어머니가 날 강간하려고 한 적도 있어요."

세 번째 사람도 마찬가지로 털어놓았다.

"여덟 살 때 시내에 나갔다가 웬 남자한테 성폭행 당했어요."

네 번째 남자의 말이다.

가족에 대한 아이의 애착은 훗날 아이가 사회의 다른 구성원들을 어떻게 생각하고 인정하는지를 결정하는 중요한 요소이다. 그러나 살인범들이 자란 가정에서는 부모의 냉담함을 상쇄시켜줄 수도 있는 형제자매나 다른 가족 구성원들과의 관계 또한 거의 전무했다. 아주 어릴 때부터 제대로 된 관계를 경험하지 못한 이 아이들은 의지할 수 있는 사람도 없고 가장 가까운 가족에 대한 애착을 발전시킬 수도 없는 상태에서 점점 더 외롭고 고독해져갔다.

사실 어릴 적 환경이 아무리 불우하더라도 대다수 사람들은 살인이나 파괴적인 반사회적 행동을 저지르진 않는다. 그러나 우리가 보기에는 이들이 제대로 성장할 수 있었던 것도 모두 유년기의 다음 시기, 그러니까 8~12세 때 이들을 수렁에서 건져주는 든든한 손이 나타난 결과이다.

그러나 우리가 연구한 살인범들은 수렁 속에서 허우적거릴 때 도움을 청할 사람이 아무도 없었으며, 이 시기에 오히려 더욱 깊이 빠져 들어갔다. 유년기 초반에 나타났던 모든 부정적 성향이 이 나이에 더욱 심각해지고 만 것이다. 이 시기의 남자아이에게는 아버지의 존재가 절실히 필요한 법이지만, 연구대상자 중 절반은 바로 이때 여러 가지 형태로 아버지를 잃어버렸다. 아버지가 세상을 뜬 경우도 있었고, 감옥에 가거나 이혼하여 볼 수 없게 된 경우도 있었으며, 그냥 가정을 내팽개치고 사라진 사람도 있었다. 몸은 집에 있을지 몰라도 마음은 먼곳으로 떠나버린 경우도 많았다.


## 불우했던 어린 시절

존 게이시는 붙잡힐 때까지 소년들을 자그마치 33명이나 죽여서 자기 집 지하에 묻었다. 그가 어렸을 때 아버지는 집에 들어오자마자 지하실로 직행해서는 소파에 앉아 술을 마셔대곤 했는데, 누가 다가가기라도 하면 화를 내며 쫓아버렸다. 그리고 저녁식사 시간이 되면 곤드레만드레가 된 상태로 올라와서는 어떻게든 트집거리를 만들어서 아내와 자식들을 때렸다.

존 주버트는 체포되기 전에 세 명의 어린 소년을 죽였다. 존이 사춘기도 맞기 전에 부모가 이혼했는데, 아버지가 보고 싶다며 우는 그에게 생모는 어린 아들을 아버지가 사는 집에 데려다 주지도, 혼자 찾아갈 수 있게 돈을 주지도 않았다. 이런 행동 역시 정신의학자들이 수동적 공격성이라고 부르는 학대에 해당한다. 최근에는 미국에서도 이혼이 매우 흔한 일이 되었으며, 편부모 슬하에서 자라는 아이들도 수십만 명에 달한다. 그러나 그중 자라서 사람을 죽이는 아이는 극소수에 불과하다. 나는 결손가정을 비하하려는 것은 아니다. 다만 살인범의 대다수가 불우한 환경에서 자랐으며, 부모의 이혼이 그 원인이 된 경우가 많다는 사실을 지적하고 싶을 뿐이다.

몬티 랠프 리셀은 열아홉 살도 채 되기 전에 12명의 여자를 강간했고, 그중 5명을 죽였다. 리셀의 부모는 그가 일곱 살 때 이혼했는데, 어머니는 이혼 후 아이들 셋을 데리고 버지니아를 떠나 캘리포니아로 이사했다. 막내였던 몬티는 미 대륙을 가로질러 캘리포니아로 가는 동안 차 안에서 내내 울어댔다.

몇 년 뒤 그는 나와 면담을 하면서 자기가 그때 어머니 대신 아버지를 따라갔더라면 지금쯤 교도소에서 종신형을 사는 대신 어엿한 법대생이 되어 있을 것이라고 말했다. 반박의 소지가 있는 내용이기는 했지만, 적어도 본인은 진심으로 한 말이었다. 어찌 되었건 그가 비참한 어린 시절을 보낸 것만은 사실이었다.

몬티는 태어났을 때 혈액형이 RH-형이어서 몸속의 피를 모두 바꾸는 교환수혈을 받아야 했지만, 나중에는 나이에 비해 좀 왜소하기는 해도 건강한 아이로 자랐다. 그의 부모는 몇 년 동안 심한 싸움을 거듭한 끝에 이혼했다. 그는 자기가 일곱 살도 되기 전에 형과 누나들로부터 마리화나와 술을 배웠다고 하는데, 기록상 처음 나오는 그의 반사회적 행동은 아홉 살 때의 일로, 그가 몇몇 친구랑 같이 복도에서 음란한 낙서를 하고 있다가 교장에게 들켜서 붙잡혔다는 내용이 학적부에 나와 있다.

집은 집대로 문제가 있었다. 어머니와 의붓아버지는 아이들끼리 서로 보모 노릇을 하도록 버려두고 둘이서만 시간을 보내기 일쑤였으며, 무슨 문제라도 생기면 죄없는 아이들만 마음 내키는 대로 혼내곤 했다. 그러나 몬티는 우리와 면담할 때, 의붓아버지는 성인이 된 이후 군 복무 문제로 집을 떠나 있었던 적이 많아서 아이를 제대로 키우는 법을 몰랐을 뿐이라고 역성을 들었다. 그는 의붓자식들에게 선물을 사다주면서 돈으로 아이들의 사랑을 얻으려고 했지만 다른 식으로 친해지는 방법은 전혀 몰랐던 것이다.

몬티가 억눌려 있던 화를 사촌 한 명에게 폭발시켰을 때 그의 나이는 겨우 아홉 살이었다. 의붓아버지가 사준 BB탄 총으로 사촌을 쏘았던 것이다. 이 일에 화가 난 의붓아버지는 총을 부숴버리고, 부러진 총으로 그를 때렸다. 어머니의 두 번째 결혼생활이 파경에 이르자 몬티는 모두 자기와 누나 때문이라고 생각했다.

그해 어머니를 따라 버지니아로 돌아온 뒤, 그는 어떤 아파트에 숨어 들어가 몇 가지 물건을 훔쳤으며, 열세 살이 되었을 때에는 무면허운전 혐의로 붙잡힌 적도 있었다. 열네 살 때에는 주거침입, 절도, 차량절도, 강간 두 건으로 기소되었다. 이처럼 몬티 리셀은 10대 초반에 이미 상당한 탈선행위를 저질렀는데, 이런 양상은 다른 수많은 살인범들에게서도 그대로 나타난다.

여자를 여러 명 살해한 다른 살인범 역시 일찍부터 반사회적 경향을 드러냈다. 이 남자는 앨라배마의 모빌에 사는 가난하고 원만하지 못한 가정의 네 자녀 중 막내였다. 미숙아로 태어난 그가 9일 동안 인큐베이터에 있었다는 이야기와 몇 달 뒤 갑작스런 경기를 일으켜 본인 말에 따르면 "죽었다가 다시 살아났다"는 이야기는 가족 내에서는 일종의 전설이 되었다. 그는 여섯 살이 될 때까지 어머니와 같은 침대에서 잤으며, 그 후로도 12년 동안 침대는 달라도 같은 방을 썼다. 나중에 어머니의 말로는, 알코올중독자인 남편이 언제 손찌검을 할지 무서워서 아들을 옆에 두었다고 한다.

그러나 그녀는 막내아들을 겉으로는 특별대우 하면서도 한편으로는 학대했는데, 네 아이 모두에게 전깃줄로 구타를 한 적도 있었다. 매일 아이들을 맡아주었던 외할머니 역시 아이들이 말을 듣지 않으면 마구 때렸다. 손위 두 형은 고등학교를 졸업하자마자 곧바로 독립해서 집을 떠났고, 형들이 가버리고 나자 어머니, 외할머니, 누나는 막내를 술 취한 아버지에 대항하기 위한 방패막이로 이용했다. 심지어 어머니의 분노를 대신한다는 핑계로 아이더러 아버지를 때리라고 부추기기도 했다.

학교에서 아이의 성적은 들쭉날쭉했고, 성적표에는 종종 '몽상에 잠긴다'는 지적이 있었는데, 누나 역시 그 사실을 확인해 주었다. 그는 사춘기 때 몸무게가 14킬로그램이나 늘었다가 다시 빠졌으며, 어머니에게 공공연히 대들거나 욕을 했다. 핫도그를 하나밖에 안 준다거나 아이스크림 위에 초콜릿 시럽을 얹어주지 않았다는 등의 사소한 이유로 소동을 피웠다는 말도 그의 어머니로부터 들은 얘기다. 심지어 여자 속옷을 훔치고, 누나가 목욕하는 모습을 몰래 훔쳐보기도 한 그는 훗날 다음과 같이 회고했다.

"다른 사람들은 날 괴물 취급했다······ 나는 그 모욕을 그냥 참고 받아들이기로 했다······ 화장실에서 혼자 뒤처리를 할 수 있을 나이에도 집에서 기르는 개 취급을 받았다."

그는 13세 때 소매치기를 시작했으며 패싸움에도 끼어들었지만 가족의 과잉보호는 여전했다. 16세 때 그는 한 눈먼 노파의 지갑을 소매치기하고 그녀의 열네 살 난 조카딸을 덮쳐서 강간하려 한 혐의로 기소되었다. 수사가 한창일 때 그가 저지른 잘못을 나무랐던 인근의 또 다른 노파가 머리에 총을 맞고 숨진 채 발견된 사건마저 있었다. 물리적 증거로 보아 이 소년이 유력한 용의자로 떠올랐지만, 아버지는 살인이 일어난 시각 아들이 다른 장소에 있었다고 거짓말을 했고 어머니도 변호사를 고용하는 등 아들 감싸기에 적극적으로 나서 결국 그는 무혐의로 풀려났다. 여러 해가 지나 다른 살인혐의에 대해 유죄선고를 받고 나서 그는 비로소 자신이 그 노파를 쏘았다는 사실을 인정했다.

이런 사건들이 있은 지 2년 후에, 살인범은 고등학교를 졸업하고 군에 지원하여 부모의 과잉보호와 간섭을 벗어나게 되었다. 그러나 그는 입대한 지 한 달도 채 지나기 전에 젊은 여자 한 명을 죽이려 한 혐의로 체포되어, 유죄판결 및 20년 구금형을 선고받았다. 그는 영창에 있는 동안에도 또다시 어머니의 도움을 받았는데, 어머니는 하원의원들에게 탄원서를 보내어 유죄선고를 기술적으로 뒤집으려고 애썼다. 그를 치료하려 했지만 실패했던 정신보건 전문가들의 반대에도 불구하고, 그는 7년을 복역한 뒤 어머니를 보호자로 하여 가석방되었다.

그는 곧 아이가 서넛 딸린 이혼녀와 결혼했는데, 그녀의 말에 따르면 둘 사이의 관계는 간혹 이상한 사건들로 얼룩지기는 했지만 처음에는 상당히 정상적이었다고 한다. 한번은 그녀가 전남편 때문에 자살하고 싶을 만큼 힘들다고 하소연하자, 그는 자기가 죽여주겠다고 되받더니 그 자리에서 베개로 얼굴을 눌러 질식시키려 들었다. 혹은 술을 마시다가 눈앞에서 당장 꺼지지 않으면 머리통을 박살내겠다고 협박한 적도 있었다. 집에서 키우던 토끼를 기둥에 내리쳐서 죽이고 피를 흠뻑 덮어쓴 그의 모습을 발견하고 공포에 떨었던 적도 있었다.

하지만 두 사람의 관계는 딸이 태어난 후 결정적인 전환점을 맞게 됐는데, 이후 그는 본격적으로 이상한 행동을 하기 시작했으며 아내와 자식에게서도 멀어졌다. 그 후 얼마 되지 않아 가석방된 지 2년도 채 지나지 않은 시점에서 그는 편의점 여직원을 골라 연쇄적으로 강간·살해한 뒤 시체를 토막내기 시작했다. 세 번째로 저지른 살인사건의 용의자로 붙잡혔을 때 그는 다른 범죄사실도 자백했다.


## 성에 대한 극도의 콤플렉스

잠재적인 살인범들은 8~12세 사이의 시기에 외톨이로 굳어지며, 고립은 그들의 정신적 발달양상에 결정적인 영향을 미치게 된다. 이들을 외톨이로 만드는 여러 요소 중 가장 중요한 것은 아버지의 빈자리다. 여덟 살, 열 살, 혹은 열두 살의 소년에게 아버지가 없거나 아버지 역할을 대신해줄 존재가 없으면 아이는 이 사실을 부끄럽게 생각한다. 아이는 리틀 야구단이나 보이스카우트처럼 부자지간에 팀을 이루는 일이 많은 상황 자체를 피하고 싶어서 아예 친구들과 어울리지 않고 혼자 지내기 시작한다. 따라서 그가 사춘기 이전에 보이는 성 행동 역시 다른 사람과 관련이 있다기보다는 혼자 자위를 하는 것으로 시작하는 경우가 많다.

우리가 연구한 살인범들 중 절반은 12~14세 사이에 여자를 강간하는 환상을 일으켰으며, 80퍼센트 이상은 포르노를 보며 자기에게 성도착 및 관음증 성향이 있다고 인정했다. 여기에서 다시 한 번, 아버지 없이 자란 소년이라고 해도 반사회적 이상성격자로 자라나는 일은 극히 드물다는 사실을 짚고 넘어가야 하겠다. 그러나 뒤집어 보면, 자라서 반사회적 이상성격자로 자란 사람들의 경우 8~12세 사이의 기간이 결정적이라는 것 또한 사실이다. 연구를 하다 보면 바로 이 시기, 다시 말해 아버지 역할을 해줄 사람이 아무도 없고 아이가 이상한 행동을 보이기 시작하는 시기까지 거슬러 올라오게 될 때가 많다.

부모가 이혼한 후 에드 캠퍼는 열 살 때 집으로 돌아왔다가 어머니와 누나들이 자기 물건을 2층에 있던 그의 방에서 끄집어내어 지하실로 옮겨놓았다는 사실을 알게 되었다. 캠퍼의 어머니인 클라넬 스트랜드버그는 대학 교무과 직원이며 자상한 배려로 학생들에게는 인기 만점이었다. 그러나 그녀는 집에 오면 폭군으로 변해 캠퍼를 걸핏하면 야단쳤으며, 늘상 자기 인생이 아들 때문에 틀어져 버렸다고 말했다. 게다가 캠퍼가 몸집이 너무 커서 사춘기가 된 누나들이 겁을 내기 때문에 지하실로 쫓아낸 것이라고도 했다. 그 일이 있고 얼마 되지 않아, 덩치만 큰 어린아이 캠퍼는 창문도 없는 방에 혼자 틀어박혀 사람을 죽이는 환상을 품기 시작했다.

정신적으로 상처를 받은 아이들은 사춘기에 접어들면 자기가 바람직한 성관계와 감정교류에 필수적인 교제술을 제대로 익히지 못한 다는 사실을 깨닫는다. 그러나 잠재적 살인범이 외톨이라고 해도 모두가 내성적이며 수줍어하는 것은 아니다. 개중에는 내성적인 사람도 물론 있지만, 다른 남자들과 잘 어울리며 달변가인 사람도 있다. 후자의 외향적 성향은 내면적인 고립감을 감추는 수단이다.

정상적인 청소년이 춤을 추고, 파티에 가고, 이성과 키스하는 장난을 칠 시기에, 외톨이는 자기 속으로 파고들어 비정상적인 환상을 키운다. 환상이 다른 사람들과의 긍정적인 만남을 대신하는 것이기는 해도, 환상에 의존하게 될수록 소년은 바람직한 사회적 가치와는 담을 쌓게 된다.

제롬 브루도스는 열두세 살 무렵 자기 또래나 좀더 어린 소녀들을 칼로 위협해서 가족 농장에 있는 헛간으로 데려가곤 했다. 거기서 그는 그들에게 옷을 벗으라고 명령하고 사진을 찍었지만, 아직은 성에 대해 잘 몰랐던 터라 그 이상 무슨 짓을 하지는 않았다. 그는 사진을 찍고 나면 여자아이를 옥수수 창고에 가둬놓고 사라졌다. 몇 분 뒤 그는 옷을 갈아입고 가르마를 반대로 탄 채 다시 헛간에 나타나서 창고 문을 따주고, 소녀에게 자신이 제리의 쌍둥이 형인 에드라고 말했다. 그리고는 제리가 소녀를 창고에 가두었다는 사실에 경악하는 척하면서 이렇게 말했다.

"그래도 다치거나 한 건 아니잖아, 그치?"

소녀가 알몸 사진을 찍혔다는 이야기를 하면 '에드'는 사진기를 찾아서 그 안에 든 필름을 망가뜨린 뒤 이렇게 말했다.

"제리는 지금 치료 중이야. 정신과 상담을 받으라고 보냈거든. 이 일을 들키면 다시 나빠질지도 모르니까 부모님이나 다른 사람들한테 이야기하지 말아줘."

그러면 소녀는 마지못해 약속을 해주었다. 훗날 브루도스는 자기 집까지 와서 스타킹이나 구두 모델을 해줄 여성을 찾는다는 광고를 대학 신문에 내고 다녔다. 여자들이 약속시간에 맞추어 그의 모델 방에 나타나면, 그는 그들을 납치해서 일부를 죽이고 차고에 매단 뒤 알몸 사진을 찍거나 시체에 여러 가지 옷을 입히고 사진을 찍었다.

이런 살인범들의 비밀을 푸는 열쇠는 그들의 행동에 거의 언제나 성적 의미가 들어 있다는 점이다. 남자들의 경우는 '성기능 장애'를 앓고 있었는데, 그들은 다른 성인들과 합의 하에 이루어지는 성숙한 성관계를 경험하거나 지속할 수 없었기 때문에 그 좌절감을 강간 살인 등으로 바꾸었던 것이다. 물론 키스하는 놀이에 끼지 못한다고 해서 모두 성인이 되었을 때 성 불능자가 되지는 않는다.

성인으로서 바람직한 성적 관계를 맺는다는 말이 오직 이성애만을 의미하는 것은 아니라는 사실 또한 여기서 짚어두어야겠다. 두 사람이 서로를 보듬고 감싸 안는다는 점에서 보면 정상적이고 만족스러운 동성애 관계도 분명히 존재한다.

그러나 우리가 연구한 살인범 중 동성애자였던 이들은 이런 관점에서 볼 때도 역시 성기능 부전이어서 장기적인 관계를 유지할 수 없었으며, 하룻밤 잠자리를 할 기회가 있을 때에도 속박이나 고문, 사도-마조히즘적 변태 성욕에 탐닉했다. 한번도 다른 성인과 만족스러운 성관계를 가져본 적이 없다고 털어놓은 사람도 거의 절반에 달했다. 또한 살인범들은 모두 자기가 정상적인 관계를 가져본 적이 없다는 사실을 스스로도 잘 알고 있었으며 그 사실을 증오했다. 그들이 다른 사람을 공격하고 죽이도록 만든 원동력은 바로 이 증오였다.

리처드 로렌스 마케트는 술집에서 한 여성을 유혹했는데, 둘은 어릴 때부터 알고 지낸 사이였다. 훗날 마케트의 고백에 따르면, 여자를 데리고 그의 집으로 갔지만 발기가 되지 않아 제대로 된 성관계를 갖지 못했다. 여자가 그를 놀려대자 그는 곧바로 그녀를 죽여 시체를 토막냈다.

이 일로 13년을 복역하고 출소한 마케트는 비슷한 환경에서 여자 두 명을 더 유혹했으며, 역시 성관계를 시도했다가 실패한 뒤 죽여버린 끝에 체포되어 다시 감방으로 돌아왔다.

이 문제아들의 사춘기는 점점 심화되는 고립과 '거들먹거리는' 행동, 시도 때도 없는 공상, 충동적인 자위행위, 거짓말, 야뇨증, 고립에 수반되는 악몽 등으로 특징지을 수 있다. 그리고 이 시기에는 반사회적 행동을 할 가능성이 더욱 높아진다. 집 안이나 마당에서 놀던 아이가 이제는 집에서 떨어진 학교나 길거리에 있기 때문이다.

동물이나 또래친구들에 대한 잔학행위, 가출, 무단결석, 선생님들에 대한 공격, 방화, 다른 사람이나 자기 물건을 부수는 행위처럼, 겉으로 드러나는 행동은 사춘기에 시작되기 마련이다. 물론 그 원인이 되는 심리적 요인은 더 일찍부터 자리를 잡았지만, 그 동안은 아이가 가정이라는 환경 안에서 통제되고 있었기 때문에 드러나지 않았던 것이다.

## 불우한 환경은 극복될 수 있다

살인범들은 대부분 지능이 높았지만, 학교 성적은 좋지 않았다.

"나는 공부를 너무 못해서 2학년을 낙제했어요."

한 명은 면담을 할 때 이렇게 털어놓았다. 그의 부모는 아이가 학교를 그만두고 농장 일을 돕기를 바랐다.

"하지만 2학년 과정을 마치긴 했으니까 3학년으로 올라갔는데, 잘하는 과목이랑 못하는 과목이 반반이었어요. 수학은 끝내주게 잘 했는데 철자법은 도저히 익힐 수가 없었거든요."

학교성적뿐 아니라 이들의 삶은 나이가 들어서도 들쭉날쭉했다. 제대로 된 일자리를 얻지도, 자기의 지적 능력을 충분히 발휘하지도 못하는 사람이 대부분이었다. 그들은 일을 제대로 하지 못해서 자주 해고당했고, 직장에서 말썽을 일으키거나 윗사람과도 끊임없이 충돌했다. 그들은 지능으로만 따진다면 숙련직도 충분히 감당할 수 있었지만 그저 단순 노동에 종사했던 사람이 많았다. 그중 40퍼센트 정도는 군에 입대했지만 대부분은 불명예제대로 마쳤다.

가정에서는 사랑뿐 아니라 성취를 위한 자극이나 격려도 없었으며, 이 점은 학교도 마찬가지였다. 따라서 이들의 에너지는 당연히 부정적인 쪽으로 분출되었다. 학교에서 이들은 항상 말썽을 부리는 아이거나 침울한 아이, 혹은 있는지조차 모를 정도로 소극적인 아이였다.

"나는 '우리 가족에 대한' 이런 생각에 죄책감을 느꼈습니다."

리셀은 내게 이렇게 말했다. 그는 심리학자들이 하는 말을 몇 년 동안 들어서인지 전문용어를 썼다.

"그런 생각을 억압시키긴 했지만, 대신 적개심이 쌓여서 나중에는 환상으로 진행되었어요. 내가 늘 공상에 빠져 있다는 말이 성적표에 빠지지 않고 나오는 걸 보면 학교에서도 알았던 모양이에요…… 사실은 학교 전체를 다 쓸어버리는 꿈을 꾸고 있었어요."

가족과 마찬가지로 학교 역시 이 아이들을 저버렸다. 문제아가 있어도 학교에서는 상담을 해주지 않거나, 상담을 한다 해도 정작 중요한 가정문제는 비껴가기 일쑤였다. 예를 들어 교사가 "조에게 문제가 있으니 잘 돌봐주십시오"라는 지적을 한다고 해도 학교에서는 조의 생활을 제대로 파악할 수도 없고, 사회복지단체에 도움을 청해서 아이를 구할 수 있는 조치를 취하지도 못한다.

게다가 아이에게 가해진 위해가 정서적인 것이기 때문에 손을 내밀어 닿기가 쉽지 않다. 이 아이들은 지능이 평균 이상이기 때문에 마음속 상처가 두꺼운 딱지에 뒤덮여 흉터로 변할 때까지 그 상처를 가리거나 숨기는 방법을 찾아낸다.

불행하고 고통스러운 어린 시절을 보내는 사람은 많지만, 대다수는 어려움을 딛고 일어나며 사람을 죽이지도 않는다. 그러나 학교와 사회복지단체, 이웃들의 무관심이 더해진다면 아이의 문제는 계속 악화될 수밖에 없다. 애정이 없는 어머니, 학대를 일삼는 아버지나 형제들, 손놓고 구경만 하는 학교, 있어도 소용이 없는 사회복지단체, 다른 사람들과 정상적인 성관계를 맺지 못하는 본인의 무능력 등은 이상성격자를 만들어내기에 딱 좋은 조건이다.

나는 왜 여성 연쇄살인범 이야기는 하지 않느냐는 질문을 많이 받는다. 지금까지 체포되어 연쇄살인범으로 기소된 여성은 플로리다 출신의 아일린 우르노스 단 한 명뿐이었다. 다른 사람들이 더 있을지도 모르지만, 나로서는 그들을 만나본 적이 없다. 물론 사람을 여럿 죽인 여자들도 있지만 이들은 죽이더라도 한꺼번에 죽이는 경우가 많으며, 지금 내가 논의하고 있는 남자들처럼 연쇄적으로 살인을 저지르지는 않는다. 이 남자들을 특징짓는 정신적 결함이 폭력성향을 띠는 여자들에게도 그대로 적용될까? 솔직히 말해서 나로서는 확답을 할 수가 없다. 그런 연구는 앞으로 더 이루어져야 할 부분이다.

연쇄살인범들은 대부분이 남자이고, 백인이며, 범행 당시 나이는 20대나 30대이다. 다른 사람과 원만한 관계를 맺거나 유지하고 발전시키는 능력은 아동기에 시작하여 사춘기 직전에 본격적으로 강화된다. 그러나 이런 능력이 처음부터 없거나 이 시기에 긍정적으로 강화되지 못하면, 사춘기에 이르렀을 때에는 이미 너무 늦어 버린다. '거들먹거리는' 행동은 살인이나 강간은 아니지만, 마찬가지로 아이의 정신적 문제를 보여주는 징후이다.

어린 시절에 심각한 상처를 입은 사람들은 자라서도 완전히 정상적인 삶을 살 수 없다. 그들은 알코올중독인 어머니나 자식을 학대하는 아버지가 되어서 학대의 악순환을 만들기 때문에 그 아이들 역시 범죄자가 될 가능성이 높다. 다시 말해 결함이 있는 부모는 범죄적인 환상과 행동을 키우는 온실 같은 환경을 만들어내 결국에는 자기 자식과 사회에 피해를 입힌다.

그러나 언제나 개입할 여지는 있게 마련이다. 12세까지 불우한 환경에서 자란 탓에 잠재적으로 위험한 아동의 난폭한 행동을 저지할 방법 말이다. 자애로운 의붓아버지나 선생님, 혹은 선배가 끼어들어서 아이에게 좋은 영향을 미칠 수도 있다. 혹은 심리 상담이 문제의 핵심을 파악하고 아이의 비정상적 행동을 돌려놓는 역할을 할 수도 있다.

물론 외부 개입으로 구출된 아동이 계속해서 가족을 실망시키고 무단결석을 하는 등, 눈에 띄게 좋아지지 않는 경우도 분명히 있다. 그러나 이런 경우에도 최소한 자라서 사람을 납치하고, 강간하고, 죽이는 일은 절대로 없을 것이다. 물론 그대로 방치되어 범죄의 길로 들어서버린 사람은 뒷걸음질치더라도 한계가 있을 수밖에 없으며, 자라서도 심각한 문제가 있을 가능성이 높다. 그가 완전히 새로 태어나 정상인으로 돌아오기는 거의 불가능하다고 보아야 한다.

이는 살인범을 체포해서 교도소에 집어넣는다 해도 이들이 재활에 성공할 가능성이 극히 낮다는 뜻이기도 하다. 그들이 안고 있는 문제는 결국 어린 시절부터 꾸준히 자라온 것이기 때문이다. 이 남자들은 다른 사람과 적절한 관계를 맺는 법을 한 번도 배우지 못했는데, 이런 기본적인 인간관계 기술을 교도소 안에서 배울 수 있는 가능성은 별로 없다. 그들은 모두 다른 사람을 한 개인으로서 바라보고 존중하며 좋아하는 법을 처음부터 배워야 한다. 그러나 분노와 증오에 불타며 공격적인 이들을 사회에 잘 적응할 수 있는 감수성 예민한 사람들로 바꾸는 일은 거의 불가능에 가깝다.

최근 상습적인 아동 성폭행 혐의로 붙들려 복역 중인 한 남자가 자기의 행동을 도저히 바꿀 수 없다는 사실을 확실히 보여준 예가 있었다. 그는 몇 년 동안 환상 속에서 어린아이들과 성관계를 가졌다고 털어놓았다. 교도소 당국에서는 그의 관심을 하다못해 남자 동성애자라도 좋으니 어떻게든 성인에게 돌리려고 무진 애를 썼지만 그의 환상이나 자위행위는 언제나 어린 소년들을 향한 것이었으며, 감방 안에 있든 밖에 있든 영원히 그 환상을 벗어나지 못하리라는 사실을 본인 스스로도 잘 안다고 했다.


## 환상을 좇는 범죄

과거에 살인범들의 마음속을 연구했던 사람들은 대부분 난폭한 행동의 뿌리가 어린 시절에 받은 정신적 충격에 있다고 생각했다. 가령 여섯 살에 성폭행을 당했던 사내아이는 자라서 여자를 강간하게 된다는 것이다. 그러나 우리가 만나보았던 강간범이나 살인범들이 모두 어린 시절에 성폭행을 당한 경험이 있는 것은 아니었다. 내가 연구를 하면서 얻은 결론은, 어린 시절의 정신적 충격이 아니라 비뚤어진 사고방식을 키우는 것이 문제라는 것이었다. 살인범들은 자신들이 품고 있던 환상에서 동기를 부여받아 사람을 죽이게 된다.

"실제로 살인을 저지르기 오래 전부터 내가 사람을 죽일 것이며 결국에는 이렇게 되리라는 사실을 알고 있었습니다."

한 대량 살인자는 이렇게 고백했다.

"환상이 너무 강력했거든요. 너무 오래 계속될 뿐더러 갈수록 구체적으로 변해서 도저히 벗어날 길이 없었어요."

환상은 실제로 사람을 죽인 뒤에도 계속되었다.

"일종의 발전이라고 할 수 있어요. 어느 수준에서 이 환상이 시들해지면 더 나아가 훨씬 더 끔찍한 상상을 하게 됩니다…… 사람의 잔인함은 끝이 없어서, 아직도 내가 품고 있는 환상 중 제일 끔찍한 단계에는 도달하지 못했다는 생각까지 들어요."

우리가 만나본 살인범들은 모두 강력한 환상에 사로잡혀 있었다. 그들은 어린 시절이나 사춘기부터 자기 마음속에서 수도 없이 보았던 것들을 실현시키려고 살인을 저지른다. 사춘기에는 정상적으로 또래 친구들과 비슷한 관심사를 갖고 어울려서 하는 활동에 참가하는 대신, 선정적이고 폭력적인 환상 속으로 빠져든다. 친구들과 어울리는 현실세계는 자기 마음대로 할 수 없지만, 상상의 세계는 마음먹은 대로 움직일 수 있기 때문이다. 이 청소년들은 환상 속에서 학대행위를 되풀이하면서 어린 시절의 아픈 기억을 과잉 보상받는다. 단 이번에는 자기가 피해자가 아닌 가해자라는 차이가 있다.

한 살인범은 내게 "우리가 안고 있는 문제가 뭔지 알아봐 주려는 사람이 아무도 없었기 때문에 환상속의 세계에 대해서도 아무도 몰랐어요"라고 말했다. 희생자의 몸에 성기 삽입이나 여타 성행위가 없었던 것처럼 보일 때에도, 우리가 연쇄살인범들이 피해자를 성적인 이유로 살해했다고 단정하는 이유가 바로 여기에 있다. 이 살인범들은 모두 성적인 환상에 깊이 빠져 있다. 모든 환상의 핵심에는 성기능 부전 문제가 도사리고 있으며, 이 환상이 살인범들을 정서적으로 부추기는 것이다.

환상은 정상적인 삶에서는 접할 수 없는 일로 정의된다. 정상적인 남자가 품는 환상은 흠잡을 데 없이 아름다운 유명 여배우와 잠자리를 함께 하는 정도일 것이다. 섹시한 여자를 육체적으로 소유하는 환상은 비정상적인 생각이 아니라 이룰 수 있는 가능성이 극히 낮은 소망을 마음속에서 표현한 것뿐이다.

그러나 성관계를 갖는 도중 그 여배우를 꽁꽁 묶어서 난도질하는 환상을 품는다면 이는 비정상에 속한다. 정상적인 남자는 마돈나나 셰어나 제인 폰다 등 멋지고 섹시한 스타들에게 자기가 실제로 접근하기는 불가능하다는 사실을 받아들이고 다른 대안을 찾아 나선다. 자기 행동에 대한 사회적 제약을 받아들이고 타협하는 법을 배우는 것이다.

그러나 이상성격자의 경우는 어릴 때부터 자기의 행동에 대해 진정한 제약을 받아본 적이 거의 없기 때문에, 환상을 실천에 옮길 수 있을 뿐 아니라 아무도 자기를 말릴 수 없다고 믿는다. 영화배우 조디 포스터에게 반한 젊은이들은 수없이 많았지만, 뉴 헤이븐에서 그녀를 스토킹하고, 쪽지를 보내고, 대화를 녹음할 자격이 자기한테 충분히 있다고 생각한 사람은 존 힝클리 한 사람뿐이었다. 그때 힝클리는 레이건 대통령을 암살할 계획을 세우고 있었다.

이와 비슷한 예로, 애완동물을 데리고 놀거나 야생동물에 푹 빠져드는 아이들은 많다. 그러나 고의로 동물을 괴롭히는 아이는 많지 않다. 한 이상성격자는 어릴 때 개가 쓰러져 죽기 전에 얼마나 멀리까지 달릴 수 있는지를 보려고 개의 배를 갈랐던 적이 있었다. 고양이 다리에 딱총을 매다는 장난을 쳐 그 일대의 고양이 여러 마리를 불구로 만든 아이도 있었다. 어떤 아이는 아무런 양심의 가책 없이 고양이 목을 매달았지만 누군가가 자기 개에게 유리가루를 먹였을 때에는 크게 상심하고 이루 말할 수 없이 분노했다.

범죄자들이 청소년기에 외톨이가 되고 사춘기의 성적 욕구에 눈 뜨기 시작하면 환상은 더욱 심해진다. 사회에 속았다는 생각 때문에 공격적으로 변한 그들은 자신들의 적대감을 환상 속에서 분출하는 것이다. 몇몇 살인범들의 경우 일찍부터 하이힐, 여자 속옷, 사람을 목매달거나 질식시킬 때 쓰는 밧줄에 대한 집착을 보였는데, 마지막에 거론한 밧줄의 경우에는 성적 흥분을 목적으로 자기에게 사용할 때도 많았다.

에드먼드 캠퍼는 열두 살 때 누나와 '가스실' 놀이를 했다. 누나가 그를 의자에 묶은 뒤 가스 스위치를 올리는 시늉을 하면 그가 의자에 앉은 채 고꾸라져 죽는 놀이로, 이들은 성적인 주제와 죽음을 결부시킨 재미도 없고 적대적인 놀이를 되풀이했다.

또 다른 살인범은 사춘기가 되었을 때 공공연히 누나들의 속옷에 대고 자위행위를 했다. 심지어는 누나들 앞에서 할 때도 있었다. 그러나 그는 가족들이 왜 화를 내는지를 이해하지 못했다. 어떤 이는 열다섯 살 때 입원해 있던 병원 화장실 안으로 어린 소년들을 끌어들여서 항문성교나 오럴섹스를 강요했는데, 이는 자기가 열 살 때 당했던 일을 그대로 재연한 것이었다. 그런가 하면 세 살 때 고추를 책상서랍에 매달아서 자극을 얻으려 한 범죄자도 있는데, 그는 열세 살 때에는 욕조 안에서 수도꼭지 위쪽에 있는 가로장에 자기 성기와 목을 묶으려고 하다가 부모에게 들키기도 했다. 열일곱 살이 되었을 때는 자신의 공격성을 타인에게 돌려서, 어떤 젊은 여자를 납치한 뒤 밤새도록 총으로 위협하기도 했다.

이러한 환상의 공통적 특징은 강렬한 시각적 요소, 지배, 복수, 학대, 통제 등이다. 정상적인 사람은 성적인 경험이라는 측면에서 환상을 품는 반면, 이상성격자들은 성행위를 파괴적인 행위와 결부시킨다. 둘이서 즐기는 모험이라는 정상적인 환상이, 다른 사람을 비하하고 모욕하며 지배하는 비정상적 환상과 하나가 된다. 정상적인 환상은 그 중심에 상대방 역시 자기만큼 만족을 얻는다는 생각이 자리잡고 있지만, 이상성격자들의 경우 이들이 환상 속에서 느끼는 즐거움이 클수록 상대방은 더 큰 위험에 처하게 된다.

여기서 한 가지 중요한 사실을 알 수 있다. 즉 비정상적인 환상 속에서 상대방은 인격을 지닌 사람이 아니라 하나의 물건으로 전락하는 것이다.

"냉정한 소리로 들린다면 미안합니다."

에드 캠퍼는 유감이라는 투로 내게 털어놓았다.

"하지만 난 한 사람과의 특별한 경험을 원했고, 내 방식대로 상대를 소유하고 싶었어요. 그러자면 상대방을 육체에서 쫓아내는 수밖에 없었어요."

일단 자기 몸에서 쫓겨나면 두 번 다시 돌아갈 수 없기에 캠퍼는 자기의 성적 환상을 충족시키려면 상대를 죽일 수밖에 없었다.

심지어 부모가 모두 건재하고 정상적이며 화목한 가정이라 해도, 가족들 사이에서 성에 대한 환상을 입에 올리는 일은 거의 없다. 소년들에게 이제 너도 사춘기가 되었으니 여자의 알몸이나 성관계를 갖는 일에 대해 상상해도 좋다는 이야기를 대놓고 하는 사람은 없다. 그러나 정상적인 가정에서 자란 아이는 부모가 서로 껴안고 입을 맞추는 모습을 보면서, 부모가 서로 사랑하는 사이이며 자기도 자라면 누군가와 그 비슷한 관계를 맺게 될 것이라고 생각한다.

그러나 우리가 면담했던 살인범들은 부모의 친밀한 애정 표현을 관찰하거나 누군가의 애정을 느껴본 적이 한 번도 없는 환경에서 성장했다. 이상성격자들은 애정과는 아무런 상관없이 성적 충동을 느낀다. 그 결과 데이트를 할 때에도 상대방을 한 개인이나 인격체로 보지 않고 무조건 '따먹거나 깔아 눕힐' 일만 생각하게 되고, 여자를 '해치울' 때 자기가 무슨 짓을 하는지조차 제대로 알지 못한다.

이 시기 즈음에는 심리학자들이 '인식 지도 그리기'라고 부르는 과정이 거의 완료된다. 인식 지도 그리기는 자기 자신과 주변 환경을 바라보는 사고방식이 어떻게 발달하는지를 가리키는 표현으로, 자기가 바라보는 세계에서 일어나는 여러 가지 일에 부여하는 의미를 결정한다. 이상성격자는 세상을 적대적인 곳이라고 생각하면서 점점 더 반사회적인 사람으로 변한다. 그러다 나중에는 외부세계와는 제대로 된 상호작용이 거의 불가능한 지경에까지 이르게 된다. 그리고 대인관계에서 오는 긴장을 줄이기 위해 자기 안으로만 파고드는 사고방식 때문에 고립상태도 날이 갈수록 심각해진다.

외로운 10대 소년은 시험삼아 몇 가지 반사회적인 행동을 사소한 거짓말, 동물 학대, 불장난, 어린아이들 겁주기 등으로 표현하면서 비정상적인 환상을 실현시켜 보려 한다. 이런 행동은 '들키지 않고 넘어가기'도 쉽다. 아이가 느끼는 성취감은 다시 환상과 결합하여 좀 더 폭력적인 환상을 만들어내며, 점점 더 다른 사람에게서 소외되고, 환상을 실현시키기 위해 더 많은 실험을 하는 악순환이 거듭된다.

면담을 하면서 나는 살인범들이 가장 이야기하기 힘들어하는 주제가 어린 시절의 환상을 처음 표현하는 일이라는 사실을 알게 되었다. 에드 캠퍼는 아주 어렸을 때부터 환상을 갖기 시작했지만, 본인이 이야기할 때는 이 환상을 그가 처음 저지른 살인 즉, 열다섯 살 때 외조부모를 쏘아 죽인 일과 관련시키지 않았다. 슬슬 떠보았더니 본인은 그 사건이 외조부모가 농장에서 새와 작은 동물을 죽였다는 이유로 자기를 야단치고 총을 압수한 일과 관련이 있다고 생각한다는 사실을 알 수 있었다.

시골에서는 아이들이 총을 가지고 다니면서 사냥을 하는 일이 흔하지만, 캠퍼가 죽인 동물들은 사냥감들이 아니었다. 캠퍼는 총을 빼앗긴 것에 앙심을 품었다. 그러나 그 이면에는 숨겨진 다른 이유가 있었는데, 외조부모는 그 이유를 더 알아볼 생각까지는 하지 못했다. 이들은 다만 살생 도구가 없으면 캠퍼도 나쁜 짓을 하지 않으리라고 믿고 총을 빼앗은 것만으로 안심해 버렸다. 캠퍼가 머릿속으로 무슨 생각을 하는지, '재미삼아' 작은 동물들을 쏘아 죽이고 싶게 만드는 환상이 무엇인지 물어보지는 않았던 것이다. 그의 입에서 직접 들은 내용은 아니지만, 캠퍼는 자기가 품고 있던 끔찍한 환상을 들키지 않으려고 외조부모를 살해한 것이 아닐까 하는 생각이 들었다.

처음에는 환상에서 출발한 것도 뒤에 가면 사람을 죽이는 의식의 일부로 끝나게 된다. 어린 시절 여동생이 가지고 놀던 바비 인형의 머리를 떼어버리곤 했던 남자는 어른이 되자 희생자의 목을 잘라버렸다. 어릴 때 손도끼를 들고 마당에서 친구를 쫓아 다녔던 소년은 어른이 되어 손도끼로 사람을 죽였다.

존 주버트는 열세 살 때 자전거를 타고 가다가 어린 소녀의 등에다 연필을 찔러 넣었다. 그는 그 행동이 아주 짜릿한 쾌감을 안겨준다는 사실을 알게 되었다. 들키거나 벌을 받지 않고 무사히 넘어가자, 다음번에는 폭력의 수위를 높여 면도칼로 누군가에게 상처를 입혔다. 주버트의 삶을 되짚어 보았더니, 그는 연필로 사람을 찌르기 직전에 친한 친구를 잃었다는 사실이 밝혀졌다.

그는 자기보다 조금 더 어린 소년과 잠재적인 동성애 관계에 가까운 깊은 우정을 나누었지만, 여름방학 때 잠시 다른 곳에 갔다 돌아와 보니 친구는 어디론가 이사를 가버리고 없었다. 존의 어머니는 친구가 어디로 갔는지 모른다며 그냥 현실을 받아들이라고만 말했다. 다른 어머니라면 아들을 도와서 친구가 이사간 곳의 주소를 알아본다거나 편지를 쓰라고 격려해주고, 내년 방학에 함께 찾아가 보자고 말해주었을지도 모른다. 그러나 주버트의 어머니는 아들이 친구와 함께 했던 기쁨을 완전히 꺾어버렸고, 그 후 얼마 되지 않아 존이 어린 소녀의 등에 연필을 찔러넣는 사건이 일어났다.

그는 이 일을 계기로 선을 넘어 적극적인 범죄행위로 들어섰다. 일단 존 주버트가 환상에 떠밀려 사람을 공격하기 시작하자, 그가 훗날 살인을 저지르지 못하도록 막을 방법은 거의 없었다. 처음에 그가 붙잡혀 벌을 받고, 가정환경에서 비롯된 스트레스를 해소할 수 있도록 적극적인 상담치료를 받았더라면 더 이상 반사회적 행동을 저지르지 않았을지도 모른다. 그러나 이런 조치를 취했다 해도 폭력의 근본적 원인이었던 환상을 잠재울 수는 없었을 것이다.

## 가속도로 치닫는 살인 충동

가정을 비롯한 주변 환경이 불우하고, 폭력적인 환상이 심각한 수준으로 발전했다 해도, 잠재적 범죄자의 대다수는 실제로 넘지 말아야 할 선을 넘어 현실에서 폭력을 휘두르지는 않는다. 이들은 폭발할 때만을 기다리는 시한폭탄과도 같지만, 범행 전 스트레스가 발생하지 않는다면 가공할 반사회적 폭력을 행사하는 지경에까지는 이르지 않는다.

주버트의 경우, 그가 최초로 폭력 성향을 드러내게 만든 계기는 하나뿐인 친구를 잃어버린 일이었다. 훗날 그가 공군에 입대했을 때 환상을 실현하기 위해 어린 소년을 유괴 살해하도록 만든 계기는 기지에서 같은 방을 쓰던 동료와 헤어지고 생각지도 않았던 차 수리로 큰돈을 들인 것 때문에 받은 스트레스였다.

몬티 리셀의 범죄가 강간에서 살인으로 한걸음 더 나아간 것은 그가 소년원 생활을 마치고 다시 고등학교로 돌아왔을 때였다. 당시 그는 보호감찰형의 일환으로 정신과 상담도 받고 있었으며, 이때까지만 해도 그나마 성폭행 이상의 심한 짓은 하지 않았다. 그런데 그 무렵, 한 학년 위라서 이미 대학생이 된 여자친구가 다른 사람이 생겼다는 절교 편지를 보내왔다. 리셀은 차를 몰고 그녀가 다니던 대학까지 가서 그녀가 새 남자친구와 함께 있는 모습을 지켜보았지만, 그 자리에서 어떤 행동을 취하지는 않았다.

그는 워싱턴으로 다시 돌아와 집 근처 주차장에 차를 세운 뒤, 차 안에 앉아 맥주를 마시고 마리화나 담배를 한 대 피우면서 밤늦게까지 생각에 잠겼다. 새벽 2시경, 차를 혼자 탄 여자가 주차장에 나타났다. 그녀는 매춘부였다. 주변에는 아무도 없었고, 리셀은 총을 들이대어 위협한다면 자기가 여자친구에게서 얻을 수 없게 된 것을 이 여자에게서는 얻을 수 있겠다고 생각했다. 그는 45구경 권총을 손에 들고 매춘부가 타고 있던 차로 접근해서 그녀를 납치 강간한 뒤 살해했다. 나중에 그는 비슷한 방식으로 네 명을 더 죽였다.

리처드 마케트는 술집에서 유혹한 여자와 제대로 성관계를 맺지 못하는 자신에게 좌절하여 처음으로 살인을 저지르게 되었다. 테드 번디의 경우는 재정적 지원이 끊어져서 법대 공부를 계속할 수 없다는 사실이 원인이 되어 최초로 사람을 죽였을 것이다. 번디가 범행 전 스트레스를 받지 않았더라면, 다시 말해 법대를 무사히 졸업하고 자기의 환상을 상당 부분 충족시켜줄 여자를 만났더라면 절대로 살인을 저지르는 일 따위는 없었으리라 믿는 사람도 있다.

그는 비뚤어지고 공격적인 변호사가 되어 윤락가를 들락거리고, 변태성욕적인 관계를 추구하거나 다른 방식으로 자기가 품고 있는 분노를 가라앉히려 애쓰면서 사람을 죽이는 일만큼은 피해갔을지도 모른다. 즉 그의 탈선행위는 사회적으로 용납 가능한 수준에서 그쳤을지도 모른다. 그러나 번디의 이후 행적으로 미루어 판단해보면, 법대 공부를 계속하거나 성적 환상을 충족시켜줄 여자를 만나는 것과 상관없이, 결국 어느 순간에는 돌이킬 수 없는 범죄를 저지르게 되었을 가능성이 높다.

그는 오래 전부터 성적 욕망을 다른 사람에게 피해를 입히고 파괴하려는 욕구와 결합시켰다. 데이비드 버코위츠는 자기를 가족의 일원으로 받아들여 달라고 생모를 설득하는 데 실패하자 한계에 다다랐다. 그의 소망은 어차피 이루어질 수 없는 상황이기는 했지만 말이다. 에드 캠퍼는 외조부모를 죽인 죄로 소년원에서 복역하다 출소한 뒤, 어머니의 주장에 따라 다시 그녀와 함께 살기로 했다. 그러나 그를 소년원에서 꺼내주려고 무진 애를 썼던 어머니는, 다시 그를 심하게 꾸짖기 시작했고 자기가 남자친구를 제대로 사귀지 못하는 것까지 모두 아들의 탓으로 돌렸다.

어머니와 특히 더 심한 언쟁을 벌였던 어느 날, 캠퍼는 뛰쳐나가 무작정 차를 몰았다. 그리고 '오늘밤에 처음 만나는 예쁜 여자를 죽여버려야지'라고 생각했다. 적당한 희생자를 찾아 배회하던 그는 곧 대학 캠퍼스에서 한 여성을 발견하고, 집까지 태워다 주겠다는 말로 그녀에게 접근했다.

살인을 촉발시키는 범행 전 스트레스는 실직, 결별, 금전적 문제 등 대다수의 사람들이 매일매일 받는 스트레스와 크게 다를 바 없다. 정상적인 사람들은 유익하고 정상적인 정신 발달의 틀 안에서 이런 문제에 유연하게 잘 대처한다. 그러나 잠재적인 살인범들은 애초부터 그 틀 자체에 문제가 있으며, 스트레스가 되는 사건에 대처하는 사고방식에도 심각한 결함이 있다. 실직과 같은 어려운 일에 직면하면 그들은 자기 안으로 파고 들어가 오직 자신들의 문제에 대해서만 생각을 거듭하며, 그 문제를 해결하기 위한 방편으로 비정상적인 환상에 매달린다.

여자친구와 헤어진 탓에 아무래도 일이 손에 잡히지 않고 그 결과 해고당했다고 하자. 그는 이제 수입도 없고 위로받을 사람도 없는 상황에서 여러 가지 문제에 직면하게 되는데, 전에는 힘들어도 잘 헤쳐나갔을 일들이 이제는 감당할 수 없을 것처럼 보인다. 범행 전 스트레스는 사소해 보이지만 그 사람으로 하여금 인내심의 한계를 넘게 하는 결정적 계기가 된다.

선을 넘는 행위는 사회적으로도 파괴적이지만 근본적으로는 자기 파괴적인 행위이다. 다시 말해 살인범은 스스로 잘못인 줄 알면서도 범죄를 저지르기 때문에 붙잡힌다면 이루 말할 수 없이 후회하게 될 것이다. 그러나 그는 앞서 자기에게 일어난 모든 일에 떠밀려 넘지 말아야 할 선을 넘을 수밖에 없다. 상당한 시간이 지나 그런 짓을 여러 번 저지른 뒤에야 그는 자신이 천하무적이며 절대로 잡히지 않을 것이라고 믿기 시작한다. 선을 넘기 직전까지만 해도 아직 확신이 서지 않는 것이다.

사태는 이제 잠재적 살인범이 기꺼이 흉포한 범죄를 저지르기 직전까지 치달았다. 그 순간 특히 무력해 보이는 희생자가 눈앞에 나타나면, 잠재적 살인범은 실제 살인범으로 돌변한다. 이제 물은 엎질러졌다. 넘지 말아야 할 선을 넘어버렸으니 더 이상 되돌아갈 길은 없다. 살인범은 겁에 질리는 동시에 짜릿함을 느낀다. 그는 범행을 저지르면서 고도의 흥분상태를 경험했고, 그 기분이 마음에 들었던 것이다.

그는 경찰이 들이닥칠 것을 기대하며 며칠을 기다려 보지만 아무 일도 일어나지 않는다. 혹은 자기가 저지른 범행 때문에 기분이 나빠져서 충동을 억누르려고 안간힘을 쓸 가능성도 있다. 윌리엄 하이렌스의 경우에는 나가서 새로 범죄를 저지르고 싶다는 욕망이 끓어오를 때면 스스로를 욕실에 가두었다고 한다. 그렇게 하면 살인 충동을 억누를 수 있지 않을까 기대했던 것이다. 그러나 결국에는 무슨 수를 써서라도 밖으로 나갔으며, 심지어는 목욕가운을 입은 채 욕실 창문으로 기어나가 가공할 범죄를 저지른 적도 있었다.

그러나 일반적으로는 하이렌스와 달리 처음 살인을 저지르고 나면 그 어느 때보다 자기중심적인 사고에 사로잡혀서 사람을 또 죽여도 무사히 넘어갈 수 있겠다는 생각을 하는 경우가 대부분이다. 범인은 처음 사람을 죽인 경험을 자기가 품고 있던 환상과 결합시켜 구석구석까지 음미한 뒤 다시 다음 범행을 계획한다.

여자를 목조르기 전에 좀더 가지고 놀면 어떨까? 경찰이 희생자를 알아볼 수 없도록 시체를 토막내버리면 어떨까? 사내아이를 성폭행하기 전에 강제로 이런저런 말이나 행동을 시켜보면 어떨까? 희생자의 반지를 가져왔다가 나중에 환상 속에서 당시를 재현할 때 사용하면 어떨까? 집에서 겨우 다섯 블록 떨어진 장소 대신 아예 다른 도시까지 나가서 희생자를 물색해보면 어떨까? 그 자리에서 쩔쩔맬 필요가 없도록 상대를 제압할 도구를 미리 준비해두었다가 가져가면 어떨까? 다음번에는 상대방을 칼 대신 총으로 협박하면 어떨까?

일단 선을 넘어버린 살인범은 앞으로도 계속 사람을 죽일 가능성이 높으며, 그럴 경우 범행계획도 갈수록 치밀하게 세운다. 아마도 처음에는 홧김에 사람을 죽였을지 모른다. 그러나 다음번에는 좀더 신중하게 희생자를 물색하고, 처음보다 노련하면서도 잔인한 방법으로 살해할 가능성이 높다. 불우한 가정환경에서 자라난 외톨이 소년이 마침내 연쇄살인범으로 변한 것이다.

05

신문배달
소년의
죽음

## 일요일 아침의 공포

1983년 가을, 모교인 미시간 주립대학에서 매년 열리는 살인사건 수사 세미나에 강연을 하러 갔다. 화창한 9월의 교정은 곱게 물든 단풍으로 더욱 아름다웠다. 강연이 끝나고 호텔에 막 들어섰을 때, 나는 사무실에 급히 전화해달라는 전갈을 받았다. 그런 전갈을 받을 때면 늘 끔찍한 사건이 터졌구나 싶어 등골이 서늘해진다. 특히 수사관들 사이에서는 나쁜 소식이 더욱 순식간에 퍼지는 법이다.

직속상관에게 전화를 걸었더니, 오마하 근처에 있는 네브라스카의 벨르뷔에서 대니 조 에벌리라고 하는 신문배달소년이 유괴 살해된 사건이 발생했으니 당장 오마하로 가서 수사를 도와주라고 했다. 나는 지체 없이 길을 떠났다.

이 소식을 접하자 바로 두 건의 유사한 사건이 생각났다. 꼭 1년 전에 데스 모이네스에서, 어린 신문배달소년이 이번 사건과 소름 끼칠 정도로 유사한 상황—일요일 아침에 신문을 돌리던 중—에서 감쪽같이 사라져버린 것이다. 신문배달을 하던 조니 고쉬는 그 뒤 두 번 다시 찾을 수 없었다. FBI는 늑장을 부리다 뒤늦게 고쉬 실종사건 수사에 참여했고, 소년의 부모는 내게 개인적으로 그 점이 몹시 유감스럽다는 말을 했었다. 아이가 유괴된 지점이 주 경계선 안이어서 FBI가 기술적인 관할권이 없는 것은 사실이었지만, 그래도 부모 입장에서는 국가 최고수사기관에서 적극적으로 나서주어야 한다고 생각할 수밖에 없었다.

전에 어린 애덤 월쉬가 실종된 사건이 발생했을 때에도 플로리다 경찰이 FBI에 도움을 청했다가, 이는 현지 경찰서가 나설 문제이며 다른 주로 이동한 흔적이 없는 한 FBI 관할권이 없다는 이유로 거절당했다. FBI는 나중에 수로에 떠 있던 애덤의 머리통이 발견되고 다른 주 등록 차량을 몰고 다니는 용의자가 지목되었을 때에야 비로소 관심을 보였다.

그러나 애덤의 아버지 존 월쉬는 FBI의 도움을 딱 잘라 거절해버렸다. 나중에 이야기하는 바로는, 단순 실종사건일 때에는 거들떠보지도 않더니, 이제 아이의 머리가 발견되어 생명을 구할 수 없다는 사실이 분명해진 뒤에야 수사한답시고 나서는 심보를 모르겠다는 것이다. 그리고 "월쉬 가족에게 그따위 도움은 필요 없다"고 덧붙였다 (존 월쉬는 후에 〈긴급 공개수배〉라는 TV 프로그램의 진행자로 유명인사가 되었다). 나 역시 FBI가 수색 작업에 참가했어야 하며 앞으로 이런 실종사건이 또 발생하면 사건 초기부터 적극적으로 나서야 한다는 고쉬 부부와 존 월쉬의 주장에 공감했다.

그러나 언제나 관할권이 없다는 점이 문제였다. 내가 FBI 훈련원에서 훈련받던 시절, 우리가 앞으로 집행하게 될 연방법에 무엇이 있는지 배웠던 기억이 난다. '철새법'도 그중의 하나였는데, 우리끼리는 '왜가리법'이라고 불렀다. 왜가리를 죽이는 것은 연방법 위반에 속했다. 청소차가 가져가도록 길에 냉장고를 내놓을 때 문짝을 떼어놓지 않아도 연방법 위반이었다(이 법들은 모두 문제의 심각성이 지적된 뒤에야 입안된 것이다. 철새법은 20세기 초 여성 모자의 깃털장식 때문에 인기를 끌었던 왜가리가 멸종위기에 처하자 뒤늦게나마 왜가리 보호 조치의 일환으로 제정되었으며, 냉장고문법이 제정된 것도 버려진 냉장고 안에 들어가 놀다가 다시 나오지 못하고 질식사하는 아이들이 상당수 발생한 후의 일이었다).

그러나 연쇄살인과 관련된 연방법은 하나도 없었으며, 유괴와 관련된 조항이라고 해봤자 유괴범이 몸값을 요구할 경우에만 FBI가 사건에 개입할 수 있다는 정도에 불과했다. 전국 아동보호 운동가들의 노력뿐 아니라 월쉬와 고쉬 사건이 계기가 되어, 워싱턴 정계와 각 주 정부에서도 마침내 아동 유괴 및 실종사건을 다른 시각으로 바라보게 되었다. 1980년대 초, 레이건 행정부는 살인이나 유괴 등의 중대범죄를 FBI의 관할권 아래 두도록 하는 일괄형법안을 의회에 상정했다. 대니 조 에벌리가 유괴된 시점은 마침 이 법안이 정식으로 발효된 지 얼마 되지 않았을 때여서, FBI 내에서는 지위고하를 막론하고 어떻게든 사건을 해결하겠다는 의지가 하늘을 찔렀다.

오마하 FBI 특수부에서는 대니 조의 실종신고가 들어오자마자 부관인 조니 에번즈를 벨르뷔 근처로 파견했으며, 에번즈가 사건이 해결될 때까지 머무를 수 있도록 관계당국의 허가를 받아주었다. 단정하고 미남이며 공공의식이 투철한 에번즈는 전형적인 모범 FBI 요원인 동시에, 어려운 사건을 해결하고자 하는 FBI의 의지를 보이기에도 더할 나위 없이 적합한 인물이었다. 에번즈 요원은 이번 사건을 뿌리까지 철저히 파헤치겠다고 결심하고, 그 당시에는 보기 드물게도 지방 경찰, 주 경찰, 군까지 동원한 공조수사를 펼쳤다.

내가 수사에 협조하라는 지시를 받은 것은 아이가 유괴된 지 이틀 반 만에 차가운 시체로 발견되었을 때였다. 나는 이 당시만 해도 살인사건 현장을 직접 본 적은 별로 없었다. 그러나 이번에는 직접 현장을 둘러보고, 전화나 전보를 주고받는 수준을 넘어 현지 수사당국과도 적극적으로 의견이나 정보 교환을 할 수 있었다. 한마디로 내게는 교실에서 벗어나 발로 뛰어볼 기회였던 셈이다.

나와 상관들 모두 FBI가 실질적인 도움이 될 수 있다는 생각에서 이 사건에 뛰어들었다. 물론 에벌리 사건에 전적으로 나서기로 한 상부의 결정에는, 새 법안이 통과된 이후 처음 발생한 중대 아동 실종 사건 수사에 FBI가 참가한다는 사실을 선전하려는 정치적 이유도 있었을 것이다. 게다가 아직 초창기 단계였던 '강력범죄자 체포 프로그램(VICAP)'을 비롯하여, 나날이 발전하는 프로파일링 기술, 언제나 정확함을 자랑했던 실험실 분석 작업 등 인원을 대거투입한 영역에서 거둔 성과를 보여줄 좋은 기회이기도 했다.

오마하에는 눈이 내리고 있었는데, 따뜻한 미시간 주의 날씨만 생각하고 길을 떠났던 나는 코트도 한 벌 없이 추위에 떨어야 했다. 공항에 마중 나와 있던 팻 토머스 사피 카운티 보안관이 벨르뷔 경찰본부까지 차를 태워주었다. 벨르뷔는 전형적인 중서부 지역 소도시이자 조용하고 깔끔한 중산층 거주지역으로, 미국이 상징하는 윤택한 삶에 대해 설명하려면 떠올릴 만한 장소였다. 오마하에서는 이미 수사전담반이 구성되어, 수십 명의 요원들이 둘러앉아 정보분석 작업을 하는 중이었다.

조니 에번즈는 반가운 기색으로 나를 맞았다. 노련하다고는 해도 에번즈 본인은 조직범죄나 은행 강도, 혹은 주 간의 통상문제 등을 주로 다루었기 때문에 살인사건, 특히 이번처럼 어린 신문배달부가 살해된 충격적인 사건에는 경험이 없었다.

사건 당일인 일요일, 대니 조 에벌리는 동이 트기 전 자리에서 일어나 옷을 입었다. 부모가 평소 주의시켰지만 아이는 맨발 차림을 좋아했기 때문에 신발은 신지 않았다. 그리고 언제나처럼 자전거를 타고 근처 편의점에 가서 그날 배달할 신문을 받았다. 열세 살 난 그는 금발에 반짝이는 눈이 인상적이었고, 키는 158센티미터, 몸무게는 45킬로그램이었다. 아버지는 우체국 직원이었으며, 대니 조와 별로 나이차가 없는 형도 신문배달 아르바이트를 했다.

그날 아침 7시쯤 대니 조의 신문배달 구역 책임자는 아직 신문이 오지 않았다는 구독자들의 빗발치는 전화를 받아야 했다. 어찌된 일인지 배달 구역을 살펴본 책임자는 아이를 발견하지 못하자 대니 조의 아버지 에벌리 씨를 깨워 함께 그 지역을 찾아보았다. 하지만 역시 소년은 발견되지 않았다. 처음 세 집에는 신문이 배달되었지만, 대니 조의 자전거는 네 번째 집 근처 울타리 옆에 버려져 있었다. 배달하지 못한 신문이 주머니 안에 그대로 들어 있었으며 반항한 흔적도 없었다. 감쪽같이 증발해버린 것이다.

경찰은 실종신고를 받고 FBI 오마하 지국에 연락을 취했다. 다른 주로 직장을 구하러 간 삼촌 내외를 따라갔을지도 모른다는 의견이 나왔지만 곧 그렇지 않다는 사실이 밝혀졌다. 그 일대를 건물 한 채도 빼놓지 않고 샅샅이 수색한 결과, 수요일 오후 어느 자갈길 옆 풀숲에서 대니 조의 시체가 발견되었다. 자전거가 발견된 장소에서 6.4킬로미터 정도, 아이오와 주 경계선에서는 불과 몇 킬로미터밖에 떨어지지 않은 곳이었다.

나는 소년의 시체가 발견된 현장을 보러 나섰다. 물론 범행현장을 찍은 사진만으로도 알 수 있는 사항이 많기는 하지만, 직접 현장에 가보는 쪽이 단연 유리한 것도 사실이다. 조사 방향을 확실히 잡을 수도 있고, 사진에 나오지 않는 여러 사항들의 관계를 살펴볼 수도 있다. 가령 현장이 자갈길 근처이며 막다른 곳이라는 사실 정도는 사진만으로도 쉽게 알 수 있으나, 사진만 보면—시체가 발견된 장소에서 400미터 정도 떨어져 찍은 사진이 아닌 이상—근처에 교차로가 있고 그중 한 길이 강으로 이어진다는 사실까지는 알 수 없다. 범인(들)은 왜 시체를 강에 밀어넣어 떠내려 보내거나 감춰버리는 손쉬운 방법을 택하지 않았을까?

시체가 발견된 장소는 사람들이 야외 소풍을 즐기거나 맥주 깡통 따위를 버릴 만한 곳으로, 비록 잡초가 무성하기는 해도 자세히 살피기만 한다면 길에서도 훤히 보였다. 이런 곳에 시체를 버리려면 밤에는 자동차 전조등 불빛을, 낮에는 사람들의 눈길을 조심해야 했을 것이다.

## 범인상을 그려나가다

　일반 사람들에게는 대니 조 에벌리가 칼로 살해되었다고만 알려졌지만 실상은 훨씬 더 끔찍해서, 그냥 살해된 정도가 아니라 난자당했다. 시체는 쓰러뜨리거나 던져놓은 것처럼 잡초 속에 얼굴을 묻고 엎어져 있었으며, 손과 발은 등 뒤에서 밧줄로 묶여 있었다. 손과 발, 입에는 반창고가 붙어 있었고, 옷은 팬티만 남기고 다 벗겨놓은 상태였다. 가슴과 등에는 칼에 찔린 상처가 여럿 발견되었고, 목은 칼에 깊이 베인 상태였다. 어깨는 살점이 조금 떨어져 나갔고, 왼쪽 종아리에서 발견된 열십자 모양의 상처는 죽은 뒤에 생긴 것 같았다. 얼굴은 얻어맞았는지 멍들어 있었고, 온몸에서 자갈에 눌린 흔적이 발견되었다.

　법의관은 반창고 아래 희생자의 입 안에서 발견된 자갈을 근거로 하여 시체가 사후 한 번 이상 이동되었으리라는 소견을 제시했다. 그리고 대니 조가 유괴된 지 하루 정도는 살아 있다가 시체로 발견되기 얼마 전에 살해된 것 같다고도 했다. 그러나 어떤 식으로든 성폭행 당한 흔적은 없었으며, 팬티도 벗겨 있지 않았다.

　현장을 직접 방문해서 여러 경찰관이나 목격자들의 이야기를 듣는 일은 내가 이번 사건을 이해하는 데 큰 도움이 되었다. 대니 조의 형은 신문배달을 할 때 유리창에 색을 입힌 차를 탄 백인 남자가 몇 번인가 자기 뒤를 따라다닌 적이 있다고 진술했다. 다른 목격자들도 차를 타고 10대 소년들을 따라다니는 남자를 가끔 본 것 같다는 이야기를 했다.

나는 이 정보를 모두 종합하여 예비 분석자료를 작성했다. 분석자료에서 나는 대니 조를 죽인 범인은 10대 후반 혹은 20대 초반 가량의 젊은 백인 남성일 것으로 추정했다. 연쇄살인범은 대부분 백인 남성이며, 이곳은 백인 거주 지역이었다. 흑인이나 히스패닉, 혹은 아시아계 남성이 이 지역에 들어왔다면 금방 눈에 띄지 않았을 리가 없다. 범인이 젊다고 생각한 것은 범행의 특징이 불분명하고 시체가 버려진 곳이 길에서 그리 멀지 않다는 사실로 보아 첫 범행일 가능성이 높았기 때문이었다.

범인, 또는 그의 동조자들은 운전면허 소지자가 분명하므로 아주 어리지는 않겠지만, 그렇다고 30대 살인범에게서 보이는 용의주도함도 없었다. 나는 범인이 대니 조를 평소 잘 알던 사람, 적어도 스스럼없이 접근해서 아이가 자발적으로 차에 타도록 유인할 수 있을 정도로 알고 지내는 사람일 것이라고 생각했다.

그러나 범인이 한 명인지 그 이상인지에 대해서는 확신이 서지 않았다. 범인 외에도 젊은 백인 남성이 한두 명쯤 더 있었을지도 모르는데, 아마 패거리 중 한 명이 아이를 차 뒤로 유인하고, 다른 한 명이 아이를 붙잡고 있는 사이 첫 번째 남자가 차를 몰고 떠났으리라. 희생자의 몸에는 저항하다 생긴 방어적 상처가 전혀 없었지만, 나는 대니 조의 평소 성격에 대한 이야기를 근거로 하여 아이가 성폭행을 당할 뻔했고 저항 도중 살해당했을 가능성도 배제하지 않았다.

시체를 인적이 뜸한 길가에 버린 것으로 보아 범인은 살인을 저지른 후 잔뜩 겁에 질려서 시체를 좀더 '조직적인 방식'으로 처리하기보다는 그저 내버리기에 급급했던 모양이었다.

'인적 드문 도로변에 시체를 버렸다는 사실로 보아, 범인은 아이를 나무가 우거진 숲 속으로 끌고 들어갈 만큼의 힘도 없는 사람일 가능성이 높다.'

나는 분석자료에 이런 말도 써넣었다. 그리고 이 얼굴 없는 용의자가 해당 지역을 어느 정도 알고 있으며, 전에도 여러 번 와본 적 있는 사람일 것으로 믿었다. 희생자가 밧줄로 묶여 있는데도 그 아래에 찰과상이 없다는 사실과 병리학자의 소견을 종합해볼 때, 범인은 아이를 유괴한 뒤 한동안은 묶어놓지 않았을 뿐 아니라 잘 대해주었을 가능성이 높았다.

다시 범인의 특징으로 돌아와, 나는 범인이 그 지역 출신이며 독신이고, 학력이 고졸 이상은 아닐 것으로 추정했다. 아마도 실업자거나 일을 한다 해도 육체노동이나 단순직에 종사할 가능성이 높았다. 고등학교 이상의 교육을 받지 못했으리라고 생각한 것은 범행이 어느 정도의 지능을 보여주기는 했지만 전 과정을 계획했으리라 생각될 정도는 아니었기 때문이다. 그러나 밧줄을 동여맨 솜씨를 보면 손재주가 뛰어난 사람이 분명했다.

희생자의 몸에 난 상처, 반창고, 밧줄 묶은 모양 등을 모두 살펴보고 나니, 실제 성기 삽입의 흔적은 전혀 없다는 중요한 사실이 남았다. 이 사실은 상대가 남자든 여자든 간에 범인이 누군가와 만족스러운 성관계를 한 번도 경험해보지 못한 젊은 남자라는 뜻이었다. 미국에서는 이런 일이 그리 흔하지는 않기 때문에 뒤집어 보면 범인이 자라면서 정신적인 문제가 있었다는 뜻이기도 했다. 팬티만 남기고 모조리 벗겼지만 그 이상 아무 짓도 하지 않았다는 점으로 보아, 나는 그의 심리 경향에 대해 추측할 수 있었다.

'주범은 평생 만성적인 성기능 장애를 안고 살았으며, 탈선적이고 변태적인 성경험에 익숙한 사람일 것이다.'

삽입은 하지 않았지만 시체를 훼손한 살인사건을 이미 여럿 다루어본 나는 비정상적 환상이 오랫동안 꾸준히 발달하지 않고는 그 정도 수준의 훼손 살인행위가 불가능하다는 사실을 잘 알고 있었다. 이런 환상은 매우 강력해서 그 전에도 어떤 형태로든 표출된 적이 있었을 것이다. 분석자료 내용은 계속되었다.

'범인은 포르노에 탐닉할 가능성이 높으며, 사춘기 내내 동물을 포함한 여러 대상을 가지고 기괴한 실험을 행했을 것이다. 자기보다 어린 남녀 아이들에게 성적인 행위를 강요했을 가능성도 있다.'

나중에 자라서 살인을 저지르는 사람은 어릴 때 이런 종류의 초기 행동을 보이는 경우가 많다. 그러나 여기에는 한 가지 모순이 있는데, 희생자에게 성기 삽입 흔적이 없다는 사실이었다. 그럼에도 나는 범인이 과거에 어린아이들에게 성행위를 강요한 적이 있을 것이라고 생각했다. 차 안에 다른 사람들이 있었기 때문에 삽입행위까지는 하지 못했을 가능성도 있었다.

'범인은 여자친구와의 결별, 실직, 퇴학, 가까운 가족과의 갈등 등 최근 들어 심한 스트레스를 겪었을 것이다.'

처음 살인을 저지를 때는 범행 전 스트레스가 결정적 계기인 경우가 많다. 그리고 나는 이 사건이 범인에게는 첫 범행일 것이라고 생각했다. 마지막으로 '범인에게 일자리가 있다면, 대니 조의 실종을 전후한 며칠 동안 결근했을 것이다'라고 덧붙였다. 마지막 사항은 그 동안 살인범들과 이야기하면서 발견한 특징인데, 버코위츠를 비롯한 많은 살인범들은 범행 전후의 시간이 너무나 중요하기 때문에 그때에는 일상적인 활동을 하지 않았다고 했다.

살인범이 아침 6시에 이미 밖에 나와 있었다는 사실은 그에게 부양할 가족이 아무도 없으며, 따라서 아내나 걱정이 지나친 부모와 함께 살 가능성은 극히 낮다. 하지만 범행을 저지를 용기를 얻고자 밤새 술을 마셔서 범행시각이 이렇게 이른 아침일 경우도 간혹 있었다. 얼마 동안 아이를 살려두었다면, 아이를 가둬둘 장소가 필요했을 것이다.

희생자가 왜 속옷 차림으로 발견되었는지에 대해서는 확신이 서지 않았는데, 성적인 것이 아닌 다른 목적—아이가 도망치지 못하도록 하는 방편 등—이 있어서 그렇게 했는지도 모를 일이다. 상처자국의 깊이와 마무리진 형태로 보아, 범인은 아이를 어느 정도 충동적으로 살해한 뒤 목을 자르고 시체를 토막내 버릴 생각으로 목덜미를 칼로 그었는지도 몰랐다. 그러나 시체를 토막내는 작업이 힘들고 어렵다는 사실을 깨닫고는 생각을 바꾸어 인적이 드물다 싶은 곳에 내다버렸을 것이다. 그렇다면 범인은 전에는 한 번도 시체를 토막내 본 적이 없지만, 사람을 죽여본 적은 있을지도 모른다.

시체에는 중요해 보이기는 하지만 아직은 확신하기 어려운 사항이 하나 더 있었다. 다리와 어깨에 나 있는 정체불명의 상처가 그것이다. 어깨살점을 떼 내고 다리 안쪽 살을 잘라낸 이유가 무엇이었을까? 그 부위에 난 잇자국을 제거할 목적으로 칼자국을 냈을지 모른다는 생각이 얼핏 들었지만 아직 입증해 보일 수는 없는 처지였다.

성적 흥분상태에서 상대방을 깨무는 짓은 성적 동기에 기반한 살인과 일맥상통하는 특징인데, 내가 보기에는 이 살인범 역시 그랬을 가능성이 높다.

현장 상태로 보아 살인범은 범행 당시 자제력을 잃었던 것이 분명했으므로, 그가 수사를 도와주러 온 자원봉사자인 척하면서 시체를 버린 장소나 영안실, 묘지, 범행 장소 주변을 맴돌면서 정보를 얻으려 할 가능성도 배제할 수 없다. 나는 목격자들의 진술을 토대로 인상착의를 작성하되, 범인이 수사현장 근처에 나타날 경우에 대비해 그 내용을 일반에는 절대로 공개하지 말고 수사반 내에서만 돌려보자고 제안했다. 그리고 한동안 사람을 배치해 장례식장이며 묘지 주변, 소년의 시체가 발견된 장소, 유괴된 장소를 감시했지만 아무 소득이 없었다.

나는 분석자료 작성으로 그치지 않고 '예비 VICAP 분석'이라고 부를 만한 작업에 들어갔다. 내 머릿속에 들어 있는 컴퓨터를 사용해 이번 사건을 다른 사건과 비교해본 뒤 이번이 조니 고쉬 사건과는 유사하다고 보기 어렵다는 결론을 내렸다. 우선 대니 조의 시체는 발견되었지만 조니는 아직도 실종 상태라는 점을 들 수 있었다. 내가 보기에 조니를 유괴한 범인은 대니 조를 죽인 범인보다 훨씬 용의주도했다. 언론에서는 두 희생자가 모두 신문배달부였으며 일요일 아침에 유괴되었다는 사실을 계속 떠들고 있었지만, 사건을 더 자세히 알고 있으며 여러 범죄를 비교해본 경험이 있는 내 눈에는 두 사건이 동일범에 의해 저질러졌을 가능성은 희박해 보였다.

대니 조를 묶는 데 쓰인 밧줄은 FBI 연구실로 보내 분석해보았지만 일치하는 표본이 없었다. 그러나 이것과 비슷한 특이한 밧줄을 가지고 있는 사람을 유력한 용의자로 지목하여 수사의 초점을 맞췄기에 이 사실만으로도 아주 중요한 단서가 되었다. 연구실에서 증거를 분석하는 외에도, FBI는 수사에 이용할 수 있는 방법은 모두 동원해볼 생각으로 샌안토니오에 있던 최면술 전문팀까지 불러 들였다. 그리고 대니 조의 형과 다른 증인들에게 동의를 받고 최면요법을 실시했다. 추가된 정보는 그리 많지 않았지만, 그래도 유력한 용의자가 누구일지 알아보는 작업에는 약간이나마 도움이 되었다.

범인이 재차 범행을 저지를 것이라는 나와 에번즈의 확신에도 불구하고, 당장 더 할 수 있는 일이 없었기에 나는 콴티코로 돌아왔다. 에벌리 가족은 이웃의 격려와 신앙으로 슬픔을 잘 견디고 있었다. 또래의 아들이 있는 나는 그들의 슬픔이 마치 내 일처럼 와 닿았다.


## 다시 찾아온 악몽

12월 초에 두 번째 전화를 받았을 때, 나는 앨라배마에서 열린 순회 훈련소에 출강 중이었다. 이번에는 조니 에번즈 요원이 직접 전화했는데 상당히 충격을 받은 목소리였다. 또 다른 소년이 오마하 근처에서 유괴되었으며 사흘 뒤 잔인하게 살해된 채 발견되었다는 소식이었다. 우리가 제일 걱정하던 상황이 터진 것이다. 나는 당장 오마하로 달려가 에번즈를 비롯해 지난 사건 때 안면을 익혔던 사람들과 함께 눈 속을 헤치며 수사에 나섰다.

12월 5일 금요일 아침 8시 30분 경, 오퍼트 공군기지 장교의 아들인 어린 크리스토퍼 폴 월든은 걸어서 사피 카운티에 있는 학교에 가던 길이었다. 아이를 마지막으로 본 목격자는 소년이 어떤 백인 남자와 둘이서 차에 타는 모습을 보았다고 증언했다.

사흘 뒤 오후, 유괴 지점에서 8킬로미터 쯤 떨어진 울창한 숲 속에서 새 사냥꾼 두 명이 아이의 시체를 발견했다. 이번에도 시체는 팬티 차림이었고 칼에 찔린 흔적이 있었는데, 목덜미를 어찌나 깊이 베었던지 목이 거의 떨어져 나간 상태였다.

어린 크리스토퍼를 죽인 범인이 대니 조를 죽이고 시체를 훼손한 살인범과 동일인이라는 사실에는 의심의 여지가 없었다. 그리고 똑같이 사후에 생긴 상처라고는 해도 두 번째 희생자의 경우 그 정도가 훨씬 심한 것으로 보아 살인범의 가학적 성향이 더 커지고 있다는 사실도 분명했다. 크리스토퍼는 대니 조와 나이며 키는 같았지만, 몸무게는 7킬로그램 정도 덜 나갔다.

폭설이 시작된 지 얼마 되지 않은 시점에 시체가 발견되어서 다행이었다. 몇 시간만 더 지났어도 눈이 아이의 시체는 물론 근처의 흔적을 다 덮어버려서, 봄이 되어 눈이 녹기 전에는 시체를 못 찾을 게 뻔했다. 그럴 경우 만약 봄까지 살인이 몇 건 더 벌어졌다 해도 이번 사건이 남긴 귀한 단서가 다 사라졌거나 시간이 너무 오래 지나 수사에 아무 도움이 되지 못했을 것이다.

유괴 살인사건은 유괴 장소와 살해 장소, 시체가 발견된 장소가 제각각 다른 경우가 많다. 이 중에서도 시체가 발견된 장소를 범행현장이라고 부르는데, 증거가 가장 많이 남아 있는 장소도 바로 여기다. 유괴 장소나 살해 장소는 영영 찾지 못할 때도 가끔 있다. 희생자들은 유괴 장소에서 멀리 떨어진 곳까지 유인되며, 시체 역시 범행 사실을 은폐하고 범인이 희생자에 관련되어 있다는 증거를 없애기 위해 다시 먼 곳으로 옮겨 버려진다. 대니 조는 어딘가 다른 곳에서 살해되었으며 시체는 강 근처 잡초 속에 버려졌다.

두 번째 희생자인 크리스토퍼는 숲 속으로 수미터 들어간 곳에서 발견되었지만, 이번에는 시체 발견 장소가 살해당한 장소와 일치하는 것 같았다. 크리스토퍼의 옷은 시체 옆에 단정하게 개켜져 있었다. 시체 옆에 남은 발자국을 보니 처음 이곳에 온 것은 두 명이지만 나중에 떠난 사람은 한 명뿐이라는 사실이 분명했다. 아이는 여기서 살해당한 것이 틀림없었다. 이 단서만으로도, 나는 범인이 혼자였으며 체구가 건장한 편은 아니라는 중요한 사실을 알 수 있었다. 시체를 옮길 힘이 모자랐기 때문에 살해 장소인 숲 속까지 아이가 제 발로 걸어 들어오게 했을 것이다.

내가 보기에 범인은 분명히 겁쟁이였다. 그에게는 10대 소년들이 힘없는 노파처럼 손쉬운 사냥감이었다. 이 아이들은 너무 어리거나 겁을 먹은 나머지, 나이는 몰라도 몸집 차이는 거의 없는 범인에게조차 제대로 저항할 생각을 하지 못했을 것이다. 그러나 한편으로는 범인이 첫 번째 살인을 저지른 이후 범행 수법을 보다 정교하게 발전시켰다는 사실도 고려해야 했다. 나는 살인범의 마음속에 들어가 그의 입장에서 생각해보려고 애썼다. 그가 생각했을 법한 내용을 내가 추측한 그대로 일부 적어보겠다.

처음에는 반창고나 밧줄처럼 소도구를 준비했었지. FBI 실험실에 보내서 분석해보았을지도 몰라. 이제부터는 쓰지 말아야지. 뭐, 속임수나 협박만으로도 충분하다는 사실을 알았으니까 어쨌든 그런 건 필요 없게 된 셈이지만. 이제는 애를 숲 속으로 조금 더 깊이 데려가야 되겠어. 지난번엔 벗긴 옷을 차 안에 그대로 남겨뒀지만 이번에는 그러기 싫어. 일단 옷을 입힌 채 숲 속에 데려가 벗으라고 한 다음에 죽이면 되겠다.

살인범이 범행계획을 이 정도까지는 할 수 있다는 점에 비추어, 나는 그의 나이에 대한 추측을 수정해서 10대가 아니라 20대 초반일 것이라고 결론지었다. 그러자 아이의 옷을 벗긴 것도 도망가지 못하게 하기 위해서라기보다는 성적인 목적이 있어서라는 사실이 분명해 졌다. 이 점과 성기 삽입행위가 없었다는 사실을 종합해볼 때, 범인은 성불구자일 가능성이 높았다. 여성과 만족스러운 성관계를 가져본 적이 없으며, 혹시 동성애 경험이 있었을런지는 모르지만 그렇다 해도 자기가 희생된 소년들과 비슷한 나이였을 때에 겪은 일일 것이다. 범인은 또래 젊은이들과 잘 어울리지 못하는 성격이지만, 동성애적 성향을 감추기 위해서 여자들과 데이트하는 일은 가끔 있되, 데이트 상대로는 자기가 쉽게 좌지우지할 수 있는 매우 어린 소녀들만 골랐을 것이다.

이 두 사건에서, 우리는 살인범이 자기 자신을 증오하고 있으며 어린 시절 자기의 모습을 희생자에게 투사해서 격렬한 자기혐오를 표현했다는 사실을 알 수 있다. 범인은 일상생활에서는 자기 자신의 존재에 대해서도, 언제 어떤 일을 겪었는지에 대해서도 별로 말이 없는 사람이다. 신체적으로 허약한지 아닌지는 확실치 않지만 정서적으로 나약한 사람이라는 사실에는 의심의 여지가 없었다. 바로 이런 이유 때문에 나는 두 번째 살인은 첫 번째와는 다른 성격의 사건이라는 결론을 내렸다. 첫 번째 살인은 단순한 실험에 불과했지만 두 번째는 달라서, 범인은 사람의 생명을 빼앗는 일을 즐겼을 뿐더러 희생자를 마음대로 휘두르는 자기의 힘과 지배력을 스스로에게 증명해 보였다.

두 번째 희생자의 몸에 난 칼자국이 첫 번째보다 훨씬 심하다는 사실이 하나의 증거였다. 희생자의 목덜미에 난 칼자국의 정도와 깊이로 보아, 범인이 가학적 성향에 점점 더 탐닉하고 있으며 앞으로 또 살인을 저지른다면 그 성향이 주체할 수 없을 정도로 심해지리라 여겨졌다.

두 번째 사건이 일어나기 전, 첫 번째 사건 수사 과정에서의 단서 중 한 가지는 사실상 '단서가 아닌' 것으로 밝혀졌다. 입 속에 들어 있던 자갈이 시체를 옮겼다는 증거가 아니라 수사과정에서 오판한 것임이 드러난 것이다. 법의관은 처음에 대니 조의 입 속에서 자갈이 나왔다고 했지만 나중에는 말을 번복해서, 그 자갈은 다른 사건에서 나온 것이며 에벌리 사건과는 아무런 관계가 없다고 해명했다. 자갈 문제가 해결되고 나자 첫 번째 살인이 일어난 시점은 시체가 발견되기 얼마 전이었다는 확신이 더욱 커졌다.

나는 처음에 작성했던 분석자료를 일부 수정했다. 사건은 젊은 남자 한 명의 단독범행으로, 다른 공범은 없었다. 시체를 제대로 옮길 힘이 부족하다는 점에 근거해, 범인은 희생자와 몸집 차이가 별로 나지 않을 것이며, 시체를 끌고 가야 하는 일을 피하려고 일부러 계획된 장소에 아이를 데려가 죽인 것이라고도 적었다. 나는 범인이 벨르뷔 근처 공군기지에 거주한다고 확신했다. 이 부근을 훤히 안다는 점으로 보아 타지 사람일 리가 없었다.

더 깊게 들어가면, 공군기지에서 복무 중일 것이라는 심증이 더욱 굳어지던 참이었다. 섣부른 추측일 수도 있었지만, 범인의 학력이나 지능을 고려해볼 때 공군기지에 복무 중이라면 계급이 E-4(미군 사병계급은 E-1부터 E-9까지 구분되어 있고, E는 'Enlisted(사병)'의 약자이다—역자 주)나 그 이하인 일반사병일 것이다.

직무라면 컴퓨터를 다루는 등 고도의 숙련을 요하는 일 대신, 관리나 간단한 정비 업무에 종사하는 정도일 것이다. 잇자국을 감추려는 시도로 보이는 상처에 근거해서, 나는 범인이 추리잡지나 경찰잡지를 구독할 것이라고 적었다. 그런 잡지에는 잇자국을 보고 범인을 잡는 이야기가 흔하게 등장하기 때문이다. 상처의 형태라든지 손쉽게 아이들을 유인했다는 점으로 보아, 살인범은 어린 소년들과 관계 있는 일을 하는 사람이라는 생각도 들었다. 예를 들어 보이스카우트나 리틀 야구단 같은 곳에서 코치를 맡고 있을지도 몰랐다.

### 분석자료와의 놀라운 일치

나는 범인이 다시 살인을 저지를 것이며, 특히 얼마 남지 않은 여름방학을 노릴 것이라고 확신했다. 조니 에번즈의 생각도 나와 같았다. 우리는 범행을 막기 위해 상세한 대책을 세웠다. 방학이 되면, 아이들은 하루 종일 집 마당이나 길거리, 사방이 트인 운동장에 나와 뛰어놀 것이 뻔했다. 나는 신문, TV, 라디오 등 언론매체를 있는 대로 동원해 캠페인을 벌이자고 제안했다. 아이들에게 절대로 혼자 있지 말고 여럿이 모여 다니라고 주의시키고, 부모나 보호자들에게는 수상한 사람이나 차를 발견하면 즉시 차량번호나 인상착의를 적어 수사전담반 본부에 전화로 알려달라고 부탁하자는 내용이었다.

전담반은 또한 유괴사건이 또다시 발생할 경우 '코드 17'을 발령해 11분 안에 사피 카운티 전 지역을 완전 봉쇄한다는 계획도 세워놓았다. 그렇게 하면 만의 하나 또다시 아이가 유괴되는 사태가 발생한다 해도, 유괴범이 아이를 숲 속으로 데려가 죽이기 전에 잡을 수 있으리라는 생각에서였다. 언론매체를 통한 대대적인 캠페인과 주민들의 적극적인 협조 덕분인지, 다행히도 그해가 지나갈 때까지는 아동 살해가 추가로 일어나지 않았다. 나는 크리스마스 휴가를 맞아 집에 돌아온 뒤에야 조금 마음을 놓았다.

이 시기 동안, 오마하 경찰은 인근에서 변태성욕자로 알려져 있는 사람들을 다수 소환해서 철저히 심문했다. 그중에는 유력한 용의자로 보이는 이도 있었는데, 그는 거짓말탐지기조차 통과하지 못했으며 집에서도 수상한 반창고며 밧줄이 발견되었다. 자기가 동성애자라는 사실을 떠벌리고 다닌다는 점만 제외하면 우리가 제출한 분석 자료 내용과도 일치하는 특징이 많았다. 그러나 그는 두 번째 테스트에서 거짓말탐지기를 무사히 통과했으며, 다른 여러 면에서도 범인이 아니라는 사실이 밝혀졌다.

경찰에서 관심을 가질 정도로 탈선행위가 심한 사람이 이렇게나 많다는 사실에 주민들은 충격을 받았다. 그리고 에벌리와 월든 사건을 수사하던 과정에서 어린아이들을 자기 캐딜락 안에 밀어넣고 강간한 소아변태성욕자 등 대여섯 명이 이때 체포되었다.

언젠가 유괴 직전 크리스토퍼가 어떤 청년과 함께 걸어가는 모습을 보았다는 목격자 여성에게 최면을 걸어보았더니 두 사람의 체구가 거의 비슷하다는 사실을 기억해냈다. 그녀는 심지어 두 사람이 타려고 했던 차의 차량번호 첫 몇 자리를 기억해내기까지 했다. 당시 수사기관들 사이에 긴밀한 공조가 이루어지고 있었던 덕분에 이 숫자는 즉시 주정부 교통국으로 보내져 컴퓨터 조회에 들어갔다. 조회 결과 차량번호 앞부분이 일치하는 차는 네브라스카 주 안에서만도 거의 1,000대에 이르렀지만, 범위를 사피 카운티 지역으로 좁히면 훨씬 수가 줄어들었다.

그러나 경찰이 명단에 있는 차량을 일일이 조사하는 작업에 착수하려고 할 즈음인 1985년 1월 11일 이른 아침, 뜻밖의 제보가 들어왔다. 교회 어린이집에서 일하는 한 여교사의 제보였는데, 그녀는 차에 타고 주변을 맴도는 한 남자를 눈여겨보았던 것이다. 언론에서 공개한 부분적인 인상착의와 일치하는 마르고 젊은 남자였는데, 차는 달랐지만 운전자는 분명 비슷했던 것이다.

여교사가 종이에 무엇인가를 쓰는 모습을 본 젊은 남자는 차를 세우고 어린이집 문을 두드리더니, 강제로 밀고 들어와서는 전화 좀 빌리겠노라고 했다. 그녀가 안 된다고 거절하자 그는 당장 차량번호를 적은 쪽지를 내놓지 않으면 죽여버리겠다고 협박했다. 간신히 달아난 그녀는 이웃한 교회 건물로 가서 경찰에 급히 전화를 걸었다. 남자는 차에 올라 타 그대로 달아나버렸다.

차량번호를 입수한 경찰이 즉시 차량 소유주 확인에 나선 결과, 차는 인근 시보레 자동차대리점 소유로 드러났다. 즉시 출동한 경찰은 여교사가 보았던 차는 오퍼트 공군기지에 있는 한 사병이 자기 차를 정비센터에 맡기고 그곳에서 빌려 간 차라는 사실을 알게 되었다. 그가 대리점 창고에 두고 간 차는 몇몇 목격자들의 증언 내용과 일치했으며, 차량 앞번호도 최면을 통해 알아낸 번호와 똑같았다.

차 안을 들여다보니 밧줄과 칼이 눈에 띄었다. 수사 절차에 신중을 기했던 경찰은 수색영장을 먼저 발부받고 나서야 차 문을 열었다. 나중에 안 일이지만, 이 차는 교통국 컴퓨터로 조회한 차량 명단 1,000대 중 네 번째로 올라 있었다. 경찰에서 명단에 오른 차를 모두 수색할 계획을 세워놓았던 터라 여교사의 제보가 없었다 해도 어차피 며칠 안에 수색 대상에 오를 수밖에 없었을 상황이었다.

경찰은 철저한 차량 수색에 들어가기에 앞서 오퍼트 공군기지에 연락을 취했으며, 그 즉시 경찰뿐 아니라 FBI 요원 한 명, 사피 카운티 보안관, 공군 OSI(특별수사국) 요원 몇 명이 출동하여 보직 A-1 C반(E-3에 해당) 소속 레이더 정비병인 존 조셉 주버트 4세의 숙소로 찾아갔다. 주버트는 순순히 수색에 응했다. 수사관들은 그의 잡낭 안에서 밧줄과 사냥칼 한 자루, 그리고 20여 권에 달하는 추리잡지를 발견했다. 특히 너덜너덜하게 손때가 묻은 한 권에는 신문배달소년을 살해하는 이야기가 실려 있었다. 마르고 동안인 21세의 청년 주버트는, 놀랍게도 그 지역 보이스카우트 부단장이라는 점까지 분석자료 내용과 완벽하게 일치했다.

주버트는 여러 수사관들에게 몇 시간 동안 심문을 받았다. 그는 처음에는 범행 사실을 부인했으며 정황 증거밖에 없으니 자기가 기소될 리 없다고 말했다. 그러나 그의 가방과 차에서 나온 밧줄이 첫 번째 희생자를 묶은 밧줄과 일치할 뿐 아니라 그 밧줄은 보이스카우트 단장이 한국에서 돌아올 때 가져온 희귀한 밧줄이라는 사실을 알려주자, 그는 친하게 지내던 열네 살 난 보이스카우트 단원 한 명과 단장을 불러서 이야기를 하고 싶다고 했다. 자정 직전에 주버트는 두 소년을 죽였다는 사실을 이들에게 자백하면서 진범만이 알 수 있는 세부사항을 털어놓았다.

전화벨이 울렸을 때 나는 집에서 벽난로에 불을 지피고 있었다. 아내가 전화를 받더니 조니 에번즈라고 알려주자, 오마하에서 소년 살해사건이 또 일어났다는 소식이 틀림없다는 생각에 가슴이 덜컹 내려앉았다. 그래서인지 살인범이 마침내 붙잡혔으며, 에번즈의 노고가 보답을 받았고, 내가 이 남자의 광기어린 살인행각을 막는 데 일조했다는 사실을 알았을 때에는 이루 말할 수 없이 기뻤다.

에번즈는 내가 범인의 주거지에서 경찰잡지나 추리잡지가 나오리라는 사실까지 미리 예측했다는 사실에 특히 놀라움을 표시했다. 주버트의 말로는 자위를 할 때 그 잡지를 이용했다고 한다. 이 자백에서 주버트가 밝힌 놀라운 사실 중 하나는, 그가 범행 후 근처 맥도날드에 가서 손에 묻은 피를 씻어내고 아침식사까지 해결했다는 것이다.

그날 오후 주버트가 저지른 유괴사건 때문에 보이스카우트 회의가 긴급 소집됐다. 그는 그 회의에 참석하긴 했지만 토론에 끼어들지는 않았다. 그는 죽은 아이들과 어떤 성행위도 한 적이 없다고 했으며, 아는 아이들이냐는 물음에는 더욱 강경하게 부인했다. 보이스카우트 대원들처럼 자기가 알고 지내는 아이라면 절대 그런 짓을 하지 않았으리라는 것이었다. 그러나 주버트는 두 번의 살인을 저지르는 족족 숙소로 돌아가 범행을 음미하면서 자위행위를 했다. 또한 자백 도중에 말하기를, 어린이집에서의 사건이 있은 후 자기가 그날 잡힐 줄 알고 있었으며, 사람을 더 죽이기 전에 체포되어서 기쁘다고 했다.

이 사건의 경우 수사기관 간의 협조가 놀랄 만큼 잘 이루어졌으며, 유괴나 살인을 포함하는 중대사건을 처리하는 모범을 보여주었다. 수사에 참여한 모든 기관을 칭찬하는 글이 《미 의회소식》지에 실렸으며, 살인범을 잡는 데 한몫 했던 주, 지방, 연방, 공군 법 집행 기관에 찬사가 쏟아졌다. 나는 윌리엄 웹스터 FBI 국장으로부터 내가 범인에 대해 작성한 분석자료의 정확성을 치하하는 편지를 받고 으쓱해졌다.

'귀하가 제출한 분석자료는 귀하가 묘사한 신체적, 정신적 특징을 지닌 용의자 쪽으로 수사망을 좁혀주었습니다. 귀하는 이번 사건에서 정확한 이해와 노련한 기술을 보여주었습니다…… FBI 국장으로서 임무를 잘 완수한 것에 감사하는 바입니다.'

당연히 주버트에 대해 더 알고 싶었기에 나는 그의 재판과정을 계속 지켜보았다. 그는 자백을 해놓고도 처음에는 무죄를 주장했지만, 다시 마음을 바꾸어 유죄를 인정했다. 판사 3명으로 이루어진 재판부는 정신과 전문의들을 비롯한 여러 전문가들의 견해를 참고하여 그가 범행 당시 사리분별이 분명한 상태였다고 판단하고, 전기의자형을 선고했다. 주버트는 사형수 감방에 갇히는 신세가 되었지만, 여러 번의 탄원 덕분에 형 집행은 계속 연기되었다.


## 소년을 향한 범죄 환상

주버트의 성장 과정을 꼼꼼히 살펴보았더니 겉보기에는 정상처럼 보여도 아주 어린 시절부터 살인을 저지를 위험이 도사리고 있었다는 사실이 분명해졌다. 그는 매사추세츠 주에서 태어났지만 자란 곳은 메인 주의 포틀랜드였다. 그의 기억에 따르면 처음 환상을 품었던 때는 여섯 살인가 일곱 살 때로, 보모의 뒤로 몰래 다가가 목을 졸라 죽인 뒤 먹어치워버리는 상상을 했다고 한다. 그 나이에 그렇게 기괴하고 난폭한 환상을 품는 일은 좀처럼 드물기 때문에 흥미로운 사례가 아닐 수 없었다.

주버트는 그때부터 유년기와 청소년기를 지나 마침내 살인을 저지르는 순간까지 같은 환상을 되풀이해 꿈꾸고 살을 붙여 갔다. 그의 어머니는 병원 직원이었고, 아버지는 식당에서 카운터를 맡아보거나 손님 시중을 드는 일을 했다. 둘은 갈등을 겪다가 별거에 들어갔는데, 별거 시기는 주버트가 처음 환상을 갖기 시작한 시기와 거의 일치한다. 결국 주버트가 열 살 때 부모는 이혼했고, 어머니는 아들을 데리고 메인 주로 이사했다.

그가 나중에 어떤 정신과 전문의에게 말한 바에 따르면, 어머니는 성질이 급한 편이어서 한번 화를 터뜨리면 물건을 깨부수곤 했고, 그는 어머니가 진정될 때까지 방에 틀어박혀 있었는데, 그러면 나중에 어머니가 방으로 들어와 미안하다고 말했다.

그는 또한 어머니가 자신을 업신여겼으며 스스로를 가치 없는 사람인 것처럼 느끼게 만들었다고 했다. 그녀는 아들이 열두 살 될 때까지 엉덩이를 때리는 체벌을 했고, 그가 공공연히 자위하는 것을 몹시 싫어했다. 그의 환상은 처음에는 젊은 여자들을 대상으로 했지만, 나중에는 그 대상이 팬티만 입은 어린 소년이나 청소년들로 바뀌었다. 주버트는 이 소년들을 목매달고 칼로 찌르는 생각에 발기를 했는지 자위를 하면서, 본인이 정말 이런 생각을 했는지를 더 이상 분간하지 못하였다.

사춘기 직전에 주버트는 부모들 사이에 벌어진 싸움의 희생양이 되었다. 아버지가 그를 데려가려 했지만 실패한 것이다. 주버트는 여름방학 때 아버지를 보러 가려면 160킬로미터가 넘는 거리를 혼자서 자전거로 오가야 했다. 공립고등학교에 진학하기 싫었던 주버트는 돈을 대줄 생각도 능력도 없던 어머니 대신 자기가 직접 신문배달일로 돈을 벌어서 가톨릭계 사립고등학교의 학비를 마련했다.

본인의 말에 따르면 동성애자라는 주변의 쑥덕거림 때문에 고등학교 시절은 악몽 같았고, 언젠가는 게이 소리를 듣는 게 싫어서 졸업파티에 일부러 한 여자애를 데려간 적도 있다고 한다. 그는 육상을 했고 크로스컨트리 선수단의 일원으로도 활동했다. 게다가 열렬한 보이스카우트 대원이었던 그는 보이스카우트에 좀더 오래 있고 싶어서 마지막 단계인 독수리 스카우트가 되는 것도 늦추었을 정도였다. 졸업앨범에 그는 이런 말을 써놓았다.

'인생은 여러 갈래의 길이 뻗어나가는 간선도로다. 부디 길을 잃지 말 것.'

그는 고등학교 졸업 후 버몬트에 있는 군사학교에 진학했지만, 버몬트에서는 음주 허용 연령층이 낮게 책정되어서인지 그만 술에 빠지고 말았다. 무단결석을 하거나 수업 내내 꾸벅꾸벅 졸고 앉아 있었으며, 그 결과 학점도 형편없었다. 술을 마시거나 잠을 자지 않을 때에는 판타지 게임인 '던전 앤 드래건'에 열중했다. 주버트는 군사학교에서 1년을 보낸 뒤 여름방학 때 집으로 돌아왔다가 바로 공군에 입대했다.

1983년 여름 초입, 그는 텍사스에 있는 훈련소에서 한 젊은이와 친해졌는데, 오퍼트 공군기지에 와서도 임무를 같이 수행하고 방을 함께 쓰는 등 절친한 사이가 되었다. 주버트가 추리잡지를 모으기 시작한 것도 바로 이 시기였다. 오퍼트에 배치된 지 몇 주 후, 룸메이트는 주버트에게 기지 안 다른 사병들이 둘을 가리켜 '계집애들'이라고 놀린다며, 자신은 동성애자로 오인받는 것이 불편하다는 이유로 갑자기 방을 옮겨버렸다. 이 사건은 주버트에게 결정적인 범행 전 스트레스로 작용했다. 친구가 방을 옮긴 지 일주일도 채 지나지 않아 주버트는 대니 조 에벌리를 유괴 살해한 것이다.

그는 면담을 한 정신과 의사들에게 자기는 사람을 죽이는 기분이 어떤 것인지 정확히 느껴보지 못했으며, 살인을 저지르는 동안에도 여섯 살 때부터 키워온 자기의 환상을 다만 기계적으로 행동에 옮긴다는 느낌뿐이지 다른 느낌은 별반 없었다고 말했다. 그는 방에 돌아와서 자위행위를 한 뒤 편안하고 깊은 잠에 빠져들었다. 환상에 사로

잡혀 있을 때면 그는 자기의 충동을 억제할 수가 없었던 것이다. 한 면담 도중 그는 첫 희생자를 정말로 마음대로 주무를 수 있다는 사실을 처음 깨달았을 때 몹시 기분이 좋았다고 털어놓았다.

주버트를 만나본 여러 정신보건 전문가들은 만장일치로 그가 영리하며—주버트의 IQ는 125였다—민첩하고, 자신이 관심받고 있다는 사실에 매우 기쁘다고 말했다. 전문가들은 그가 정신질환 장애 판단 기준표에서 301.20에 속한다고 결론지었는데, 이는 강박신경증과 더불어 정신분열형 인격장애를 앓고 있다는 판단이다.

이 기간에 주버트를 진찰하고 평가한 전문가들 중에는 메닝저 클리닉의 허버트 C. 모들린 박사도 있었는데, 그는 주버트에 대해 평가한 내용을 다음과 같이 법원에 보고했다.

이 사람은 사랑이나 애정이 무엇인지도 모르고, 한 번도 그런 감정을 경험해본 적이 없는 것처럼 보인다. 누나와의 관계를 묘사할 때에도 "서로 미워하지는 않았어요"라는 말이 고작이었다. 매우 영리한 사람이면서도 부모에 대해 아무런 설명을 하지 못했다는 사실이 놀랍다. 정서적인 경험과 극히 동떨어져 있는 상태를 고려할 때, 만성적인 분열증에 시달려왔다는 추측이 든다. 그도 이 결함이나 결여 상태를 어렴풋이나마 자각하고 있는 듯하며, 살인 동기에는 강렬한 감정을 느껴보고 싶다는 생각도 일부 있었을 것으로 보인다.

모들린 박사는 주버트 본인이나 그가 저지른 범행에 대해 답을 듣지 못한 질문이 상당수였다고 지적했다. 왜 13세 소년만을 골라 죽였는가? 평소에 알고 지내던 아이들이었는가? 칼로 여러 번 되풀이해 찌른 이유는 무엇이었는가? 왜 팬티만 남기고 옷을 벗겼나? 굳이 이른 아침에 유괴한 이유는 무엇이었는가? 그중 두어 가지는 알 것도 같았지만 나머지 질문은 계속해서 나를 괴롭혔다.

## 마지막에 발견한 최초의 살인

주버트와 그가 저지른 범행에 대해 제대로 이해하려면 더 알아내야 할 것이 많았는데, 그를 검거할 때와 마찬가지로 돌파구는 우연한 기회에 찾아왔다. 1984년 가을, 나는 주버트와 그가 저지른 범행에 대한 슬라이드를 가지고 콴티코로 돌아와 FBI 훈련원 연수생들을 대상으로 하는 강의에서 이 사건을 예로 들었다. 슬라이드를 보던 연수생 중 한 명이 손을 들더니 쉬는 시간에 잠시 따로 이야기를 하고 싶다고 청했다. 손을 든 사람은 메인 주 포틀랜드 경찰수사대 댄 로스 반장이었는데, 그는 오마하에서 일어난 이 살인사건을 보니 포틀랜드에서 일어났던 한 미결사건이 생각났다고 했다.

나는 바짝 긴장했다. 주버트가 오마하에서 붙잡혔을 때, 수사당국에 그가 메인 주에 살았던 당시의 주소를 확인해보고 비슷한 성격의 다른 범죄가 일어난 적이 없는지 알아보라는 부탁을 한 적이 있었기 때문이었다. 처음에는 주버트가 처음 죽인 희생자가 대니 조라고 생각했지만, 주버트에 대해 조사를 하면 할수록 그 전에도 연습 삼아 사람을 죽였으리라는 의심이 강하게 들었다. 그의 환상은 너무나 강력했기 때문에 대니 조를 죽이기 전에도 반사회적인 행위로 표출되었을 가능성이 높았다.

갑작스럽게 공군에 입대했다는 사실 역시 수상했는데, 최초 범죄를 저지른 뒤 들키지 않고 마을을 떠나는 방편으로 입대를 결심했는지도 모를 일이었다. 그러나 오마하에서는 사건의 다른 측면을 처리하느라 너무 바빴기 때문에 제대로 신경 쓸 여유가 없었으며, 사피 카운티 경찰이 포틀랜드에 전화를 하긴 했지만 연결이 되지 않았다.

로스 반장은 주말에 포틀랜드에 있는 집에 들러 그 미결 살인사건에 관련된 서류를 가지고 돌아왔다. 같은반에 있는 연수생들 중 마침 내가 주버트 사건 수사 때 얼굴을 익혀두었던 사피 카운티 경찰관도 한 명 있어서, 우리 셋은 머리를 맞대고 함께 서류를 검토하기 시작했다.

범행이 일어난 상황은 오마하 때와 거의 비슷했다. 10대 소년이 혼자 있다가 동트기 직전에 희생되었으며, 목격자들도 용의자가 젊고 인근지리를 잘 아는 사람 같았다고 증언했다. 흉기는 칼이었고, 시체에서는 잇자국이 발견되었다. 이 끔찍한 사건은 1982년 8월에 일어났다. 대니 조가 유괴되기 1년 전이자 존 조셉 주버트 4세가 공군에 입대하기 직전의 일이다.

금발에 푸른 눈을 한 열한 살의 리키 스텟슨은 자주 다니는 큰길가 구름다리 쪽에서 조깅을 하던 중이었다. 아이는 구름다리와 가까운 언덕에서 칼에 찔려 살해되었고, 시체 역시 대니 조나 크리스토퍼의 경우처럼 심각하지는 않지만 다소 훼손되었다. 범행은 해가 막 뜬 이른 아침에 이루어졌다. 살인범은 희생자의 옷을 벗기려고 했지만 다 벗기지는 못한 모양이었다.

범행현장사진을 검토하다가, 나는 희생자의 몸에 생긴 잇자국을 찍은 사진이 아직 남아 있다는 사실을 알게 되었다. 주버트의 기록을 재검토한 결과, 리키가 살해되기 1년 전 쯤 그는 살해현장인 언덕과 인접한 길을 따라 신문을 돌리는 일을 한 적이 있다는 사실과 이후 현장 근처에 있는 어떤 공장에서 일한 적도 있었다는 사실을 밝혀냈다. 목격자들은 기어 10단짜리 자전거를 탄 젊은 남자가 조깅하는 소년을 뒤따라가는 모습을 보았다고 증언했다. 주버트의 사진을 보여주었더니 대부분 그가 맞는 것 같다고 대답하기는 했지만, 세월이 지난 뒤라서 100퍼센트 확신할 수는 없었다.

댄 로스 반장은 우여곡절 끝에 네브라스카 주립교도소에 가서 주버트의 치흔(齒痕)을 입수하는 데 성공했고, 뉴욕 주 경찰 법의학 수사팀장이자 노련한 법치의학자인 로웰 레빈 박사에게 감식을 의뢰했다. 마침내 박사는 주버트의 잇자국이 희생자의 몸에서 채취한 자국과 정확히 일치한다고 확인해주었다.

포틀랜드 사건에 진척이 보이면서, 주버트가 저지른 범죄는 내가 의심했던 대로 그 이전까지 거슬러 올라갔다. 1980년에는 몇 명이 이유 없이 상대가 휘두른 칼에 베는 사건이 있었는데, 한번은 피해자가 아홉 살 소년이었고, 또 한번은 20대 중반의 여교사였다. 둘 다 중상이었기 때문에 살아난 것만도 다행이었다. 그 전 1979년에는 역시 아홉 살의 소녀가 자전거를 타고 속력을 내어 지나가던 남자아이에게 연필로 등을 찔린 사건이 있었다. 이런 혐의로는 주버트를 일일이 기소해보았자 별 의미가 없었지만, 스텟슨 살인사건만큼은 해결을 보아야 했다.

결국 주버트는 기소되었고, 메인 주에서 살인에 대한 유죄판결을 받았다. 네브라스카에서 받은 사형선고가 혹시라도 감형된다면, 그는 메인 주로 이감되어 남은 평생을 교도소에서 보내야 할 것이었다. 결론적으로 스텟슨 살인사건을 해결한 일은 훗날 '강력범죄자 체포 프로그램(VICAP)'을 구축하는 데 비공식적으로 크게 기여했다. 서로 다른 주에서 벌어진 같은 수법의 두 살인사건을 연관지을 수 있었던 사람이 내 강의를 듣고 있었다는 사실 덕분이었으니 무척이나 운이 좋았던 셈이다. VICAP가 창설되어 본격 가동에 들어가자, 중대한 범죄가 발생했을 때마다 수사당국에서도 이런 식의 비교분석을 할 수 있게 되었다.

나는 메인 주와 네브라스카 주에서의 재판 절차가 모두 끝날 때까지 몇 년을 더 기다린 뒤에야 간신히 주버트를 만날 수 있었다. 면담에 동행한 사람은 BSU 아동학대 전문가인 켄 래닝 특수요원과 오마하 지국의 한 요원이었다. 주버트는 감옥에서 몸무게가 좀 늘었고, 이제야 비로소 소년 티를 벗어나 청년이라는 인상을 주었다.

나는 교도소 당국으로부터 그가 사형수 감방 안에서 휴지 위에 그림을 그리고 있다가 들켜서 압수당했다는 이야기를 미리 들었다. 그림 솜씨는 썩 훌륭했지만, 표현하고 있는 주제는 섬뜩하기 그지없었다. 하나는 손발을 한데 묶인 소년이 길가에 나동그라져 있는 그림이었고, 다른 하나는 무릎을 꿇고 있는 소년의 몸에 어떤 남자가 칼을 찌르는 모습을 묘사한 그림이었다.

살인범과 면담을 하면서 범행 심리나 수법에 대해 알아낸 정보는 아무리 사소한 것이라도 이후 다른 살인범을 뒤쫓을 때 큰 도움이 된다. 주버트는 처음에는 우리와 이야기하려 들지 않았지만, 그에 대한 내 오랜 관심과 그 동안 100명도 넘는 살인범을 만나보면서 익힌 면담 기술 덕분에 결국은 조금 긴장을 풀었다.

과거에 심하게 스트레스를 받은 적이 있는지 물어보았더니, 그는 다른 사람을 해치기 전에 친구와 헤어진 일이 있다는 사실을 기억해냈다. 주버트의 어머니가 이사 간 친구 주소를 알아봐주지 않은 것도 바로 이때였으며, 완전히 버림받았다고 느낀 주버트는 살인범으로 전락하는 과정에 들어서게 되었다. 면담 도중 그는 내게 FBI가 나서서 그 친구를 찾아주면 안 되냐고 애처롭게 부탁했다. 나는 한 번 시도해 보겠노라고 대답해주었다.

그는 살인을 시인했으며, 우리는 범행 내용에 대해 자세한 이야기를 나누었다. 나는 여러 주제 중에서도 특히 세 가지 문제, 즉 설명할 수 없는 잇자국, 추리잡지, 희생자를 선택한 방식에 대한 의문을 꼭 풀고 싶었다. 마침내 주버트의 설명을 듣고 나서야 나는 이 세 가지가 모두 연관되어 있다는 사실을 깨달을 수 있었다.

그는 6~7세 때부터 자기를 따라다녔던 식인 환상에 대해서 이야기해주었다. 그 환상을 실현하고자 하는 것이 그의 살인 동기였으며, 환상의 실현에는 포틀랜드에서의 첫 희생자를 포함하여 시체를 물어뜯는 일도 포함되어 있었다. 짐작컨대, 대니 조의 다리에 나 있던 정체불명의 열십자 모양 칼자국도 잇자국을 감추려는 시도의 일환이 아니었나 싶다. 경찰이 그런 잇자국을 법치의학적으로 분석해서 범인을 잡을 수 있다는 사실을 추리잡지에서 배운 적이 있는지 물어 보았더니, 그는 그렇다고 시인했다.

추리잡지를 본 이유 중에는 경찰의 추적을 따돌리는 방법을 배우려는 목적도 있었으나 가장 주된 이유는 성적 자극이었다. 알몸에 대한 묘사도 전혀 없고 구속이나 고문 같은 이야기만 가득한 추리잡지가 그에게는 포르노 역할을 했던 것이다.

언제부터 그런 잡지를 보기 시작했는지 물어보았더니, 열두 살 즈음에 어머니를 따라 잡화점에 갔다가 진열대에서 처음 보았다고 했다. 그는 겁에 질리거나 협박당하는 사람들을 묘사하는 대목을 보면서 잔뜩 신이 났고, 그중 한 권을 구해서는 자위를 하거나, 사람을 목매달고 칼로 찔러 죽이는 상상을 할 때 일종의 소도구로 활용했다. 추리잡지는 그가 실제로 살인을 저지르기 거의 10년 전에도 이미 그의 마음속에서 성적 쾌락과 살인을 서로 연결해주는 매개체로 자리 잡았던 것이다. 이 잡지들을 기괴한 환상이나 자위행위와 동일시하게 되었을 때 주버트는 아직 사춘기도 되지 않았으며, 새벽에 자전거를 타고 신문을 돌리던 옅은색 머리칼의 가냘픈 소년이었다.

예닐곱 시간인가 이야기를 나눈 후에 주버트는 내게 한 가지 부탁을 했다.

"레슬러 씨, 내가 잘 해드렸으니까 당신도 부탁 하나쯤 들어줘야 하지 않을까요? 범행현장사진을 좀 갖다주셨으면 합니다. 그걸 보면서 생각할 일이 좀 있어서요."

당시 28세였던 이 젊은이는 바로 그 사건 때문에 사형수 감방에 갇혀 있으면서도 여전히 자위를 목적으로 그 범행 사진을 갖고 싶어했다. 나는 존 주버트의 끔찍한 환상은 그가 죽는 순간까지도 사라지지 않으리라는 슬픈 사실을 깨닫고, 미안하지만 그 소원은 들어줄 능력이 없다는 대답으로 면담을 끝냈다. 1992년 현재, 그는 아직도 사형수 감방에 있다.

06

# 범죄
유형의
두 얼굴

## 조직적 범죄와 비조직적 범죄

대부분의 사람은 흉악한 범죄자와 그가 저지른 범죄를 이해할 수 없는 수수께끼나 특수한 경우라고 생각한다. 잔인한 살인이나 사체 훼손, 계곡에 버려진 시체 따위에 익숙한 사람은 거의 없다. 물론 이런 범죄를 대할 일이 별로 없는 대부분의 지방경찰관들도 예외는 아니다. 그러나 제아무리 잔인하고 흉포한 범죄라 해도 반드시 그렇게 특수하거나 이해할 수 없는 것은 아니다. 이런 살인사건은 과거에도 여러 번 일어난 적이 있으며, 제대로 분석한다면 이해하는 것은 물론이요 어느 정도 예측 가능한 유형을 나누어볼 수도 있다. 행동과학부(BSU)에서는 1970년대 말까지 이런 종류의 흉악 범죄를 분석 평가하는 작업을 하며 상당한 경험을 쌓았다.

평범한 경찰관이라면 재직 중에 배를 가르고 내장을 꺼낸 시체나, 혹은 인육을 먹는 범죄행각에 맞닥뜨릴 일이 한 번도 없을지도 모른다. 하지만 우리는 기괴한 사건이 발생했으니 분석해달라는 요청을 여러 경찰기관에서 수시로 받기 때문에 그런 범행 장면에 익숙했고, 일반인이 느낄 만한 혐오감을 뛰어넘어 증거를 분석하고 예상범인의 특징을 추론할 수 있었다.

그러나 이렇게 얻은 지식을 축적하는 일과 그 내용을 상대방—광포한 범죄자를 뒤쫓기 위해 우리의 도움을 청했던 바로 그 경찰관들—에게 설명해주는 일은 별개의 문제다. 특징에 따라 분류한 범인의 유형을 경찰이나 다른 지방 수사관들에게 알기 쉽게 설명해주려면, 정신과 의사들이 쓰는 전문용어가 아닌 새로운 용어를 만들 필요가 있었다. 예를 들어 심리학 분야에는 문외한인 경찰관에게 그가 뒤쫓는 범인이 '정신 부활약 성격형'이라고 말할 수는 없는 노릇이었다. 대신 직접 발로 뛰는 경찰관들이 쉽게 이해할 수 있고, 살인범, 강간범, 여타 흉악범들을 수색 검거하는 데 도움이 될 만한 말로 설명을 해주어야 했다.

그래서 우리는 범행현장을 볼 때 '정신병질적' 성격이 뚜렷하다고 하는 대신에 현장의 모습이나 범인의 성격이 '조직적'이라고 표현하기로 했다. 이와 반대로, 정신장애의 징후가 뚜렷할 때에는 현장이나 범인을 '비조직적'이라고 불렀다. '조직적' 혹은 '비조직적' 개념은 연쇄살인범이나 대량살인자의 성격을 크게 두 가지로 나누는 기본적인 구별 방식으로 자리잡았다. 물론 구별 기준이라는 것이 대부분 그렇듯 이 기준 역시 모든 사건에 다 들어맞기에는 지나치게 단순한 이분법이라는 측면이 없지 않다.

우리는 범행현장이나 범인에게서 비조직적인 특성뿐 아니라 조직적인 특성도 함께 보이는 경우 '혼합형'이라는 표현을 쓴다. 가령 에드 캠퍼는 분명 조직적인 살인범이었지만, 그가 사후에 시체를 훼손한 행위는 비조직적 살인범의 전형적 특성에 속했다.

이번 장에서는 조직적 범죄자와 비조직적 범죄자의 전형적인 특징을 간단히 설명해볼까 한다. 그러나 어떤 특정 사항이 조직적 범죄자의 특성이라고 말한다 해도, 언제나 100퍼센트 다 그렇다는 뜻이 아니라 다만 일반적으로 적용 가능한 정도라는 사실을 기억해주기 바란다. 예를 들면 우리가 범행현장을 분석하고 여러 살인범들을 만나본 결과, 조직적 살인범 중 75퍼센트 이상이 시체를 숨긴다. 이 정도 수치라면 일반화시키기에 충분하지만 절대적인 특징이라고 보기도 어렵다.

프로파일링의 법칙은 모두 이런 식이다. 조직적 범죄와 비조직적 범죄 사이의 구분이 매우 뚜렷해 보여도, 시간이 흐르고 연구가 계속될수록 추가되는 특성이 점점 늘어나기 마련이다.

범인이 조직적인지 비조직적인지를 알아보려면, 우리는 우선 범행현장사진을 검토하고 가능할 경우에는 희생자의 몸에서 나온 정보나 희생자의 신변에 대한 정보를 참고한다. 말하자면 희생자가 가해자에게 '손쉬운 먹잇감'이었는지를 생각해보는 것이다. 희생자가 노약자거나 체력이 약했다면 손쉬운 먹잇감이라고 볼 수 있다.

살해된 장소 역시 중요하다. 몬티 리셀이 새벽녘 인적 없는 주차장에서 여자를 납치했을 때, 그는 실종되어도 얼마 동안은 찾는 사람이 없을 만한 매춘부를 골랐다. 범인이 희생자를 골라서 선택했다는 사실은 수사에 중요한 단서가 된다.

우리는 보통 살인을 네 단계로 나눈다. 첫 번째는 범행 전 단계로,

범인이 범행 전에 취한 행동이 여기 들어간다. 이 단계는 시간상으로는 제일 처음이지만, 추적해 들어가는 과정에서는 마지막이 되어서야 구체적 내용이 밝혀지는 경우가 많다. 두 번째는 범죄 실행 단계이다. 이 단계에는 희생자를 선택하고 범죄를 저지르는 행위가 들어가는데, 범죄행위에는 살인은 물론이고 납치, 고문, 강간 등도 포함된다.

세 번째는 시체 처리 단계이다. 희생자가 발견되든 말든 전혀 신경을 쓰지 않는 살인범도 일부 있기는 하지만, 대부분은 온갖 방법을 동원해서 시체를 숨기려 든다. 마지막 네 번째는 범행 후 행동 단계인데, 경우에 따라서는 이 단계가 매우 중요하다. 범행을 유발시켰던 환상을 계속 유지할 목적으로 수사현장을 기웃거리거나 여타 방법으로 자기가 저지른 범죄와 계속 연관을 맺고자 하는 살인범도 일부 있기 때문이다.

조직적 살인범의 가장 큰 특징은 범행을 계획한다는 점이다. 순간적 충동이 아닌 사전 계획의 결과로 살인을 저지르는 것이다. 범행계획은 살인범이 품고 있던 환상에서 시작되는데, 이 환상은 범인이 실제로 눈에 띄는 반사회적 행동을 보이기 오래 전부터 발전하면서 점차 강해진 것이다. 존 주버트는 실제로 사람을 칼로 찔러 죽이기 여러 해 전부터 그런 환상에 사로잡혀 있었으며, 기회가 오자 넘지 말아야 할 선을 넘어 행동을 취했다. 리셀 역시 여자친구의 절교선언에 발끈해서 어느 정도 충동적으로 범행을 저지르기는 했지만, 그날 밤 만만한 희생자감이 주차장에 나타나기 여러 해 전부터 난폭한 환상을 품고 있었던 것이 사실이다.

조직적 살인의 희생자는 대부분 범인이 일부러 선택한 낯선 사람들이다. 범인은 그 일대를 지키고 있거나 돌아다니면서 자기가 마음에 둔 유형에 들어맞는 사람이 있는지 찾아다닌다. 선택 기준은 나이, 외모, 직업, 머리모양, 생활방식 등 다양한데, 살인범 데이비드 버코위츠는 길가에 세워놓은 차 안에 혼자 혹은 남자와 같이 앉아 있는 여자들만을 노렸다.

조직적 살인범은 희생자를 지배하기 위한 수단으로 속임수나 계략을 쓰는 경우가 많다. 말솜씨가 좋고 지능이 높기 때문에 희생자를 무력한 상태가 될 때까지 손쉽게 유인해 들인다. 조직적 살인범의 핵심적 특징은 '지배'에 있다. 따라서 수사관들은 조직적 살인범을 수사할 때 모든 면에서 범인이 희생자를 지배하려 한 상황이 없었는지를 짚어본다. 이들은 매춘부에게 50달러를 주거나, 히치하이커들에게 차를 태워주고, 고장난 차 때문에 쩔쩔매는 운전자를 도와주거나, 아이에게는 엄마를 찾아주겠다고 속이는 등의 수법을 사용해 희생자에게 접근한다.

범행을 미리 계획해두었기 때문에 범인은 희생자를 손에 넣는 방법도 공들여 생각해놓았으며, 구체적으로 어떤 속임수를 쓸지도 이미 다 정해놓았을지 모른다. 존 게이시는 시카고에 있는 동성애자 구역으로 가서, 만나는 젊은 남자들에게 자기 집에서 성관계를 갖는 대가로 돈을 주겠다고 유혹했다. 테드 번디는 타고난 매력을 주로 활용했지만, 경찰 장비를 가지고 다니면서 직위를 사칭하기도 했다. 조직적 살인범은 희생자를 인격체로 인식하고 대우하는 경우가 많은데, 즉 살인하기 전에 상대를 인격체로 인식하고 대화나 기타 방법을 통해 충분히 교감하는 과정을 거친다.

비조직적 살인범은 희생자를 계획적으로 선택하지 않기 때문에 자기에게 위험부담이 크거나 제압하기 어려운 희생자를 고르기도 한다. 그래서 희생자가 격렬하게 저항한 결과 몸에 상처를 입는 경우도 가끔 있다. 게다가 희생자의 인격에 대해서는 아무런 인식도 관심도 없다. 희생자가 누구이며 어떤 사람인지 알고 싶어하지 않으며, 재빨리 기절시키거나 얼굴을 가리는 등의 수단으로 외관을 손상하여 희생자의 인격을 제거하려 드는 경우가 대부분이다.

조직적 살인범의 주된 특징이 '계획'에 있다는 말은 곧 살인범의 논리가 계획 가능한 모든 측면에서 나타난다는 뜻이다. 반면 비조직적 살인범의 행동에는 정상적인 논리가 결여된 경우가 많다. 붙잡힌 범인이 나름대로의 범행 논리를 직접 이야기해주기 전에는, 희생자를 선택하거나 범죄를 저지를 때 이용한 기괴한 논리를 따라잡을 방법이 없다.


## 철저한 계획 아래 움직이는 괴물들

조직적 살인범은 범행 도중 긴박한 상황에 맞닥뜨려도 융통성 있게 대처할 줄 안다. 에드 캠퍼는 대학 캠퍼스에서 젊은 여자 두 명을 쏜 뒤, 죽어가는 희생자들을 차 안에 실은 채 경비원들 앞을 유유히 통과해 교문을 빠져나가는 침착성을 보였다. 속으로는 불안에 떨고 있었을지 몰라도, 캠퍼는 발작적으로 총을 갈겨대는 등의 행동을 하지 않은 채 검문소 앞을 통과해야 한다는 위험에 맞추어 유연하게 대처할 줄 알았다. 비조직적인 살인범이라면 공포에 질린 나머지 전속력으로 차를 몰아 오히려 경비원들의 주의를 끌었겠지만 캠퍼는 숨길 것이 없다는 듯 태연하게 행동함으로써 그날 밤 범행 사실을 들키지 않고 '성공적으로' 빠져나갔다.

융통성과 기동성은 조직적 살인범의 특징이다. 게다가 이들은 범행을 거듭할수록 범행 수법을 보완해 나가므로 범행이 갈수록 노련해져 가는 정도를 잘 살펴보면 범인이 어느 정도로 조직적인 사람인지 알 수 있다. 경찰에서 범행 수법이 같은 다섯 건의 살인사건 수사를 도와달라고 의뢰하면, 우리는 첫 번째로 일어난 사건을 가장 꼼꼼히 조사해보라고 권한다. 범인이 처음 사람을 죽인 장소는 거주지나 일터처럼 그가 자주 가는 장소에 '가장 가까울' 가능성이 높기 때문이다. 그러나 범행 경험이 쌓이면서 살인범은 희생자의 시체를 원래 납치했던 장소에서 점점 더 떨어진 곳으로 옮겨 처리한다.

비록 첫 번째는 완전계획 범죄가 아닐 경우가 많다 해도 그 뒤를 잇는 범행에서는 사전계획의 강도가 높아진다. 초기 살인사건보다 뒤에 일어난 사건에서 계획한 흔적이 더 많아보인다면 우리는 조직적 살인범을 뒤쫓고 있는 셈이다. 범행 수법이 점점 더 교묘해진다는 사실은 범인의 성격을 파악하는 중요한 단서가 된다.

범행 수법을 개선하고 계속해서 폭력의 수위를 높여나갔던 또 다른 범죄자로는 몬티 리셀이 있다. 그는 붙잡혀서 여러 건의 강간살인 혐의로 유죄판결을 받은 뒤에야 자기가 일찍이 10대 시절에 6건의 강간을 저질렀는데 한 번도 들키지 않았다고 털어놓았다. 처음에는 어머니와 함께 살았던 아파트 단지 안에서 범죄를 저질렀지만, 정신병원에 수용되어 있을 때에는 주차장에서 어떤 여자를 납치해 그녀의 집으로 차를 몰도록 시킨 뒤 그 집에 들어가 강간했다. 그리고 더 나중에는 아예 차를 몰고 주 경계선 밖으로 나가 희생자를 물색했다. 이런 식으로 리셀은 범행을 저지를 때마다 자신이 강간범으로 지목될 가능성을 줄여나갔던 것이다.

그가 실제로 붙잡힌 것은 자기의 범죄 유형을 다시 바꾸었을 때였다. 그가 마지막 여섯 번째의 범행을 저지른 장소는 최초로 여자를 강간했던 때와 마찬가지로 그가 살던 아파트 단지 안이나 그 근처였다. 그러나 이 마지막 살인조차도 범행이 진전되면서 발전양상을 보였다. 처음 세 명을 죽일 때에는 강간하던 도중에 살해할 결심을 했지만, 마지막 두 명의 경우에는 실제로 납치하기 전부터 이미 죽이겠다고 마음먹고 계획을 세웠던 것이다.

수사관들에게 범인의 계획성을 보여주는 또 하나의 유용한 단서는, 조직적 살인범은 수갑이나 밧줄 따위의 구속용구를 사용한다는 사실이다. 조직적 살인범들은 공격대상을 쉽게 제압하기 위해 희생자를 물색할 때 우리가 '강간기구 세트'라고 부르는 것을 가지고 다닌다. 또한 강간기구가 있으면 희생자를 고분고분하게 만들 수 있기 때문에 범인이 품고 있던 환상을 실현시키려면 강간기구가 필수적인 조건 가운데 하나다.

우리는 브롱크스의 어떤 건물 옥상에서 일어난 끔찍한 강간 살인의 수사를 도와준 적이 있었는데, 살인범이 희생자를 꼼짝 못하게 만들 도구를 하나도 가져오지 않았다는 사실을 주목했다. 범인은 희생자를 결박할 때 희생자의 옷과 핸드백을 사용했다.

이에 대해 우리는 강간기구가 없다는 사실에 바탕해서 '조직적이지 않은' 살인범에 대한 분석자료를 작성했다. 차량이 사용되었을까? 사용되었다면 누구 소유의 차일까? 리처드 트렌튼 체이스가 저지른 살인사건이 아직 해결되기 전이었을 때, 나는 경찰에게 체이스처럼 비조직적인 사람이라면 틀림없이 범행현장까지 걸어갔을 것이라고 말한 바 있다. 범인이 희생자를 제압하는 동시에 차를 몰기에는 정신질환이 너무나 심각한 사람, 즉 비조직적 살인범의 특징을 모조리 갖고 있기 때문에 내린 결론이었다.

내가 작성한 분석자료 내용 중에서도 경찰에 가장 큰 도움이 되었던 부분은 범인이 마지막 희생자를 살해한 장소에서 반경 800미터 내에 거주하고 있으리라는 추측이었다. 조직적 살인범이 자기 차를 직접 몰고 가거나 가끔 희생자의 차를 타는 것과는 달리, 비조직적 살인범은 체이스처럼 범행현장까지 걸어가거나 대중교통을 이용한다. 설령 비조직적 살인범에게 차가 있다 해도 그 차는 집과 마찬가지로 관리를 제대로 받지 못해 낡고 지저분할 가능성이 높다. 반면 조직적 살인범은 차를 제대로 관리할 것이다.

자기 차나 희생자의 차를 탄다는 것은 의식적으로 범행 증거를 없애려는 시도의 일환이다. 비슷한 이유에서 조직적 살인범은 무기를 준비해서 가져갔다가 범행이 끝나면 다시 가져온다. 흉기에 지문이 남아 있으며, 탄도학상의 증거가 발견되면 자기가 용의자 선상에 오를 수도 있다는 사실을 알기 때문에 범행현장에서 치워버리는 것이다. 한걸음 더 나아가, 범행현장에서 지문을 닦아내고 핏자국을 씻어내는 등 희생자나 자기의 신원이 알려지지 않도록 여러 조치를 취하는 일도 있다. 희생자의 신원을 밝히는 작업이 더디어질수록 범인이 추적당할 가능성도 낮아진다.

옷이 없으면 신원을 확인하는 일도 좀더 어려워지기 때문에 조직적 살인범에게 살해당한 희생자들은 알몸으로 발견되는 경우가 많다. 칼에 묻은 지문을 닦아내는 행위와 시체를 토막내서 머리와 몸뚱이를 따로 묻어버리는 행위 사이에는 큰 간격이 있는 것 같지만, 사실은 이 모두가 희생자나 범인의 신원을 감추려는 목적에서는 일맥상통한다.

비조직적 살인범은 희생자의 집에 있던 고기 칼을 집어 들어 희생자의 가슴에 찔러넣은 뒤 현장을 그대로 떠나버릴지도 모른다. 그 정도로 비조직적인 정신 상태로는 지문이나 다른 증거에까지 신경을 쓸 여유가 없다. 경찰이 쉽게 시체를 발견했다면 이는 범인이 비조직적 살인범에 속한다는 단서가 된다. 조직적 살인범은 희생자의 시체를 범행현장에서 멀리 떨어진 곳으로 옮겨서 교묘하게 숨기기 때문에 시체를 찾아내기가 쉽지 않다.

테드 번디의 손에 죽은 희생자 대다수는 끝내 시체를 찾지 못했다. 존 게이시와 마찬가지로 어린 소년들을 납치해서 고문하고 죽었던 미주리 주 캔자스시티 살인마 밥 버델라 또한 희생자의 시체를 잘게 토막내어 뒷마당에서 키우던 개 여러 마리에게 먹였다. 이런 식으로 처리된 시체는 대부분 신원 확인이 불가능했다.

그러나 훗날 남자 두 명으로 확인된 힐 사이드 교살범의 경우에는 조금 다른 양상을 보였는데, 희생자들의 시체가 발견되기는 했지만 나중에 알고 보니 살인범들은 매우 조직적인 부류에 속했다. 시체를 숨기지 않은 행위에는 자기중심적인 욕구가 작용했을 가능성이 높다고 판단되는 것처럼, 희생자의 신원을 감춰서 추적을 피하기는커녕 오히려 경찰의 눈앞에 시체를 들이대며 자랑해 보인 것이다.

수사관은 처음 범행현장을 보았을 때 증거물을 보고, 혹은 어떤 증거물이 없어졌는지를 조사해 그 범죄가 조직적 범죄자의 소행인지 비조직적 범죄자의 소행인지를 추론할 수 있어야 한다. 비조직적 범행현장은 살인범의 혼란스러운 정신 상태를 보여주며, 그가 품고 있는 망상에 부합하는 무의식적이고 상징적인 특성을 띤다. 희생자의 시체가 발견되었다면, 시체에는 끔찍한 상처가 나 있는 경우가 대부분이다. 범인은 희생자의 인격을 말살하려는 목적에서 얼굴을 짓이기거나 사후에 시체를 훼손하기도 하는데, 이들은 시체를 옮기거나 감출 만큼 정신이 멀쩡하지 않기 때문에 희생자를 죽인 장소와 시체를 버린 장소가 동일한 경우가 많다.

조직적 범죄자는 희생자의 소지품을 기념품 삼아, 혹은 경찰이 희생자의 신원을 확인할 수 없도록 할 목적으로 가져가는 경우가 많다. 조직적 살인범이 체포되면 그들의 집에서는 희생자의 지갑, 보석, 졸업반지, 옷, 사진앨범 등이 발견되었다. 기념품은 값비싼 보석류처럼 실질적인 가치가 있는 물건보다는 희생자를 다시 떠올리는 데 이용할 목적으로 가져온 물건일 때가 많다.

범인은 범행 후 환상을 부추기고 자기가 성취한 바를 되새길 목적으로 이런 기념품을 가져간다. 사냥한 곰의 머리를 벽에 걸어놓고 쳐다보면서 그 곰을 죽였다는 사실에 뿌듯해하는 사냥꾼과 마찬가지로, 조직적 살인범은 옷장에 걸어놓은 목걸이를 보면서 범행 당시의 흥분을 다시 느끼는 것이다. 같은 목적에서 범행현장을 사진으로 찍어가는 범인도 많다. 보석류 같은 범죄 기념품을 아내나 여자친구에게 주는 경우도 있는데, 이들이 받은 보석류를 몸에 걸칠 때마다 그 속에 든 참의미를 아는 것은 오직 범인뿐이다.

존 크러칠리는 납치와 강간 혐의로 유죄선고를 받았지만, 내 눈에는 그의 행동이 조직적 연쇄살인범과 매우 유사해 보였다. 그는 옷장 안에 목걸이를 수십여 개나 걸어두었다. 몬티 리셀은 자기가 강간하거나 죽인 희생자의 돈을 훔쳤지만, 희생자가 걸치고 있던 보석류를 가져다가 아파트 방 안에 보관해두기도 했다. 그는 사람을 죽인 뒤 희생자의 차를 타고 몇 시간씩 돌아다니면서 희생자들과 관련한 자기의 환상을 지속시켰다. 이에 반해 비조직적 살인범은 기념품을 가져가지 않고 대신 정신이 혼란한 상태에서 신체 일부, 머리털 한 줌, 옷가지 등 전혀 가치가 없는 물건을 가져갈 가능성이 높다.


## 여자를 향한 분노

희생자와 성행위를 한 흔적이 없다 하더라도, 이 모든 범죄들은 본질적으로 성적인 문제와 관련되어 있다. 극도로 조직적인 살인범은 상대방을 살해하기 전에 성행위를 하되, 그 상황을 최대한 이용해서 희생자를 강간하고 고문한다. 이들이 정상적인 상황에서는 발기불능이라 할지라도, 희생자를 때리거나 칼로 베거나 목매다는 중에는 발기가 가능하다.

그러나 비조직적 살인범은 성행위를 완료하는 경우가 드물고, 성행위를 한다 해도 숨이 끊어졌거나 완전히 의식을 잃은 희생자를 대상으로 한다. 비조직적 살인범은 일제히 공격을 퍼부어 희생자를 신속하게 살해하지만, 조직적 살인범은 희생자를 살려둔 채 비정상적이고 파괴적인 행위를 자행하는 방법을 통해 성적흥분을 좀더 오래 느끼고자 한다. 이런 조직적 살인범들은 희생자의 생명을 지배하는 힘을 추구한다.

존 게이시는 희생자를 강간하는 동안 괴로워하는 모습을 더 오래 즐길 목적으로, 그들을 실제로 죽이기 전에도 몇 번이고 반죽음 상태로 만들었다. 조직적 살인범은 강간 도중 희생자더러 고분고분하게 행동하고, 겁에 질린 수동적 태도를 보이라고 요구한다. 희생자가 말을 듣지 않고 반항할 경우 범인의 공격적 행동은 더욱 심해진다. 처음에는 강간만 할 작정이었는데 상대방이 저항하기 때문에 폭력의 수위를 높여 잔인하게 죽여버리는 경우도 가끔 있다.

세 번째와 네 번째 단계에서 조직적 살인범은 시체를 숨기는 등 여러 가지 방법으로 희생자의 신원을 감추려고 하며 경찰의 수사과정을 옆에서 지켜본다. 수사과정을 지켜보는 것은 자기의 환상이 그 사건을 통제하는 듯이 보이는 시간을 연장하기 위해서이다.

'범행 후 환상'의 충격적인 예를 보여준 한 살인범은 병원 구급차 기사였다. 그는 식당 주차장에서 희생자들을 납치한 뒤 다른 장소로 데려가 강간 살해하곤 했다. 일반적인 조직적 살인범들과 달리, 그는 일부러 시체를 눈에 띌 만한 장소에 버린 뒤 경찰에 전화를 걸어 시체를 봤다고 신고했다. 그리고 경찰이 시체가 있는 장소로 출동하는 사이 서둘러 병원으로 돌아가, 경찰에서 구급차를 보내달라는 연락이 오면 자기가 출동할 수 있도록 준비하고 기다렸다. 시체를 버린 장소로 구급차를 몰고 가서, 자기가 죽인 희생자의 시신을 수습하고, 다시 병원으로 옮겨오는 과정에서 특히 만족감을 느꼈던 것이다.

조직적 살인범과 비조직적 살인범은 그 성격이 현저히 다르다. 그런 성격이 발달한 양상이나 그 결과 나타난 행동의 특징은 사건 해결에 매우 중요한 단서가 된다.

비조직적 살인범은 아버지의 직업이 일정치 않고, 부모가 어린 시절에 가혹한 체벌을 했으며, 알코올중독이나 정신질환 등의 이유로 심각한 갈등을 겪는 가정에서 자란다. 이와는 반대로 우리가 면담을 통해 알아본 결과, 조직적 살인범은 아버지가 일정한 직업을 갖고 있고 수입도 좋은 편이지만 체벌에 일정한 규칙이 없어서 무슨 짓이든 마음 내키는 대로 해도 된다는 생각을 하면서 자랐다.

비조직적 살인범은 자라서 상처나 분노, 두려움을 자기 속에 그냥 담아두게 된다. 정상인들도 이런 감정을 어느 정도까지는 담아두지만—사회에서 다른 사람과 더불어 살려면 이런 과정도 필요하다—비조직적 살인범은 그 정도가 일반적인 기준을 훨씬 넘어선다. 그는 속에 품고 있는 감정의 응어리를 풀지도 못하고, 이런 감정을 적절한 곳에 적절한 방식으로 분출할 언어적, 신체적 능력도 없다. 자기가 겪고 있는 정서적 혼란의 내용을 제대로 표현할 수 없기 때문에 상담치료를 받기도 쉽지 않다.

비조직적 살인범들이 마음속에 말로 표현하지 못하는 분노를 품는 이유 중에는 그들이 대체로 미남이 아니라는 점도 있다. 그들은 통상 기준으로 볼 때 그리 매력적이지 않으며, 스스로도 못생겼다고 생각한다. 어쩌면 신체적 질환이나 장애가 있을지도 모르는데, 그들은 남들과 다르다는 사실을 어색하고 불편하게 생각한다. 그들은 장애를 있는 그대로 받아들이는 대신, 자기들이 사회 부적응자라고 단정하기 때문에 일부러 비뚤어진 행동을 하게 되고, 그 결과 상처와 분노, 고립을 심화시킨다. 비조직적 살인범들은 사회에 어울리지 못하고 잔뜩 움츠러들어서 외톨이가 되는 경향이 있다.

조직적 살인범의 대다수가 상당히 매력적이고 외향적이며 사교성이 좋은 반면, 비조직적 살인범들은 다른 사람들과 제대로 이야기를 나눌 능력조차 없는 경우가 많다. 따라서 비조직적 살인범은 이성과 함께 살 확률이 극히 낮으며, 심지어 단순한 룸메이트조차도 있는 경우가 드물다. 혹시라도 같이 사는 사람이 있다면 부모 정도가 고작이며, 그나마도 양부모가 다 있는 것이 아니라 어느 한 쪽뿐일 가능성이 높다. 부모 외에는 누구도 그런 이상한 행동을 참아줄 재간이 없기 때문에 비조직적 살인범은 외로운 은둔자 생활을 할 것이다. 이들은 자기를 저버린 사회에 차갑게 등을 돌린다.

비조직적 살인범들이 자기 자신을 부정적으로 보는 데에는 그들이 능력에 걸맞는 일을 하지 못한다는 사실도 한몫한다. 그들은 조직적 살인범보다는 지능이 낮은 편이지만, 그렇다고 심각한 저능아인 경우는 드물다. 그러나 학교와 직장을 막론하고 그 어디에서도 절대 자신의 잠재력을 충분히 발휘하지 못하며, 직업이 있다 해도 단순노동일 가능성이 높은데, 다른 사람과 원만하게 지내는 능력이 없기 때문에 습관적으로 파괴적인 행위를 저지른다.

아까 언급했던 브롱크스의 건물 옥상에서 젊은 여자가 살해된 사건의 경우, 범인은 경찰의 심문을 받고는 자기가 실직 중인 배우라고 말했다. 그러나 이는 그의 희망에 불과했는데, 알고 보니 실직 중인 무대 담당이었으며, 본인의 생각으로는 분명 자기 능력을 마음껏 발휘하지 못하는 처지였다.

비조직적 살인범과는 대조적으로 조직적 살인범은 상처나 분노, 두려움을 내면화하는 대신 외면화한다. 그들은 학교에서 '거들먹거리는' 소년으로 통하며, 공격적이며 때로는 무분별한 행동을 한다. 과거에는 모든 살인범들이 파괴적이며 어린 시절에도 폭력성향이 뚜렷했다고 믿었지만, 이런 생각은 오직 조직적 살인범에게만 적용된다. 비조직적 살인범은 학교에서 조용하고, 어쩌면 지나치게 얌전한 어린 시절을 보냈기에 훗날 끔찍한 범죄를 저지르고 붙잡혀도 은사나 동창들이 그를 제대로 기억하지 못하는 경우도 많다. 이웃 사람들을 만나보면 그가 한번도 말썽을 부린 적이 없으며, 얌전하고 예의바르게 지냈던 착한 소년이라는 대답이 나온다.

이와 반대로 조직적 살인범은 누구나 그가 악동, 교실 안의 어릿광대, 튀어보려고 애쓰는 아이였다고 입을 모은다. 조직적 살인범들은 외톨이가 되기는커녕 사교적이며 무리와 어울리기를 좋아하고, 술집에서 싸움을 벌이고, 무책임하게 차를 몰며, 평생 말썽꾼 소리를 듣고 사는 사람들이다. 그들은 단순노동이 아니라 자기들의 지능에 걸맞은 일을 구할지도 모르지만, 언제나처럼 거들먹거리는 행동을 일삼다가 대립을 자초해서 해고당하기 십상이다.

실직으로 인한 스트레스가 첫 살인을 저지르게 만드는 경우도 많은데, 전직 오하이오 주 경찰관 한 명은 직장 내 갈등과 법적 곤란을 겪었던 일이 맞물려 있는 상태에서 여자 문제까지 겹쳐, 한 젊은 여성을 납치하여 살해하고 만다. 그러나 범행 전 스트레스라는 중요한 요소를 비조직적 살인범에게서는 찾아보기 어렵다. 그들의 범죄는 본인에게 충격을 준 외부세계의 사건이 아니라 내부의 정신장애 때문에 촉발되기 때문이다.

　조직적 살인범은 다른 사람들에게 열등감을 느끼기는커녕 대부분의 사람들에 대해 우월감을 느낀다. 게이시, 번디, 캠퍼는 모두 경찰과 정신과 전문의들이 너무 멍청해서 자기들을 잡거나 이해하지 못하는 얼간이라고 업신여겼다. 자기가 이 세상 누구보다도 영리하고 성공한 사람이라고 믿으면서 과잉보상을 받으려 하며, 심지어 잔인한 범죄를 저지른 점을 제외하면 특별히 남다를 것도 없는 평범한 사람일 경우에도 마찬가지다. 그들이 범죄를 저지른 뒤 언론매체에 보도되는 수사 진척 상황을 유심히 지켜보는 데 반해 비조직적 살인범은 한 번 저지른 범행에는 더 이상 관심을 전혀, 혹은 거의 보이지 않는다.

　조직적 살인범들의 전문 영역이 하나 더 있다. 바로 퇴짜를 맞는 일이다. 이때 잠자리 상대는 여러 명일 경우가 많다. 그들은 언변이 뛰어나고 속임수를 쓰거나 달콤한 말로 유혹하는 일에 능하기 때문에 쉽게 여자—남자일 경우도 간혹 있지만—를 꾀어 성관계를 갖는다. 겉보기에 매력적이고 훌륭한 아마추어 심리학자이기도 한 그들이지만, 정상적인 관계를 오래 지속하기란 불가능하다. 조직적 살인범에게 잠자리 상대는 많지만, 그중 누구도 오래 곁에 있어 주지는 않는다.

오리건 주에서 사람을 죽이고 배를 갈라 내장을 꺼냈던 한 살인범
은 수많은 여자들과 잠자리를 함께 했지만, 애정이 돈독하거나 관계
를 오래 지속한 상대는 아무도 없었다. 테드 번디가 교도소에 수감되
기 전, 그가 사귀던 여자는 번디가 잠자리 상대로는 별 볼일 없었다
고 말했다.

대부분의 조직적 살인범들은 여성에 대해 엄청난 분노를 품고 있
으며, 어떤 여자들은 자기들에게 "불이 들어오게 만들 만큼 여자답지
못하다"는 믿음으로 이 분노를 표현하기도 한다. 이런 조직적 범죄자
의 부류에는 성행위 도중 오르가슴을 느낄 만큼의 자극을 주지 못했
다는 이유로 여자를 때리는 강간범도 포함된다.

여자친구뿐 아니라 자기 자신, 가족, 사회 전체에 대해 분노해 있
는 그들은 자기들이 평생 부당한 대접을 받아왔으며 모든 상황이 자
신들에게 적대적이라고 생각한다. 그들이 그렇게나 똑똑하고 영리하
다면 왜 백만장자가 되거나 최고의 록 가수로 자리매김하지 못한 것
일까? 그들은 사회가 음모를 꾸며 일부러 자기들을 좌절시켰다고 굳
게 믿는다.

맨슨은 자기가 젊은 시절에 교도소에 갇혀 있지만 않았어도 자작
곡으로 큰 인기를 얻었을 것이라고 믿었고, 이런 논리를 통해 추종자
들로 하여금 살인이 계급투쟁을 활성화시킬 수 있는 방법이라고 믿
도록 만들었다. 에드 캠퍼는 자기가 부유층이나 중산층에서 희생자
를 선택하기 때문에 노동자층을 위해 한방 날려주는 셈이라고 믿었
다. 존 게이시 또한 자기가 세상을 위해 쓸모없는 펑크족과 '호모 자

식들'을 없애주고 있다고 생각했다. 살인을 통해, 이들은 희생자 개인뿐 아니라 사회 전체에 대해서도 공격을 가했던 것이다.

## 숲 속에서 탈출한 두 여인

우리가 그 배경과 범행에 대해 연구했던 살인범 중에서도 조직적 범죄자와 비조직적 범죄자의 전형을 보여주는 두 남자의 사례를 소개하겠다. 나는 '순회공연'에서 조직적 살인범인 제럴드 존 셰퍼에 대한 슬라이드를 보여주면서 강의를 했는데, 그럴 때면 으레 수강생 중 누군가는 조직적 범죄자의 특징을 셰퍼 사건에서 그대로 베껴온 것 아니냐고 항의하곤 했다. 베꼈다는 말은 당치 않지만, 그의 사례가 조직적 살인범의 유형을 극명하게 보여주는 것은 사실이다.

1970년대 초 플로리다 주 경찰은 몇 건의 여성 실종사건을 수사할 전담반을 구성하는 중이었다. 그러던 중 우연한 기회에 행운이 찾아왔다. 잔뜩 겁에 질려 넋이 반쯤 나간 것처럼 보이는 젊은 여자 두 명이 습지의 숲 속에서 비틀거리며 걸어 나와 지나가던 차를 얻어 타고 시내까지 들어온 뒤, 경찰서를 찾아와서 끔찍한 납치 경험담을 털어놓았던 것이다.

둘은 히치하이킹을 하던 중이었는데, 경찰차처럼 생긴 차를 몰고 가던 단정하고 깔끔해 보이는 남자가 이들을 보고 멈춰서서는 목적지까지 태워주겠노라고 말했다. 그러나 그는 둘을 약속한 목적지 대신 어느 숲 속으로 데려가 총을 들이대고 밧줄로 꽁꽁 묶었다. 남자는 갑자기 시계를 보더니 이렇게 말했다는 것이다.

"저런, 가봐야겠어. 다시 오지."

그러더니 납치범은 급히 운전석에 뛰어올라 차를 몰고 사라져버렸다. 여자들은 결박당한 상태에서 간신히 도로까지 기어 나와 탈출에 성공했다. 둘은 경찰을 그 숲 속으로 안내해서 어떻게 묶여 있었는지를 다시 보여주었다. 옆에서 보기에는 꽤나 이상한 광경이었을 것이다.

경찰은 두 사람이 묶이게 된 과정을 자세히 알아볼 목적으로 그때 있었던 일을 그대로 재연해달라고 부탁했고, 납치범의 손아귀에서 아슬아슬하게 탈출한 직후라서 여전히 겁에 질려 있던 두 여성은 기꺼이 몸에 밧줄을 감아보며 경찰이 사진을 찍을 때까지 그 자세 그대로 있었다. 둘은 손이 위로 가게 묶였는데, 그들의 말로는 남자가 자기들을 매달 작정으로 밧줄 한쪽 끝을 나무에 걸쳐놓았다고 했다.

인근 지역을 샅샅이 수색하고 헤쳐본 경찰은 부패가 진행 중인 시체 일부와 여자 옷가지 몇 점을 발견했다. 그중 손으로 수놓은 문양이 눈에 띄는 청바지가 한 벌 있었는데, 이 바지는 얼마 전 실종 신고가 들어온 어떤 소녀가 입었다는 청바지와 일치했다. 이 증거물을 발견하고 바짝 긴장한 경찰은 두 여자의 이야기를 더욱 진지하게 받아들였다.

둘은 납치 당했을 때 탔던 차와 납치범의 신체적 특징을 매우 상세하게 밝혔다. 예를 들어 차 범퍼에 긁힌 자국이 있다고 증언했는데, 납치범이 밧줄 한쪽 끝을 범퍼에 묶고 다른 한쪽 끝을 나무 위로 던져 올렸기 때문에 기억할 수 있다고 했다. 납치범이 차를 이용해서 그들을 목매달 수 있는 높이까지 끌어올릴 작정이라고 말했다는 것이다. 더불어 두 여자는 차창에 무슨 종교단체의 스티커가 붙어 있었다고도 증언했다.

이야기를 계속하기 전에, 지금까지의 이야기 속에 드러난 조직적 살인범의 특징을 먼저 지적해둘까 한다. 납치범은 희생자와 이야기를 나눔으로써 희생자를 인격체로 인식했고, 자신의 차량을 이용했으며, 능란한 화술로 여자가 차에 타게끔 꾀어들였다. 그는 범행현장에 미리 준비된 위협용 무기를 가지고 왔다가 다시 가져갔으며, 밧줄도 가지고 있었다. 특히 밧줄은 그가 두 사람을 고문하고 살해하기 전에 성행위를 완료할 계획이었다는 확실한 증거라는 것이 내 생각이다. 여자들을 죽인 뒤에는 시체를 숨기거나 처리할 계획이었을 것이다. 게다가 범행 도중에도 여자들을 묶어둔 채 버려두고 다른 일에 관심을 돌림으로써 기동성과 융통성을 보였다. 나중에 다시 돌아와 끝장을 보겠다며 자리를 뜬 것이다.

유력한 용의자로 제럴드 셰퍼가 떠올랐다. 그는 인접한 관할지역에서 근무하는 경찰관으로, 그의 이력을 조회해본 결과 예전에 다른 경찰서에서 면직된 사실이 확인되었다. 셰퍼의 옛 동료 경찰관들에게 물어보았더니, 셰퍼는 사소한 교통법규를 위반한 여성 운전자들의 차를 세워서 차량 번호를 컴퓨터로 조회해 신상명세를 더 알아낸 뒤, 그들의 전화번호를 적어놓았다가 나중에 전화를 해서 데이트 신청을 했다고 한다(여담이지만, 일부 경찰관들은 정보를 얻거나 여성에게 접근하는 수단으로 경찰배지나 권위를 이용하기도 한다. 그러나 자기들의 권위를 이용해 여자들을 숲으로 데려가 강간하거나 고문하고 살해하는 경찰은 극히 드물다).

수사당국에서는 셰퍼가 여자들을 숲에 묶어놓은 채 버려두고 떠난 것은 경찰 점호에 응하기 위해서였으며, 나중에 경찰 제복을 입고 경찰차를 탄 모습으로 돌아와 두 사람을 끝장낼 계획이었으리라고 추측했다. 셰퍼의 차는 납치되었던 두 여성이 진술한 내용과 그대로 맞아떨어졌으며, 가택수색 결과 예의 청바지를 입었던 소녀뿐 아니라 다른 여자를 살해한 혐의에 대해서도 유죄를 입증하기에 충분한 증거가 속속 발견되었다. 셰퍼는 또한 아슬아슬하게 탈출했던 두 명의 히치하이커를 납치한 사실에 대해서도 기소되었다.

셰퍼는 범행 사실을 완강히 부정했지만 생존 목격자들의 증언과 명백한 증거로 인해 결국에는 유죄가 확정되었으며, 현재 플로리다의 교도소에서 복역 중이다. 그가 죽인 여자의 숫자가 얼마나 되는지는 아직도 풀리지 않은 수수께끼로 남아 있지만, 최고 35명까지도 이를 것으로 추측된다. 그는 범행 사실을 부인하고 경찰 수사에도 협조하지 않았기 때문에, 우리는 실종되었다 발견된 여자들의 시체가 그가 저지른 살인의 결과인지 아닌지 확신할 수 없는 실정이다. 어쩌면 셰퍼가 죽인 다른 여자 중 몇몇은 아직도 발견되지 않은 채 어딘가에 묻혀 있을지도 모른다.

살인범의 심리를 연구하는 내 입장에서 보면, 셰퍼의 집은 보물창고나 다름없었다. 범행 증거뿐 아니라 그가 어떤 종류의 범죄자인지를 보여주는 증거물들이 쏟아져나왔기 때문이다. 집 안에서는 여자 옷가지가 발견되었으며 보석류도 나왔는데, 이는 자기의 범행을 음미하기 위해 가져온 '기념품'이 틀림없었다. 그러나 이 물건들이 어디서 났냐는 질문을 받았을 때 셰퍼는 순찰 도중 길가에서 주웠으며, 모아두었다가 가끔 자선단체에 가져다준다고 말했고, 이번에는 아직 습득할 물건을 갖다줄 시간이 나지 않았다는 것이다. 실제로 셰퍼는 목걸이 중 하나를 여자친구에게 선물하기까지 했다.

집 안에는 소프트 포르노잡지와 추리잡지가 산더미같이 쌓여 있었다. 수사당국은 잡지 내용을 검토한 결과 그가 목이 매달리거나 질식사하는 여자들이 나오는 이야기에 특히 관심이 많다는 사실을 알아냈다.

목매달기나 그 비슷한 고문이 셰퍼가 품고 있는 환상의 주된 요소라는 점은 그가 직접 쓴 이야기나 벽에 핀으로 붙여둔 그림에서도 확연히 드러났다. 이들이 표현하는 주제는 모두 한 가지였다. 예를 들어 벽에 붙여둔 그림 중 비교적 정상적인 것으로, 뒷짐을 지고 나무에 기대어 선 젊은 여자의 사진이 있었다. 그런데 셰퍼는 여자의 온몸에는 총알구멍을, 팔 주변에는 밧줄을 그려넣고, 바지에 배변을 한 것처럼 덧칠해 놓았다. 변이 나오는 것은 목이 매달려 숨이 끊어질 때 근육이 이완되면서 나타나는 증상이다. 알몸의 여자들이 남자 한 명을 쳐다보면서 포즈를 취한 사진에는 말 풍선을 그리고 이렇게 써넣었다.

'이 여자들은 날 즐겁게 해주겠지. 그렇지 못하면 광장에서 내가 매단 밧줄 끝에 매달려 춤을 추면서 마을 사람들을 즐겁게 해줘야 할 테니까.'

누워 있는 젊은 여성의 사진을 오려 붙여서 마치 목매달린 모습처럼 보이게 꾸며놓은 사진도 있었다. 그의 집에서는 실제로 목이 매달린 여자들을 찍은 사진도 많이 나왔다.

셰퍼의 집이나 생활을 보면 조직적 범죄자의 특징을 반영하는 점이 많았다. 그는 여자친구도 있고, 안정된 직장에 다니고 있었으며, 자기가 저지른 범죄의 기념품을 수집했고, 포르노잡지를 보았으며, 범행을 통해 자기의 환상을 실현하고자 했다. 그리고 그가 택한 희생자는 사라진 뒤에도 당분간 찾을 사람이 없는 여행객, 즉 히치하이킹 중인 젊은 여성들에 집중되어 있는 것 같았다.

재판이 진행되는 동안 셰퍼는 기자들과 농을 주고받는 등 사교적이고 외향적인 모습을 보였다. 그는 걸핏하면 기자들에게 이 모두가 오해이며 결국 자기의 무죄가 입증될 것이라고 말했다. 아직 재판절차가 진행 중이었을 때, 경찰관 네 명이 셰퍼를 호송하는 사진이 어떤 신문에 실린 적이 있다. 사진에 찍힌 다섯 명 중 유일하게 미소 짓고 있으며, 옷차림이 단정하고 느긋해 보이는 사람은 셰퍼뿐이었다. 목숨이 달린 재판을 받는 와중에도 주변 상황을 통제하고자 하는 조직적 살인범의 전형을 보여주기도 했다.


## 비조직적 살인범의 엽기 행각

산타크루스에서 어린 시절의 허버트 멀린을 알고 지냈던 사람들은 그가 1960년대 말에 고등학교를 졸업할 때까지만 해도 정신 상태에 이상이 없었다고 증언했다. 멀린은 키도 크지 않고 체구도 작은 편이었지만 학교 미식축구 대표팀의 주전 수비수로 활약했다. 뿐만 아니라 남녀 학생 모두에게 인기만점인 훌륭한 학생으로 누구에게나 깍듯이 예의를 지켰으며 '성공할 가능성이 가장 높은 인물'로 뽑힌 적도 있었다. 그러나 세상에 부러울 것이 없어 보이는 2학년 때까지의 겉모습 뒤에는 어두운 현실이 감춰져 있었다. 점차 그를 사로잡기 시작한 암흑은 마리화나와 환각제 때문에 더욱 악화되었고, 결국 편집형 정신분열증으로까지 이어졌다.

고등학교 졸업 후 그에게는 편집형 정신분열증의 특징이라 할 만한 여러 가지 성격 변화가 찾아왔다. 정신질환 가운데 가장 흔한 이 증상의 환자는 대개 남에게 해를 끼치지 않으며 위험 요소도 거의 없다. 그럼에도 편집형 정신분열증 환자들이 저지른 범죄는 너무 끔찍하기 때문에, 일단 범죄내용이 알려지면 정신질환을 앓고 있는 모든 사람이 비난의 대상이 된다. 허버트 윌리엄 멀린은 정신질환자들의 평판을 손상시키는 극소수에 속했다.

1960년대 후반 북부 캘리포니아에서는 고등학교를 갓 졸업한 수많은 젊은이들이 '자기 자신을 찾고자' 애쓰고 있었는데, 멀린이 일으킨 변화도 그 또래 젊은이들의 기준과 어느 정도 관련이 있었던 것 같다. 그는 대학에 진학했지만 제대로 적응할 수가 없었다. 얼마 동안은 묵주를 차고 다니고 머리를 길렀는데, 그렇게 해도 그가 바라던 성경험을 갖는 데 별 도움이 되지 않자 이번에는 머리를 자르고 사업가처럼 양복 차림에 넥타이를 매고 다녔다. 이런 실험이 실패할 때마다 그는 잠시 정신병원 신세를 졌지만, 자기 자신이나 다른 사람들에게 해가 없어 보인다는 이유로 곧 퇴원 당했다.

멀린은 결혼을 해야겠다고 결심하고, 길에서나 파티에서 만나는 아가씨들에게 청혼하기 시작했다. 여자들에게 계속 거절당하자 자기가 동성애자인 모양이라고 결론 내린 뒤, 샌프란시스코의 동성애자 구역을 찾아가서 길거리에서 만난 남자들에게 자기와 같이 살아줄 용의가 있는지 물어보았다. 그러나 게이들도 그를 거절했다.

그는 한 성당 안에 버티고 서서 이것은 올바른 기독교 정신이 아니라고 소리쳤다. 그리고 성직자가 되기 위해 공부를 시작했지만 곧 포기해버렸다. 어느 날에는 느닷없이 어떤 체육관에 나타나서는 권투선수가 되기 위한 훈련을 받았다. 첫 시합에서 맹렬히 싸운 덕에 전도유망한 선수가 되겠다는 칭찬까지 들었지만 권투선수의 꿈도 금방 포기하고 말았다.

양심적 병역거부자로 등록한 지 1년 뒤 멀린은 입대지원서를 냈다. 아버지가 군인이었음에도 해군을 제외한 모든 군대에서 그를 받아주지 않았다. 해군에서도 기본훈련까지는 받았지만, 정신 상태가 불안정하다는 사실이 밝혀져서 실제 임무 한번 수행해보지 못한 채 귀가조치되고 말았다. 멀린은 정신질환을 앓고 있는 연상의 여인과 잠시 동거를 했는데, 이 기간 동안 동양종교와 신비주의에 심취한 나머지 종교생활을 계속할 목적으로 하와이로 갔지만 생활은 크게 달라지지 않았다. 훗날 본토로 돌아온 그는 한 친구에게 자기가 하와이에서도 정신병원에 입원했었다고 털어놓았다.

이 당시 멀린은 20대 중반으로 사회에 전혀 적응할 수 없는 상태에 다다라 있었다. 그는 다양한 직업을 시도하고 여러 사람을 만나보았지만, 그 어디에도 누구와도 맞지 않았다. 가끔씩 일할 기회가 생겨도 한 번에 몇 주 이상은 버티지 못했으며, 계속 부모의 도움으로 생계를 유지했다. 그리고 이 즈음 본격적인 편집형 정신분열증에 시달리고 있었다.

정신분열증 환자들은 다양한 경로에서 수집한 정보를 마음속에서 나름대로 종합하지만, 그 과정에서 망상을 일으키거나 정보가 실제 뜻하는 바를 왜곡해서 받아들인다. 멀린은 캘리포니아에서 지진이 일어날 가능성이 있다는 글을 어디선가 읽고 이 사태를 막아야겠다는 망상에 빠졌다. 그는 지난 6년간 캘리포니아에 대규모 지진이 일어나지 않았던 것은 베트남전에서 미군 사상자가 상당수 나왔기 때문이며 자연계의 파괴를 막으려면 피의 제물을 바쳐야 한다는 믿음이었다.

그러나 1972년 10월, 전세가 기울면서 미국은 베트남전에 더 이상 개입해야 할지 여부를 재검토하는 시점에까지 이르렀을 때 멀린은 앞으로 대재난이 닥치겠다는 생각이 들었다. 그는 자연에 인간 제물을 바치지 않으면 대지진이 일어나 캘리포니아가 바다 밑으로 가라앉아 버릴 것이라는 결론을 내렸다. 나중에 멀린이 진술한 바에 따르면, 이런 이유 때문에 자기 아버지가 텔레파시를 통해 사람을 죽이라는 명령을 내리기 시작했다고 한다.

비조직적 살인범은 범죄를 저지르기 전에는 반사회적 행위와 담을 쌓고 살았던 사람들인 경우가 많다. 살인을 저지르기 직전까지만 해도 이들은 범죄성향이 있지도 않으며, 적대적이거나 특별히 난폭하지도 않다. 멀린은 사회 조직에 제대로 적응하지 못했으며, 직업적으로나 성적으로나 아무에게도 환영받지 못했다. 마리화나 소지죄로 몇 번 붙잡힌 적은 있었지만 강간, 강도, 절도는커녕 싸움판에 끼어들거나 과속을 한 적도 없었다. 물론 합법적으로 총을 구입해서 사람을 죽이고 다니기 전까지의 이야기지만.

지금부터 내가 설명할 멀린의 범죄행위 사이에는 상당한 연관성이 있어보이겠지만, 당시 경찰은 사건을 서로 연관시킬 만한 점을 발견하지 못해 수사에 어려움을 겪고 있었다는 사실을 지적하고 넘어가야겠다. 여기에는 두 가지 이유가 있다. 우선 살인에 사용된 흉기나 범행 수법에 별다른 공통점이 없었다. 희생자들은 연령·성별을 비롯한 특징이 다양했으며, 살해 당시의 상황도 다 달랐다. 두 번째 이유는, 또 다른 연쇄살인범인 에드 캠퍼 역시 비슷한 시기에 그 일대를 돌아다니며 사람을 죽이고 있었기 때문이다.

허버트 멀린에게 처음 희생당한 사람은 부랑자처럼 보이는 55세의 남성 히치하이커였다. 멀린은 그 남자가 길을 따라 걸어가는 모습을 보고 처음에는 그를 그냥 지나쳤다. 그리고는 갓길에 차를 세우고 남자가 다가오는 사이 후드를 열고 자동차를 점검하는 시늉을 했다. 남자는 도와주면 차를 태워주겠냐고 물었고, 멀린은 그가 후드 아래 머리를 숙이고 엔진을 살펴보도록 허락했다. 그런 뒤 차 안에 두었던 야구방망이를 꺼내 남자의 머리통을 산산조각내 버렸다. 멀린은 시체를 간선도로에서 그리 멀지 않은 숲 속에 버렸고, 이 시체는 다음 날 발견되었다.

첫 살인을 저지른 지 2주 후, 멀린의 말에 따르면 그의 아버지는 두 번째 희생자를 죽이되 환경이 급속히 오염되고 있으며 지진이 가까이 다가왔을지 모른다는 가설을 확인해보라는 지시를 내렸다. 지시에 따라 그는 간선도로에서 여자 히치하이커를 한 명 태운 뒤 운전

도중 그녀의 가슴에 칼을 찔러넣었다. 그는 숲 속에서 희생자의 옷을 벗기고 다리를 벌린 뒤, 복부를 갈라 오염 가설이 정말인지 확인해 보았다. 그는 희생자의 내장을 끄집어내어 검사하고, 좀더 자세히 볼 요량으로 내장을 근처 나뭇가지에 걸쳐놓았다. 시체는 몇 달이 지나서야 발견되었기 때문에 발견 당시에는 해골밖에 남아 있지 않았다. 그러니 경찰이 첫 번째 살인과 두 번째 살인을 연관짓지 못한 것도 당연했다.

멀린은 비조직적 살인범이었다. 나는 앞서 비조직적 살인범들은 차를 몰지 않는다고 말한 바 있지만 멀린은 예외적으로 차를 몰고 다녔다. 이는 우리가 분류한 항목이 모든 살인범들에게 100퍼센트 일치하지는 않는다는 뜻으로 볼 수 있다. 어떻게 보면 프로파일링이 아직까지 과학이 아닌 기술로 남아 있는 것과, 범행현장을 스스로 평가하도록 점검표를 달라는 연수생들의 요구를 프로파일러들이 들어주지 않는 것도 다 그 때문이다.

멀린은 차를 몰고 다녔다는 점에서 전형적인 비조직적 살인범과는 약간 차이가 있지만, 그럼에도 비조직적 살인범의 다른 특징을 많이 보이고 있었다. 즉 희생자나 흉기를 되는 대로 선택했고, 시체를 훼손했으며, 희생자의 시체를 숨기거나 신원을 감추려는 시도도 없었다. 두 번째 희생자가 몇 달이 지나도록 발견되지 않았던 것도 그가 딱히 계획을 세웠거나 손을 써서가 아니라 순전히 운이 좋아서였다.

## 멈추지 않는 비극의 시대

　숲 속에서 젊은 여자 히치하이커의 배를 가른 지 나흘 뒤인 어느 목요일 오후, 멀린은 자기 아버지의 지시라고 믿었던 텔레파시에 의심이 들어 산타크루스에서 24킬로미터 떨어진 성당 고해소로 찾아가 신부를 만났다. 그는 신부에게 인간 제물 이야기며 아버지가 이런저런 희생자들을 죽이라고 시켰다는 이야기까지 모두 털어놓았다. 그러자 신부가 이렇게 물었다고 한다.

　"허버트, 성경을 읽습니까?"

　"예, 신부님."

　"네 부모를 공경하라는 계명도 압니까?"

　"그렇습니다."

　멀린이 대답했다.

　"그렇다면 아버지의 말씀을 따르는 일이 얼마나 중요한지도 알겠군요."

　"예."

　"나는 그 일이 참으로 중요하다고 생각합니다."

　신부가 말했다. 물론 이 모든 것이 멀린의 상상 속에서의 대화겠지만.

　"그러니 내가 당신의 다음 제물이 되겠습니다."

　멀린은 달려들어 신부를 대여섯 번 찌른 뒤, 고해소 안에서 피를 흘리며 죽어가는 신부를 내버려두고 달아났다.

　공격 순간을 목격한 한 신자가 신부를 도와주러 달려왔다. 그러나

238

멀린은 무사히 달아났고, 신부는 결국 사망했다. 그 신자는 경찰에게 범인의 인상착의를 알려주었지만, 불행히도 살인범이 깡마르고 키 큰 남자라고만 진술했기 때문에 수사에는 별 도움이 되지 않았다.

멀린은 자기 인생이 언제부터 틀어졌는지를 하나하나 따져보다가, 고등학교 시절 미식축구팀 동료가 처음으로 마리화나 담배를 권했던 일에 생각이 미쳤다. 정신질환이 심각해지면서 마약을 끊었던 그가 이제 와서 마약 때문에 자기 인생이 망가졌다고 생각한 것이다.

1973년 1월 초, 멀린은 그 친구가 아직도 거기 살고 있으리라고 생각하고 산타크루스 외곽에 위치한 전화도 놓이지 않은 마을을 찾아갔다. 그는 어느 집 문을 두드렸는데, 그 집에는 어떤 여자가 내연의 남자 및 아이들과 함께 살고 있었다. 남편은 불법 마약거래와 관련된 일로 집을 비우고 없었다. 여자는 문을 두드리는 소리에 현관으로 나와서 멀린이 찾는 남자는 길 아래쪽에 산다고 말해주었다. 그리고 멀린의 진술에 따르면, 이 여자 역시 신부처럼 자기와 자기 아이들을 인간 제물로 삼으라고 했다는 것이다. 그는 그들 모두를 총으로 쏘아 죽인 후 친구가 사는 집으로 가서 문을 두드렸다.

옛 친구는 멀린을 안으로 맞아들였고, 둘 사이에 실랑이가 벌어졌다. 이 남자 역시 마약 거래상이 되어 있어서, 집안에는 마약 투약용 구가 여기저기 널려 있었다. 그 친구는 왜 마리화나를 권해서 자기 인생을 망쳤냐는 멀린의 물음에 대답하지 못했고, 멀린은 그를 쏘아버렸다. 그는 죽어가면서도 안간힘을 다해 2층으로 기어 올라가 아내가 샤워 중이던 욕실로 들어가서 아내에게 욕실 문을 잠그라고 소리쳤지만, 멀린은 문을 부수고 들어가 그녀에게도 치명상을 입혔다.

경찰은 이웃한 통나무집 두 채에서 다섯 구의 시체를 발견하고 이 남자들이 마약 밀매에 개입했다는 사실을 알게 되자, 사건이 마약과 관련 있다고 생각했다. 거래가 잘못되어 복수극을 벌인 결과라고 생각했던 것이다. 당연한 일이지만, 경찰은 이번 사건이 신부나 히치하이커 두 명이 살해된 사건과 어떤 식으로든 관련이 있을 것이라는 생각은 꿈에도 하지 못했다.

한 달 뒤, 멀린은 울창한 삼나무 숲 속을 걸어 다니다 10대 청년 네 명이 텐트를 치고 노는 모습을 발견했다. 젊은이들이 캠핑 중이라고 말하자, 그는 자기가 산림순찰대원이라고 거짓말하고 그들이 숲을 오염시키고 있으니 당장 떠나야 한다고 경고했다. 그 지역에는 합법적으로 캠핑을 할 수 있도록 지정된 장소도 없다는 것이었다. 젊은이들은 텐트 안에 두었던 22구경 소총을 꺼내들고 멀린을 쫓아버렸다. 그는 다음날 다시 와서 그들이 돌아갔는지 확인해보겠다는 말을 남기고 물러났다. 그러나 젊은이들이 다음날도 텐트를 떠나지 않자 멀린은 그 장소로 돌아가 젊은이들이 갖고 있던 22구경 소총으로 네 명을 모두 쏘아 죽였다.

희생자들의 시체는 일주일 후에야 발견되었다. 이때는 멀린이 또 다른 살인을 저지르고 체포된 뒤였다. 그는 장작을 한짐 실은 스테이션왜건을 몰고 가던 도중, 사람을 죽이라는 아버지의 텔레파시를 들었다고 했다. 길 건너에서 정원을 손질하고 있는 히스패닉계 남자가 그의 눈에 띄었다. 멀린은 유턴을 해서 길을 내려가 차를 세우고, 소총을 꺼내 후드 위에 걸쳐놓은 뒤 남자를 겨냥해서 쏘았다. 희생자의 이웃이 빤히 보는 앞에서 버젓이 범행을 저지른 터라 이웃사람은 멀린이 범행현장에서 차를 몰고 유유히 사라지는 사이 대충의 차량번호를 적어놓았다.

경찰들 사이에 무전으로 인상착의가 배포된 지 채 몇 분도 지나지 않았을 때 길을 따라 차를 몰고 내려가는 멀린을 발견한 한 순찰대원이 차를 세운 뒤 체포했다. 그는 체포에 순순히 응했으며 방금 사용하고 옆 좌석에 놓아두었던 소총을 거머잡거나 쏠 생각도 하지 않았다. 스테이션왜건 안에서는 몇 주 전 통나무집에서 옛 친구를 비롯하여 여러 사람을 죽일 때 썼던 총도 나왔다.

멀린의 비조직적 범죄의 특성은 법정에서 보였던 태도에서 분명히 드러났다. 그는 쇠사슬로 묶지 않으면 안 될 정도로 소란을 피웠으며 판사에게 사건과는 아무 상관도 없는 말을 적은 쪽지를 보내기도 했다. 비조직적 특성은 네 달 사이 자그마치 13명을 죽이면서 보인 행동에서도 뚜렷하게 드러났다. 이 살인들을 연관 지은 논리는 오직 그의 뒤죽박죽된 머릿속에만 존재했다. 그러나 배심원단은 그가 범행 당시 정신이 온전했다고 판단하고 모든 혐의에 대해 유죄를 선고했다.

교도소를 찾아가 멀린을 만났을 때 나는 그가 유순하고 예의바른 미남이긴 하지만 사실상 대화가 불가능하다는 사실을 알게 되었다. 그는 내가 질문을 꺼내려 할 때마다 몇 분이 멀다 하고 이런 말을 되풀이했다.

"선생님, 이제 제 방으로 돌아가도 되겠습니까?"

멀린은 순전히 환경을 구하려는 목적에서 살인을 한 것이라고 주장하며 심각한 정신질환의 모든 징후를 보였다. 마땅히 정신병원에서 치료를 받아야 할 그를 다른 범죄자들과 함께 가두어둔 것은 아무리 보아도 어이없고 현명하지 못한 처사였다.

살인범의 두 가지 유형, 다시 말해 조직적 살인범과 비조직적 살인범 중 어느 쪽이 더 많고 더 위험할까? 어려운 질문이기는 하지만 우리의 연구와 현대 사회에 대한 신중한 판단을 토대로 대답에 근접할 수 있을지도 모르겠다.

살인범들을 대상으로 한 우리의 연구는 현재까지 완료된 연구 중 가장 광범위하다고 알려져 있다. 분석 결과, 연구 대상이었던 살인범 중 3분의 2가 조직적인 범주에 속하며, 나머지 3분의 1은 비조직적 범주에 속한다는 결론을 내렸다. 비록 우리가 면담을 했던 살인범들처럼 교도소에 수감되어 있는 숫자는 일부에 불과하지만, 이 비율은 살인범들 전체에도 그대로 적용할 수 있을지도 모른다.

내 짐작으로는 인류의 시작부터 현재까지, 사회에는 언제나 일정 비율의 비조직적 살인범들이 존재하는 것 같다. 이들은 이따금 심각한 정신착란을 일으켜 사람을 죽이고 돌아다니며, 체포되거나 사살되기 전까지는 그런 짓을 멈추지 않는다. 비조직적 살인범에 대해서는 딱히 어쩔 도리가 없으며 언제나 우리 사회에 한두 명씩은 존재할 것이다. 그러나 조직적 살인범은 분명 그 수와 비율이 증가하고 있고, 사회가 점점 유동적으로 변하고 대량살상용 무기를 손에 넣기가 쉬워짐에 따라 반사회적 인물이 자기의 끔찍한 환상을 실현할 수 있는 가능성도 나날이 커지고 있다.

# 07

## 프로파일링이
## 보여준
## 성과들

## 거짓말탐지기를 통과한 범인

1974년 BSU에 합류하면서, 나는 하워드 테텐과 패트 멀리니 요원의 '거꾸리와 장다리 팀'에서 프로파일링 기법을 처음으로 배우기 시작했다. 전직 성직자였던 멀리니는 1972년부터, 캘리포니아 주 샌 레안드로에서 증거분석가로 일했던 테텐은 1969년부터 프로파일링 업무를 수행하고 있었다. 테텐 요원은 제임스 브러셀 박사에게 가르침을 받은 적이 있다.

브러셀 박사는 8년에 걸쳐 뉴욕 시에 32개의 폭발물을 설치했던 '미친 폭파범'의 신상을 자세히 예측하여 미 전역을 놀라게 한 정신과 의사였다. 그는 범죄현장, 폭파범의 메시지를 비롯한 다른 정보를 면밀히 조사한 후, 이를 토대로 경찰에게 코네티컷에서 어머니와 함께 살고 있는 40대의 동유럽 이민자를 찾으라고 일러주었다. 또한 범인이 매우 말쑥하고 깨끗한 외모일 것이며, W자를 둥글게 쓰는 것으로 미루어 어머니를 지나치게 따르고─둥글게 쓴 W자는 여자 젖가

습과 비슷하다―아버지를 증오할 것이라고 덧붙였다.

브루셀 박사는 심지어 폭파범이 체포될 때 깔끔하게 단추가 달린 더블 브레스티드 수트를 입고 있을 것이라고까지 했다. 범인 조지 메테스키는 붙잡혔을 때 정말 더블 수트를 입고 있었고, 어머니 외에 결혼하지 않은 누이 두 명과 함께 살고 있었다는 점을 제외하면 다른 분석도 대부분 일치했다.

사실 프로파일링 기법은 1960년대 정신과 의사와 심리학자들이 예측한 '보스턴 교살범'의 특징이 크게 빗나가면서 평판이 별로 좋지 않았다. 하지만 낯선 사람을 대상으로 하는 강력범죄가 꾸준히 증가했고 대부분 해결하기가 무척 어려웠기 때문에, 프로파일링이 필요하다는 의견도 나날이 증가했다.

1960년대에는 대부분 살인사건에서 살인범과 희생자가 어떤 식으로든 관계를 맺고 있었으나 1980년대가 되자 '낯선 사람에 의한 살인'이 전체 살인사건의 25퍼센트를 차지하게 되었다. 사회학자들은 이런 통계치가 꾸준히 증가하는 이유를 사람들이 이웃과 가까운 관계를 맺지 않고 자주 이사를 다니고, 폭력 및 노출이 심한 성적인 이미지가 흘러넘치는 사회적 특성 때문으로 돌렸다.

당시 프로파일링은 과학으로 인정되지 않았고, 그저 도제식으로 여러 해에 걸쳐 힘들여 습득해야 하는 '기술'이라고 여겨졌다. FBI 에서조차 내부에서 인정한 정규활동이라기보다는 지역 수사기관에서 도저히 손을 쓸 수 없는 사건을 의뢰하거나 프로파일링의 도움이 필요하다는 것을 깨달은 요원이 있을 때에만 간간이 찾는 방법일 뿐이었다. 이런 상황에서 나는 다행히도 테텐과 멀리니 요원이 어려운 사건으로 고전할 때 프로파일링 업무를 시작할 수 있었다.

그러던 중 당시 몬태나 주 보즈먼 지국의 피트 던바르 요원이 담당했던 미결 유괴사건이 우리의 관심을 끌었다. 그해 6월, 미시간 주의 파밍턴에 사는 재거 가족이 캠핑 여행을 하던 중 누군가가 텐트를 칼로 찢고 7살짜리 딸 수잔을 유괴해간 사건이었다.

테텐과 멀리니 요원은 유괴사건에서 짐작해낼 수 있는 사실을 바탕으로 예비 범인신상분석 작업에 착수했다. 이들은 범인이 해당 지역에 사는 젊은 백인 남자이며 그날 밤 산책을 하다가 우연히 캠핑하는 가족을 발견했을 것으로 추측했고, 아직 시체가 발견되지는 않았지만 수잔은 이미 살해되었을 것이라고 결론 내렸다. 하지만 가족은 희망을 버리지 않았다.

한편 던바르 요원은 데이비드 마이어호퍼라는 23살의 베트남 퇴역군인을 용의자로 지목했다. 누가 그 이름을 제보해왔는데 우연히도 던바르 요원이 잘 아는 사람이었던 것이다. 마이어호퍼는 '깨끗한 옷차림에 예의 바르고 아주 지적인' 사람이었다. 그는 테텐과 멀리니 요원이 작성한 분석자료에 아주 잘 들어맞았지만 유괴와 결부시킬 증거가 하나도 없어서 기소할 수 없었다. 재거 부부는 다시 미시간 주로 돌아갔고 던바르 요원도 다른 일에 배정되었다.

그런데 1974년 1월, 마이어호퍼의 청혼을 거부했던 18세의 여자가 보즈먼 지역에서 실종되는 사건이 발생했고, 이번에도 마이어호퍼가 유력한 용의자로 떠올랐다. 그는 거짓말탐지기와 자백약물 테스트를 자원했다. 마이어호퍼는 두 사건에 대해 이 두 가지 테스트를 모두 통과했고, 변호사는 그를 조건 없이 즉시 석방하고 수사당국이 자신의 의뢰인을 더는 괴롭히지 말아야 한다고 강력하게 주장했다.

하지만 두 번째 사건에서 더 많은 정보가 입수되었고 이것을 토대로 분석자료를 더욱 꼼꼼하게 다듬을 수 있었다. 이때에는 나도 신참 요원으로 참가했는데, 이 작업에서는 마이어호퍼가 어떤 종류의 사람이냐에 초점을 맞추었고 용의자가 자백 약물과 거짓말탐지기 테스트를 통과했다는 사실에는 전혀 구애받지 않았다.

일반인들은 이런 테스트가 진실을 가려내는 데 효과적인 방법이라고 생각하고, 또 실제로 대부분 효과가 있긴 했다. 하지만 정신적으로 문제가 있는 사람은 통제되는 자아와 범죄를 저지르는 자아가 분리될 수 있기 때문에 정신질환자가 테스트를 받을 때는 통제된 자아를 전면에 내세워 모든 범죄 사실을 거부하는 방법으로 테스트를 통과하는 경우가 많다.

마이어호퍼는 적절히 자신을 통제하는 것처럼 보였지만 다른 한편으로는 끔찍하게 통제를 못하기도 했다. 우리는 던바르 요원에게 마이어호퍼가 살인자임에 틀림없기 때문에 설령 테스트를 다 통과했다 할지라도 절대 풀어주어서는 안 된다고 일렀다. 테텐과 멀리니 요원은 살인자가 범죄 당시의 흥분을 다시 느끼기 위해 희생자의 친지들에게 전화를 거는 부류일지도 모른다고 생각했다. 그리하여 던바르 요원은 우리의 조언에 따라 재거 부부에게 전화기 옆에 녹음기를 설치하라고 권했다.

수잔이 유괴된 지 꼭 1년째 되던 날, 재거 부인은 미시간 주의 집에서 전화 한 통을 받았다. 전화를 건 남자는 수잔이 살아 있으며 자기가 보호하고 있다고 억지를 부렸다. "그 사람은 굉장히 잘난 척하면서 빈정댔어요." 재거 부인이 나중에 기자에게 한 말이다. 그 남자는 수잔이 미국을 떠나 유럽으로 갔고, 재거 부부가 그 애에게 해줄 수 있는 것보다 훨씬 건강하고 행복하게 살고 있다고 떠벌렸다. "내 반응이 상당히 뜬금없이 느껴졌을 거예요. 나는 진심으로 그 사람을 용서할 수 있었거든요. 난 그 남자를 정말로 불쌍해하며 염려해줬는데, 그랬더니 그쪽에서 깜짝 놀라더라고요. 그 사람은 자제력을 잃었고 급기야 무너져내려 울기 시작하더군요."

전화를 건 사람은 수잔이 이미 죽었음을 인정하지 않았고 발신지 추적에 들어가기 전에 전화를 끊었다. FBI의 음성분석가가 즉시 테이프를 분석했고 이 빈정대는 목소리가 데이비드 마이어호퍼의 것이라고 결론지었다. 하지만 당시 몬태나 주 법원은 음성분석가의 증언만 가지고는 용의자에 대한 가택수색 영장을 발부해주지 않았기 때문에, 수사당국으로서는 마이어호퍼를 체포할 방법이 없었다. 한편 던바르 요원은 오랫동안 독자적으로 그 통화를 추적했다. 전화는 탁트인 지역에서 걸려왔고 아마도 이웃 농장의 기둥에서 전화선을 따온 것 같았다. 이에 던바르 요원은 마이어호퍼의 행적을 조사하여 그가 베트남에서 야전 전화선 도청 방법을 배웠음을 알아냈다. 하지만 이 역시 결정적인 증거는 못 되었다.

멀리니 요원은 재거 부인과 마이어호퍼의 대화 테이프를 자세히 들어보던 중 마침내 결정적인 해결의 실마리를 잡았다. "마이어호퍼가 여자에게 약한 사람일지도 모른다는 느낌이 들었습니다." 멀리니 요원의 회고다. "그래서 재거 부인에게 몬태나 주로 가서 그를 만나보라고 제안했습니다." 재거 부인은 이 제안을 받아들였고, 마이어호퍼의 변호사 사무실에서 그를 만났다. 하지만 마이어호퍼는 침착하게 감정을 아주 잘 통제했다. 재거 부인이 면담을 마치고 미시간 주로 돌아온 직후 솔트레이크 시에 사는 트래비스라는 사람에게 수신자부담 전화가 걸려왔다. 트래비스는 그 누구도 아닌 바로 자기가 수잔을 납치했다고 설명하려 들었다. 하지만 그가 말을 잇기도 전에 재거 부인이 끼어들었다. "그 동안 안녕하셨나요, 데이비드 씨."

이제 던바르 요원은 재거 부인의 증언 형식으로 충분한 증거를 확보하여 마이어호퍼의 가택수색 영장을 발부받았다. 수색 결과 두 희생자의 유류품과 기타 여러 증거물이 발견되었다. 경찰은 마이어호퍼에게 증거물들을 들이대어, 그가 두 건의 살인뿐 아니라 몬태나 지역에서 그때까지 미결상태로 남아 있던 소년 살인사건을 저질렀다는 자백도 받아냈다. 그 후 마이어호퍼는 구치소 독방에 수감되었고 그 다음날 목을 매어 자살했다.

우리 요원들이 콴티코에서 함께 한 프로파일링 작업이 사건 해결을 도왔음은 의심의 여지가 없다. 분석자료가 없었다면 던바르 요원은 제보 받은 용의자 이름에 그다지 주의를 기울이지 않았을 것이다. 두 번째 살인이 발생한 후 마이어호퍼가 거짓말탐지기와 자백약물 테스트에 통과했을 때, 분석자료는 마이어호퍼가 범인이라는 던바르 요원의 신념을 지켜주고 그 사건을 포기하지 않도록 버팀목이 되어주었다. 마지막으로 혼란스러운 심리학적 반응으로 미루어 마이어호퍼가 재거 부인을 만나면 흔들릴 수도 있다고 했던 멀리니 요원의 추측이 결국 살인자의 방어벽을 무너뜨렸던 것이다.

프로파일링은 가장 유력한 용의자를 식별하는 데 도움을 주고, 여러 요인들이 서로 어긋나 수사가 난관에 부딪힐 때도 현장의 수사관들이 범인을 뒤쫓을 수 있도록 마음을 다잡게 해준다. 마이어호퍼 사건은 우리가 강력범들을 더 많이 대하고, 그들에 대해 더 많은 정보를 수집·이해할수록 더 좋은 분석자료가 나온다는 것을 잘 보여준다.


## '무엇' + '왜' = '누구'


완전히 똑같은 범죄나 범죄자는 없다. 프로파일러는 여러 범죄에서 어떤 패턴을 찾아내어 범죄자의 성격을 가늠하려고 시도하며, 프로파일링 작업은 사실을 토대로 분석적이고 논리적인 추리 과정을 거친다. 우리는 '무슨 일이 발생했는지'에서 정보를 수집하고, 이를 통해 '왜 사건이 발생했는지' 알아낸다. 그리하여 이런 정보들을 이용해서 아주 간결하게 범인을 묘사한다. 즉 '무엇'과 '왜'를 합쳐 '누군가'를 찾아내는 것이다.

사실 프로파일링을 하는 진정한 목적은 관련 없는 대상을 제외하여 엄청난 수의 잠재적 용의자 범위를 줄여서 수사관들이 현실적인 목표에 집중할 수 있도록 해주는 것이다. 만일 용의자가 남자일 가능성이 매우 높다면, 우리는 전체 잠재적 용의자 중 약 50퍼센트를 제외할 수 있다. '성인 남자'나 '독신 백인 남자'라고 하면 더욱더 많은 대상이 제외된다. 이런 식으로 여러 가지 사항을 더하면 수사 범위를 빠르게 좁혀나갈 수 있고, 어느새 용의자의 윤곽이 점점 잡혀나간다. 예를 들어 범인이 실업자라고 예측할 수도 있고, 이전에 정신병 치료를 받은 적이 있다든지 범행현장에서 걸어갈 수 있을 만한 거리 내에 살고 있을 것이라고도 예측할 수 있다.

나는 콴티코의 FBI 훈련원에서 강의를 계속 맡았고, 순회 훈련소 강연도 계속했다. 이 과정에서 나는 프로파일링 원리에 대해 아무리 빠짐없이 설명해줘도 수강자들은 더 많은 가르침을 바란다는 것을 알아차렸다. 범죄현장에서 잡아내야 하는 가장 중요한 특징이 무엇인지, 또는 어떤 질문을 던져야 할지 등을 모두 기록해놓은 교과서라도 필요한 걸까?

경찰관이나 심지어 현직 요원들까지도, 점검표 같은 것이 있어서 거기에 숫자와 범행현장의 증거물을 하나하나 입력한 다음 버튼을 누르거나 공식을 적용하면 완벽한 범인신상분석 자료가 튀어나왔으면 했다. 앞으로 그렇게 할 수 있는 컴퓨터 프로그램이 나올지도 모르지만, 우리는 이제 겨우 걸음마 단계일 뿐이다.

프로파일링 작업은 여전히 경험이 많은 사람, 특히 심리학을 공부한 사람이 훨씬 잘 할 수 있다. 또한 여기에는 많은 관련 작업이 필요하며 복잡한 퍼즐을 풀 때처럼 머리를 써야 한다. 퍼즐의 핵심에는 범행현장이 있어 우리가 이용할 수 있는 가장 훌륭한 증거물들을 많이 남겨놓는다. 우리는 그 증거물들을 철저하게 분석하여 범죄 자체는 물론 범죄자의 성격까지 알아내려고 시도한다. 한 여성 특수교사가 살해당했던 브롱크스의 옥상이 좋은 예였다. 그 현장에는 희생자의 소지품이 여기저기 널려 있었다. 목을 조른 핸드백 끈, 음모에 꽂혀 있던 빗은 물론 시체에 외설스러운 낙서를 쓰는 데 사용한 만년필도 희생자의 것이었다.

이런 사실은 살인자가 어떤 종류의 인물인지 판단하는 데 중요한 증거가 된다. 우리는 범인이 범행을 미리 계획하지 않았으며 우발적인 살인이었을 것이라고 추측했다. 범행을 미리 계획했다면 흔히 '강간기구 세트'라고 부르는 테이프, 밧줄, 심지어 권총까지 가져와 희생자를 꼼짝 못하게 했을 터였기 때문이다.

내가 참여했던 다른 전형적인 살인사건에서도 이런 '강간기구 세트'가 없다는 사실이 프로파일링을 한 중요한 요인이 되었던 적이 있었다. 뉴욕은 크고 복잡한 도시라 사건 수사에 프로파일링 개념을 진작 도입했으리라고 여기겠지만 실상은 그렇지 않았다. 이 개념은 우리가 이 살인사건을 해결하는 데 결정적인 역할을 하고 나서야 비로소 받아들여졌다.

10월의 어느 오후, 벌거벗은 젊은 여자의 시체가 죽기 전에 살고 있던 브롱크스 공공임대주택 옥상에서 발견되었다. 희생자 프랜신 에버슨은 150센티미터도 안 되는 단신에 40킬로그램이 조금 넘는 왜소한 여자였다. 그녀는 아파트에서 부모와 함께 살고 있었고, 근처 어린이집에서 장애아동을 가르치던 특수교사였다. 사건이 있던 날 새벽에 출근길에 나선 후 그녀를 본 사람은 아무도 없었다.

프랜신의 시체는 부자연스럽게 비틀려 있었는데 아무도 그 이유를 알 수 없었다. 수사관들에게 설명을 전해들은 부모는 그 모양이 히브리어 알파벳 모양과 비슷하다고 진술했다. 딸이 찼던 목걸이에 이 글자가 새겨져 있었다고 했지만 정작 목걸이는 현장에 없었다. 하지만 이 사건은 반유대인 범죄가 아닌 난폭한 강간 살인이었다.

살인자는 희생자의 머리 양쪽에 그녀가 했던 귀걸이를 놓아두었고, 스타킹을 손목에 느슨하게 매고, 팬티를 벗겨 머리에 씌워놓았다. 여자의 나머지 옷가지는 근처에 놓여 있었고 그 아래에 범인의 것으로 보이는 대변이 한 무더기 있었다. 희생자는 얼굴을 얻어맞았고 핸드백 끈으로 목이 졸렸으며 시체가 심각하게 훼손되어 있었다. 젖꼭지가 잘려 가슴 위에 얹혀 있었고 그 잘린 상처에서 다량의 피가 흘러나왔으며, 허벅다리 안쪽에는 물어뜯긴 자국이 있었다. 질에는 우산과 펜이 쑤셔박혀 있었고 음모에는 빗이 꽂혀 있었다. 살인자는 희생자의 허벅지와 배에 펜으로 '미친년, 네년이 날 막겠다고?' 라고 휘갈겨 써놓았다.

시체에서는 정액과 희생자의 것이 아닌 검은 거웃 한 올이 발견되었고, 이것이 경찰 수사를 한동안 잘못된 방향으로 이끌었다. 뉴욕주택관리국의 살인사건 담당형사 토머스 폴리는 담당부서에서 우리에게 범행현장의 사진과 기타 수사상에 유용한 정보들을 보내도록 주선하였다. 경찰은 22명을 용의선상에 두고 있었으며 매우 유력한 용의자도 여러 명 있었다.

뉴욕은 인구나 면적에 있어 매우 큰 도시기 때문에 수상하고 폭력적 성향이 있는 사람도 더 많았다. 어떤 유력한 용의자는 프랜신과 한 건물에 살았는데 이전에 성범죄로 복역을 한 적이 있었다. 또 다른 용의자는 이전에 건물의 관리인이었다가 그만두었는데도 열쇠 꾸러미를 반납하지 않은 흑인이었다. 열다섯 살인 한 용의자도 그날 아침 학교에 가다가 계단에서 프랜신의 지갑을 발견했지만 저녁 늦게까지 감추고 있다가 아버지한테 들켜 경찰에게 돌려주었다.

나는 범행현장 사진과 다른 증거들을 면밀히 관찰하고 나서 그 검은 거웃이 사건과 관련이 없다고 결론지었다. 다른 프로파일러 한 명은 이 의견에 반대했지만, 나는 이 사건이 정신질환자의 소행이라고 강력하게 주장하였다. 그것은 시체에 나타난 끔찍한 폭력의 흔적에서 알 수 있었다. 강간기구가 없었다는 점은 사전에 계획한 범행이거나 스토커의 소행이 아니라는 것을 보여주는데, 스토커는 나중에 희생자를 떠올릴 때 필요한 물건을 가져가기 때문이다. 범행은 틀림없이 살인자와 희생자가 우연히 맞닥뜨리면서 일어났으며 충동적으로 확 달려드는 식이었을 것이다.

현장 모습을 보면 폭력배가 저지른 짓인 것처럼 보였지만, 나는 그렇게 생각하지 않았다. 우리가 작성한 분석자료에 따라 폴리 형사는 범인은 희생자와 안면이 있고 바로 그 건물이나 그 근처에 살면서 일을 나가는 25세에서 35세 사이의 백인일 가능성이 높다고 추측했다. 또 살인범은 리처드 체이스처럼 정신병력이 있고, 10년 이상 속에서 병을 키우다가 이런 사체 절단 살인을 저지르기에 이르렀을 것이다. 이렇게 정신질환이 완전히 깊어진 사람들은 자기 집에서 멀리 떨어진 곳까지 이동하여 살인을 저지를 수 없기 때문에 범행현장 근처에 사는 사람일 것이며, 혼자 지내거나 엄하지 않은 편부모와 함께 살고 있을 거라고 추정했다.

낙서와 시체의 모양으로 미루어 그다지 교육을 받지 못한 사람일 텐데, 낙서의 내용은 살인자가 학교를 도중에 그만두었을 것임을 암시하고, 시체의 절단 방법은 포르노를 흉내낸 것 같았다. 나는 범인이 정신병력이 있을 것이라고 생각했기에 그전에 정신과 치료를 받았을지도 모른다고 예상했다. 또 범행 전에 살인까지 저지를 정도로

스트레스를 받은 적도 있을 터였다. 우리는 모두 이미 진행된 경찰 수사 내용으로 보아 이미 경찰이 살인자를 심문했을 가능성이 높다고 결론 내렸다.

경찰은 이 분석자료 덕분에 수사의 초점을 다시 맞출 수 있었다. 백인이 범행을 저질렀을 것이라는 분석에 따라 흑인인 전직 관리인에 대한 수사를 잠시 보류했고, 행복한 결혼생활을 하고 직장도 구해서 이제 아무 문제없이 지내는 듯한 성범죄 전과가 있는 사내도 일단 제외했다.

반면 사건 직전에 직장에서 해고를 당한 또 다른 용의자가 수사선상에 떠올랐다. 그 전에 경찰은 희생자의 집과 같은 층에 살고 있던 어떤 남자를 취조했는데, 그는 정신병력이 있는 아들 카민 칼라브로와 단둘이 살고 있었다. 아내는 11년 전 세상을 떠났다고 했다. 11월에 조사 받을 당시 그는 살인이 일어나던 시간에 아들이 시설에 있었다고 말했고, 경찰은 이 알리바이를 확인하지 않고 그냥 넘어갔다. 그러나 프로파일링 작업 후 다시 물샐틈없는 조사가 이루어졌다.

칼라브로는 거의 1년 이상 근처 정신병원에서 치료를 받느라 고등학교를 중퇴했고, 이후 극장에 소품담당으로 취직했다가 최근 해고된 것으로 밝혀졌다. 처음에는 자신이 배우였는데 해고됐다고 진술했으나 이후 배우가 아니라 소품담당이었음을 인정했다. 칼라브로의 아파트에는 포르노잡지가 발에 차일 정도로 많았다. 경찰 조사 결과 칼라브로가 다니던 정신병원은 보안이 매우 느슨하여, 그가 언제든 다른 사람에게 들키지 않고 시설에서 살짝 빠져나와 살인을 저지른 후 다시 돌아갈 수 있었다는 것이 밝혀졌다.

살인이 있던 날, 그는 팔에 깁스를 하고 있었고 그 팔을 휘둘러 희생자의 의식을 잃게 했을 수도 있었다. 경찰에 붙잡혔을 때는 깁스를 푼 상태였지만, 다행히 어렵지 않게 칼라브로가 살인자임을 증명할 수 있었다. 희생자의 몸에서 중요한 단서가 나왔던 것이다. 바로 시체에 있던 잇자국이었다. 로웰 레빈 박사를 포함한 세 명의 법치의학자들은 이 용의자의 치아구조가 시체에 남아 있던 치흔과 일치한다고 진술했고 사건은 그것으로 해결되었다. 칼라브로는 유죄가 확정되어 25년형을 선고받았다.

추가 조사 결과 칼라브로는 여러 번 자살을 시도한 것을 비롯하여 오랜 자해 경력이 있었다. 또 많은 사람들의 증언에 따르면 여자와 함께 있으면 불안해하는 등 여자와 사귀는 데 젬병인 것 같았고, 이런 상황이 범죄를 촉발시킨 것으로 보였다. 한 가지 덧붙여 프랜신의 시체를 검시관에게 보낼 때 사용했던 운구 주머니가 그 직전 흑인 시체를 썼던 것이고, 그 정체불명의 거웃은 프랜신 엘버슨의 시체가 아니라 그 흑인 시체에서 떨어졌던 것임이 밝혀졌다.

칼라브로 사건이 완전히 종결되었을 때, 폴리 형사의 상관이며 콴티코에서 내 강의를 들은 적이 있던 조셉 다미코 경감은 기자들에게 "프로파일러들이 용의자에 대해 얼마나 정확하게 짚어내던지, 용의자 전화번호는 왜 안 알려주느냐고 FBI에 물어보았을 정도라니까요" 하고 농을 쳤다. 이런 칭찬이 듣기 좋기는 했지만 그보다는 이 사건을 계기로 뉴욕 경찰이 어려운 사건의 용의자 범위를 좁히는 방법으로 프로파일링 작업을 염두에 두게 되었다는 점이 더욱 기뻤다.

법정에서 칼라브로는 범죄 사실을 인정하지 않았다. 하지만 〈사이

컬러지 투데이〉에 이 사건에 대한 기사와 함께 BSU의 프로파일링에 대한 설명이 자세히 실리자—살인자나 희생자의 이름은 언급되지 않았다—그는 우리에게 직접 편지를 썼다. 칼라브로는 그 편지에서 기사에 요약된 사건 개요를 언급했고, 이는 자신의 범죄에 대해 인정한 것이나 다름없는 행동이었다. 또 우리의 심리학적 범인 프로파일링 중 몇 가지 부분에 대해 '개인적으로 옳다고 믿는다'라고 썼다.

## 대통령 암살범 존 힝클리

강의 때문에 고속도로를 따라 관용차를 타고 버지니아 주의 리치몬드로 여행하고 있을 때였다. FBI에서 즉시 방향을 돌려 콴티코로 돌아가라는 무선호출이 왔다. 나는 이번엔 저명인사들에게 강의하기로 되어있어 꼭 가야 한다고 항의했고, 그러자 레이건 대통령 암살기도가 발생해서 내가 필요하다는 답이 돌아왔다. 나는 즉시 방향을 돌렸다. 돌아가는 길에 라디오 방송을 틀었는데, 대통령이 저격되었으나 목숨에는 지장이 없고 회복되길 기다리고 있으며 다른 피해자들도 무사하다는 소식이 들려왔다.

그렇게 운전을 하며 보도를 주의 깊게 듣는 사이, 이전에 시란 시란 같은 암살자나 아서 브레머, 사라 제인 무어와 같은 암살기도범들과 나누었던 시시콜콜한 면담 내용이 머릿속을 획획 스쳐갔다. 아서 브레머를 방문했을 때는 시란 때와 거의 복사판이었다. 둘의 행동은 쌍둥이처럼 아주 비슷했고, 기본적으로 편집형 정신분열증의 증상을 보였다. 브레머는 매우 기괴한 외모로, 머리는 헝클어지고 수염이 더 부룩했으며 눈은 계속 한곳을 뚫어져라 바라보고 있어서 어떤 면에서는 은둔자였던 하워드 휴즈와도 비슷했다. 그는 모든 소지품을 두 개의 쇼핑백에 넣어서 들고 다녔다. 하지만 조지 윌리스 주지사를 암살하려 했을 때에는 자기 행동을 어느 정도 조절할 수 있는 것처럼 보였다.

콴티코에 도착하자마자 나는 맥켄지 부국장의 사무실로 갔고 그곳에서 내 예상이 맞았다는 것을 확인한 후, 바로 본부의 핫라인을 가동하여 사건 담당요원 프랭크 와이커트와 이야기를 나누었다. 와이커트 요원은 당국이 이미 존 힝클리를 붙잡아 가두었고 곧 그가 묵었던 모텔 방 수색에 들어갈 텐데, 그때 무엇을 찾아야 할지 알려달라고 부탁했다. 나는 힝클리에 대해 가능한 한 자세한 정보를 달라고 요청했다.

FBI는 일사분란하게 움직였다. 요원들은 이미 힝클리가 20대 중반의 백인이라는 사실과, 미혼에다 덴버 출신의 대학생이었으며, 가족이 꽤 부유한 것 같다는 사실을 알고 있었다. 힝클리는 총을 마구 난사한 후 비밀경찰과 다른 요원들에게 순순히 항복했으며, 잡히고 난 후에는 진정된 것 같았다. FBI는 그가 묵었던 모텔 방 열쇠를 확보했으나 그곳이 언론에도 알려져 허가받지 않은 언론 관계자가 암살자의 숙소에 막무가내로 들어가 엉망으로 만들어놓지 않도록 수사 당국에서 안간힘을 쓰는 중이었다.

일단 힝클리는 체포했지만 충격과 흥분이 채 가시지 않은 상태에서 조사를 하면 많은 것이 잘못될 수도 있었다. 무엇보다 워싱턴

D.C.는 다중관할 지역이기 때문에 여러 경찰국에서 서로 증거를 확보하기 위해 중구난방으로 나댈 수 있었다. 증거가 적절하게 확보되어 법정에 제공될 수 있을지 매우 불확실했고, 자칫하면 힝클리를 기소조차 못할 수도 있다. 무엇보다 기소하는 데 필요한 증거물 목록을 작성하는 일은 특히 가택수색 단계에서 찾아보아야 했다. 그러니 그저 마구잡이로 수색을 하면 곤란했다.

당시 필요한 것은 신상분석자료뿐만이 아니었다. 암살범의 마음속을 꿰뚫고 들어가 주위에 어떤 증거를 남겨놓았을지 생각해내야 했다. 나는 와이커트 요원에게, 그때까지 알려진 모든 사실로 미루어 힝클리는 정신적 혼란 상태에 빠진 유형이지만 자기가 한 일이나 앞으로 일어날 일을 이해하지 못할 정도로 정신장애가 있는 것은 아니라고 말했다.

나는 그를 청부살인자나 어떤 단체의 일원이 아니라 외롭고 내성적인 사람이라고 생각했다. 대학 캠퍼스에서 눈에 띄곤 하는, 여자를 사귀지 못해 데이트는 생각조차 못하며 스포츠 팀이나 동호회에 속하지 않는 유형의 사람일테고, 성적도 별로였으며 환상 속에서 보상을 찾는 부류에 속할 터였다. 그래서 나는 와이커트 요원에게 모텔방이나 차, 덴버의 집에서 이런 외로움과 환상을 증명할 수 있는 것들을 찾아보라고 말했다.

수사관들은 일기장, 스크랩북, 읽을거리 등 이런 환상을 반영하는 몇 가지 물품을 확보할 수 있었다. 나는 와이커트 요원에게 별것 아닌 것 같더라도 읽을거리는 모조리 확보하라고 주의를 주었다. 이런 것들이 힝클리의 성격을 들여다보는 창문이 될 수 있기 때문이다. 예를 들어 특정 구절에 밑줄이 그어진 잡지, 스크랩 해둔 기사나 책을 보면 힝클리가 중요하게 생각하는 것을 알 수 있었다. 나는 또 녹음기와 테이프를 증거물 목록 맨 처음에 올려놓았다. 이런 유형의 외톨이들은 테이프에 일기를 녹음하는 경우가 많기 때문이다.

용의자의 행적을 최소한 6개월에서 1년 이상 거슬러 추적해야 하기 때문에 신용카드와 영수증도 찾아야 할 중요한 증거물이었다. 브레머와 같은 암살범이 범행 대상자를 끈질기게 따라다녔던 것처럼, 힝클리도 그랬을 가능성이 높다. 모텔의 계산서에는 전화 통화 기록이 포함되어 있을 수 있고, 전화카드를 썼을 수도 있었다. 이런 사소한 기록들은 모두 그의 움직임과 관심 사항을 알아내는 정보가 될 수 있다.

내가 12가지 항목의 목록을 경찰에게 건네주자 경찰은 수색영장을 발부하여 모텔 방을 포함, 힝클리가 머물렀던 다른 방 몇 군데에서 여러 가지 물건들을 압수했고, 내가 반드시 찾아야 한다고 한 것들은 모두 확보할 수 있었다. 가령 배우 조디 포스터와의 대화를 담은 테이프가 있었고, 레이건의 사진엽서가 있었는데, 거기에는 조디 포스터 앞으로 다음과 같이 씌어 있었다.

사랑하는 조디에게

이 사람들은 그다지 멋진 한 쌍이 아닌 것 같지? 낸시는 정말 섹시해. 언젠가 너와 내가 백악관의 주인이 되면 모두 무척 부러워할 거야. 그때까지 제발 무슨 일이 있어도 처녀로 남아 있어줘. 지금, 너 처녀지?

존 힝클리

힝클리는 이 우편엽서를 써놓기만 하고 보내지는 않았다. 압수한 증거물에는 조디 포스터에게 보내는 장문의 편지도 있었는데, 자기가 레이건을 저격하러 갈 것이고 돌아오지 못하겠지만 이런 행동은 진심으로 그녀를 생각해서 하는 것임을 알아달라는 내용이 적혀 있었다(이 편지는 그가 레이건 저격을 미리 계획했고, 그것이 법에 어긋나는 행동임을 알고 있었다는 증거가 되었다).

또 일기와 낙서를 끄적인 신문들도 있었는데, 그중 하나에는 '모든 것이 소용돌이친다 / 아직 젊은 여자가 / 내 이름을 비웃고 조롱한다'라는 글도 있었다. 뭔가를 잔뜩 써놓은 〈택시 드라이버〉 대본 복사본도 있었다. 이 영화는 암살범에 대한 것으로, 조디 포스터를 스타 반열에 오르게 한 작품이었다. 이 모든 자료는 여자와 잘 사귀지 못하고 환상의 세계에서 사는 외톨이였던 존 힝클리에 대한 나의 간단한 평가와 아주 잘 들어맞았다.

### 새벽녘의 습격

내가 수사를 하면서 늘 마음속에 담고 있는 한 가지는 바로 살인이 가족, 친구 및 희생자와 관련된 모든 사람에게 지울 수 없는 상처를 남기는 흉악한 범죄라는 것이다. 이런 근본적인 믿음 때문에, 나는 시카고의 제임스 카바나 박사에게서 전화가 걸려왔을 때 그 사건이 해결되도록 꼭 도와주겠노라고 마음먹었다. 나는 몇 년 전부터 카바나 박사를 나의 '범죄인 성격조사 프로젝트'의 협력자로 꼽고 있었다. 그는 시카고에 있는 세인트 루크 메디컬센터 산하에서 법 정신 의학을 전문으로 하는 아이작 레이 센터의 원장이었다.

카바나 박사에게는 로리 로세티라는 제자가 있었는데, 그 여학생이 메디컬센터에서 그다지 멀리 떨어지지 않은 철로 옆에서 살해된 채 발견되었다. 로리는 똑똑하고 상냥하며 항상 A만 받는 학생이었고, 당시 예산 부족으로 중단되었던 교내 '여학생 에스코트 서비스'를 부활시키기 위해 캠페인을 벌이다 막 마무리짓던 참이었다. 이제 로리의 노력은 물거품이 되었다. 메디컬센터에서는 누구나 로리를 좋아했기 때문에 병원 직원들과 카바나 박사는 그녀의 죽음에 할 말을 잃고 말았다.

내게 수사에 참여해달라고 공식적으로 요청한 사람은 FBI 훈련원에서 내 수업을 받았던 톰 크로닌이라는 시카고 경찰관이었다. 내게 자료를 잔뜩 보내 온 그는 살인범을 체포하는 데 결정적인 정보를 주는 사람에게 포상금 4만 5,000달러를 준다고 해두었기 때문에 우리가 범인 프로파일링을 멋지게 해내면 그 돈의 절반을 차지하게 될 것이라고 익살스럽게 메모를 남겼다(수사관들은 업무가 너무 심각하기 때문에 정신 상태를 온전히 유지하기 위해 간혹 농담을 주고받을 때가 있다. 그러나 당연한 얘기지만, 금전적인 보상을 바라거나 받아들이는 일은 결코 없다).

자료에 따르면, 로리는 11월의 어느 토요일에 다른 학생들과 함께 새벽 1시 반 정도까지 스터디를 했다. 한 남학생이 그녀와 함께 책과 가방을 챙겨들고 주차장으로 내려와 차까지 바래다주었고, 그녀는 차를 운전하여 남학생을 주차장의 다른 층으로 데려다주었다. 남학생은 차에서 내린 후 차 문을 쾅 닫았다. 남학생과 다른 동료들이 로리가 그런 문제에 대해 항상 아주 신중했다고 진술한 것으로 미루어, 그녀는 차 문이 잠겼다고 생각했던 것 같다. 메디컬센터는 일리노이대학 캠퍼스의 변두리에 있어 주위의 치안 환경이 좋지 않았기에 그녀는 항상 조심스럽게 이 지역을 오갔다.

새벽 5시 30분, 병원에서 800미터쯤 떨어진 흑인 빈민가의 철로 다리 옆에서 로리의 차와 시체가 발견되었다. 검시 보고서에 의하면, 그녀는 머리를 심하게 얻어맞았고 몸에 심각한 외상을 입었으며, 여러 번 강간당했다. 그리고 누가 로리의 차로 시체를 그대로 밀고 지나간 것 같았다. 차 문과 트렁크는 열려 있었고, 현장에서 그녀의 지갑이 텅 빈 채 발견되었다.

그때까지 딱히 용의자가 지목되진 않았지만, 경찰은 희생자의 절친한 친구였던 젊은 남자를 의심하고 있었다. 그는 로리와 더 가까워지려다가 퇴짜를 맞은 상태였지만 뜻밖에도 금요일 밤부터 살인이 있던 날 아침까지 시내에 있었음이 밝혀졌다.

경찰은 메디컬센터에서 그녀와 관계가 있던 사람들은—예를 들면 주차장을 순찰했던 수위를 집중적으로 조사했다—물론 그녀가 살던 지역도 샅샅이 조사했다. 또 철로나 육교 근처에서 돌아다니는 트럭 운전사들의 행적을 일일이 추적했다. 쉽게 말해서 수사는 전 방향으로 진행되고 있던 것이다.

프로파일링의 관점에서 보면 이 사건은 쉬운 편에 속했다. 나는 범행현장 주변 지역의 사진과 법의관의 보고서를 비롯한 모든 서류를 읽어본 후, 내가 분석한 내용을 톰 크로닌 경관에게 직접 이야기해주었다. 내 분석은 로리가 주차장을 떠난 뒤 일어났으리라 예상되는 일에 초점을 맞추었다. 그녀는 거리를 따라 달리다가 신호등 앞에서 멈추었고, 그때 강도 패거리가 차를 막고 문을 열었을 것이다. 불행히도 차 문은 잠겨 있지 않았고, 강도들은 로리를 위협해 외진 곳으로 차를 몰게 한 뒤 강간하고 죽인 후 지갑을 훔쳤을 것이다.

내 생각에 그것은 우발적인 범죄였다. 강도짓을 하려다 성폭행으로 발전한 경우라는 뜻이다. 가해자는 희생자의 입을 영원히 막아버리려고 살인을 저질렀을 것이고, 이런 사실로 가해자 집단이 정신병적 상태였음을 추측할 수 있었다. 정액의 양이 엄청났으므로 살인자는 여러 명이었을 것이다. 이 사건은 폭력집단 사건에서 나타나는 특징을 모조리 보여주고 있었다.

나는 경찰에게 3~6명 사이, 그리고 15~22세 사이의 남자 흑인 패거리를 찾아보라고 조언했다. 이전에 감옥살이를 한 경험이 있고, 유괴현장 및 로리가 살해된 철로 다리 근처에 살고 있을 것이다. 백인 중산층 가정의 아이들은 어울리는 무리들이 모두 15세라거나 18세라는 식으로 동갑끼리 집단을 형성하는 경향이 있지만, 흑인 거주지에서는 나이 차가 좀 나도 함께 어울리는 경우가 많다.

이 살인은 어떤 여자가 센트럴파크에서 조깅하다가 10대 불량 패거리에게 갑자기 공격을 받고 집단 강간당한 사건 바로 전에 일어났던 것으로, 내가 당시 '집단공격'이라는 용어를 알고 있었다면 로리가 살해되기 전 당했으리라 여겨지는 일들을 이 단어로 설명했을 것이다. 또 교도소에서는 수감자들이 일상적으로 항문 성교를 하는 것으로 미루어 보아, 패거리 중 적어도 몇 명은 수감 경험이 있으리라 추정했다.

이런 내 분석이 정확했을까? 그렇기도 하고, 아니기도 했다. 앞에서 이야기한 대로 경찰은 로리와 개인적으로 연관이 있는 사람들을 집중적으로 조사했고, 그러면서 수사는 더욱 미궁에 빠졌다. 그러나 분석자료가 나오자 경찰은 수사 방향을 수정하여 사건을 빠르게 해결할 수 있었다. 경찰은 분석자료와 포상금을 무기로, 범행현장에 인접한 흑인 거주지에서 의대 여학생에게 돈을 빼앗았다거나 자기가 로리 로세티 살인사건에 연관되어 있다고 떠벌리고 다니는 흑인 남자를 찾는다는 소문을 퍼뜨렸다.

곧 수많은 사연이 제보되었고—심 샘도 그중 하나였다—의심 가는 젊은이들이 연행되기 시작했다. 결국 추려진 용의자 네 명 중 가장 어린 14세의 소년이 16세, 17세의 다른 두 명과 함께 범행을 저질렀다고 자백했다. 이들 중 나이가 많은 두 명은 이미 다른 강도짓으로 25차례 이상 체포되어 수감된 전과가 있었고, 둘 다 소년원에서 형기를 채운 상태였다. 네 번째 범인은 아직 체포되지 않았지만 사건의 전말은 모두 밝혀졌다.

이들 네 아이는 밤새 놀다가 돈이 떨어지자 자동차 강도를 하려고 나섰다. 15분쯤 기다리자 백인 여자 혼자 모는 차가 신호등 앞에서 멈추어 섰다. 운전자가 아랑곳하지 않고 자기들을 그냥 치고 달리지 못할 거라는 생각에 두 명이 차를 가로막았고 다른 한 명이 차 문을 열었다. 문이 열리자 한 명이 바로 차 안으로 기어올라가 반대쪽 문을 열었고, 넷은 차에 올라타 로리를 위협하여 철로 다리까지 운전해 가도록 했다. 다리 근처로 가서 차 안에 있던 날카로운 호신용 막대기로 로리를 찌르고 차 후드 위에서 강간한 뒤 의식을 잃을 때까지 집단폭행했다. 죽은 줄 알았던 로리가 몸을 움찔거리자 비닐봉지에 콘크리트 조각을 담아 머리를 내리쳤고, 길바닥에 내동댕이쳐 차로 몸을 그대로 타고 넘어갔다. 그리고 차를 버린 채 자기들이 사는 아블라 공공주택까지 걸어갔다.

18세의 네 번째 용의자는 정의감이 투철하여 이런 일에 잘 나서기로 유명한 지역 TV 뉴스앵커가 붙잡아 인도했다. 이들 중 몇 명은 말을 뒤집어 경찰에게 자백을 강요당했다고 주장했지만 판사는 이들의 말을 믿지 않았고, 네 명 모두 유죄를 선고받아 세 명은 교도소에, 가장 어린 소년은 소년원에 보내졌다.

로리가 그토록 바랐던 '여학생 에스코트 서비스'는 범인들이 유죄판결을 받은 뒤에야 부활되었다. 로리 로세티가 되살아날 수는 없지만 로리의 가족과 친구들, 카바나 박사와 메디컬센터의 모든 직원들은 이러한 법의 심판과 이후 다시는 희생자가 생기지 않을 것이라는 희망으로 위안을 삼을 수는 있었다.

### 피를 마시는 변태성욕자

FBI에서는 가해자가 이미 잡혔지만 범죄 방식이 너무나 기괴한 나머지, 지역경찰이 도움을 요청하여 프로파일링할 때도 많다. 1985년 11월 추수감사절 주간의 어느 아침, 플로리다 주의 말라바 근처 도로에서 벌거벗은 10대 소녀 한 명이 손과 발에 수갑이 채워지고 피를 많이 흘려 창백해진 모습으로 기어 나왔다. 도움을 청하는 소녀 옆을 여러 대의 트럭이 그냥 지나쳤지만 결국 한 트럭이 멈추었다.

"날 다시 그 집으로 데려갈 건 아니죠?"

공포에 질린 소녀가 물었다. 운전사는 구해주겠다고 대답한 후 그녀를 차에 태웠다. 소녀는 집을 하나 가리키며 그 집을 기억해달라고 부탁했다. 그 집은 문이 여러 개 있었고, 잘 가꾸어진 잔디밭과 나무, 수영장과 테라스까지 딸린 멋진 주택이었다. 운전사는 그녀를 집에 데려다 놓고 경찰과 앰뷸런스를 불렀다. 병원 진단 결과, 소녀는 온몸의 피를 40~50퍼센트나 잃었고, 목과 손목 등에 묶인 자국이 남아 있는 것으로 드러났다.

의식을 회복한 열아홉 살 소녀는 경찰에게 충격적인 이야기를 들려주었다. 하루 전 친구 집에 가던 도중 브리바드 카운티에서 히치하이킹을 했고, 스포츠 재킷을 입고 넥타이를 맨 남자가 그녀를 태워주었다. 그 남자는 목적지 근처까지 데려다 주겠지만 집에 뭘 놓고 와서 가지러 가야 한다고 했고, 자기 집에 도착해서는 잠깐 안으로 들어오라고 말했다. 소녀가 집 안에 들어가지 않겠다고 하자 그는 차로 돌아와 나일론 끈으로 그녀를 목 졸라 정신을 잃게 만들었다.

정신이 들었을 때 소녀는 자기 팔다리가 부엌 조리대에 꽁꽁 묶여 있고 주위에 비디오카메라가 조명과 함께 설치되어 있는 것을 보았다. 남자는 그녀를 강간하면서 비디오카메라로 그 장면을 찍은 다음, 자기는 드라큘라라고 하면서 소녀의 팔과 손목에 주사바늘을 찔러 조심스럽게 피를 뽑아 마셨다. 그리고는 수갑을 채워 욕조 안에 밀어

넣었다. 얼마 후 다시 돌아와 또 강간을 하고 피를 뽑아 마셨다. 다음 날 아침 세 번째로 강간하고 피를 뽑고는 수갑을 채워 욕조에 집어넣은 후 다시 돌아와 그 짓을 또 할 거라고 말했고, 혹시라도 도망치려 들면 자기 형이 와서 죽여버릴 것이라고 윽박질렀다.

남자가 떠난 후 소녀는 욕실 창문으로 가까스로 탈출할 수 있었고, 도로를 향해 죽을힘을 다하여 기어갔던 것이다. 나중에 소녀를 진찰한 의사는 그녀가 그때 탈출하지 못하고 한 번 더 피를 뽑혔으면 틀림없이 목숨을 잃었을 것이라고 말했다.

피해자가 경찰에 신고한 집에는 존 브레넌 크러칠리라는 39세의 컴퓨터 엔지니어가 살고 있었다. 크러칠리는 NASA의 협력업체인 해리스 코퍼레이션에서 일하고 있었고, 결혼하여 아이가 하나 있는 가장이었으나 아내와 아이는 모두 메릴랜드에서 살았고, 그는 주말에 가족을 보러 갔다. 가택수사 영장이 발부되었고, 다음날 새벽 2시 30분 집에 경찰들이 들이닥쳐 크러칠리를 체포하고 몇 가지 관심을 끄는 물품과 집에 있던 사진들을 압수했다.

피해자는 처음에는 크러칠리를 고소하지 않으려 했으나 그를 기소해야 다른 여성이 피해를 입지 않는다는 심리상담사의 설득으로 마음을 굳혔다. 피해자는 강간 사실에 대한 거짓말탐지기 테스트를 받아 통과했고, 크러칠리는 성폭행, 유괴, 가중폭력 및 마리화나와 마약투약도구 소지혐의로 기소되었다.

경찰은 가택수사에서 비디오카메라, 여자를 묶었던 천장의 고리, 마리화나와 폭행에 사용된 도구 몇 점을 찾아냈다. 피해자의 증언대로라면 비디오에 강간 장면이 녹화되어 있었겠지만, 늦게 도착하는 바람에 범인이 비디오테이프 내용을 삭제하는 것을 미처 막지 못했다. 수색을 마친 후에도 경찰은 무엇을 확보했고 무엇을 놓쳤는지 우왕좌왕했고, 심지어 추가 수색에서 무엇을 찾아야 하는지조차 모르는 상태였다. 경찰당국의 요청에 다른 일로 플로리다로 가던 중이었던 나는 티터스빌로 방향을 돌렸다.

나는 경찰의 지원요청으로 사건 수사에 참여하게 된 것이 매우 기뻤다. 경찰은 위험한 강간범을 잡았다고 생각하고 있었지만, 크러칠리에 대한 몇 가지 이야기를 들은 후 나는 그들이 연쇄살인범을 잡은 것일지도 모른다는 생각이 들었기 때문이었다.

오늘날 수사관들이 겪는 가장 큰 문제 중 하나는 상식을 벗어난 사례를 어떻게 처리해야 하는지 모른다는 것이다. 특히 범행현장에서 무엇을 찾아야 할지 알지 못하기 때문에, 필요한 증거물을 빠짐없이 압수하지 못하여 용의자가 공범에게 사건 해결에 아주 중요할 수 있는 어떤 것을 숨기거나 파괴할 시간을 벌게 할 위험이 있다. 당시 내가 할 일은 경찰에게 두 번째 수색에서 찾아야 할 것을 알려주는 것이었다. 예를 들어 경찰이 처음에 찍은 집안 사진에는 두께가 몇 인치나 되는 신용카드 한 묶음이 있었는데 두 번째 수색에서는 이것이 보이지 않았다. 크러칠리가 없애버린 것이 틀림없었다.

이런 신용카드들과 벽장 고리에 걸려 있는 십여 개의 여성용 목걸이(나는 그것을 살인의 기념물이라고 생각했다), 여자 신분증 두 장 등은 이번 범죄가 크러칠리의 첫 범행이 아니라는 점을 암시했다. 이 신분증에 대해 묻자, 그는 예전에 차에 태워주었던 여자 둘이 차에 흘리고 간 것이며 아직 돌려줄 기회가 없었을 뿐이라고 해명했다. 또 목걸이는 자기 아내 것이고, 피해 소녀는 자기에게 변태 성행위를 간청한 '색녀'였다고 주장했다.

그보다 한 해 전 브리바드 카운티 외곽에서 여자 시체 네 구가 발견된 적이 있었기에 경찰은 이것도 크러칠리의 소행인지 조사했지만, 용의자와 이들 시체 사이에 아무런 연결고리도 찾을 수 없었다. 경찰은 내 제안대로 두 번째 수색에서 크러칠리의 소지품과 회사 사무실을 뒤졌다. 이 수색에서 신용카드 묶음이 없어지고, 용의자가 해군 무기와 통신에 대한 기밀정보를 상당량 불법으로 소지하고 있다는 사실이 밝혀졌다. 이중 일부는 암호가 걸린 디스켓에 들어 있었지만, 다행히 수사당국에서 이 암호들을 풀 수 있었다.

다른 연방정부기관들에서는 크러칠리가 스파이일 가능성도 있다고 보았다. 또 여자들의 이름, 전화번호와 성적 매력에 대한 평가를 적은 메모지 72장도 발견되었다. 당국은 이 여자들 중 몇 명에게 전화를 걸어 크러칠리에게 감금되거나 성폭행당한 적이 있냐고 물어보았으나, 대부분 그와 합의 하에 변태적인 성행위를 했다고만 말했다. 크러칠리의 아내도 똑같이 진술했다.

나는 크러칠리의 행적을 시기별로 역추적해야 한다고 주장했다. 우리는 1978년, 버지니아 페어팩스 카운티에서 비서 데보라 피트존이 실종되기 전 마지막으로 만난 사람이 크러칠리였다는 사실을 알아냈다. 데보라는 크러칠리의 이동식 주택에서 실종되었고, 페어팩스의 경찰은 용의자가 그녀의 죽음과 연관이 있는지 조사했지만 기소하지는 않았다. 또 펜실베이니아를 비롯하여 크러칠리가 살았던 곳이라면 어디든 여자들이 실종되거나 시 외곽에서 여자 시체가 발견되는 사건이 일어났음을 알 수 있었다. 하지만 그는 실종자 누구와도 연관된 부분이 없었다.

1986년 4월 공판이 열리기 직전, 크러칠리는 피를 마신 것과 마약 소지에 대해 기소를 무효로 하는 대신 유괴와 강간에 대해서는 유죄를 인정하기로 결심했다. 이 유죄 인정 후 그는 언론 플레이로 혐의 내용을 좀더 가볍게 만들 요량으로 기자회견을 열었다. 이후 크러칠리의 아내도 남편 말을 앵무새처럼 따라하면서 그 범행이 "명백하게 야만성이 없는 점잖은 강간"이라고 표현했다.

이 즈음 플로리다 주 검사 노먼 볼핑거가 다시 내게 도움을 요청해 왔다. 크러칠리에게 일반적인 강간초범에게 선고하는 것보다 더 무거운 형량을 구형하고 싶었기 때문이었다. 보통 이런 경우 형량은 12년에서 17년 정도였기 때문에 교도소에서 모범수 등으로 감형되면 4, 5년 후에 출소할 수 있었고, 주에서는 그렇게 되면 주민의 안전이 위협받을 수도 있다고 판단했던 것이다. 나는 볼핑거 검사에게 기꺼이 돕겠노라고 연락하고, 플로리다로 떠나기 전 검사가 의견을 진술할 때 필요한 증언을 준비하기 위해 사건을 다시 조사했다.

크러칠리의 가족은 교육 수준이 높은 사람들이었다. 하지만 어머니는 아들이 대여섯 살 될 때까지 여자 옷을 곧잘 입히는 등 그의 아동기에는 여느 사람 같지 않은 기형적인 면이 많았다. 크러칠리는 선고를 받을 때 참고인으로 출두한 정신과 의사에게 자기가 어렸을 적에 정신과 치료를 받았던 기억이 난다고 진술했다.

친구들과 전처는 크러칠리가 다른 사람들을 자기 마음대로 하려고 들었고, 걸핏하면 자기 명령에 따르라고 강요했으며, 성적으로는 가학성 변태성욕자였다고 진술했다. 또 그가 그룹섹스를 했다고 증언한 사람도 있었다. 그는 양성애의 성향도 보였고, 메모지에 이름이 적힌 여자들 중 몇 명과 면담을 한 결과 끊임없이 성적 실험을 하고 있었던 것이 틀림없었다. 이렇게 끊임없이 성적 실험을 하는 점은 내가 프로파일링한 연쇄살인범들에게서 자주 나타나는 전형적인 행동양식이었다.

1986년 6월 선고 전 공판이 열렸고, 법정은 사람들로 꽉 메워졌다. 호리호리한 체형에 지적으로 생긴 금발의 크러칠리가 직접 자기변호를 하겠다고 나섰다. 두 시간 동안 진술을 하면서 그는 간간이 눈물까지 보이며 자기는 성적 실험을 했을 뿐이고 그런 행위는 개인의 취향일 뿐 법원이 판단할 문제가 아니라고 항변했다. 피를 마신 행동은 '유죄인정거래'로 기소에서는 빠졌지만, 크러칠리가 피해자를 얼마나 끔찍하게 다루었는지를 보여주는 일례로 공판 중에 언급되지 않을 수 없었다.

이에 대해 그는 그런 행위는 성적 의식의 일부로 15년 전 어느 간호사에게 배웠다고 했다. 그러면서 선고를 내릴 때 피를 마신 것이 큰 문제가 되는지는 모르겠지만, 이번 사건에서는 문제 삼지 말아야 한다고 강변했다. 이번엔 피가 굳어서 마실 수가 없었다는 것이다. 물론 이런 대답은 그에게 별로 도움이 되지 않았다.

크러칠리는 자기가 '치료를 받아야 하는 사람'이란 점에는 동의하지만 그렇다고 형기가 연장되어서는 안 된다고 주장했다. 법정에서는 아내가 앉아 있었지만 증언은 하지 않았다. 하지만 그녀는 이후 기자들에게 남편은 죄가 없으며 그저 '괴팍한 남자'일 뿐이라고 말했다. 내가 증언대에 서자 여느 때처럼 내 신뢰성에 대한 의문이 제기되었다. 변호인이 이 사건은 매우 특이하므로 누구도 이에 대해 전문가라 주장할 수 없다고 항변했다. 그는 내게 피를 마시는 경우를 몇 번이나 보았냐고 물었다. 나는 잠시 천장을 쳐다보면서 이전의 사건들을 마음속으로 헤아렸다. "아, 여섯 번입니다."

법정에 있던 사람들은 모두 깜짝 놀랐다. "어떤 경우였습니까?" 변호인이 답변을 요구했다. 나는 리처드 트렌튼 체이스부터 시작하여 내가 만난 살인자들의 이름을 거침없이 줄줄 읊었다. 이후 일은 순풍에 돛 단 것처럼 술술 풀렸다. 나는 법적 기준을 초과하는 형을 선고해야 한다고 강력히 청원했는데, 그렇게 하려면 주정부에서 합당한 이유를 제시해야 했다. 이 경우에는 피해자에 대한 광범위한 물리적, 정신적 상해 행위가 있었으며, 범행이 지나치게 잔혹하고 미리 계획된 것이라는 점, 그리고 피해자의 약점을 이용했다는 점이 이유로 제시되었다. 비디오카메라를 준비했고 다른 가족이 없었다는 점 등을 통해 범행이 사전에 계획되었음을 알 수 있었다.

크러칠리는 피해자에게 다량의 피를 빼앗았고, 그렇게 해서 피해자가 약해져 있는 점을 이용해 계속해서 잔인하게 폭력을 가했다. 또 계속 강간할 뜻을 여러 번 밝혔고, 이는 분명 피해자에게 정신적으로나 육체적으로 큰 해를 입혔다.

여기에 추가하여 나는 존 크러칠리가 연쇄살인범의 모든 특징을 가지고 있음을 증언했다. 그 근거로 실종된 여자들에게서 빼앗은 것으로 추정되는 신용카드 묶음, 기타 '기념품'들과 끊임없는 성적 실험을 들었고, 이번 피해자가 한 번만 더 피를 빼앗겼으면 분명 죽었을 것이라는 점, 버지니아의 피트존 사건 등을 들었다. 나는 크러칠리와 테드 번디 사이의 유사점을 묘사했다. 당시 테드 번디의 사형 집행이 차일피일 미루어지고 있었고, 플로리다의 크러칠리 사례와 함께 연일 언론의 헤드라인을 장식하고 있었기 때문이다.

결국 판사는 법정 기준을 넘어선 형량을 선고했다. 크러칠리는 25년을 감옥에서 보내고 50년간 보호 감찰을 받아야 했으며, 이 선고는 그의 여생을 대부분 주정부의 통제 하에 보내야 한다는 것을 의미했다.

노먼 볼핑거 검사는 웹스터 FBI 국장에게 내가 증언할 수 있도록 허락해준 것에 대해 감사하는 편지를 보내면서, 개인적으로 내 증언이 없었으면 크러칠리에게 법정 형량을 초과해서 구형할 수 없었을 것이라 생각한다고 썼다. 이 편지를 보고 나는 무척 기뻤다. 크러칠리가 될수록 오랫동안 사회와 격리되어야 한다고 믿었지만, 사실 증거를 준비할 시간이 너무 없어서 이 위험한 범죄자를 완벽하게 기소하여 사회의 안녕을 기약할 수 있을지 자신이 없었기 때문이었다. 수감생활 중 모범수로 인정되면 크러칠리는 1998년경 출소할 수 있었으며, 그보다 더 일찍 감옥을 나서게 될 수도 있을 터였다.

형사사법 제도 내에서 선고 자체는 큰 의미가 없다. 종신형이나 사형을 선고받는다 하더라도 반드시 평생 감옥에서 살거나 목숨을 잃게 되는 것은 아니며, 25년이 12년 반으로, 심지어 6년으로까지 줄어들 수도 있다. 하지만 나는 절대로 감형을 허락하지 않을 것이다!

## 백화점에서 사라진 아이

할로윈이 얼마 남지 않은 평일 오후 대낮, 오하이오 주 베이 빌리지의 경찰서 바로 맞은편에 있는 한 작은 쇼핑센터에서 12살짜리 소녀 에이미 미잘레비치가 실종되었다. 이 사건은 클리블랜드 근처, 샘 셰퍼드 박사의 병원에 인접한 길 아래쪽에서 발생했다. 셰퍼드 박사의 사례는 1950년대와 1960년대에 클리블랜드 일대에서 가장 유명한 살인사건이었다.

푸른 눈, 갈색 머리, 주근깨가 있는 얼굴, 큰 귀고리를 달고 하늘색 점퍼를 입은 채 앞을 빤히 바라보는 미아 포스터 사진의 에이미는 미국 중부에서 흔히 볼 수 있는 수만 명의 열두 살 먹은 여자아이들 중 하나일 뿐이었다. 사람들은 포스터를 보면서 모든 일은 그저 실수일 뿐이며 아이가 어느 모퉁이를 돌아 나와 얼른 집으로 돌아가기를 바랐다. 하지만 결국 그럴 가능성은 희박하다는 것을 모두 이미 알고 있었다.

나는 콴티코로 가기 전 FBI 클리블랜드 지국에서 근무한 적이 있었고, 에이미 실종사건을 맡게 된 존 던은 나의 옛 동료였다. 이 사건 수사에 참여한 또 다른 요원 딕 워렌도 1980년 오하이오 주 제노아에서 함께 사건을 해결한 적이 있었다. 두 요원은 내게 와서 증거를 살펴봐 달라고 요청했다. 그때 나는 신시네티에서 열린 미국 법의학회 학회에 참석 중이었는데, 주말 내내 자동차를 달려 베이 빌리지에 도착했다.

FBI는 이 사건에 발빠르게 개입했다. 이러한 대처 방식은 예전 주버트 사건 이후에 고안된 모델에 따른 것이었다. 나는 수사기관 간 협력이 사건해결에 무척 중요하다는 요지의 강의를 할 때 자주 주버트 사건의 예를 들었다. 또 주버트 사건 수사 모델은 이후 여러 유사 사건에 그대로 적용되었다. 베이 빌리지에 도착해 보니, 던 요원은 이미 시 외곽의 경찰서에 수사전담 본부를 만들고 20여 명의 요원들에게 지역 수사기관을 지원하도록 손을 써두었다.

에이미가 유괴된 사실 말고는 모든 것이 오리무중이었다. 몸값 요구도 없었고, 시체도 발견되지 않았으며, 반항한 흔적도 찾을 수 없었다. 중요한 목격자는 에이미의 남동생이었다. 남동생은 유괴되기 며칠 전 에이미가 집에서 한 남자에게서 걸려온 전화를 여러 통 받았다고 이야기했다. 또 그 남자가 에이미에게 "아저씨는 너희 엄마랑 함께 일하는 사람인데, 엄마가 회사에서 승진을 하셔서 사무실에서 축하선물을 하려고 하거든. 그러니까 방과후에 쇼핑센터에서 만나 선물 고르는 것을 도와주겠니? 엄마가 선물을 미리 알아차리면 안 되니까 이 일은 아무한테도 말하지 말고 비밀로 해줘"라고 말했다고 했다.

에이미는 남동생한테도 비밀로 해야 하느냐고 물었고, 남자는 그렇다고 대답했다. 에이미는 동생이 정말로 입이 싸기 때문에 비밀로 하겠다고 약속했지만 전화를 끊은 후 이 일을 남동생에게 이야기했고, 덕분에 동생이 나중에 수사당국에 이 이야기를 알릴 수 있었다. 에이미가 쇼핑센터에서 차에 탄 남자와 이야기하는 것을 여러 사람이 보았고, 이들의 목격담을 토대로 미아 포스터와 전단 아래에 범인의 인상착의를 그려넣었다. 백인 청년의 몽타주였지만 그 외에 다른 사항은 불확실했다.

전직 성직자이자 경찰관이었던 던 요원이 나와 함께 프로파일링 작업에 착수했다. 만약 존 주버트나 그와 엇비슷한 사람이 길거리를 지나다녔다면 나는 곧바로 그 사람을 의심하고 용의자로 지목했을 것이다. 물론 존 주버트는 소녀가 아니라 소년들을 죽였지만 말이다. 그만큼 내가 중요하다고 지적한 특징들 중 많은 부분이 주버트를 연상시켰다.

그래서 나는 경찰에게 내성적이면서 외톨이고, 사회적으로 성공한 편이 아니고 미혼이며, 교육을 많이 받지는 못했지만 멍청하지는 않은 20대 후반이나 30대 초반 남자를 찾으라고 제안했다. 군복무 경험이 없고, 아이들 주위에서 많은 시간을 보내는 사람일 것이다. 에이미를 꼬여서 차에 태울 수 있을 만큼 말솜씨가 좋았던 것으로 보아 아이들에 대해 잘 아는 사람일 것이고, 아이들을 좋아하는 사람이라면 남자들 간의 긴밀한 유대를 경험하게 되는 군대와 같은 상황을 겪지 못했을 것이라는 추측 때문이었다.

소년과 소녀 모두를 뒤쫓았을 수 있지만 소녀만을 뒤쫓았을 가능성이 더 많았다. 어찌됐든 성인 남녀와는 만족스러운 관계를 맺지 못했을 것이다. 나는 에이미를 유괴한 것이 범인의 첫 번째 범행일 것이라는 느낌이 강하게 들었다. 해당 지역에 유사한 유괴사건 기록이 없었고, 유괴범이 직접 전화를 하고 많은 사람이 볼 수 있는 주차장과 같은 대중적인 장소에서 아이를 유괴하여 자신을 위험스런 상황에 노출시켰기 때문이다. 유괴범은 에이미를 속여 차에 태운 뒤 돈이나 카드를 가지러 간다는 구실을 대거나 과자와 우유를 준다고 꼬여

자기 집으로 데려갔을 것이고, 거기에서 소녀를 희롱하다가 소녀가 겁에 질려 저항하기 시작하자 죽여야겠다고 마음먹었을 것이다. 나는 사건을 수사하는 과정에 끼어들며 기웃거리는 사람을 주의해서 살펴보라고 수사당국에 조언했다.

이후 많지는 않았지만 작은 진전이 있었다. 1월이 되어 내가 베이빌리지를 다시 찾았을 때, 당국자는 분석자료에 다소 맞아 들어가는 네다섯 명의 용의자를 확보하였다. 한 명은 에이미가 승마 수업을 받던 곳에서 일하던 마구간지기였는데, 나는 그가 정신적으로 혼란스러워서 에이미를 말로 꼬여 자연스럽게 차에 태울 수 없었을 것 같았다. 그렇지만 경찰은 그를 붙잡아 자백약물 테스트를 받게 했고, 그는 테스트를 쉽게 통과했다. 다른 용의자는 경찰관이었고, 세 번째 남자는 소방관이었다. 나는 이들 모두 범인으로 보기 힘들다고 생각했다. 그런 직업에 종사하려면 교육, 규율과 사회적 적응력 및 남자들끼리의 끈끈한 유대감이 필수적이기 때문이다.

네 번째 용의자는 경찰서에 직접 와서 에이미의 사진전단 배포를 자원한 젊은이였다. 이제 수사본부는 자원봉사자로 넘쳐났지만, 던과 워렌 요원은 이 남자가 특히 의심스럽다고 생각했다. 그는 30대 초반의 혼자 사는 미혼남이었고, 대형할인점에서 창고지기로 일하고 있었다. 그는 고등학교만 졸업했고 군대에 가지 않았다. 게다가 심각한 피부병을 앓아 얼굴이 많이 망가져서 병원에 다니고 있다는데, 아마 피부 때문에 여자를 사귀지 못할 것 같았다. 이 젊은이는 자원봉사뿐 아니라 '걱정하는 친구'라는 이름으로 에이미의 어머니에게 위문카드를 보냈으며, 거기에 자기 이름을 서명해 놓았다. 카드 안에는 두 개의 싸구려 브로치와 함께, 하나는 어머니가 꽂고 하나는 딸이 돌아오면 꽂아주라는 메모가 들어 있었다.

나도 이 사람이 의심스럽다는 던과 워렌 요원의 의견에 동의했고, 그 브로치를 어디에서 파는지 알아보았다. 브로치는 용의자가 일하는 대형할인점에서 파는 물건인 것 같았다.

던 요원과 나는 자원봉사에 감사를 표한다는 구실로 용의자를 만나러 갔다. 그는 허름한 싸구려 원룸 아파트에 살고 있었는데, 집 안에는 접이식 침대가 놓여 있었고 작은 부엌과 욕실이 딸려 있었다. 우리는 자원봉사 이야기로 말을 꺼낸 다음 몇 가지 신상에 관한 질문을 던졌다. 그는 여자친구가 있다고 답했지만, 나중에 조사해본 결과 여자는 일찍 결혼해 아이가 있는 사람이었다. 나는 이들이 성생활을 하고 있을 것 같지 않았다.

얼마 후 우리는 신중하게 용의자를 심문하기 시작했다. 용의자는 왜 수사하는 데 기웃거렸는가? 에이미를 납치했을 가능성은 없는가? 나는 용의자가 했음직한 일들을 최대한 심각하지 않은 방향으로 돌려서 이야기했다. 아이에게 뭔가 문제가 생겨서 쓰러져 머리를 다쳤고, 이에 덜컥 겁이 난 용의자는 차마 다른 사람에게 알릴 수가 없었을 것이며, 순전히 사고였을 수도 있다고 말이다. 그러자 용의자는 에이미 실종사건과 자기는 아무런 관련이 없다며 펄쩍 뛰었다.

우리는 영장이 없었기 때문에 용의자의 집을 수색할 권한이 없었지만, 그가 화장실에 간 사이 집 안을 가능한 한 자세히 살펴보며, 아파트에 에이미나 다른 아이의 기념물이 될 수 있는 물건이 있는지를 집중적으로 조사했다. 나는 아이가 이 아파트에서 살해된 후 다른 곳으로 옮겨졌을 것으로 추정했고, 수사전담반을 설득하여 배수관을 열어보고 빗에 엉켜 있는 머리카락을 가져오는 등 사소한 증거물이라도 놓치지 않으려고 노력했다. 하지만 아파트에는 어떤 단서도 남아 있지 않았고 우리는 아무 소득 없이 그곳을 떠나야 했다.

용의자를 만난 후 나는 던 요원에게 내 본능은 이 남자가 범인이라고 외쳐대고 있다고 말했고, 던 요원도 그렇게 생각했지만 아쉽게도 증거가 없었다.

그로부터 3주 후, 50마일 정도 떨어진 곳에서 에이미의 시체가 발견되었다. 소녀는 여전히 하늘색 점퍼를 입고 있었지만, 범인이 일단 벗겼다가 사후에 다시 입혀놓은 것으로 밝혀졌다. 시체가 발견된 장소는 클리블랜드와 신시내티를 연결하는 I−71 고속도로 출구 근처 들판이었다. 에이미의 시체는 잘 보존되어 있었고, 일주일쯤 전에 그 장소에 버려진 것으로 추정되었다. 검시관은 소녀가 11월에 사망했고, 범인이 버리기 전까지 시체를 냉장고에 보관했을 것으로 추정했다.

에이미의 시체가 발견되었다는 신문 보도가 나간 날, 용의자는 콜라에 메탄가스를 섞어 마시고 자살했다. 그가 죽었다는 소식을 전해 듣자마자, 던 요원과 나는 경찰에게 그의 아파트를 신속히 수색하라고 권했다. 경찰은 수색영장을 발부 받아 그곳으로 갔지만 이미 늦었다. 용의자의 가족이 부랴부랴 짐을 싹 치워버리고 옷가지는 자선단체에 주어버렸던 것이다.

에이미 미잘레비치 유괴 및 살인사건은 베이 빌리지 경찰의 서류에 아직도 미결 사건으로 남아 있으며, 우리는 아마 결코 진실을 알

수 없을 것이다. 하지만 지난 2년 동안 그 지역에 유사범죄가 더 이
상 발생하지 않았으며, 그것만으로도 우리의 바람은 충족되었다고
할 수 있다.

08

상상을
뛰어넘는
범죄 조작 패턴

## 스타킹 살인사건

이번 장에서는 몇 가지 사례를 통해 무척이나 지능적인 범인이 범행현장을 교묘하게 조작하여 초동수사 과정에서 경찰을 갈팡질팡하게 했던 경우를 살펴보겠다. 프로파일링을 하면서 겪은 경험을 돌이켜보거나 수감된 살인자의 생각과 범행 수법을 조사하다 보면, 조직적 살인범이 경찰의 추적을 따돌리기 위해 얼마나 노력하는지 잘 알 수 있다(비조직적 살인범은 경찰을 속이려드는 법이 절대 없다).

추리소설이나 신문기사에서 홧김에 배우자를 죽인 남편이 강도가 침입해서 아내를 죽인 것처럼 현장을 조작하려 했다는 둥 하는 이야기를 본 적이 있을 것이다. 경찰은 거의 언제나 이런 조작을 쉽게 꿰뚫어 본다. 이 장의 경우들도 비슷한 패턴이지만 훨씬 더 교묘하다. 사실 이번 장에서 소개하는 사례에서는 모두 범인이 경찰들을 한동안 완전히 얼간이로 만들었다.

1978년 2월 어느 저녁, 조지아 주 콜럼버스에서 중년부인들이 모임을 가졌다. 주요 화제는 단연 콜럼버스에서 일곱 명의 중년여성을 살해한 수수께끼 같은 연쇄살인사건 이야기였다. 대화가 한창 무르익고, 그 지역에서 살인마를 얼마나 무서워하는지 이야기할 때는 나이가 지긋한 일곱 명의 아주머니들이 일제히 지갑을 열어 각자 권총을 보여줄 정도였다.

사실 이 살인사건은 무척 끔찍했다. 나이 든 부인네들이 몇몇은 강간을 당했고, 모두 자기 집에서 나일론 스타킹에 목이 졸려 살해당했다. 사람들은 모두 이 '스타킹 교살범'을 두려워했다. 범행현장에서 구한 몇 가지 법의학적 단서를 가지고 살인자가 흑인이라고 어림짐작은 하고 있었지만, 수사는 계속 제자리걸음을 치고 있었다.

지역주민들은 콜럼버스 경찰과 경찰서장에게 사건을 해결하라며 엄청난 압력을 가했다. 다행히 경찰서장은 고리타분한 사람이 아니었으며 범죄수사학에도 상당한 식견을 가진 사람이었다. 그럼에도 그는 조지아 수사국과 FBI에 도움을 청하라는 언론의 요구에 썩 내켜하지 않았다. 사건관할권을 잃고 싶지 않았던 것이다.

그러다가 서장은 미 육군의 편지지에 괴상한 필체로 쓴 자필 편지를 한 통 받았다. 다음은 편지에서 발췌한 내용이다. 원본에는 대소문자가 모두 비슷한 크기로 씌어 있었다.

서장에게

우리는 7명으로 구성된 조직이다. 우리가 콜럼버스에 사는 중년여자 한 명을 붙잡아놓고 있는 걸 알려주려고 이 편지를 쓰는 거다. 이름은 게일 잭슨이지. 검시관이 스타킹 교살범이 흑인일 것이라고 말했기 때문에, 우리가 여기 와서 그놈을 붙잡거나 당신에게 더 많은 압력을 넣기로 했어. 지금은 압력을 더 넣어야 할 것 같군. 게일 잭슨이 지금은 살아 있지만 1978년 6월 1일까지 교살범을 붙잡지 않으면 와이논톤 거리에서 게일 잭슨의 시체를 보게 될 것이다. 그놈이 1978년 9월 1일까지 붙잡히지 않는다면 희생자는 두 배가 될 것이다…… 일요일이 되기 전까지 답장을 다오. 우리가 허풍떤다고 생각하지 마라. 우리는 악마군단이다.

편지는 수사당국을 긴장시켰지만 군용편지지에 썼다는 사실 말고는 아무것도 알아낼 수 없었다. 편지를 보낸 사람은 누구나 그런 편지지를 구할 수 있다고 썼다. 편지가 전하려는 메시지는 명확해 보였다. 한 백인 단체가 보복공격을 감행할 것이고, 백인 여자들을 죽인 흑인 살인마를 잡지 못하면 흑인 여자 한 명을 죽이겠다는 것이었다. 이어지는 편지에서는 악마군단이 시카고에서 왔다고 주장했고, 연락할 일이 있으면 경찰서장이 직접 라디오나 TV 메시지를 통해 전하라고 촉구했다. 게일을 구하려면 1만 달러를 내놓으라는 요구도 이어졌다.

서장은 처음에는 편지들을 무시했지만, 결국 편지들을 신문사에 보내 발신자가 누군지 알아내려 했다. 또한 스타킹 교살범을 뒤쫓는 수사인력 중 일부를 빼내어 악마군단 조직을 뒤쫓기 시작했다. 경찰은 열심히 일곱 명의 백인을 찾아다녔고, 시카고 경찰에게 전화를 걸어 그런 백인우월주의 단체가 있는지 묻기까지 했다.

얼마 후 콜럼버스에 인접한 군사지역인 조지아 주 포트 베닝의 헌병대 사무실에 전화가 걸려왔다. 전화를 건 사람은 자기가 악마군단

대장이라고 주장하면서, 게일 잭슨이 이제 살해되기 직전인데 왜 아무런 조치도 취하지 않느냐고 따졌다.

이틀 후인 1978년 3월 31일, 나는 조지아 주 애틀랜타에서 예전에 미군범죄수사대(CID)에서 함께 일했던 톰 맥그리비와 저녁을 먹었다. 톰은 조지아 수사국의 부국장이었고, 나는 당시 그 친구의 요청으로 조지아 경찰연수원에서 강의를 주관하던 중이었다. 톰은 내게 콜럼버스 사건에 대해 몇 가지를 물어보았다. 그는 막 사건 수사에 발을 넣은 참이었다. 결국 콜럼버스 경찰서장이 조지아 수사국과 거리를 두는 것이 자기한테 별로 도움이 되지 않는다는 것을 깨달은 것이다. 톰은 내게 악마군단이 보낸 편지를 보여주면서 도와줄 수 있는지 물었다. 나는 편지와 함께 헌병대 사무실에 걸려온 전화 통화기록 일부도 볼 수 있었다.

통화 내용을 분석하면서, 나는 곧 백인 중년부인 일곱 명이 살해당했다는 이유로 백인 남자 일곱 명이 게일 잭슨을 죽이려 한다는 건 터무니없는 소리라고 일축했다. 증거는 분명히 반대 방향을 가리키고 있었다. 나는 범인이 흑인 한 명이라고 생각했다. 편지 쓴 방식이나 전화 통화 녹음테이프 목소리의 억양으로 미루어 이것은 상당히 신빙성 있는 가정이었다. 일단 이렇게 생각하자 나머지는 쉬운 일이었다.

편지는 수사당국의 관심을 가장 유력한 용의자로부터 떼어내려는 시도로 보였다. 그는 게일을 아는 사람일 것이다. 하지만 살인범이 이런 편지를 쓴 다른 이유는 없을까? 아마도 경찰이 자기를 바짝 추적하지 못하게 하기 위해서일 것이고, 그 이유는 게일을 이미 죽였기 때문일 것이다. 범인은 그녀의 죽음을 위장하기 위해 편지를 쓴 것 같았고, 이러한 내 분석은 FBI의 심리언어학 고문인 머레이 미론 박사의 의견과도 일치했다.

포트 베닝의 헌병대는 4월에 세 번째 전화를 받았다. 게일 잭슨의 시체는 포트 베닝에서 100미터 떨어진 곳에 있다는 것이었다. 곧 수색을 시작했고 시체가 발견되었다며 수사본부는 이 사실을 맥그리비 부국장과 나에게 알려 왔다. 게일은 군용지 근처의 바를 전전하던 꽤 알려진 매춘부였는데 법의관은 그녀가 5주 정도 전에 죽었다고 말했다. 즉 그녀는 편지를 쓰기 전에 이미 살해되었다는 얘기였다. 내 예상이 적중한 것이다.

이제 좀더 자세한 정보를 손에 넣었기 때문에, 나는 분석자료를 더 상세하게 작성할 수 있었다. 희생자의 배경을 조사하는 피해자학은 프로파일링 작업을 할 때 아주 유용하다. 이 여자는 살해 위험이 적은 희생자였을까, 높은 희생자였을까? 그녀가 자주 갔던 지역은 어디인가? 그녀가 매일 일상적으로 반복하던 일에는 어떤 것이 있을까? 생활방식은 어땠을까? 여러 이름으로 알려져 있던 게일은 포트 베닝 군부대의 흑인 군인들에게 몸을 파는 흑인 매춘부였고, 기지 근처의 거리나 바를 자주 오가곤 했다.

나는 살인범이 게일과 가까운 사람이어서 그녀의 신상을 조사하기 시작하면 불가피하게 이름이나 신원이 밝혀질 수밖에 없는 사람임에 틀림없다고 결론 내렸다. 그래서 그는 당국의 수사 방향을 자신과는 180도 반대 방향으로 돌리려 애썼고, 게일의 유괴범을 시카고에서 온 일곱 명의 백인으로 위장했을 것이다. 나는 그가 25세에서

30세 사이의 흑인 남자 한 명이라고 짐작했고, 포트 베닝 부대에 근무하는 군인으로 포병이나 헌병일 것으로 추측했다. 왜냐하면 용의자는 편지와 전화 통화에서 미국에서 흔히 사용하는 '마일'이 아닌 미터법을 사용했고 자동차를 줄곧 '차량'이라고 불렀기 때문이었다. 영어 표현이 매끄럽지 않은 것으로 보아 대학을 졸업하지는 않았을 것이므로 장교는 아닐 테고, 계급은 하사 정도일 것으로 추정했다. 군대에서 계급이 중간 정도인 중등교육을 받은 사람이라는 점을 고려해서 그가 20대 후반일 것으로 추측했다.

마지막으로 받은 '악마군단' 편지에서는 다른 흑인 여성인 이렌느의 이름이 언급되어 있었고—성(姓)은 몰랐던 것 같았다—, 마찬가지로 어떤 조치를 취하지 않으면 그녀도 죽일 것이라고 적혀 있었다. 나는 이렌느도 이미 죽었을 것으로 추측했고, 기지 내 모든 공중전화 부스를 감시하라고 제안했다. 경찰은 내 제안을 받아들였고 녹음기를 설치해 놓았지만, 정작 전화가 걸려오자 데스크에 있던 헌병이 너무 놀라 녹음기를 작동시키지 않았다. 전화를 건 사람의 지시에 따라 당국은 군부대 내에서 총에 맞은 두 번째 흑인 여성 이렌느 티르키엘드의 시체를 발견했다. 그녀도 매춘부였다.

내 분석자료가 나오고 두 여자가 매춘부였다는 사실이 밝혀진 후, 조지아 수사국 마약전담반에서는 흑인 병사들이 자주 방문하는 포트 베닝 교외 나이트클럽의 단골고객들을 심문했다. 여러 사람이 두 매춘부를 기억하고 있었고 그들의 포주 이름도 쉽게 생각해냈다. 이틀이 지나자 범인에 대한 분석 정보는 널리 유포되었고, 군 수사당국과 경찰은 마침내 윌리엄 H. 한스를 체포했다. 그는 포병대 소속 4등급

기술 하사관이었다. 필체, 음성 증거물, 범행현장에서 찾아낸 발자국 등을 들이대자 한스는 편지가 완전히 거짓말이었음을 시인했다. 그는 죽은 두 여자와 함께 매춘과 싸구려 마약거래를 했다고 말했고, 그 전해 9월 포트 베닝에서 또 한 명의 여자를 죽였다고 털어놓았다. 또 이전에 주둔했던 인디애나 주의 포트 벤자민 해리슨에서도 젊은 흑인 여성을 살해했음을 자백했다.

나는 처음 한스가 백인 중년여성들도 죽인 것이 아닐까 생각했지만 법의학 증거가 일치하지 않아 이 가능성은 배제했다. 한스의 조작극이 밝혀지고 난 후, 콜럼버스 경찰과 조지아 수사국은 올바른 방향으로 수사를 계속해서 결국 좋은 성과를 얻어냈다. 이전 살인사건 중 한 희생자의 집에서 총기 한 정을 도난 당했었는데, 이후 경찰이 이 총기와 관련된 정보를 알아냈던 것이다. 총은 미시간 주의 칼라마주에 갔다가 또다시 몇 군데 도시로 옮겨 다녔다. 결국 앨라배마 주의 작은 도시에 사는 한 남자에게서 콜럼버스에 사는 칼튼 게리라는 조카에게 총을 받았다는 자백을 받아냈다.

게리는 뉴욕에서 살인을 저질렀던 흑인으로, 감옥에 수감되었다가 탈출하여 사우스캐롤라이나 주로 갔고 많은 식당에서 강도짓을 하며 고향으로 숨어들었던 것이다. 게리의 어머니는 아들이 목 졸라 죽였던 여자들의 집에서 가정부로 일한 적이 있었다. 게리는 체포되어 유죄 판결을 받고 사형이 언도되었다.

## '살인마 잭'의 정체

악마군단 사건 직후, 군에서는 FBI에 인질협상기술 훈련과정 개설을 요청했고, 나는 옷장 깊숙이 넣어 뒀던 군모를 다시 꺼내 쓰고 독일로 가서 강의를 했다.

긴 이야기지만 간단히 말하자면, 나는 FBI에서 20년 동안 근무했고 이 기간 동안 육군에서 예비역 장교 지위를 유지하고 있었다. 이것은 사실 FBI 정책에 반한 것이었기 때문에 나는 이런 지위를 유지하기 위해 약간의 줄타기를 해야 했다. 다른 정부기관에서는 요원들에게 예비역 장교 지위를 유지하라고 독려하지만, FBI는 요원의 충성심이 분산되는 것을 원치 않는다.

그럼에도 때때로 군에서 FBI에게 인질협상이나 기타 유사한 주제에 대해 경험 있는 강사를 요청하는 경우가 있었고, 그런 일은 항상 내게 맡겨졌다. 출장을 떠나면서 나는 동료 존 더글러스 요원에게 동행하여 옆에서 좀 도와달라고 부탁했다. 존은 밀워키에서 성공적으로 해결된 긴박했던 인질협상에 참여했고, 내 뒤를 이어 콴티코에서 인질협상법을 가르치기도 했다.

강의를 마치고 미국으로 돌아오는 길에 우리는 이미 예정된 대로 런던에서 약 160킬로미터 정도 떨어진 브람실 경찰학교에 들렀다. 이곳은 영국의 법 집행 분야 최고의 엘리트 교육기관으로 콴티코의 FBI 훈련원에 해당한다. 나는 그곳에서 몇몇 사람과 접촉하여 교환 프로그램에 관해 의논할 예정이었다. 경찰학교 학장과 고위공직자 몇 명을 만났고, 특강을 몇 번 하고 수업을 참관하기도 했다.

그곳 사람들은 웬 미국인들이 와서 범행현장사진만 보고도 사건에 대해 이야기할 수 있다고 주장하는 것을 상당히 의심스러운 눈초리로 바라보았다. 일과가 끝난 후 경찰들이 들르는 휴게실에서도 이 일이 화제에 올랐다. 더글러스 요원과 나는 휴게실에 앉아 존 도메일 경관과 맥주를 마시고 있었다.

도메일 경관은 당시 강의에 참석했고, '살인마 잭' 사건 이래 가장 악명 높은 연쇄살인사건을 조사하고 있었다. '요크셔 살인마'라 부르는 이 살인자는 아직 붙잡히지 않았고, 요크셔 지방에서 4년에 걸쳐 대부분 매춘부였던 여자 여덟 명을 살해했다. 그의 공격에서 가까스로 살아남은 사람이 세 명 있었지만, 모두 살인자가 보통 체격의 성인 백인 남자라고만 증언할 뿐이었다. 경찰은 용의자조차 지목하지 못한 상태였다. 그저 살인자가 1924년에서 1959년 사이에 태어나 20세에서 55세 사이인 남자라고만 추정하고 있었다.

도메일 경관은 우리에게 사건에 대해 설명했다. 범행은 훗날 우리가 테드 번디 사건에서 만나게 될 수법과 유사한 점이 많았다. 살인자는 여자를 몽둥이로 내리쳤고 죽어가는 동안 강간을 한 다음 시체를 칼로 토막냈다.

경관의 말에 의하면 지난해 조지 올드필드 서장이 '살인마 잭'에게서 두 통의 편지를 받았고, 편지에 음성녹음 테이프도 동봉되어 있었다고 한다. 세 번째 편지는 주요 일간지로 발송되었고, 새로 시작되는 범인 수사는 여기에 초점이 모아졌다. 올드필드 서장은 은퇴를 눈앞에 두고 있었고, 살인이 다시 발생하기 전에 범인을 찾아내야 한다는 여론의 엄청난 압력을 받고 있었다. 이것은 지금까지 올드필드 서장이 관여했던 사건 중 가장 큰 건이었고, 경찰이 결국 살인자를 체포할 수 없을 것이라고 예단하는 사람도 많았다.

올드필드 서장이 테이프를 성문 분석하고 배경에 깔린 소음을 증폭시켜 어떤 소리인지 식별하려 했으며, 알아낸 모든 내용을 일반에 공개하기로 했다.

테이프를 사용하여 살인자를 찾는 일에는 많은 시간과 돈이 소요되었다. 누구나 전화를 걸어 테이프를 들을 수 있었고, 이것이 누구의 목소리인지 또는 심지어 누가 이런 투박한 시골 사투리 억양을 쓰는지 제보할 수 있었다. 수백 명의 경찰이 살인이 일어났던 지역을 돌아다니면서 녹음기로 테이프의 음성을 들려주며 정보 제공을 요청했고, 라디오와 텔레비전에 음성을 내보내기도 했다.

우리는 범행현장사진을 보여주면 용의자에 대한 분석자료를 제공하겠다고 제의했으나, 당시 브람실에서는 이런 사진을 아무에게나 보여주지 못하게 되어 있었다. 하지만 누군가가 녹음테이프 복사본을 가지고 와서 우리에게 틀어주었다. 말하는 사람은 성인 남자였고, 느리고 신중한 목소리로 이야기하고 있었다. 목소리의 배경으로 상당한 소음이 들려왔고 테이프는 2분 정도 길이였다.

"난 잭이야. 난 당신네가 날 잡을 수 없다는 걸 잘 알고 있어. 조지, 당신을 정말 존경하지만 당신은 4년 전 내가 처음 범행을 저지르기 시작했을 때 날 잡지 못했지. 부하들이 당신을 깔보고 있나보군. 기분이 좋지 않을 거야, 그렇지 않아? 경찰이 나에게 가까이 접근했던 건 몇 달 전 채플타운에서 날 방해했을 때뿐이야. 그때조차 형사도 아니고 제복순경이었지. 난 당신에게 3월에 다시 살인을 저지르겠다고 경고했었지만 거기 못 갔어. 언제 다시 범행을 저지르게 될지 확신할 수는 없지만 분명히 올해 안일 거야. 기회만 되면 9월이나 11월, 아니면 그보다 빨리 해치울 수도 있지. 가지고 놀 사람들은 많으니까…… 죽게 될 사람들은 절대 미리 알아차리지 못할 거야, 조지. 나는 이 짓을 한동안 계속할 거야. 벌써 체포될 수야 없지. 설사 당신들이 날 잡으러 온다 해도 내가 한발 더 빠를 거야. 그럼 대화 나누어서 즐거웠어, 조지……."

자칭 '잭'은 계속해서 올드필드 서장에게 '재미있는 노래'를 좀 들어보라고 권했고, 테이프에서는 〈친구가 되어줘서 고마워(Thank You for Being a Friend)〉라는 타이틀의 음반에서 고른 노래가 흘러나왔다. 테이프를 다 듣고 나자 더 많은 사람들이 테이블로 몰려들었다. 나는 영국인들의 따가운 시선을 받으며 도메일 경관에게 물었다.

"물론 이 테이프의 주인공이 살인자가 아니라는 것은 알고 계시겠죠?"

그는 기겁했다. 더글러스 요원도 내 의견에 동의했다. 이는 분명히 경찰을 우롱하기 위해 고의로 만든 짓궂은 장난이며 살인자가 아닌 다른 사람이 저지른 짓이었다. 당시 이 주제에 매달려 있던 우리는 사람들에게 테이프가 사기꾼의 작품이 틀림없는 이유를 설명했다. 그것은 테이프의 주인공이 말하는 내용이, 도메일이 우리에게 설명해준 살인사건과는 완전히 반대로 보이기 때문이었다.

우리는 살인자가 절대 경찰과 이야기를 나눌 만큼 외향적인 사람일 리가 없다고 생각했으며, 말이 없고 내향적이며 여자를 혐오하는 사람이라고 추측했다. 도대체 이 사람들은 한순간에 희생자의 의식을 잃게 하고 시체를 절단하는 수법이 여성 혐오를 나타낸다는 것도 몰랐단 말인가?

테이블에 모였던 사람들이 웅성거렸다. 분명히 불만이 있는 것 같았다. 사람들은 테이프를 보낸 사람이 살인자가 아니라면 우리가 어떤 사람을 살인자로 생각하는지를 물으며 즉석에서 프로파일링을 요청했는데, 사실 그런 작업은 가장 하기 싫은 일이었다. 범행현장사진도 못 보았는데 어떻게 분석할 수 있겠냐고 했으나 경찰들이 더 자세한 정보를 제공하겠다고 나서서 더 이상 거절할 수 없었다. 그냥 입 다물고 있지 않을 거면 뭔가 보여줘야 했다. 맥주가 한 순배 더 돌아 분위기를 돋우었고, 우리는 신속하게 분석을 시작했다.

우리는 살인자가 틀림없이 20대 후반이거나 30대 초반이며, 아마도 학교를 중퇴했거나 고등교육을 받지 못했을 것이라고 말했다. 거의 눈에 띄지 않게 살인현장으로 스며들 수 있었던 것으로 보아 직업상 여러 지역을 정기적으로 돌아다니는 사람일 것이라고 추정했다. 택시 운전사거나 트럭 운전사, 우편배달부나 심지어 경찰일 수도 있다. 완전히 외톨이로 지내는 사람은 아니며 여자들과 관계를 맺고 있을 것이지만, 희생자들이 살아 있는 동안 강간하지 않은 것으로 미루어 뭔가 심각한 정신적인 문제가 있을 것이고, 그 문제는 몇 년에 걸쳐 계속 심해졌을 것이라고 추정했다.

우리가 대략적인 신상 설명을 끝내면서 테이프의 주인공이 범인이 아니라는 주장을 되풀이하자, 도메일 경관은 요크셔로 직접 찾아오면 범행현장사진을 보여주겠다고 제안했다. 당시 우리는 콴티코로 돌아가야 했기 때문에 그 제안을 받아들일 수 없었고, 도메일 경관에게 나중에 가능한 한 빨리 미국으로 범행현장의 자료를 보내달라고 부탁했다.

결국 그는 우리를 찾아오지도 않았고 자료도 보내지 않았다. 훗날 올드필드 서장이 우리에게 자료를 보내지 말라고 강력하게 주장했으며 우리의 설명에 전혀 동의하지 않았음을 알게 되었다. 그는 범행에 대한 우리의 설명은 물론, 녹음테이프 때문에 수사를 잘못된 방향으로 이끌고 엉뚱한 사람을 찾아다니느라 엄청난 경찰력을 낭비했음을 쉽게 인정할 수 없었던 것이다.

얼마 후 올드필드 서장이 자리에서 물러났다. 이미 희생자가 몇 명이나 더 나온 다음이었다. 살인범 추적에 천만 달러에 육박하는 비용이 소요되었고, 20만 명의 사람들에게 탐문수사를 벌이고, 3만 채의 집을 수색했으며, 18만 대의 차량을 조사했다.

'요크셔 살인마' 살인사건은 1981년에서야 해결되었다. 경찰이 윤락가 정기 순찰에서 한 남자를 검거했고, 이 자가 13건의 살인, 7건의 강간 사건의 범인이라는 증거가 발견되었던 것이다. 체포된 피터 서클리프는 우리의 예측대로 35세의 기혼자였고 엔지니어링 회사의 트럭 운전사였다. 그는 업무상 전국을 정기적으로 여행했다. 피터가 체포되고 유죄 판결을 받은 후, 추가 조사 과정에서 결국 녹음테이프 장난을 친 남자의 신원도 밝혀졌는데, 퇴직 경찰관인 그는 올드필드 서장을 미워하여 녹음테이프를 보내 괴롭히려 했던 것으로 드러났다.

## 가짜 협박전화

1980년 2월 말, 오하이오 주의 작은 도시 제노아에 사는 10대 소녀 데브라 수 바인은 저녁 8시에 친구 집을 떠나 두 블록 떨어진 자신의 집으로 향했다. 그러나 그녀는 결국 집으로 돌아오지 않았다. 다음날 아침 그 지방 은행의 부행장이었던 아버지가 실종신고를 했고, 경찰이 그녀의 집과 친구 집 사이 근방을 수색한 결과 데브라의 장갑 한 짝을 발견했다.

그날 아침 이후 데브라의 집에 있던 고모가 전화를 한 통 받았다. 전화를 건 사람은 10대 후반이나 20대 초반 정도로 보이고 남부나 뉴잉글랜드 억양을 쓰는 백인 남자였다. 고모는 데브라의 목소리를 들려달라고 했지만 상대방은 이 말뿐이었다.

"우리는 당신 딸을 잡고 있다. 8만 달러를 내놓지 않으면 다시는 딸을 볼 수 없게 될 거야."

데브라의 고모는 경찰에서, 제노아 지역 전화 시스템의 독특한 구조를 감안하면 전화는 분명히 장거리 전화가 아니고 그 지역에서 걸려온 것이 틀림없다고 주장했다. 다음날에는 데브라의 아버지가 집에서 전화를 받았다. 전화를 건 사람은 멕시코 억양을 쓰는 것 같았고, 데브라를 자신이 데리고 있으며 5만 달러를 내놓으라고 협박했다. 아버지가 딸 목소리를 들려달라고 요구하자 전화를 건 사람은 자기 말을 믿어야 한다면서 나중에 몸값의 전달 방법을 지시하겠다고 말했다. 이 전화 통화는 녹음되었다.

이제 몸값을 요구했기 때문에 FBI가 사건에 개입할 수 있었다. 제노아는 톨레도에서 30킬로미터 정도 떨어진 곳이었기 때문에 FBI 클리블랜드 지국이 수사에 나섰다. 유괴가 발생한 지 사흘째 되던 날 큰 행운이 찾아온 것 같았다. 제노아에서 서쪽으로 3킬로미터 정도 떨어진 국도 변에서 데브라의 옷가지 중 일부가 발견되었던 것이다. 나머지 옷은 다음날 같은 지역 내의 또 다른 국도에서 발견되었다. 스웨터 근처에는 노란 괘선 용지에 손으로 그린 지도가 구겨진 채 버려져 있었다.

지도에는 옷가지가 발견된 지역이 그려져 있었는데, 여기저기 그려진 표시들은 마치 강에 있는 다리 근처를 수색하라고 말하는 것 같았다. 수사진이 다리 쪽으로 가자 거기에는 타이어 자국이 있었고, 그 옆에는 누군가 무엇을 질질 끌고 간 것과 같은 모양의 자국이 두 줄로 나 있었다. 경찰견은 이것을 보고 흥분해서 날뛰었으나 정작 강에서는 아무것도 발견되지 않았다.

경찰은 지도가 시체를 버린 장소를 가리키는 것이라고 확신했기 때문에 강을 따라가며 수색을 계속했다. 데브라의 집 전화에는 녹음기가 설치되었지만 유괴범에게서 더 이상 전화가 걸려오지 않았다.

FBI에 처음 들어갔을 때 클리블랜드 지국에서 근무한 적이 있어서, 나는 아직도 그곳 요원들을 여럿 알고 있었다. 마침 나는 사건이 발생했던 지역 순회훈련소에서 강의를 하고 있었고, 그 사실을 안 클리블랜드 지국에서 내게 연락을 해왔다. 딕 워렌과 조지 스타인바흐 요원으로부터 유괴사건의 세부 정보를 듣게 되었고, 더불어 옷가지들을 찾아낸 과정과 몸값을 요구하는 전화 통화의 녹음테이프도 들을 수 있었다.

나는 즉시 결론을 내렸다. 이 단서들은 수사를 혼란시키려는 의도로 고의로 조작되었다는 점이었다. 경찰은 상세 지도가 시체유기 장소를 가리키는 것이라고 생각했기 때문에 강에 던졌을 것이라고 오해하고 있었지만, 고의로 조작된 경우에는 무엇보다도 범인이 이끌려는 방향과 정반대 방향을 쳐다봐야 한다. 나는 클리블랜드 지국의 동료 요원들과 제노아 지방 경찰에게, 전화를 건 사람이 데브라는 살아 있고 몸값을 더 요구하겠다고 공언하는 것으로 보아 데브라가 이미 죽었을 가능성이 다분하다고 말해주었다.

이런 범죄 유형의 일반적인 패턴에 따르면 데브라는 누군가에게 납치되어 강간이나 성폭행당했을 것이고, 아마도 강간 중 살해되었을 것이다. 치밀하게 계획된 유괴라기보다는 우발적인 범죄여서 원래는 죽일 생각이 없었을 가능성이 많았다. 죽이고 난 뒤 살인자는 한동안 매우 놀라 정신이 없었을 것이고, 잠시 후 진정된 뒤 수사당국을 따돌릴 계획을 세웠을 것이다.

유괴범은 실제로 희생자의 시체를 조사하면 자신이 유력한 용의자로 떠오를 것이라고 생각했음에 틀림없으며, 수색을 잘못된 방향으로 돌리기 위해 옷가지와 지도도 떨어뜨리고, 타이어 자국을 남기고, 강 옆에 끌고 간 자국을 만들어 놓았을 것이다. 나는 "그자는 아마도 절대 소녀를 찾을 수 없는 곳으로 여러분의 관심을 돌리려고 애썼을 겁니다"라고 말했다.

전화 통화도 고의로 조작한 가짜 같았다. 특히 전화를 건 사람이 사용한 멕시코 억양은 진짜라기보다는 코미디언이 흉내낸 것처럼 우습게 들렸다. 나는 테이프를 FBI 언어심리학 고문인 시라쿠스 대학의 머레이 미론 박사에게 보내어 추가 정밀분석을 의뢰했지만, 다른 증거는 모두 조작된 것이라고 생각했다. 곰곰이 따져보니 여기 인구는 겨우 2,000명밖에 안 된다. 유괴는 경찰의 눈에 너무나 잘 띄는 것이어서, 범인은 수사가 곧 자신에게도 미칠 수 있음을 깨닫고 온갖 수단을 동원하여 수사를 방해하려 했을 것이다.

이제 나는 용의자 프로파일링에 착수했다. 그는 20대 후반에서 30대 초반의 건장한 백인 남성일 것이다. 데브라를 저항 없이 도로에서 유괴할 정도로 덩치가 크다는 점으로 미루어볼 때 운동으로 다져진 근육질 몸매이겠고, 또한 사회에 불만이 많을 것이며, 웨이트 트레이닝과 개조 자동차 드라이브를 즐기고, 카우보이 부츠를 신고 다니는 등의 방법으로 그런 성격을 드러낼 것으로 추정했다. 결국 그는 남성적이고 공격적인 성향일 것이고, 외모가 깔끔하여 여자들이 좋아할 만한 남자일 수도 있었다.

나는 이것이 우발적인 범행이라고 믿고 있었기 때문에, 분명히 바로 전에 여자친구와 성 트러블 같은 범행 전 스트레스가 있었을 것이라고 생각했다. 이런 문제가 그에게는 참을 수 없는 모욕이었을 테고, 그에 대한 반발로 이후 처음 만나는 매력적이고 약해 보이는 젊은 여성을 납치했으리라 짐작했다. 몸값 요구나 지도를 그린 솜씨, 현장 조작 정도로 보아 가해자는 경찰 수사에 아주 익숙한 사람임에 틀림없었다. 유괴범은 경찰관이거나 사립탐정, 또는 경비원일 것이지만, 6개월에서 9개월 전에 해고되었을 것이다.

평생 여러 번의 곤경을 겪었을 것이고 그중 하나가 최근 실직의 원인일 것이며, 아마도 여자와의 관계도 끝나버렸을 것이다. 최소한 한 번 이상 이혼 경험이 있을 것이고, 현재도 여자와 갈등을 겪고 있을 것이다. 상대는 전처일 수도 있고 여자친구일 수도 있다. 실직 기간 동안 범법행위로 체포된 적이 있을 가능성도 있는데, 성격이 불같은 사람들한테는 여러 문제가 동시에 일어나는 경우가 많고, 직업과 같은 기본적인 버팀목이 사라진 후 어려움이 더욱 커졌을 수 있다. 직장을 잃고 아내나 여자친구를 잃은 분노가 너무 커서 헤어나기 힘들었을 것이다.

수사기관에서 근무한 적이 있기 때문에 경찰차와 비슷한 차 아니면 최신 모델의 자동차, 또는 어두운색 세단을 타고 다닐 것으로 추정했다. 차에는 불법 무전기나 경찰의 무선 연락을 감시할 수 있는 장치를 달았을 것이고, 차의 뒤쪽 범퍼나 보닛 중간에 안테나를 올리고 다닐 것이다.

다른 여러 사례들을 살펴봤듯이, 살인자가 희생자를 제압하기 위해 경찰을 사칭하는 경우가 많다. 심지어 전직경찰들조차 나쁜 목적으로 공권력을 빌리려는 충동을 느낀다(물론 오랫동안 법 집행 분야에 몸담아 온 나는 이런 사례가 되도록 적었으면 한다. 법을 지키는 대부분의 공직자에 대해서 나는 존경심을 갖고 있다). 때로는 기소까지 되지는 않았더라도 법률위반 정도가 심각해서 해고되는 일도 발생한다. 그리고는 다른 곳으로 가서 상사와의 성격 차이로 해고당했다고 둘러대고 다시 직장을 얻는다.

## 아직 살아 있다는 희망으로

제노아 사건의 경우 내 분석 자료에 따라 두 명의 용의자가 떠올랐다. 한 명은 최근 열여덟 살 소녀와 동거를 했다는 이유로 제노아 경찰서에서 해고된 서른한 살의 경관이었고, 또 한 명은 경찰서 바로 옆에 살았던 사람으로 최근 9개월 동안 철도 경찰직에 종사하다가 해고된 사람이었다. 첫 번째 용의자는 수사가 진행되는 근처를 맴돌며 지나치게 협조하는 듯했다. 이런 행동은 범죄자의 특징이다. 가해자는 경찰 수사가 어느 정도까지 진척되었는지 알아내서 경찰보다 한 발짝 앞서 행동을 취하려 하기 때문이다.

나는 정신질환이 있는 사람은 테스트를 교묘히 피해갈 수 있기 때문에, 용의자에게 거짓말탐지기를 사용하는 것에 반대한다고 클리블랜드 지국에 조언했다. 하지만 지국에서는 첫 번째 용의자에게 거짓말탐지기 테스트를 받게 했다. 얼마 후 클리블랜드 지국에서 나를 부르더니 용의자가 테스트를 통과했다고 말했다. 그의 알리바이는 입증되었느냐고 물었더니 "그걸 왜 궁금해하시죠? 거짓말탐지기 테스트를 통과했다니까요"하며 의아해했다. 하지만 나는 그의 알리바이를 검증해 보라고 고집을 피웠고 결국 이 전직 경찰관은 용의자에서 제외되었다.

두 번째 용의자의 이름은 잭 게일이었다. 그는 내가 분석한 신상자료와 너무나 딱 들어맞았다. 그는 전처와 공동소유한 미시간 호수 근처 통나무집 별장 여러 채를 팔려고 애쓰다가 어려움을 겪고 있었다. 또 미시간 주에서 강도죄로 체포된 적도 있었고, 몬테카를로 최신형 자동차에 불법 무전기 등 온갖 장비를 갖춰놓고 있었다. 그가 분석 자료와 워낙 정확하게 맞아 떨어져서, 경찰은 그가 실수하기를 바라며 느긋하게 지켜보기로 했다.

수일이 지난 뒤 데브라의 집으로 다시 전화가 걸려왔고 아버지가 전화를 받았다. 상대는 멕시코 억양을 사용하는 남자였고 몸값을 놓을 장소를 간단하게 지시했는데, 나중에 사건 수사 담당경찰관 중 한 명이 이 테이프를 듣고는, 전화를 건 사람은 틀림없이 잭 게일이라고 주장했다. 게일은 때때로 멕시코 억양을 흉내내며 동료들을 웃겼다는 것이었다.

다음날인 4월 10일, 네 번째 전화가 걸려왔을 때 드디어 발신자 추적에 성공했고, 전화가 제노아에서 몇 킬로미터 떨어진 울코 상점에 있는 공중전화에서 걸려왔음을 알아냈다. 이제 유괴범이 그 전화기를 다시 사용하기를 기대하며 공중전화 근처에 감시망이 펼쳐졌다. 이 간명한 조치로 마침내 사건이 해결을 보게 되었다.

전화기에 대한 감시는 곧 수확을 얻었다. 다음날 오후 한 요원이 전화부스 근처에 밴을 세워놓고 감시하고 있다가 게일이 다가와 전화를 거는 것을 목격했는데, 이와 동시에 데브라 집 전화벨이 울렸던 것이다. 전화를 건 사람은 "바로 오늘 몸값을 보내라"고 하면서 정확한 방법은 저녁에 알려주겠다고 했다. 밴에 있던 요원은 게일이 전화를 거는 사진을 찍었고, 같은 시각 집 전화에서는 전화 메시지가 녹음되었다. 게일은 전화를 끊은 후 지문을 남기지 않으려는 듯 조심스럽게 흰 장갑을 끼고 종이쪽지를 꺼내 전화부스 테이블 바로 밑에 붙였다.

그런 다음 게일은 급히 자리를 떴다. 요원은 몇 블록을 추적하다가 들킬 것 같아 그만두었다. 어쨌든 용의자의 거주지가 밝혀졌고 거기에도 감시망이 깔렸다. 저녁이 되자 유괴범은 다시 데브라 아버지 바인 씨에게 전화해 울코 공중전화부스로 오라고 지시하면서 거기에 다시 다른 지시사항이 있을 것이라고 말했다. 전화 테이블 밑에 붙여져 있던 쪽지에는 블록체로 또 다른 쪽지의 위치가 적혀 있었고, 이런 식으로 여러 공중전화부스의 같은 위치에 쪽지가 9개 숨겨져 있었다. 바인 씨와 차 안에 숨은 요원은 이런 식으로 차를 바꾸어 타가면서 그 카운티 전역의 공중전화부스들을 여러 시간 동안 돌아다녔고, 결국 돈 가방을 두라는 곳까지 갔다.

 쪽지에는 그곳에 가면 딸을 구할 수 있다고 써 있었다. 이 모든 과정을 수사당국이 항공기와 정교한 감시 장비를 동원해 쫓고 있었다. 마침내 아버지는 강 근처의 한 외딴 장소에 돈 가방을 내려놓았다. 하지만 끝내 아무도 가방을 가져가지 않았고 딸도 돌아오지 않았다. 강 근처에 가방을 둔 지 5시간이 지나자 바인 씨는 가방을 다시 들고 집으로 돌아갔다.

 바인 씨와 경찰은 오직 유괴범이 데브라를 아직 살려놓았을지도 모른다는 실낱같은 희망으로 이런 잔인한 게임에 응했던 것이지만 소득은 없었다. 바인 씨가 여러 시간 동안 공중전화부스를 이곳저곳 돌아다니는 동안 게일의 차는 그대로 자기 집 차고에 있었고, 이런 악랄한 사기행각은 자신의 알리바이를 만들기 위한 것 같았다. 하지만 이런 이동 경로는 9개의 쪽지들로만 지시되었을 뿐이었고 집 전화로도 공중전화부스를 호출할 수 있었기 때문에 게일에게 전혀 알리바이를 제공하지 못했다.

아직 데브라의 시체는 발견되지 않았지만 이제 당국은 충분한 증거를 확보했으므로 게일을 금품갈취 혐의로 기소했다. 그는 곧 유죄판결을 받아 형이 선고되었다. 이후 시체가 발견되자 경찰은 게일을 살인죄로 기소했다. 데브라의 시체는 제노아 근교 인적 드문 곳에서 발견되었는데 공중전화부스의 쪽지에 그려져 있던 지도의 표시 장소와 정반대 방향이었다.

시체는 전기담요로 둘둘 말려 있었고, 경찰은 이 담요가 잭 게일이 이전에 기소되었던 미시간 강도사건 때 훔쳤던 것으로 추정하고 확인 작업에 착수했다. 살인혐의는 아직 유죄판결을 받지 못했지만, 게일은 이 글을 쓰는 현재에도 금품갈취죄로 수감되어 있다.


## 제3의 범죄조작극

이 책 내용 중 대부분을 차지하는 흉악한 살인이나 강간사건 외에도, 훨씬 평범하고 폭력성도 미약해 세인의 관심을 끌지 않는 사건에서도 증거를 은폐하려고 범행현장을 조작하는 경우가 있다. 1991년 내가 FBI를 은퇴하고 몇 달 후, 이런 유형의 흥미로운 범행현장을 접할 기회가 생겼다.

웨스트코스트 주요 도시에 사는 한 심리학자가 보험회사로부터 불량배들이 부순 집에 대한 27만 달러의 피해보상청구 건을 평가해달라는 부탁을 받았다. 이 심리학자는 범행현장을 판단하기가 힘이

들어, 내게 현장을 평가하고 용의자 프로파일링을 해달라고 부탁해왔다. 그도 그럴 것이, 나는 30년간 군부대, 관공서, 민간건물 등에 대한 파괴현장도 수백 건이나 보아왔기 때문이다. 사실 이론적으로는 모든 장소가 악의적인 파괴의 대상이 될 수 있다.

심리학자는 현장사진, 경찰의 사건보고서는 물론 자신의 소견서까지 보내려 했다. 나는 사진과 경찰보고서를 포함하여 모든 자료를 보내도 좋지만, 내가 평가하기 전까지는 어떤 판단도 보류해달라고 부탁했다. 그것이 내가 FBI에서 오랫동안 일해온 방식이었다. 우리는 항상 다른 의견에 영향받지 않고 독자적인 의견을 제시하기 위해 노력했고, 이를 위해 자체적으로 판단이 서기 전에는 다른 사람의 판단이나 결론을 절대 참고하지 않으려 했다.

우리는 도움을 요청하는 경찰에게 항상 초기보고서와 사진만을 보내라고 부탁했다. 굳이 자신들의 결론을 보여주어야겠다고 고집을 부리면 기초 자료와 별도로 봉인해서 보내달라고 한 뒤, 직접 판단을 내리기 전까지는 일단 한쪽에 밀어놓았다. 이렇게 하지 않으면 독자적인 증거 조사를 하면서도 편견을 갖게 될 것이기 때문이었다.

심리학자와 이야기하고 며칠이 지나자 사진과 경찰보고서가 든 우편물이 도착했고, 나는 이것들을 책상에 흩어놓고 주의 깊게 살펴보기 시작했다. 사진들은 완전히 엉망진창이 된 집을 여러 각도에서 찍은 것이었다. 한때는 꽤 멋지게 꾸며진 교외주택이었을 테지만, 지금은 범인들이 완전히 부숴놓았다. 집주인은 보험회사에 25만 달러 이상을 요구하고 있었다. 이것은 너무 큰 액수여서 보험회사에서는 피해액 산정에 대해 외부 자문을 구하는 중이었다.

사진과 경찰보고서를 자세히 들여다보면 누구라도 집이 완전히 난장판임을 알 수 있었다. 벽에는 스프레이 페인트로 잔뜩 낙서를 휘갈겨 놓았고, 귀중품이 부서진 것은 물론 문설주도 산산조각난 상태였다. 이러한 파괴 행위는 거실과 홀, 부엌, 안방 침실과 화장실 등 여러 곳에서 벌어졌고, 벽, 가구, 그림, 옷, 화병, 옥 조각품, 그리고 기타 여러 가지 장식품들이 피해를 입었다. 커튼은 다 뜯어지고 유명한 판화 작품을 넣어놓은 액자의 유리도 깨어졌으며, 입에 담기 무서운 온갖 욕설들을 써넣은 낙서가 벽과 가구에 도배되어 있었다.

이런 광경을 직접은 아니더라도 영화나 텔레비전을 통해서 본 적이 있을 것이고, 충분히 상상할 수 있을 것이다. 그러나 이러한 매체에서는 10대 소년들이 그런 짓을 저질렀다고 매도하면서, 분노를 사회에 '표출'하는 반항적인 행동으로 몰아간다. 하지만 그것은 소설에서나 있을 법한 이야기이다.

나는 이 사진들을 그렇게 보지 않았다. 첫 인상은 거짓일 수 있다. 이 상황은 무법자의 파괴 양상과는 완전히 다르며, 불량청소년들에 대해 내가 알고 있는 내용과도 일치하지 않았다. 고의적인 파괴를 일삼는 사람들은 주로 여러 명이 무리를 지어 우르르 몰려다닌다. 이런 패거리에는 강력한 카리스마의 지도자가 있고, 그로부터 자신의 역할을 부여받는 여러 명의 사회 부적응자와 똘마니들로 이루어져 있다. 반사회적인 젊은이가 혼자 파괴를 저지르고 다니는 경우도 있다. 이러한 사람은 세심하게 계획하여 일반적으로는 사회를, 아니면 자신이 알고 있는 권위적 인물을 공격 대상으로 삼는다.

파괴 행위로 인한 피해는 주로 불규칙하고 무차별적이다. 그리고 음란한 문구를 남기거나 파괴 현장에서 성행위를 하는데, 특히 벽에 낙서하는 내용은 파괴자들의 관심과 생활태도를 잘 반영한다. 대부분의 파괴범들은 이런 낙서를 할 때 반드시 음악을 들어야 한다고 믿는다. 간혹 오각형 별이나 반전된 십자가처럼 악마숭배 집단이나 신비주의에서 사용하는 상징들을 함께 그리기도 한다. 여기서 보이는 도형과 음악들은 감정적으로 불만이 많은 젊은 세대에 초점을 맞추고 있다는 것을 알 수 있다.

때로 낙서들과 함께 현장에서 집단 섹스가 벌어지기도 한다. 이러한 행동은 당시 파괴범들의 심적 상태를 반영하는데 그들은 자신이 마구 부숴놓은 장소에서 완전히 자유롭게 행동한다고 느낀다. 여자 속옷에 대고 자위를 하거나 양탄자라든지 옷장 안에 마음대로 변을 봐도 된다고 생각한다. 가구나 장식품은 십중팔구 훔치고, 집주인의 음식과 술은 보이는 족족 먹고 마신다. 이러한 행동 역시 파괴자들의 권리 의식과 뭐든 당연시하는 마음을 반영한다.

그러나 앞의 사진들은 이런 파괴 행위의 행동 패턴과는 다르게 보였다. 파괴 행위는 전체적이지 않고 부분적으로 나타나 있었다. 물론 그림들이 일부 손상되었지만 캔버스만 찢어지고 화려한 액자는 그대로 있는 식이었다. 실제 피해를 입은 그림은 그다지 비싸지 않은 것이었지만, 굉장히 가치 있는 몇몇 인디언 판화작품은 특이한 방식으로 망가져 있었다. 액자 유리는 깨졌지만 그림 자체는 피해를 입지 않았던 것이다.

가장 흥미를 끈 것은 소녀를 그린 커다란 유화 작품으로, 그 그림은 아예 손도 안 대고 남겨 놓았다. 화병 몇 개와 조각상, 그리고 옥으로 된 조각품들은 바닥에 조심스럽게 뒤집어져 있을 뿐 부서지지는 않았다. 일반적인 10대 파괴범들은 이런 예술 작품을 그대로 놔두는 법이 없는데도, 화분을 몽땅 고스란히 남겨둔 점은 정말 이상했다.

부엌과 화장실에 특히 피해가 심했지만, 싱크대와 거울, 전기 제품과 붙박이가구는 사실상 멀쩡했다. 손잡이 부분은 망가졌지만 문은 부서지지 않았고, 천장에서 보이는 작은 흠집을 제외하면 벽널을 차거나 뜯어낸 흔적이 없었다. 발로 차는 행위는 사춘기 남성 파괴범들에게서 많이 나타나는 행동이나, 커튼걸이는 바닥에 얌전하게 놓여져 있었고, 커튼이 훼손되거나 구겨지지도 않았다. 몇몇 옷가지가 훼손되기는 했으나 특별히 비싸고 좋은 옷으로는 보이지 않았다. 진짜 파괴범들이라면 값나가거나 주인이 애지중지하는 물건들을 그냥 지나칠 리가 있겠는가?

스프레이 낙서 역시 일반적인 파괴 행위에서 나타나는 양상과는 일치하지 않았다. 스프레이는 쉽게 지워지고 덧칠할 수 있었으며, 가구의 경우에는 덮개를 다시 씌울 수 있는 것에만 낙서를 해놓았다. 도착적 성행위의 흔적은 찾아볼 수 없었던 것이다.

마지막으로 낙서 내용이 의심스러웠다. 일반적인 10대 파괴범들은 한 단어로 된 욕은 잘 쓰지 않는다. 차라리 슬로건을 남기든지 '슬레이어', '머틀리 크루', '퍼블릭 에너미', '터미네이터 X' 같은 밴드 이름을 남기는 경향이 있다. 그러나 이들 스프레이 낙서를 보면 가령 여자성기를 가리켜 '컨트(cunt)'라고 썼는데, 실제로 요즘 아이들은 '퍼시(pussy)'라고 쓴다. 무엇보다도 가장 의미심장한 낙서는 바로

'Fuck me(날 먹어)'였다. 'Fuck you'는 입이 거친 10대들이 흔히 쓰는 욕이지만, 'Fuck me'라니?

이러한 정황들을 고려하면서 나는 용의자 프로파일링에 착수했다. 무엇보다 불량청소년 패거리라는 생각은 아예 배제했다. 파괴 양상이 지나치게 얌전한 걸로 미루어 범인은 매우 사려 깊게 행동했다. 모든 단서는 용의자가 한 명임을 나타내고 있었다. 분명 이러한 파괴 행위를 한 장본인은 40대 백인 여성 단독범일 것이며, 특히 현재 10대와는 전혀 왕래가 없는 여성일 것이다.

그녀는 매우 이기적이고, 피해를 입은 집 안에 있는 장식물이나 수집품들에 매우 집착하고 있을 것이다. 인간관계에 어려움을 겪고 있을 것으로 추정되며, 아마도 지금까지 여러 번 이혼했을 것이다. 나는 그녀가 그 집주인이나 임차인과 가까운 친척 관계에 있다고 생각했고, 선택적으로 파괴 행위를 한 것으로 미루어 볼 때 자기 소유 물건이 있었고 그래서 정말 귀중하다고 생각하는 물건은 건드리지 않은 것이다.

이 여자는 불량청소년의 전형적인 행동이라 생각하는 대로 상황을 꾸몄을 것이다. 하지만 젊은이들의 낙서를 흉내내려다가 시대에 뒤떨어진 표현을 쓰는 바람에 오히려 자기 나이와 성별이 드러나게 만들었다. 불량청소년들은 'Fuck me'라는 말을 쓰지 않는다. 아마 다소 정신상태가 혼란한 중년의 직장여성인 범인은 이런 추잡한 말을 쓰면서 마음이 편치 않았을 것이다. 낙서에 사용된 단어는 그녀가 남성의 적대행위와 반사회적인 행동에 대해 어떻게 생각하고 있는지를 보여준다. 하지만 그녀의 음담패설은 시대에 어울리지 않게, 좀

순진한 면이 엿보였다.

그녀가 만약 자녀를 두고 있다면 아직 10대가 안 되었을 테고, 아들도 아닐 것이다. 아마도 딸을 하나 둔 어머니일 가능성이 높으며, 그 아이와 현재 함께 살고 있지는 않을 것이다. 이렇게 생각한 이유는 그녀가 일반적으로 10대나 소년과는 가까운 관계가 아니라는 점을 염두에 둔 것 외에도, 집 안에 있던 소녀를 그린 유화의 상태가 깨끗하게 남았기 때문이다. 대개 이런 초상화는 부모 곁을 떠난 사랑하는 자녀를 나타내는 경우가 많다.

나는 그녀에게 이러한 행동을 촉발시킨 특정한 사건이 있었을 것으로 생각했다. 범인은 범행을 저지르기 며칠 전이나 최대한 몇 주 전에 어떤 일 때문에 스트레스를 너무 많이 받아서, 그 스트레스를 풀려고 이런 짓을 벌인 것일 수 있었다. 돈 문제나 남자 문제일 수도 있고, 직장을 잃었거나 당장 자신의 미래를 불안하게 만든 사건일 수도 있었다.

지금까지의 내용을 요약하자면, 나는 이 파괴 행위의 동기를 세 가지 요소 중 하나, 혹은 그중 몇 개가 결합되어 나타난 것으로 보았다. 첫째, 분노에 찬 한 여성이 식구 중 한 사람에게 복수하기 위해 파괴 행위를 저질렀다. 둘째, 그녀는 주위를 끌 목적으로 자신의 행동을 지금껏 흔히 볼 수 있었던 조작된 강간 사건처럼 허술하게 위장했다. 셋째, 그녀는 집 개조공사를 시작했으나 비용을 지불할 여력이 없었기에 보험금을 노렸다.

나는 이러한 결론과 추론을 토대로 보고서를 작성하여 심리학자에게 보냈다. 그는 내 자료를 읽은 후 범인의 신상분석은 거의 완벽하게 집 소유주를 가리키고 있으며, 바로 그녀가 경찰에게 피해 상황을 알리고 보험금을 요구했다고 말해주었다. 이 40대 백인 여성은 남자친구와 헤어지면서 돈 문제로 골머리를 앓아왔으며, 딸이 한 명 있는데 현재 전남편과 함께 살고 있다고 했다. 내가 분석한 성격도 많은 점에서 일치했다.

그 심리학자는 내 통찰력에 다소 놀란 눈치였지만 그리 놀랄 일도 아니다. 내가 지난 17년 간 FBI에서 근무하면서 감도 안 잡히고, 악질적이며, 반사회적인 범죄자들의 자료를 힘들게 모아 정확하게 신상분석을 했던 경험과 비교해보면, 이 정도 퍼즐은 애들 장난 수준에 불과하기 때문이다.

09

또다른
살인을
?

## 실연과 환상이 겹쳐진 범죄

킬번 맥코이는 클린트 이스트우드처럼 잘생긴 카우보이 타입의 경찰관이었고, 부인 자넷 역시 경찰이었다. 1980년에 부부는 둘 다 오리건 주의 살렘 근처에서 있었던 순회 훈련소에서 내 수업을 듣고 있었다.

일주일 과정의 수업이 끝날 무렵, 맥코이 경관은 자기네 경찰서로 와서 베트남전 퇴역군인이자 현재 복역 중인 듀안 샘플즈가 1975년에 저지른 살인사건 서류를 검토해달라고 부탁했다. 맥코이 경관은 우리가 '범죄인 성격조사 프로젝트'를 추진하며 면담을 하는 살인자들 중에 샘플즈를 넣으면 안성맞춤일 것이라고 생각했다.

샘플즈는 비록 연쇄살인범은 아니었지만 단 한 번의 살인으로 유죄 판결을 받은 자로, 생각이 논리적이었고, 대학에서 심리학 학위를 받았으면서도 전형적인 연쇄살인범들처럼 폭력적인 환상을 품고 있었기 때문이다.

샘플즈의 잔인한 살인은 1975년 12월 9일, 오리건 실버턴의 작은 마을에서 벌어졌다. 프랜 스테픈스와 18개월 된 딸, 그리고 프랜의 친구 다이앤 로스는 프랜의 아파트에 모여 있었고, 여기에 평소 알고 지내던 듀안 샘플즈가 들러서 함께 맥주를 마시고 마리화나를 피우며 이야기를 나누었다. 사건 당시 샘플즈는 마약치료소에서 상담을 맡고 있었는데, 30대 초반의 베트남 참전 퇴역군인이었고, 그 전에는 방황도 꽤 하면서 여자들과 닥치는 대로 하룻밤 관계를 가지기도 했던 사람이었다.

　샘플즈는 프랜에게 호감이 있었고, 프랜은 큰 관심은 없었지만 그를 멀리하지는 않는 상태였다. 밤이 깊어가자 여자들은 피곤함을 느꼈다. 프랜은 침대에 딸과 나란히 누웠고 다이앤은 소파에 앉아 샘플즈의 이야기를 듣고 있었다. 하지만 샘플즈가 베트남전 이야기를 늘어놓자 곧 따분해졌고, 결국 피곤하니 이제 그만 돌아가달라고 했다.

　샘플즈가 떠나자 다이앤은 소파에서 곯아떨어졌다. 그런데 무언가 따뜻하고 끈적거리는 이상한 느낌이 들어 잠에서 깨어났는데, 내려다보니 자신의 목과 배꼽 위에서부터 가슴 아래 몸통이 길게 죽 갈라져 있었고, 창자가 60센티미터쯤 쏟아져 나와 있는 게 아닌가. 잠에서 깰 틈도 없이 난자당한 것이었다. 하지만 그녀가 정신이 번쩍 든 것은 자기 상처 때문이 아니라, 칼을 휘두르는 샘플즈에게 침실로 끌려 들어가는 프랜의 비명 소리 때문이었다.

　다이앤은 두 팔로 배를 끌어안고 문 밖으로 빠져나왔다. 두 손으로 내장을 감싸느라 잘려 나간 팬티는 끌어올릴 수 없었다. 그녀는 바지와 팬티를 벗어버리고는 뛰쳐나가 블록에 걸려 넘어지며 옆집으로 들어갔고, 부엌과 침실에 대고 소리쳤다. "칼에 찔렸어요. 나 죽어요. 의사 좀 불러주세요." 다이앤은 포기하면 죽게 될 것이라고 생각하며 잠들지 않으려고 노력했다. 구급차가 도착했을 때 그녀는 누군가 "서두를 필요 없어요. 살아남지 못할 거예요"라고 이야기하는 것을 들었다.

하지만 구급요원들이 그런 말에 아랑곳하지 않고 최대한 서두른 결과 그녀는 목숨을 건졌으며, 경찰에 듀안 샘플즈가 프랜 스테픈스를 죽이려 한다고 진술할 수 있었다.

경찰은 프랜의 집으로 서둘러 들이닥쳤지만 그녀는 이미 죽어 있었다. 다이앤과 비슷한 방식으로 목둘레와 몸통을 난자당했고 침대 위로 피와 창자가 흘러 넘쳐 있었다. 18개월짜리 딸은 그대로 잠들어 있었기 때문에 다행히 샘플즈의 살육을 피할 수 있었다. 프랜의 허벅지에 번져 나온 핏자국으로 보아 이미 숨이 끊어진 후에도 공격이 계속되었음을 알 수 있었고, 손에 생긴 상처는 프랜이 살인자에게 얼마나 저항했는지를 보여주었다.

사실 샘플즈는 주로 상담일 때문이었지만, 경찰 몇 명과 어울려 소프트 볼 게임도 했기 때문에 지역 경찰관에게 잘 알려져 있었다. 긴급수배령이 내려졌고, 경찰들은 재빨리 샘플즈의 아파트로 들이닥쳤다. 당시 근교에 있던 아파트에서 두 남자와 함께 기거하던 그는 금방 검거되었으며 이내 순순히 항복했다. 그의 주머니에는 프랜에게 보내는 쪽지가 들어 있었고, 12월 8일 월요일 날짜가 적힌 편지에는 프랜이 자신을 죽여도 이 편지를 경찰에 제시하면 무죄가 입증될 것이라고 씌어 있었다.

그러면서 자기가 시킨 대로 "나의 내장을 꺼내고 날 거세하지" 않으면 "프랜을 죽여 버리겠다"고 씌어 있었다. 또 그의 지시에 따라 하지 않을 경우 "그녀와 딸의 내장을 꺼내고 토막내어 버릴 것이며" 아름다운 여인에게 죽임을 당하는 것은 "평생소원이 이루어지는 것"이고 "잔인하게" 자신을 베어낼 칼날을 "기다리기 힘들다"고 썼다.

샘플즈는 프랜이 이 쪽지를 건네 받고서도 자기 요구를 거절했기 때문에 그녀를 살해하게 되었다고 주장했다. 이 쪽지는 아주 중요한 내용이라 나중에 다시 거론하겠다.

그날 밤 경찰과 심리학자들은 샘플즈를 심문했고, 다음날 자신이 어디서 왔는지 또는 누구인지 잘 알고 있었으며, 옳고 그름을 판단하고 변호사를 요청할 만큼 충분히 지각이 있었다고 보고했다. 범행의 근거가 될 만한 정신장애는 없는 대신 범행에 대한 명백한 계획과 의도가 있었던 것이다. 샘플즈는 프랜의 집을 나와 자신의 차로 갔고, 두 여성을 죽이겠다는 의도로 생선회칼을 들고 돌아왔다. 다이앤은 심지어 자신이 이웃집으로 도망치려 했을 때 그가 따라오려 했다고 주장했다. 결국 샘플즈는 한 명을 살해하고 다른 한 명의 살해를 기도한 혐의로 기소되었다.

사전 심리 동안 샘플즈와 변호사는 여러 선택 사항을 놓고 숙고했고, 샘플즈는 굉장히 논리적으로 방법들을 하나하나 저울질했다. 심지어 훗날 검사가 입수했던 종이에 보면 각 선택 항목을 표로 만들어 정연하게 나열해놓기까지 했다. 이런 그의 치밀하고 계획적인 행동으로 보아 당시에 그의 의식이 이성적으로 활동하고 있었음이 틀림없다.

샘플즈는 세 가지 중 하나를 선택해야 했다. 우선 무죄를 주장하고, 위험을 무릅쓰고 법정에 서서 다이앤 로스와 자신의 극악한 행동에 대해 증언을 해야 하는 경우다. 다음으로 정신이상을 이유로 무죄를 주장할 수 있었다. 이렇게 하면 다이앤이 여전히 증인으로 법정에 설 것이고, 주머니 속에 있던 쪽지를 근거로 정신이상을 내세우는 샘플즈의 주장보다 살인을 저지를 당시 의식이 또렷했다는 그녀의 이야기가 힘을 얻을 수 있었다.

샘플즈와 변호사는 한동안 일기와 오랫동안 자기 내장이 꺼내지길 고대해온 것을 입증하는 여러 증거를 제시하며 정신이상에 따른 무죄를 주장하는 것이 낫지 않을까 심각하게 고려했다. '12월 8일 월요일' 쪽지 역시 무죄를 주장하는 데 중요한 역할을 할 수 있었고, 계획한 게 아니라 완전히 정신이 나가 있었다는 것을 보여준다고 해석될 수 있었다(하지만 나는 그 쪽지는 너무 잘 씌어져서 진짜 정신이상자의 것이라 볼 수 없으며, 오히려 심리학 전공자가 알리바이를 만들기 위해 머리를 짜낸 것이라고 생각했다).

결국 샘플즈는 세 번째 방법을 선택했고, 그것은 기본적인 '유죄인정거래'였다. 법원에서 샘플즈가 프랜을 살해한 죄를 인정하면, 그 대가로 다이앤의 살해를 기도한 혐의는 문제삼지 않는 조건이었다. 다시 말하면 다이앤이 증언할 기회를 차단하는 것이었다. 그 결과 샘플즈는 오리건 주에서 받을 수 있는 가장 긴 형량을 선고받았다. 15년형이지만 고분고분하게 잘 보내고 약간의 운만 따라준다면 7~8년으로 줄어들 수도 있다고 계산했을 것이다.

## '혼합형' 범죄자

샘플즈가 유죄를 인정하고 형을 선고받은 후 교도소 생활을 시작하자 언론은 그 사건에 흥미를 잃었다. 다이앤 로스는 건강을 회복하여 캘리포니아 주로 거처를 옮겼고, 프랜의 딸은 다른 친척의 손에 맡겨졌다. 검사 측에선 훗날 '유죄인정거래' 때문에 샘플즈의 배경을 폭넓게 조사하지 않았음을 인정했다.

하지만 몇몇 증거는 확보되어 있었는데, 12월 8일자 쪽지에 적혀 있던 이야기는 벌거벗은 아름다운 여인이 내장을 꺼내줬으면 하고 바라던 평생의 환상을 설명한 것이며, 샘플즈가 살아오면서 상당한 기간 동안 집착했던 주제였다.

다섯 살 때 엄마와 임신한 이모 사이에서 잠들었는데, 이모가 침대에 엄청난 피를 쏟으며 아기를 유산해버리고 말았다. 내장을 꺼내겠다는 생각은 이때부터 시작된 것 같다. 그리고 얼마 지나지 않아, 개미 한 마리가 배 위에 기어가는 것을 보고 자극을 받아 개미가 뱃속을 파고들었으면 하고 생각했다. 열다섯 살 때 러시안 룰렛 게임을 할 때 실수로 자기 배에다 방아쇠를 당기기도 했다. 한 언론에 베트남전 경험기를 게재하면서, 전쟁 경험은 어린 시절로 거슬러 올라가는 '내장에 금속성 물질이 닿는 것을 느끼고 싶은 욕망'의 환상을 현실로 이룬 것이라고 썼다.

처음 살인에 대한 환상은 아마존 여인이 성관계 도중 자신을 창으로 찔러 죽이는 상상에서 비롯되었다. 프랜 스테픈스는 비교적 키가 크고 몸집도 있는 여인이었다. 그는 한 정신과 의사에게 "이런 환상

322

들을 즐기면서 내 몸을 바늘이나 칼로 찔렀는데, 그렇게 하니 성적인 쾌감이 증폭된다는 걸 알게 되었습니다"라고 말했다. 그 의사가 나중에 보고서에 쓴 표현에 따르면, 이 모두가 '청소년기의 활동에 포함된 행위'였던 것이다. 그러다 급기야는 환상 속에서 상대 여성을 죽이기에 이른다.

그는 프랜을 살해하기 전, 예전의 여자친구에게 자기 범행의도를 드러낸 무시무시한 편지를 보냈다. 그 편지는 12월 8일자 쪽지와 여러 면에서 비슷한 표현이 많았다. 다른 남자와 잠자리를 같이 하면 "어둠의 심연에서 뛰쳐나와 그놈의 목구멍을 번뜩이는 칼날로 깊숙이 뚫어버리겠다"라면서, 자신이 전 여자친구와 새 연인의 배를 가르고, 사디스트처럼 고문하고, 성행위를 함께 해 정액과 피, 그리고 다른 체액이 온통 오르가슴과 죽음으로 뒤범벅되게 만들 과정을 소름 끼치도록 자세히 설명해 놓았다. 물론 자기도 포함해, 누구에게든 여태 경험해보지 못한 최고이자 최후의 성 경험이 될 것이라고 했다. 연인들에게 치명적인 상처를 입히고 나서 그들과 "함께 죽음을 나누기 위해" 자기 내장에도 칼질을 하겠다는 것이었다.

샘플즈의 배경을 조사하며 맨 처음 든 생각은, 상당히 영리한 사람이라는 것이었다. 그는 지능 검사에서 상위 5퍼센트에 들었고, 스탠퍼드 대학의 장학생으로 1964년 심리학 학위를 받았으며, 졸업 후 군에 입대했다.

그는 훗날 진술에서, 자신은 베트콩 진지에 포격을 요청하는 관측장교로 베트남에서 복무했다고 말했고, 미국으로 돌아왔지만 자기의 이상을 버려야 할 정도로 생활이 철저하게 뒤바뀌었다고 했다. 1966

년에서 1967년에는 한동안 마약과 알코올중독에 빠져 방황하기도 했고, 여기저기서 바텐더나 사회복지사로 일했으며 오랫동안 직업 없이 지내면서 북부와 서부를 정처 없이 옮겨 다녔다.

그는 아무리 노력해도 안정적인 일자리를 구할 수 없다가, 자신의 경험을 바탕으로 중독 문제를 상담하는 능력을 키우고 나서 비로소 살렘 근교의 대학생과 10대들을 상담해주는 일자리를 얻게 되었다. 샘플즈는 이내 친구나 동료들에게 좋은 상담원이라고 인정받았고, 사회복지단체 활동을 하면서 많은 사람을 자기편으로 만들었다. 이런 배경만 보면 많은 사람들이 그가 저지른 살인이 실제와 동떨어진 이상한 사건, 아마 마약 때문에 일어난 탈선 정도로 결론 내릴 것이다. 하지만 샘플즈를 아는 대부분의 사람들은 그의 겉모습만 보았을 뿐, 내면에 있는 복잡한 성격까진 간파하지 못했다.

주립교도소의 다른 여러 살인범을 면담하기 위해 오리건 주에 다시 들렀을 때, 나는 샘플즈를 만나보기로 했다. 그는 쉽게 면담에 응했다. 사십 줄에 들어선 대머리의 마른 남자로 가느다란 금테 안경을 쓴 샘플즈는 지적으로 보였으며, 자상하고 부드러운 말투로 이야기했다. 교도소 내 심리 상담실에 자원해서 잡무를 봐주고 있었고, 재소자들을 상대로 화를 다스릴 수 있는 방법을 가르치는 바이오피드백 같은 실험에 참여하고 있었다.

나는 내 일에 대해 소개했고, 그가 57페이지에 달하는 면담에 응해주면 살인자를 전략적으로 분석할 근거로 사용할 수 있으니 협조해달라고 부탁했다. 그러나 샘플즈는 이 부탁을 거절했다. 본인은 그간 내가 면담해온 연쇄살인범이나 대량살인자들과는 다르다고 생각하기 때문에 내 프로그램에 참여하고 싶지 않다는 것이다.

그는 나와 한 시간 동안 비공식적으로 이야기를 나누었고, 이야기 도중 자신이 교도소 내 심리 상담실에서 일하고 있을 뿐 아니라 공부도 하고 있으며, 얼마 후 심리학 박사학위를 받기 위해 가석방이 예정되어 있다고 했다. 그는 박사학위를 받고 나서 행동과학부(BSU)에서 일할 수 있을지 궁금해했고, 나는 아마 FBI는 전과가 있는 사람을 고용하지 않을 것이라고 말했다. 나는 샘플즈가 그저 자존심을 억누르며 지루한 걸 억지로 참고 있다는 느낌을 받았다. 그가 면담 프로그램에 협조하지 않았기 때문에 비밀을 보장한다는 약속은 하지 않았고, 그의 말을 받아 적거나 녹음하지도 않았다.

나는 그것으로 샘플즈를 다시 볼 일이 없을 거라고 생각했다. 범행현장사진과 여타 증거들, 이야기를 나누었던 다른 전문가들의 견해에 비추어 보았을 때, 내가 잠깐 마주했던 샘플즈는 고전적인 가학성 변태성욕자임이 분명했다. 그는 자신을 그런 정신병자로 취급하거나 다른 살인자의 범주에 넣길 거부했지만, 조용한 몸짓에서부터 살인을 저지르도록 만든 오래된 환상 등 살인자의 모든 특징을 다 보여주었다. 우리 입장에서 봤을 때 이는 조직적 살인자와 비조직적 살인자의 행동을 모두 보여주는 '혼합형' 사례였다.

범행현장에는 끔찍한 할복과 사체 절단, 홍건한 피 웅덩이가 있었고, 시체에 강간의 흔적이 없었다는 점에서 비조직적 살인의 특성을 엿볼 수 있었지만, 치밀하게 살인을 계획하고 차에 가서 회칼을 들고 돌아와 두 여자를 죽이려 한 점에서 조직적 살인의 면모를 보였다. 살인을 저지른 후에는 재킷을 치우고 현장을 정리할 만큼 정신을 가

다듬을 수 있었지만, 살인을 저지르는 순간에는 성적인 환상에 사로잡혀 폭력적인 광란상태가 되었다. 미리 마약을 투여하고 술을 마심으로써 두 여성은 매우 무력해졌고, 그는 자신의 환상을 실현할 수 있다는 망상에 사로잡혀 기회를 놓치지 않았다.

나는 샘플즈가 살인을 저지르기 전이 아니라 저지르고 난 후, 정신이상을 이유로 무죄 판결을 받기 위한 증거로 삼으려고 '12월 8일 월요일' 쪽지를 썼을 거라고 생각한다. 이는 남들보다 빠르게 머리를 굴리는 영리한 자의 소행이다. 어쩌면 파괴적인 살인의 순간이 아니라 몇 시간 후, 다이앤이 도망치고 그녀가 분명히 자기를 고발하리라는 사실을 깨닫고 난 후 취한 조치였을지도 모른다.


### 악마의 연극

이후 내가 듀안 샘플즈의 이야기를 들은 것은 1981년 초였다. 빅 아티예 오리건 주 주지사가 그의 형량을 줄여줘서 조만간 주 교도소에서 가석방될 예정이라는 것이었다. 샘플즈는 이미 1979년 감형신청서를 냈으나 그와 면담을 시도했을 때 나는 그런 사실을 모르고 있었다. 그가 이 문제를 숨겼다는 사실은 마리온 카운티 지방검찰청에서도 소란을 일으켰다. 처음 감형을 신청했을 때 게리 고트메이커 지방검사에게 몇 가지 통지문이 내려갔고, 검사는 꿈쩍도 하지 않았다. 그런데 첫 번째 요청을 거절했던 주지사가 두 번째 요청이 오자 허락해주었던 것이다.

그 사이 영화배우 딕 반다이크의 아들 크리스 반다이크가 마리온 카운티의 지방검사로 왔고, 사라 맥밀런 검사보도 함께 왔다. 맥코이 경관은 나를 새로 온 검사와 검사보에게 감형 결정을 뒤집는 데 도움을 줄 만한 사람으로 소개했다. 실버턴 지역 경찰 관계자들은 감형 결정이 나자 비상이 걸렸으며, 검찰청을 상대로 강력하게 이의를 제기했다. 반다이크 검사는 주지사가 아무런 근거도 없이, 또 검찰에서 이의제기를 할 수 있는 기회도 주지 않고 샘플즈의 감형을 허락하자 격분했다.

맥밀런 검사보는 내게 검찰 편에 서서 샘플즈의 출옥에 반대하는 증언을 해줄 수 있는지 물어왔다. 나는 그가 석방되어서는 안 된다는 데 동의했고, 증언할 수는 있지만 적당한 경로를 통해 요청해야만 한다고 했다. 샘플즈가 앞서 '범죄인 성격조사 프로젝트'에 협조했더라면 나도 증인으로 나서는 걸 자제했겠지만, 그러지 않았으므로 검찰에서 나를 지목해 출두하라고 하면 얼마든지 증언할 수 있었다. 크리스 반다이크 검사는 지체 없이 웹스터 국장에게 협조 공문을 보냈고, 결국 내가 오리건 주에서 증언할 수 있도록 모든 준비가 완료되었다.

샘플즈는 두 가지 이유를 들어 감형을 요청했다. 자신은 완전히 새로운 사람으로 다시 태어났으며, 자기가 범죄를 저질렀을 당시인 1975년에 정신질환을 앓고 있었는데, 그 증상이 최근 들어서야 병으로 인정받기 시작해서 그때 제대로 변론할 수 없었다는 것이다.

갱생 문제에 대해서는 그와 이야기를 나누어본 많은 사람들이 그가 이제 어두운 과거를 잊고 모범수가 되었다는 데 의견을 함께 했다. 샘플즈는 제대로 교화된 사람의 올바른 행동거지를 모두 보여주었다고 한다. 살인 이야기를 꺼내면 눈물을 훔치면서 정말 끔찍한 일이었다고 말했으며, 이제는 분노를 조절할 수 있으며 다시는 그런 행동을 하지 않을 것이라고 주장했다는 것이다. 그렇기 때문에 장래에 다른 범죄를 저지를 것이라는 섣부른 판단을 하지 말아야 하며 새로운 인생을 살 수 있는 기회를 주어야 한다고 했다.

샘플즈의 사회복귀 주장은 평범했다. 특이한 점이 있다면 프랜 스테픈스 살인사건은 자신이 그 동안 겪어왔던 '외상 후 스트레스 장애' 때문에 벌어진 것이므로 자기는 살인사건에 대해 책임이 없다는 획기적인 논리였다. 그는 이 정신장애가 1975년 정신의학계의 바이블과도 같은 『정신장애의 진단 및 통계요강(DSm)』 제2판이 나오기 전까지는 인정받지 못했고, 그렇기 때문에 제대로 변론할 수 없었다고 설명했다.

샘플즈의 말도 어느 정도 일리는 있었다. 그가 1975년 판에서 찾아낸 것이라고는 퇴역군인에게서 가끔 발생한다고 보고되는 '일시적인 상황장애'라는 병이 전부였고, 책에는 이 병이 불면, 직업 유지 불능, 흥분성, 성 장애 등과 관련 있는 장애로 여러 부분에서 스트레스를 받을 때 나타난다고 씌어 있었다.

샘플즈는 자기의 경우, 전쟁 참전에 따른 스트레스가 증세를 유발했다고 주장했다. 1980년 『DSm-III』라고 알려진 제3판이 출간됐는데, 이 책은 '일시적인 상황장애'의 증상을 한층 더 심각하게 설명하면서 '외상 후 스트레스 장애'의 증상이 몇 문단 나와 있었다. 대부분의 설명이 전쟁과는 별로 관련 없는 스트레스를 언급하고 있었지만, 병에 대한 정의는 분명히 실려 있었다.

이 부분이야말로 샘플즈가 잡은 지푸라기였다. 베트남전의 경험이 자신을 만신창이로 만들었고, 수년간 괴로움을 겪다가 안타깝게도 프랜 스테픈스 살인사건이라는 형태로 폭발했다는 것이다. 샘플즈는 교도소에서 상담을 하며 한때 자신을 인생의 막다른 길로 몰고 갔던 장애를 극복했다고 주장했다. '외상 후 스트레스 장애'를 앓고 있었으므로 1975년의 살인사건은 자기 책임이 아니며, 지금은 그 병을 극복하여 완전히 새 사람이 되었기 때문에 자유를 누릴 자격이 있다는 것이다.

심리학자 두 명이 그의 주장을 뒷받침했다. 한 명은 재향군인협회의 기금을 받으며 수감 중인 샘플즈를 정기적으로 방문했던 정신과 개원의였고, 다른 한 명은 얼마 전 인정받게 된 '베트남전 증후군'으로 고통 받는 퇴역군인을 깊이 있게 연구한 학자였다. 일류 변호사들은 기업의 고문 변호나 맡지 이런 복잡한 범죄사건에는 절대로 손을 댈 리가 없었다.

솔직히 내가 보기엔 샘플즈를 감싸고 나선 전문가들은 이런 일을 처리할 능력이 부족했다. 예를 들어 '베트남전 증후군'을 앓는 퇴역군인들의 '외상 후 스트레스 장애' 증상은 대부분 직업을 구하지 못하거나, 결혼 생활에서 성적인 문제를 안고 있거나, 불면증으로 잠을 못 이루거나 하는 정도가 대부분이었다. 내가 알기로는 당시 '외상 후 스트레스 장애' 증상이 이런 차원을 넘어 두 여자의 배를 가를 만큼 심각해진 사례는 단 한 번도 없었다.

물론 나는 샘플즈가 베트남전의 결과로 비슷한 종류의 스트레스를 겪었을 수 있다는 점은 의심하지 않았다. 하지만 한 여성을 죽이고 다른 한 여성을 거의 죽음으로까지 내몰았던 환상은 베트남전에 참전하기 훨씬 이전부터 시작되었고, 살인을 하게 된 중요한 동기가 되었다. '외상 후 스트레스 장애'의 여파는 보통 충격적인 사건이 있은 지 일주일에서 한 달 이내에 발생하지만 샘플즈의 살인은 그가 베트남에서 돌아온 지 10년이 지나고 나서 벌어졌다.

샘플즈의 감형 주장 중 가장 지지를 얻었던 부분은, 베트남에 있을 때 동료 장교 두 명이 매우 비참하게 배가 터져나가 죽은 것을 보았다는 주장이었다. 샘플즈는 그들의 이름까지 똑똑히 기억하고 있었다. 휴 한나와 랜디 잉그램이었다. 그런 끔찍한 장면을 보고 자신이 정신적인 상처를 받았다는 것이다.

학자의 보고서에 따르면, 샘플즈는 잉그램에 대해 '친한 전우가 클레이모어 지뢰에 그야말로 갈기갈기 찢겨나가는 모습'을 보았고 '부상병 수송용 헬기에 싣기 위해 찢겨나간 사지를 주워 바구니에 담았고 바구니를 헬리콥터에 올릴 때 바구니에서 흘러넘치는 피를 보았다'고 회상했다. 샘플즈는 자기가 전쟁영웅이라고 공언했고, 베트남전 무공훈장을 받았지만 꿈속에선 그 훈장이 '말라붙은 피의 색깔'로 보인다고 했다.

교도소에서 샘플즈는 오리건 주의 정계에 유력한 연줄이 있는 유명한 광고 및 홍보 회사에 다니던 여성과 결혼했고, 그녀는 감형에 압력을 행사하며 남편에게 도움을 주었다. 나는 아티예 주지사의 성격으로 보아, 처음에는 감형 요청을 거절했다가 두 번째에는 받아들였다는 점이 좀 의아했다. 그는 전직 사업가이자 수사관들의 일을 잘 이해했던 주 의원이었고, 공식적으로도 그런 점을 공공연하게 드러냈기 때문이다. 골동품 총기 수집가였던 아티예 주지사는 '전미총기협회(National Rifle Association)'의 광고에서 "주지사인 저는 오리건의 범죄 예방과 형벌제도에 관심을 갖고 있습니다. 다른 NRA 회원들처럼, 저도 총기가 안전하고 합법적으로 사용되길 바랍니다. 총기 범죄에 대한 가장 좋은 해결책은 가차 없는 처벌이라고 믿습니다"라는 문구와 함께 포즈를 취하기도 했다.

주지사로 몇 년간 일하면서 그는 샘플즈 사건을 포함한 네 건을 제외한 수백 건의 감형 신청을 모두 거절했다. 나머지 세 건은 십여 년 동안 학대한 남편을 살해한 부인의 사건과 같은, 사실상 논란의 여지가 없는 것이었다. 따라서 주지사가 샘플즈에 관련해서 음성적인 압력을 받았거나, 샘플즈를 석방하면 베트남전 퇴역군인단체에 보내는 선의의 제스처가 될 것이라 판단했는지도 모른다. 베트남 참전 군인들은 제대 후 사회에서는 냉대를 받았지만, 새로 취임하는 로널드 레이건 대통령한테는 영웅 대접을 받았기 때문이다.

나는 오리건 주로 가기 전에 약간 시간이 나서 그 동안의 여러 기록을 뒤져보았다. 미군범죄수사대의 예비역 장교이자 FBI 요원이었던 나는 군 기록을 살펴볼 수 있었을 뿐 아니라 그런 기록을 평가하는 방법도 알고 있었다. 육군에 연락해 1966년이나 1967년에 사망한 사람 중 한나와 잉그램이라는 사람이 있는지 확인을 요청했고, DD 214라는 샘플즈의 전역 서류 사본을 입수하게 되었다. 누구든 군 복무를 마치면 214번호와 함께 전역 서류를 받게 되고, 그 서류엔 모든 훈장과 공로를 포함한 복무 기록이 기재되어 있다.

샘플즈의 전역 서류에는 무공훈장을 받은 기록이 없었다. 대신 다른 서류에 한나가 맡았던 여러 특수 지령이 많이 기재되어 있었으며 그중 하나에 샘플즈의 이름이 거론되었고, 다른 문단에 랜디 잉그램의 이름이 거론되어 있었다. 육군에서 보내온 자료에는 그 시기 한나와 잉그램이 부상을 입긴 했지만 둘 다 죽지 않았으며, 같은 이름의 사망자도 없고 비슷한 이름에 철자만 틀린 사람 역시 없다고 적혀 있었다.

흥미로운 점은, 샘플즈를 위해 증언하겠다고 나섰던 두 전문가들이 환자의 말이 진실인지 알아보려는 노력을 전혀 하지 않았다는 것이다. 이런 정보쯤은 그의 군 복무 기록만 조사해도 손쉽게 알 수 있었는데도 말이다. 오히려 샘플즈 쪽에서는 자신의 전역 서류를 신청해 받아 보았던 것 같았다. 그는 교도소에 있으면서 외부와 많은 편지를 주고받았는데, 가령 베트남에서 끔찍한 일을 겪었다는 이유로 매달 장애 연금을 받고 있던 일이 그 예이다(그래서 재향군인협회가 정신과 개원의를 정기적으로 보낸 것이다). 샘플즈는 그 연금을 받기 위해 자신의 군 복무 기록을 인용했을 터였다.

오리건 주 교도소에 정기적으로 나갔던 법 정신의학자 존 코크란 박사는, 교도소 내 심리 상담실에서 일을 도와주던 샘플즈가 교도소 기록을 바꾸고 재입력해 마치 자기가 완전히 갱생한 것처럼 보이도록 꾸몄다고 주장했다. 하지만 몇몇 기록은 완전히 사라져 기록을 조작했다는 이러한 주장은 근거가 없었다. 코크란 박사는 재소자들을 많이 상대했기 때문에 샘플즈를 전형적인 가학성 변태성욕자라고 생각했고, 교도소 당국과 언론에 그러한 증세는 완치가 불가능하다고 몇 번이나 이야기했다. 더불어 샘플즈가 석방되면 다시 살인을 저지를 수 있다는 믿을 만한 증거가 있다고 주장하며 감형에 반대했지만, 그런 전문가적인 견해는 묵살되었다.


## 계속되는 공방들

오리건 주지사를 만나러 가던 날, 내 아내가 그만 심각한 자동차 사고를 당해 병원에 입원했다. 하지만 아내는 자기는 신경 쓰지 말고 어서 가서 의무를 다하라고 격려해주었다. 듀안 샘플즈에 대한 논란은 이미 신문에 대문짝만하게 실렸으며, 감형 논쟁은 정치 논쟁으로 발전했고, 오리건 주의회는 주지사의 감형 결정권한을 약화시키는 법안을 논의하기 시작했다.

한편 오리건 주의 신문과 텔레비전 뉴스의 기사 논조는 양쪽으로 완전히 나누어졌다. 한쪽에서는 샘플즈가 정신적인 장애에서 회복했고, 우리 사회가 수감자들이 정신질환을 고치고 갱생할 수 있다는 가능성을 믿는다면 샘플즈에게 교도소 담장 바깥에서 새 삶을 살 기회를 주어야 한다고 주장했다. 주로 심리학자와 정신과 의사들이 이런 견해를 보였으며, 월남전 퇴역군인과 이들의 정치적 지지자들, 그리고 많은 자유주의자들도 샘플즈의 감형을 지지했다. 인간은 변화와 성장을 수용할 수 있고 정신의학이 정신질환을 치료할 능력이 있다고 믿는 것, 회복된 것처럼 보이는 사람에 대한 긍정적인 예측 등, 사실 지지할 만한 매력적인 견해였다.

하지만 다른 한쪽에서는 샘플즈가 갇혀 있기 때문에 가학성 변태성욕자 기질을 숨기고 있을 뿐이며, 만약 석방된다면 또다시 살인을 저지를 가능성이 있기 때문에 절대 풀어주면 안 된다고 주장했다. 정신의학이 정신질환을 진단할 수는 있지만 몇몇 증상은 치료할 수 없고 그런 경우를 현실에서도 많이 찾아볼 수 있으며, 교도소 내의 수감자 중 많은 수가 석방 후 범죄를 다시 저지른 사람들이며, 반드시 다시 붙잡아 수감해야 한다는 비관론이었다.

내 생각으로는 두 주장이 모두 공허한 이야기였다. 나는 사실에서 근거를 찾는 편을 더 좋아한다. 샘플즈는 내가 예전부터 연쇄살인범들을 수없이 면담하면서 얻은 패턴과 꼭 들어맞았다. 어린 시절부터 폭력적인 환상을 키워오다가 결국 누군가를 살해하고 환상을 실현시켰다. 샘플즈가 쓴 글, 그의 방황, 마약, 살인을 저지르기 전부터 여자들과 사이가 원만하지 않았던 점, 세부적인 살인 방법들, 그리고 군 복무 기록에 대한 거짓말과 문제의 원인 등 모든 것들이 정신병적 특징을 띠고 있었다.

오리건 주 교도소에는 이런 패턴에 일치하는 연쇄살인범이 여럿 수감되어 있었고, 그중에는 제롬 브루도스와 리차드 로렌스 마케트 같은 사람들도 있었다. 그 둘 모두 어린 시절 끔찍한 환상에 따른 폭력적인 행위로 구속되었다가 성급하게 석방되었고, 사회로 풀려나 한 일이라곤 살인밖에 없었다. 그들의 잔인한 환상은 구속된 후에도 사라지지 않았다. 그들 모두 교도소 안에서는 얌전하지만 그렇다고 해서 바깥에서 또다시 살인을 저지르지 않으리라는 보장은 없다.

주지사를 만나기 전날 밤 검찰 측이 모였다. 반다이크 검사를 비롯해 맥밀런 검사보, 오리건 주립병원의 법 정신의학자 존 코크란 박

사, 같은 병원 교정치료 프로그램 책임자 스티븐 젠슨, 그리고 1975
년 살인사건 직후 샘플즈를 심문했던 포틀랜드 심리학자 피터 디커
시 박사가 자리를 함께 했다. 어떻게 할지에 대해 토론하던 중, 나는
반다이크 검사에게 샘플즈가 '베트남전 증후군'을 들어 감형을 주장
하고 있으므로, 예전 군 복무 기록을 살펴보면 그 주장을 확인하거나
반박할 수 있을 것이라고 제안했다. 하지만 반다이크 검사는 무공훈
장, 정확히는 동성(銅星)훈장을 받았다는 기록이 어디에도 없는 전역
서류를 들고도 살펴보려 하지 않았다.

다른 검사들도 내가 했던 것처럼, 육군에 휴 한나와 랜디 잉그램
이 전투에서 사망했는지 확인해볼 생각이 전혀 없는 것 같았다. 사라
맥밀런 검사보는 내게 랜디 잉그램이 살아 있는지 알아봐줄 수 있는
지 물었고, 나는 그녀가 직접 공식적으로 알아봐야 한다고 말했다.
하지만 콴티코로 돌아가면 노력은 해보겠다고 말했다.

다음날 아침, 우리는 진술을 위해 주의회 의사당으로 갔다. 내가
먼저 일어나자 아티예 주지사가 눈에 띌 정도로 불안해했다. 그는 내
게 FBI 오리건 지국에서 일하느냐고 물었고, 내가 콴티코에서 왔다
고 하자 연방정부 사건도 아닌데 FBI가 무슨 상관이냐고 따졌다. 나
는 강력범죄에 대한 전문가이고 마리온 카운티 당국의 요청으로 오
게 되었으며, FBI의 정식 절차를 통해 요청 받았다고 설명했다.

당연히 우리는 이러한 반발을 예상하고 있었다. 콴티코와 FBI 본
부의 법률 고문들과 이 문제를 상의했을 때, 모두들 특별히 샘플즈를
지목해서 언급하면 나한테 안 좋다고 이야기했고, 나는 아티예 주지
사와 그의 측근들에게 내가 잘 알고 있던 여섯 가지 유사 사건만 예

로 들기로 했다. 여기에는 부르도스와 마케트, 캠퍼 사건이 포함되어 있었다.

나는 특히 부르도스와 마케트 사건을 예로 들어 이들이 살인을 저지르고 잡혔다가 성급하게 풀려난 점, 그들이 평생 폭력적인 환상을 제어할 수 없었기 때문에 석방 직후 다시 살인을 저지른 점을 파고들었다. 20분의 발표시간 중에서 처음 10분이 지난 후 아티예 주지사가 중요한 발표를 준비해야 한다며 자리를 떠난 뒤 돌아오지 않았다. 나는 직감적으로 주지사가 전에 받은 정보나 권고로는 감형 결정을 내리기에 무리였다는 사실을 깨닫고는, 이 문제에서 한발 물러서 측근들한테 모두 미루려고 했던 것 같다. 측근들은 내가 발표하는 동안 예의 바르게 들었지만 누구 하나 받아 적지는 않는 듯했다. 이어서 정신건강 전문가들이 듀안 샘플즈가 사회악이며 앞으로도 계속 그럴 것이라는 요지의 발표를 했다.

나는 이 모든 일이 끝나자마자 바로 집으로 돌아왔고, 논쟁은 이미 내 손을 떠났다고 생각했다. 하지만 시끄러운 잡음은 그칠 줄 몰랐다. 아티예 주지사가 결정을 내리기도 전에 마케트가 샘플즈와 비슷한 감형 신청서를 작성했다가 거절당한 것이다. 모두들 초조하게 기다렸지만 아티예 주지사는 샘플즈에 대해 확실한 결정을 내리지 않았다.

한 달쯤 지나, 나는 사라 맥밀런 검사보의 재촉을 받아 일리노이에서 보험판매원을 하고 있던 랜디 잉그램을 어렵게 찾아냈다. 그는 베트남에 다녀왔지만 장교가 아닌 사병이었고, 부상을 당한 적은 있었다. 샘플즈와 같은 포병부대에 있긴 했지만 그를 기억하지도 못했다. 나는 이러한 정보를 맥밀런 검사보에게 보냈고, 검사보는 이를 널리 공표했다. 그러자 샘플즈가 반격해왔다. 전에 말한 것과 말을 바꾸어, 그의 죽은 동료는 잉그램이 아니라 잉그레이엄이라는 것이었다. 하지만 육군에서는 1966년에서 1967년 사이 베트남에서 그런 이름의 사망자가 있긴 했지만 샘플즈의 부대와는 아무런 상관이 없음을 확인해주었다.

샘플즈의 반격은 계속되었다. 검사 측은 성범죄를 거론했는데, 자신은 살인을 할 당시 성폭행을 하지 않았으므로 부적절하다고 주장하였다. 성적인 접촉 없이 어떻게 성범죄가 이루어질 수 있는가? 샘플즈는 소리 높여 항의했다. 그간 소개했던 여러 사건을 떠올린다면, 살인을 거듭 저지르며 자신의 성적 환상을 충족시키려는 비조직적 살인자들 중 어떤 유형은 희생자의 시체에 성기 삽입을 하지 않는다는 사실쯤은 금방 알 수 있다. 하지만 이를 구구히 설명하려면 이야기가 너무 길어졌고, 샘플즈의 텔레비전 대사 같은 말은 대중심리에 어느 정도 잘 먹혀들어갔다.

그러던 중, CBS 뉴스 추적 프로그램 〈60분〉에서 이 논쟁에 관심을 보였다. 이 프로그램은 인터뷰 대상을 수박겉핥기 식으로 '취조'하는 형태로 진행된다. 제작진들에게 '베트남전 증후군'이라는 주제는 시의적절해 보였고, 듀안 샘플즈는 시청자의 관심을 끌 만큼 똑똑한 사람이었다. 이 두 가지 요소는 뉴스 프로그램에서는 빠질 수 없는 부분이다. CBS는 샘플즈가 곤경에 빠진 듯 동정적으로 보도했고, 샘플즈는 자신이 어떤 말을 하고 무슨 태도를 보여야 하는지 아주 잘 알고 있었다. '어떻게 저렇듯 자신의 죄를 뉘우치는 예의바른 사람을 믿지 못할 수가 있을까? 미국은 베트남전을 과거로 잊고, 우리는 가장 큰 피해자인 군인들, 열심히 싸우고 돌아왔는데도 주위의 멸시를 받는 그들을 이해해야만 한다.' …… CBS는 검사 측에서 랜디 잉그램이 살아 있다는 사실을 들이대며 샘플즈를 공격하려다 실패했다는 말로 이 논쟁을 결말지으려 했다.

하지만 검사 측의 공격은 아직 끝나지 않았다. 나는 육군 관련 업무 차 유럽에 출장을 갔을 때 어렵사리 휴 '버드' 한나의 거주지를 알아낼 수 있었다. 그는 소령이 되었으며 벨기에에 있는 연합유럽사 사령부(SHAPE)에 배치되어 있었다. 한나는 샘플즈가 그의 후임 관측장교 자리에 오기로 했다가 문제가 생겼기 때문에 그를 기억했다. 샘플즈는 사병들에게 전쟁에 반대한다고 공공연하게 말하고 다녀서 위험인물로 간주되었다는 것이다. 결국 군에서는 샘플즈를 전선으로 바로 내보내는 대신 한나를 다시 보내고, 샘플즈를 좀더 두고보기로 했다.

관측장교로 있으면서 한나는 입과 혀, 입천장에 관통상을 입어서 샘플즈의 반전활동에 대해 제대로 증언을 할 수 없을 것 같았다. 나는 한나에게서 알아낸 정보를 반다이크 검사 사무실로 보냈고, 검사는 이를 주지사의 측근들에게 전했다. 여름이 깊어가고 있었지만 주지사는 아직 공식적인 결정을 하지 않고 있었다.

후에 샘플즈가 전에 근무했던 부대의 지휘관이 합세했다. 1981년 8월 말에 코트니 프리스크 대령은 밥 스미스 기자에게 다음과 같이 증언했고, 그 기사는 〈실버턴 어필 트리뷴〉에 실렸다.

"나는 베트남에서 여느 부대의 지휘관들처럼 샘플즈 중위에 대해 잘 알았지요. 자주 이야길 나누었으니까요. 샘플즈는 당시 '깨달음'에 관심을 갖고 있었어요. 나는 그 사람이 신경쇠약에 걸리지 않으려면 꾸준히 상담을 받아야 할거라고 생각했습니다. 그리 유별나지는 않았지만 좀 이상했는데, 남들은 대수롭지 않게 넘기는 문제를 가지고 힘들어했거든요."

프리스크 대령은 잉그램과 한나가 죽지 않고 살아 있음을 지적했다. 또 자기 부대에서 지뢰 폭발로 사망자가 한 명 생기긴 했었지만, 샘플즈가 있던 곳에서 90미터나 떨어진 곳에서 난 사고였다고 했다. 또 그 이야기가 부대 안에서 돌긴 했지만 샘플즈가 자기 눈으로 보기나 했는지 궁금하다고 덧붙이며 기자에게 다음과 같이 요약했다.

"샘플즈는 두세 가지 보고 들은 내용을 뒤섞어서 이야기를 꾸며낸 것 같습니다. 물론 그는 훌륭한 군인이었고 베트남전에서도 임무를 잘 수행했습니다. 그 점에선 의심할 여지가 없습니다. 바로 그래서 그 모든 스트레스라는 게 거짓말이라는 겁니다."

주지사와 측근들이 마침내 마음을 돌린 것은 이 지휘관의 진술 때문이었는지도 모른다. 아니면 나와 다른 검사 측 증인들의 발표가 워낙 설득력 있었거나, 감형결정권한 제한 법안을 계류 중이었던 주의회의 압력 때문이었는지도, 또 각 신문의 독자투고란에 불안에 싸인 시민들의 편지가 쇄도한 결과였는지도 모른다. 어쨌든 1981년 말 아티예 주지사는 마침내 자신의 감형 결정을 취소했다.

이후 샘플즈는 내가 자신을 다시 감옥에서 썩게 한 장본인이라고 믿게 되었고, 여러 경로로 항의 시위를 벌여 내가 여러 해 동안 서류 더미에 파묻혀 머리를 싸매게 만들었다. 워싱턴에서 보낸 중상모략자로 매도당했지만, 나는 사실 샘플즈를 공식적으로 면담하려 했으나 본인에게 거절당했고, 그러니 그의 감형을 막은 장본인이 될 수는 없었기 때문이다.

샘플즈는 주 의원들은 물론 심지어 연방 상원의원들에게까지 편지를 써서, 이 사건 전체에서 내가 맡았던 수사상의 관료적 절차에 일침을 가해달라고 청원했다. 그는 내가 자기가 저지른 범죄나 연쇄살인범에 대해 증언할 만한 어떤 직위에 있는 것도 아니고 범죄심리학 학위도 없으므로 학구적으로 어떤 것도 충분히 검증되지 않았다고 어깃장을 놓았다. 그러면서 내가 주지사 앞에서 자신을 모략했다고 주장했다.

언제나 그렇듯 관료체제를 들쑤셔 놓으면 감사가 시작되기 마련이고 모두들 엄청난 시간을 소모하며 심리를 위한 서류 작업을 해야 한다. 샘플즈는 교도소에서 끊임없이 탄원을 내면서 나를 없애려 했던 것이다. 다행히 반다이크 검사와 나는 둘 다 정확하게 규칙을 따랐고, 누구에게나 보여줄 수 있는 엄청난 양의 증거 서류를 확보하고 있었다. 결국 나는 FBI 직업윤리국에서 전문가적 책임에 대한 맹세를 해야 했고, 결국 내게 아무런 잘못이 없다는 결론을 내려 공식적인 심리가 끝났다.

듀안 샘플즈는 1991년 교도소에서 석방되었다. 나는 샘플즈가 사회에 제대로 적응해 전에 저질렀던 범죄를 반복하지 않기를 진심으로 바란다. 물론 정상적인 행동을 지속하는 것만이 그 증거가 될 것이다.

**10**

더 나은
범죄수사를 위한
진통

## 범죄자 추적 프로그램의 강화

1950년대, 한 연쇄강간 살인마가 로스앤젤레스 전역을 휩쓸고 돌아다녔다. 그러나 단 한 명의 수사관을 제외하고는 아무도, 서로 아무런 관련도 없던 여자들 여럿을 한 사람이 죽였다고 생각하지 못했다. 그 살인범에 대한 수사는 25년 후 모든 연쇄살인범을 대상으로 한 정부 차원의 수사망이 구축되는 주춧돌이 되었다.

하비 머레이 글래트먼은 시대를 앞서 나간 살인자였다. 1950년대에 그는 신문에 모델 일을 할 여성을 뽑으려고 오디션을 연다는 광고를 실었다. 전문적인 모델을 원하는 것이 아니며 모델 경험이 없는 젊은 여성도 넉넉한 보수를 받을 수 있다고 되어 있다. 여자들이 그 광고를 보고 실제로 연락을 하면, 그는 은밀한 포즈를 몇 시간 동안 취해주면 현재 직장에서 버는 돈보다 더 많은 보수를 주겠다고 제안했다. 그는 여자들을 외딴 아파트로 오라고 한 다음 사진을 찍으며 옷을 더 벗으라고 요구했다. 여자들이 대부분 친구나 가족들이 말릴

지도 모르니까 아무에게도 알리지 않고 왔을 것이며, 한동안 그 여자
들을 찾는 사람이 없을 것임을 알고 있었다.

글래트먼은 이런 여자들은 낯선 사람 앞에서 좀더 수월하게 옷을
벗는 경향이 있기 때문에 강간을 자초한다고 생각했고, 실제로 여자
들을 강간했다. 그리고 나서는 강간 사실을 숨기기 위해 피해자를 죽
였는데, 이런 방식을 후에 제롬 브루도스 같은 살인자들이 따라하기
도 했다.

위에서 글래트먼이 '시대에 앞섰다'고 썼는데, 그건 바로 그가 생
각해낸 신문광고 아이디어가 1950년대 이전에는 없었던 획기적인
것이었기 때문이다. 오늘날에는 신문이나 유명 잡지 한켠에 조그맣
게 '애인 구함' 광고를 싣는 건 흔한 일이어서 '잘생긴 젊은 독신남.
스키와 춤을 함께 즐길 여성 구함'과 같은 광고가 쉽게 눈에 띈다. 또
이러한 광고를 신문에 기재하는 일은 법에 어긋나지 않는다. 바로 그
런 이유 때문에 강간범이나 살인자가 희생자를 고르기 위한 수단으
로 사용하기도 한다.

글래트먼이 낸 광고는 15년간 키워온 환상을 반영하고 있다. 그의
환상은 소녀에게 구애하기 위한 유치한 성적 실험에서부터 위험이
따르지 않는 낮은 단계의 성폭행을 거쳐 강간과 살해로 이어지면서
점차적으로 단계가 높아져 갔다.

로스앤젤레스의 살인사건 담당형사 피어스 브룩스는 겉보기엔 전
혀 관련이 없는 젊은 여자 두 명의 살인사건을 조사하고 있었다. 브
룩스 형사는 해군 장교와 소형 비행선 조종사를 거쳐 로스앤젤레스
최고의 수사관이 된 범상치 않은 인물이지만 이 사건들을 수사하면

서 좌절감을 맛보고 있었다. 비록 자신은 두 사건의 범인이 동일범이거나 최소한 다른 두 범인들이 같은 지역에 산다고 생각했지만, 그 가설을 어떻게 하면 체계적으로 입증할 수 있을지 도무지 알 수가 없었다. 그래서 그는 독자적으로 인근 지역들의 신문철을 샅샅이 뒤지고 각 지방 경찰서의 서류도 조사하여 자신이 쫓는 살인범의 수법과 일치하는 다른 살인사건이 있는지 알아보았다.

긴 이야기는 생략하고, 어쨌든 이러한 기초적인 자료를 사건 증거와 대조시켜 들이대자 범인은 범행을 자백할 수밖에 없었고, 마침내 브룩스 형사는 글래트먼의 유죄판결을 받아낼 수 있었다.

브룩스 형사가 얻어낸 글래트먼의 상세한 자백은 우리가 가지고 있는 연쇄살인범의 정신 상태를 기술한 문서 가운데 가장 오래된 것이다. 그 자백에서 가장 흥미로운 점은 바로 글래트먼의 자기합리화와 강간 후 여성과 어떤 대화를 나누었는가에 대한 보고서이다. 다른 많은 살인자들과 마찬가지로 글래트먼은 여성이 자신을 지배하려 들면 분노를 느꼈고, '자기를 놓아주면 강간당한 사실을 아무에게도 말하지 않겠다'고 여자가 말하면 화가 나서 죽여버렸다. 수년 동안 자신의 머릿속을 메워온 환상에 사로잡혀 있었기 때문에 강간 후 여자를 살려줄 가능성은 실제로 거의 희박했다. 그는 재판을 받아 유죄판결을 받았고 1957년 사형당했다.

지금까지의 이야기가 낯설지 않다면, 그 이유는 바로 이 사건의 살인범과 형사가 소설의 주인공이 되었기 때문이다. 몇 해 전 나는 추리작가 세미나에서 글래트먼의 사건을 소개한 바 있다. 그때 메리 히긴스 클라크가 내게 좀더 자세한 내용을 물어와서 알려주었고, 그녀는 이를 베스트셀러 소설 『천재 정신과 의사의 살인 광고(*Loves music, Loves to Dance*)』의 소재로 삼았다. 이보다 앞서 조셉 왐바우의 유명한 소설 『어둠이 밝아올 때(*The Onion Field*)』에 등장하는 형사는 바로 피어스 브룩스를 모델로 한 것이며, 그 책에서 글래트먼 사건을 다루지는 않는다.

로스앤젤레스 근처의 다른 경찰 관할구역에서 정보를 모았던 경험을 바탕으로, 브룩스는 캘리포니아의 모든 경찰서를 연계하는 시스템을 제안하여 범죄자들을 좀더 쉽게 추적하고자 했다. 다른 대안인 텔레타이프 통신은 사용하기에 불편해서 정보 공유에 도움이 되지 않았기 때문이다. 하지만 1950년대 말과 1960년대 초의 컴퓨터는 완전히 새로운 발명품이었고 크기도 엄청났으며, 가격 또한 매우 비쌌기 때문에 캘리포니아 주에서는 경찰 업무 때문에 컴퓨터를 살 만큼 재정적 여유가 없다고 반대했다. 결국 브룩스는 그 생각을 잠시 미루어두고 계속 일에 전념해 로스앤젤레스의 살인사건 담당형사 반장을 거쳐 콜로라도 주의 레이크우드 경찰서장이 되었다.

1970년대 중반, 내가 처음 연쇄살인범들의 성장 과정을 진지하게 조사하기 시작했을 무렵 글래트먼 사건이 내 주의를 끌었으므로, 나는 그에 관한 정부문서를 연구했다. 1970년대 후반 나는 '범죄인 성격조사 프로젝트'를 맡고 있었고, FBI 본부의 승인을 받아 유죄 판결을 받은 살인자들과의 면담에 필요한 법무부의 허가를 얻어내려던 참이었다. 프로젝트가 활성화되고 행동과학부가 성장함에 따라, 내가 이전에 내놓았던 개인적인 제안들이 점차 제도화하기 시작했다. 당시는 테텐과 멀리니 요원이 은퇴하여, 내가 FBI의 고참 범죄학자이자 수석 프로파일러가 되었다. 불과 몇 안 되는 인원이 모여 살인, 강간과 유괴사건을 조사하는 정도로 출발했던 우리는 전국의 경찰들을 위해 범인신상분석을 해주고 교도소를 돌아다니며 재소자를 면담하는 공식적인 그룹이 되었다.

FBI 내부에서 어느 정도 우려의 목소리가 있었지만, 나는 경험 많은 현장요원들을 프로파일링 담당관으로 훈련시키는 프로그램을 운영해나갔다. 1979년에는 요원들을 콴티코에 데려다놓고 이제 단순한 기술의 차원을 넘어서 과학에 가까워지고 있는 프로파일링에 대한 집중적인 교육 과정을 받게 한 후 다시 각 근무처로 되돌려 보냈다. 이렇게 교육받은 55명의 요원들은 프로파일링 작업에 있어서 각 지역의 전문가가 되어 우리의 조사 작업에 도움을 주었으며, 우리의 도움을 필요로 하는 사건이 있을 때 담당관 역할을 맡았다. 그들은 우리에게 정보를 모아주었고 다시 우리가 분석한 연구 결과를 지방 경찰국으로 가져갔다.

1981년, 나는 당시 콴티코의 FBI 훈련원 책임자로 있던 제임스 맥켄지와 퇴근 후 술집에 들러 맥주를 마셨다. 당시 나는 머릿속에서 여러 가지 구상을 하고 있었다. 우리는 이미 미국에서, 아니 세계에서 가장 훌륭한 법 집행관 훈련 시설을 갖추고 있었으며, 우리가 보유하고 있는 지문 파일과 증거 분석 연구실은 정평이 나 있었다. 나는 맥켄지에게 최근 법이 바뀌어 이전에는 지방 경찰국이 독점적으로 담당했던 강력 범죄사건에 FBI도 개입할 수 있게 된 점을 이야기했다.

나는 이런 추세에 맞추어 행동과학과 현장조정 분야에서 축적한 연구 자료를 밑거름 삼아 콴티코에 '국립강력범죄분석센터(National Center for Violent Crime Analysis)'를 만들어야 한다고 제안했다. 이 제도 산하에 '범죄인 성격조사 프로젝트'를 두어 신입요원들을 특별히 교육시킨다면 요원들에게 조사 프로젝트의 결과를 숙지시키는 동시에, 실제적으로 수색 영장을 발부 받거나 범죄자들을 면담할 때 지원할 수 있을 터였다.

맥켄지는 짐짓 심각한 얼굴로 이름을 '국립강력범죄연구소(NCAVC, National Center for the Analysis of Violent Crime)'로 바꿔야 한다고 말해, 결국 처음 이름에 단어 두 개가 바뀐 이 명칭이 그대로 사용되었다. 우리는 복잡한 관료 절차와 모든 일에 증명을 원하는 상급 관리자의 작업 방식에 대해 농담을 하며 함께 웃었다. 이후 몇년 동안 그는 NCAVC를 세우기 위해 고군분투했는데, 맥켄지의 노력이 없었다면 처음 아이디어는 그저 묻혀버렸을 것이 틀림없다. 조직은 굳세고 지치지 않는 열정을 지닌 사람이 움직이지 않으면 절대로 변하지 않기 때문이다.

그리고 마침내 NCAVC는 내가 관련하고 있던 콴티코의 행동과학 프로그램을 모두 흡수했다. 콴티코 FBI 훈련원이 1972년 신입요원과 현직요원, 각지에서 온 경찰들을 위한 연수 시설로 첫 발을 내딛었다는 것을 독자들은 기억할 것이다. 이후 현직요원을 대상으로 하는 연수 프로그램 대부분은 NCAVC 산하로 들어갔다. 이렇게 함으로써 독자적으로 유죄가 확정돼 수감생활을 하고 있는 살인범을 면담하러 다니기 전까지는 콴티코에서 전혀 진행하지 않았던 수많은 연구와 정보 수집 프로그램을 통합시킬 수 있었다. 범죄인 성격조사 프로젝트는 물론 어린이 학대, 방화, 강간, 살인자의 심리 상태, 스파이와 그에 대항한 이중스파이, 그리고 형사 재판 등 유사한 주제들을 좀더 심층적으로 연구하는 프로젝트들을 추진하게 된 것이다. NCAVC는 사실상 콴티코의 행동과학 연구와 연수 프로그램을 맡게 되었고, BSU는 세력을 크게 넓혀나갔다.

## 핵심을 벗어나는 수사기관들

우리가 NCAVC의 설립 가능성을 모색하는 동안, 나는 피어스 브룩스라는 사람이 법무부에서 약간의 자금지원을 받아 '강력범죄자 체포 프로그램' 추진 가능성을 타진하고 있는 것을 알게 되었다. 피어스 브룩스는 20년도 더 지나 컴퓨터 작업이 용이해지고 비용도 저렴해지자, 1950년대 말에 품었던 자신의 꿈을 실행에 옮겼다.

하비 글래트먼이 살인을 저지르던 시기와 1980년대 초반 사이, 미국의 전체적인 강력범죄의 양상이 상당히 달라졌다. 1950년대와 60년대에는 미국에서 매년 벌어졌던 대략 만 건 정도의 살인사건 중 거의 대부분이 배우자, 친척, 이웃, 동료 같은 '면식범에 의한 살인'이었기 때문에 1년 안에 해결되었다. 통계학적으로 볼 때 낯선 사람이 범인이거나 '전혀 이해할 수 없는' 이유로 벌어지는 사건은 극히 드물었다.

그러나 1970년대에 들어서면서 이러한 상황은 급반전했다. 현재 미국에서는 매년 대략 2만 건의 살인사건이 발생하고, 이중에서 매년 25.3퍼센트에 달하는 약 5,000건이 미결 사건으로 남아 있다. 피어스 브룩스가 자신의 VICAP 시스템에 등록하려 했던 사건이 바로 이런 사건들이다. 최초로 이 아이디어를 낸 후 20년 동안 그는 범위를 상당히 확장시켜 이 시스템을 캘리포니아 주뿐 아니라 전국적으로 구축하려 했으며, 각 경찰서들이 모두 데이터를 시스템에 입력하고 또 저장해놓은 데이터를 가져가서 미결 사건 해결에 이용하기를 바랐다.

나는 피어스 브룩스를 처음엔 법무연구소 보조금에 대한 도움말을 들으려고 만났고, 다시 연락하여 '범죄인 성격조사 프로젝트'의 고문으로 콴티코에 초청했다. 그는 우리의 작업 진척 상황을 살펴본 후 나와 내 직속상관에게 자신의 계획에 동참해달라고 요청했다. 브룩스의 작업은 법 집행 연구 분야에서 이름을 떨치고 있는 텍사스 주 헌츠빌의 샘 휴스턴 주립대학과 더그 무어 교수의 멋진 사무실에서 진행되었다.

나는 피어스 브룩스처럼 연방정부 보조금을 받아내는 사람을 한 번도 보지 못했다. 전국적인 컴퓨터 시스템을 연구하는 데 있어 정부 방식을 아는 사람이라면 누구나 법무부에 보조금으로 200만 달러를 달라고 요청하겠지만, 브룩스는 약 3만 5,000달러만을 요청하여 그 공금을 철저히 관리했다. 그는 살인사건과 다른 관련 분야의 뛰어난 전문가들을 확보했다. 텍사스에서 열린 회의에 참석할 때, 우리는 비용 절감을 위해 몇 달 전부터 비행기표를 예약하라고 연락 받았고, 또 샘 휴스턴 주립대학에서는 기숙사에 머무르면서 식사시간이 되면 버스를 타고 온 브룩스와 함께 패스트푸드점에 갔다. 공금 낭비는 단

한 푼도 허용되지 않았다. 나는 공금을 관리하는 브룩스의 절약 정신을 보고 감탄했지만, VICAP에 관한 브룩스의 초기 계획이 단기적으로는 효과가 없을 것이라 생각했다.

피어스와 어느 정도 가까워진 후, 나는 그에게 정부와 보조금에 대한 개인적인 견해를 말해주었다. 연방정부는 예나 지금이나 마찬가지여서, 1982년에 대규모 보조금을 받았다 해도 행정부가 1984년에 교체된다면, 새 행정부는 지난 정부와는 달리 보조금을 대주지 않으려 할 수 있다. 그러면 프로그램은 자금 부족으로 소멸될 가능성이 높은데, 만의 하나 그 프로그램을 기존 정부기관에서 추진한다면 다시 보조금을 끌어올 수 있고, 그 액수는 정부기관의 예산으로 굳어질 것이다. 다시 말해 정권교체 시기가 와도 프로그램은 건재할 거란 얘기다.

더구나 VICAP 프로그램을 연방기관 아래에 두면 기존의 직원들과 사무실, 현장 통신시설, 심지어 기존에 설치되어 있는 여분의 컴퓨터 시스템까지 사용할 수 있게 되어, 새로 지원 받은 보조금은 더 유용하게 사용할 수 있을 것이다. 많은 지방 경찰서들이 FBI를 마뜩찮게 생각하지만 VICAP 프로그램 추진에 가장 적합한 기관은 분명 FBI이며, 특히 우연히 시기가 맞아떨어진 NCAVC와 연계하면 가장 이상적일 터였다.

피어스는 내 논리에 동의할 수밖에 없었다. 그래서 우리는 FBI의 후원을 받아 '강력범죄자 체포 프로그램(VICAP)'을 '국립강력범죄연구소(NCAVC)'의 일부로 운영하기로 했다. 정부에서 대규모 신규 보조금을 얻어내면 피어스가 콴티코에 와서 첫 1년 동안 프로그램을 운영하기로 합의를 보았다.

내가 VICAP에 이렇게까지 관심을 가진 이유는 FBI에서 10년 동안 일하며 느낀 바가 있었기 때문이었다. '낯선 사람에 의한 살인'에 직면한 경찰은 대체로 초동수사 단계에서 적절하게 대처하지 못한다. 데이비드 버코위츠가 사람들을 여럿 죽이면서 활보하는 동안, 뉴욕 경찰은 피해자와 살인범 사이의 관계를 파악하지 못하여 시간을 낭비했다. 만일 VICAP가 완벽하게 갖추어져 운영되고 있었다면 그 연관성을 금방 찾을 수 있었을 것이고, 발 빠르게 범인을 체포하여 나중에 벌어질 사건들을 예방할 수도 있었을 것이다.

비슷한 예로 애틀랜타에서 웨인 윌리엄즈가 벌인 연쇄살인사건의 경우, 경찰은 1년이 넘도록 자신들이 연쇄살인범을 쫓고 있다는 사실조차 파악하지 못했다.

경찰은 이런 사건들을 수사할 때 VICAP에서 도움을 얻을 수 있고, VICAP는 NCAVC뿐만 아니라 실종자 찾기 같은 기존 정부 프로그램과 함께 연계하여 사용될 수도 있다. 이것이 이루어지면 조니 고쉬의 부모 같은 사람들이 고통에서 헤어나올 수 있을 것이다. 사람들은 가까운 이의 죽음을 극복할 수는 있지만, 생사여부가 불확실한 상태가 지속되면 상처는 자꾸만 깊어지고 고통은 계속된다. 아이가 유괴되고 10년이 지나도록 고쉬 가족은 아들의 생사여부는 물론 유해라도 찾을 수 있을지, 범인이 다른 범죄로 잡혀서 감옥에 있는지 등을 알지 못해 고통을 받았다. 이런 사람들이 고통에서 해방되기 위해서는 정보가 필요하며, VICAP와 NCAVC는 이들에게 마음의 안정을 선사해줄 정보를 제공할 수 있다.

VICAP에 관한 논의는 1년 동안 계속되었는데, 한번은 텍사스에서 모임을 하던 중 VICAP 전담팀 일원인 전직 기자가 방으로 헐레벌떡 뛰어 들어왔다. 헨리 리 루카스라는 사람이 미국 내 거의 모든 주에서 100건이 넘는 살인사건을 저질렀다고 자백했다는 것이다. 이 전직 기자는 이것이야말로 VICAP의 도움을 절실히 필요로 하는 사건이라며 흥분했다. 우리 모두 이 사건을 계기로 여론이 VICAP의 필요성을 납득해주기를 바라기는 했어도, 살인사건 수사 경험이 많은 팀원들은 루카스 사건에 대해 의심스러운 눈길을 보냈다.

헨리 리 루카스는 여기저기 돌아다니며 막일을 하는 애꾸눈의 40대 후반 남자였고, 1983년 텍사스의 작은 도시에서 한 초로의 여성을 살해한 혐의로 유죄 판결을 받았다. 그는 형을 선고받아도 자기는 그다지 신경 쓰지 않는다고 말했다. 자신은 이 사건 외에도, 친모 살해 죄로 감옥에 갔다가 출옥한 1975년부터 전국을 돌아다니며 혼자서 혹은 또 다른 뜨내기 오티스 툴과 함께 수백 명을 죽였기 때문이라는 것이다. 이러한 폭탄선언과 이후에 이어진 구체적인 자백으로 루카스의 처형이 연기되었고, 이후 7년 동안 전국 경찰들을 열광의 도가니로 몰고 갔다.

처음에 루카스를 체포한 사람들은 텍사스 순찰대원들이었다. 이제 많은 주의 경찰과 보안관 사무실에서 여러 미해결 살인사건을 들고 텍사스로 몰려와서 루카스와 관련이 있는지 확인하려 했다. 텍사스 순찰대원들은 미해결 사건에 대해 관할권이 있는 쪽에서 자세한 사건 개요를 보내주면, 자기네가 조사해서 그쪽에서 텍사스로 와 루카스를 직접 만나야할지 알려주겠다고 넌지시 흘리고 다녔다.

일리노이 주 남부경찰서가 안고 있던 미결 살인사건을 예로 들어
보자. 한 젊은 여성이 편의점 뒤에서 강간당한 후 칼로 살해당했다.
정황 상 범인은 그곳 주민이 아닌 타지 사람인 것으로 추정되었다.
이제 일리노이 주 경찰서에서 이 사건에 대한 서류를 텍사스 순찰대
에 보내고, 텍사스 순찰대는 서류를 감옥의 루카스에게 가져갔다. 텍
사스 순찰대는 루카스에게 간접적으로 질문을 해서 사건이 벌어진
날 일리노이 주에 있었는지, 편의점 근처에서 누군가를 죽인 적이 있
는지를 캐내지 않았다. 대신 피해자의 인종, 성별, 나이를 바로 이야
기하고 때로 범행현장의 사진을 보여주기도 하면서 살인을 저질렀는
지 물어보는 식으로 유도심문을 했다.

　루카스는 영리했기 때문에 사건의 절반 이상은 자신과는 상관이
없다고 대답했으나, 의외로 긍정적으로 대답하는 경우도 상당수 있
었다. 루카스가 사건을 아는 눈치면, 사건이 발생한 지역의 관할 경
찰서에서 텍사스에 사람을 보내 그와 직접 면담을 했다. 흔한 일은
아니었지만 이들이 루카스를 살인사건이 일어난 도시로 데려가려 하
는 경우도 있어, 이때 루카스는 사건이 일어났던 도시로 가서 범행현
장을 방문하고 법정에서 증언하는 등의 과정을 밟았다. 대부분의 경
우 이러한 사건에 대해 유죄 판결을 뒷받침할 다른 증거나 목격자는
없었다. 하지만 놀랍게도 35개 주의 경찰들이 이러한 과정을 밟아
210건의 미해결 사건을 종결시켰다.

　물론 이 과정에서 루카스는 상당한 시간을 에어컨도 없는 텍사스
의 감방에서 벗어날 수 있었고, 짧은 외출이라도 하게 되면 비행기나
차로 먼 지역을 돌아다니며 모텔에서 잠을 자고 레스토랑에서 괜찮

은 식사를 할 수도 있었다. 마치 유명인사를 모셔가는 것 같았다.

이러한 기막힌 게임이 시작되던 초반에 일종의 집회가 열렸다. 전국 각지에서 온 경찰관들이 루카스의 사건을 '논의'하기 위해 편리한 지점에 모이기로 한 것이다. 나는 참석하지는 않았으나 이 집회는 혼란 그 자체였다는 말을 전해들었다. 집회에 참관한 사람들은 모임이 꼭 시장바닥 같았다고 고개를 절레절레 흔들었다. 모든 사람들이 큰소리로 외치고 비명을 지르고 삿대질을 하면서 특정 사건에 대하여 자기주장을 내세웠다고 한다.

내가 생각하기로 이런 꼴불견은 미해결 살인사건을 종결시키려한 경찰서들이 연출했거나 지역 경찰관들이 무료함을 달래려고 루카스 건을 이용한 것도 같다. 그들 대부분은 일종의 '유급휴가'를 받아낼 속셈으로 자신도 텍사스에 꼭 가야 한다고 상사를 설득했던 것이다. 내 상관 중 한 명도 여기 휩쓸려 텍사스로 가서 루카스를 면담하려 했다. 실제로 정보를 얻기 위해서가 아니라, 단지 그렇게 유명한 범죄자와 면담했다는 사실을 자랑하려는 것 같았다. 다행히 내가 직접 CPRP 보조금을 관리하고 있었기 때문에 그 상사의 제안을 거절할 수 있었다.


## 드디어 형사 시스템 구축이 실현되다

FBI 휴스턴 지국의 한 요원이 루카스를 면담하면서 가이아나에서 있었던 살인사건도 그의 짓인지 물어 보았다. 루카스는 "당연하죠"

라고 대답했다. 수사관이 가이아나까지 어떻게 갔는지 물어보자 루카스는 "내 차를 몰고 갔어요"라고 대답했다. 질문이 계속되자 그는 가이아나가 어딘지 정확히는 모르겠지만 루이지애나 주나 텍사스 주에 있지 않느냐고 물었다. 간단히 말하면 그는 아무 생각 없이 미국에서 수천 킬로미터나 떨어진 남미의 가이아나에서 벌어진 집단 자살극도 자기 짓이라고 떠벌린 것이다. 1978년 사이비교주 짐 존스가 주도해 가이아나의 정글에서 '인민사원' 신도 900여 명이 자살한 이 사건은, 루카스와는 전혀 관계가 없었다. 따라서 다른 수백 건의 살인사건에 대한 그의 자백도 거짓임이 분명하다.

결국 펜실베이니아에서 버섯농장 일꾼으로, 플로리다에서 고물상으로 일했다는 기록과 신용카드 영수증들, 그리고 또 다른 증거물들을 대조한 결과, 그가 모든 이야기를 꾸며냈다는 사실이 확연히 드러났다. 〈달라스 타임스 헤럴드〉의 휴 에인즈워스와 짐 헨데슨 기자가 이런 중요한 사실 중 몇 가지를 밝혀냈다. 끈질긴 조사 끝에 루카스가 나중에 자백한 텍사스 살인사건이 발생하던 당시, 실제로는 플로리다 주에 있었다는 사실 등 여러 가지 거짓말이 밝혀졌다.

나는 여러 해가 지나 이런 논쟁이 가라앉은 다음 루카스를 면담했다. 그는 이전에 자백한 살인사건들을 하나도 저지르지 않았다고 주장했고, 좀더 자세히 캐묻자 1975년 이후 열 명이 좀 안 되는, 아마도 다섯 명 정도의 "아주 적은 수의 사람들만 죽였다"고 고백했다. 몇 명이나 죽였는지는 자신도 정확하게 기억하지 못했다. 그저 재미삼아, 경찰이 얼마나 멍청한지 보여주기 위해 이 모든 거짓말을 했던 것이다. 루카스의 우스꽝스러운 연극이 끝나기까지는 7년의 시간이 흘렀다.

처음 우리에게 달려와서 루카스 사건을 알려주었던 전담팀 멤버의 생각은 옳았다. 루카스가 처음으로 충격적인 고백을 시작하던 당시 우리가 이미 '강력범죄자 체포 프로그램(VICAP)'을 운영하고 있었다면 그의 자백 중에 무엇이 진실인지 거짓인지를 판가름하기 쉬웠을 것이다.

우선 미해결 사건을 알아보려는 관할 지역 경찰관들에게 VICAP 양식에 사건에 대한 정보를 기입하라고 요구했을 것이고, 그 양식을 컴퓨터 시스템에 입력한 다음 날짜, 지역, 범죄 방식에 따라 분석했을 것이다. 이렇게 하면 그중 몇 건은 같은 날짜에 벌어졌어도 거리가 멀리 떨어져 동일범의 소행으로 볼 수 없다는 사실을 알 수 있을 것이다. 이런 식으로 가능성을 배제하는 방식을 통하여 매우 신속하게 대상을 좁혀나갈 수 있었을 것이다.

우리가 VICAP 초기 양식을 개발하는 동안, 로스앤젤레스 주 경찰은 '야간 스토커'라는 대형사건을 조사하고 있었다. 100퍼센트 확실한 것은 아니지만, 경찰은 히스패닉 지역에서 벌어진 연쇄살인사건의 용의자가 한 명일 것이라고 추측했다. 우리는 창단 중이던 VICAP 팀에서 사람들을 몇 명 보내 기술적인 지원을 해주기로 했다. 우선은 이 단독범에게 어떤 사람들이 당했고, 어떤 사람들이 안 당했는지 확인하기 위해서였다. 로스앤젤레스 경찰국의 프랭크 살레르노같이 노련한 수사관들은 이러한 차이를 보다 명확하게 구별할 수 있는 사람들이었다. 살레르노는 이전에 힐사이드 교살범 사건 수사 때 핵심적인 역할을 했고, 당시는 야간 스토커 수사를 맡고 있었다.

우리는 VICAP 양식을 검토하는 중이어서 도움은 주되 수사에 직접 끼어들지는 않으려 했다. 다만 우리가 물밑에서 지원을 해주면서, 경찰이 FBI의 정보를 활용한 사례를 보여주는 것이 목적이었다. 결과적으로 경찰은 야간 스토커 리처드 라미레즈를 FBI의 지원을 거의 받지 않고 붙잡을 수 있었다. 그래도 우리는 이 사건을 통해 양식을 개선하는 데 많은 도움을 받았다. 사실 이전 것은 문항이 너무 많아서─위원회가 탁상공론으로 만든 계획안이 흔히 그렇듯─모두 기입하기가 어려워 이후 그 양식을 좀더 간결하게 다듬었다. 여전히 너무 상세해서 경찰관들조차 모두 기입하는 데 한 시간 정도가 걸리긴 했지만 말이다.

1980년대 중반, 우리는 VICAP와 NCAVC을 위한 정부 재정지원을 요청하는 데에 박차를 가했다. 이때는 펜실베이니아 주립대학의 필립 젠킨스가 '1983년~1985년의 연쇄살인범 공포'라고 표현한 시기였다. 《형사재판연구 학보(Criminal Justice Research Bulletin, 1988)》에 실은 논문에서, 젠킨스는 이 기간 동안 신문과 잡지에 실린 수많은 이야기를 인용, 미국에서 다른 어떤 때보다 이 시기에 미해결 사건이 많이 발생했으며 이들 사건 중 상당수가 연쇄살인이라는 점을 지적했다. 그러면서 증가하고 있는 문제를 해결하기 위해 새로운 형사 시스템이 필요하다고 주장했다.

젠킨스는 통계적으로 이러한 문제가 부풀려지고 있다는 증거로 루카스 사건을 들었다. 확실히 1960년대보다는 1970년대와 80년대에 낯선 사람에 의한 미해결 살인사건이 점점 더 증가하고 있는 추세긴 했다. 따라서 젠킨스는 상식적으로 옳은 주장을 펼치고 있었다.

그런데 1980년대 중반, 언론은 이런 사회 문제에 대해서 사람들을 공포증까지는 아니더라도 흥분 상태로 몰아가고 있었다. 사실 FBI에 있던 우리들과 VICAP 창단에 참여한 사람들도 뭔가 큰 문제가 있어서 대책이 필요하다는 인상을 주는 데 한몫 하기도 했다. 우리가 나서서 일반에 공표하려 들지는 않았지만, 기자가 강력범죄에 대한 기삿거리가 없냐고 물어왔을 때 자료의 복사본 한 부를 건넸기 때문이다. 우리는 여론의 흥분을 고조시키면서 워싱턴 정가의 낡은 전략 중 하나를 사용했다. 바로 국회와 행정부 고위 인사의 관심을 끌기 위해 문제를 크게 선전하는 방법이었다.

　하지만 몇몇 관료들이 관심을 끌려고 너무 나선 것은 좀 문제가 있었다. 피어스 브룩스와 나는 좋은 뜻에서 NCAVC와 VICAP 설립을 밀고 나갔지만, 내심 두 가지 모두 당장 성과를 기대하기는 힘든 장기간에 걸친 프로젝트라는 점을 알고 있었다. 컴퓨터 단말기 버튼을 한번 눌러서 범죄자를 단번에 찾아내는 일은 아직까지는 불가능했기 때문이다. 나는 1985년에 공식적으로 VICAP의 활동이 개시된다면, 1995년은 되어야 비로소 제대로 돌아가게 될 것이라고 피어스에게 말했다. VICAP 양식을 기입하고 콴티코에 보내는 작업은 관할 지역 경찰서에서 자발적으로 업무 부담을 해주어야 하는 부분이었다. 사실 각 경찰서들이 이런 지난한 작업을 통해 얻는 이익이 무엇인지 깨닫는 데는 시간이 걸리게 마련이다.

　1984년 6월 21일, 로날드 레이건 대통령은 코네티컷 주의 하트포드에서 열린 '국립보안관협회'의 연례집회에서 '국립강력범죄연구소(NCAVC)'가 설립되었음을 공표했으며 연구소의 주요업무는 연쇄살인범을 식별하고 추적하는 것이라고 덧붙였다. 시험자금은 법무연구소에서 지원했다. 피어스 브룩스는 우리와 함께 운영진으로 아홉 달을 보냈다.

1985년 5월 말, 마침내 우리는 콴티코의 컴퓨터 단말기 앞에 앉아서 처음으로 컴퓨터에 VICAP 양식을 입력하는 과정을 지켜보았다. 27년이라는 긴 세월을 기다린 끝에, 여러 범죄 자료를 비교하는 피어스의 꿈이 마침내 실현되는 순간이었다. 사흘 후 피어스는 이 프로그램을 나에게 인계한 후 원래 있던 오리건 주로 돌아갔다.

NCAVC의 네 가지 기본 프로그램은 조사와 개발(이 내용은 대부분 나의 범죄인 성격조사 프로젝트로 구성되었다), 연수 프로그램(현장요원과 지역 경찰 대상), 그리고 프로파일링과 VICAP였다. 원래 VICAP의 계획은, 한 명의 관리자와 함께 다수의 초급 분석가들이 기입된 양식에서 데이터를 추려 컴퓨터로 입력하는 실질적인 작업을 하고, 다른 사람들은 지역 경찰서들이 이 양식에 미해결 살인사건 및 다른 폭력 범죄에 관한 내용을 채워넣도록 설득하는 것이었다.

하지만 상부에서는 첫 해에 나온 보조금을 컴퓨터 장비구입에 몽땅 쏟아 부었다. 그 결과 우리는 번쩍거리는 새 전자 장비를 가지게 되었지만, 아무도 시스템에 정보를 입력하는 단조롭고 시간만 드는 작업을 하려 들지 않았다. 1980년대 말 내가 은퇴할 때가 다 되어서야 중간급 기술자를 고용할 수 있었고, 이들이 데이터를 입력하는 동시에 지역 경찰서들에게 양식을 기입해서 보내달라고 설득하기 시작했다. 결과적으로 VICAP가 무엇을 할 수 있는지 보여줄 기회가 열린 것이다.

지금도 VICAP 프로그램에 성의 있게 참여하지 않는 주요 도시와 주들이 많이 남아 있다. 이들이 참여를 거부한다는 것은 바로 시스템이 설정된 목표를 달성하기에 다소 역부족이라는 얘기다. 나는 연방 정부가 지역 경찰서에, 자기들만의 '단일범죄보고시스템'에 입력하는 것과 동시에 VICAP에도 미해결 폭력범죄를 보고하도록 강제해야 한다고 생각한다. 만약 그렇게 된다면 VICAP 보고 시스템이 모든 경찰서들의 표준 절차가 될 것이고, 미해결 살인사건은 현재 25퍼센트에서 5~10퍼센트까지 떨어질 수 있다고 확신한다.

내가 이렇게 생각하는 데에는 근거가 있다. VICAP는 현재 추적하고 있는 연쇄살인범들하고만 관련이 있는 건 아니다. 예를 들어 우리는 매사추세츠 주의 피해자 A의 칼에 베인 상처와 뉴햄프셔 주의 피해자 B의 상처 모양을 서로 비교할 수 있다. 그런 다음 경찰에게 용의선상에 올릴 연쇄살인범들에 관한 정보를 주며, 이렇게 얻은 정보를 다른 많은 범죄에도 적용할 수 있다.

또 뉴저지에서 총기 살인사건이 일어났는데 총알은 발견되었지만 범인은 찾지 못했다고 가정해 보자. 범인은 찾지 못했지만 그래도 입수된 정보는 VICAP에 입력된다. 2년 후 텍사스에 있는 한 술집에서 한 남자가 강간 미수로 체포되었고 총 한 자루를 압수한다. 그 총 정보를 VICAP 컴퓨터에 입력하고 실행시켜서 일치하는 자료가 나온다면, 텍사스 주에서 붙잡은 남자가 뉴저지 주의 미해결 살인사건과 관련이 있다는 증거가 될 수 있다.

우리는 아직 그 정도 수준은 아니지만 앞으로 꼭 도달할 수 있을 것이다. 1991년 여름이 끝나가고 내가 이 책을 쓰고 있는 지금,

VICAP가 그 어느 때보다 간절히 필요해졌다. 최근 들어 루이지애나 주 걸프포트에서 도널드 리로이 에반스는 열 살짜리 소녀를 살해했다고 시인한 뒤, 1977년부터 20개 주에서 60명이나 살해했다는 충격적인 고백을 했다. 현재 그중 두 건이 확인되었으므로 에반스는 사람을 가장 많이 죽인 연쇄살인범으로 여겨지고 있으나 아직 확실한 것은 아니다. 꼼꼼하게 조사하지 않는다면 1980년대 초반 헨리 리 루카스를 둘러싸고 벌어졌던 일대 소동이 다시 벌어질지 모른다. 가장 좋은 방법은 에반스가 자백한 모든 범죄 내용을 구체적으로 VICAP 컴퓨터에 입력해 피해자들의 신원을 FBI의 실종자 및 신원 미확인 시신 목록파일과 대조하는 것이다.

현재 앞에서 언급한 시스템들은 비록 상호연계되어 있진 않지만, 모두 사용 가능한 상태다. 미국 내에서는 아직 VICAP 작업에 참여하길 거부하는 주나 도시들이 몇 군데 있지만 해외로 시선을 돌리면 영국과 호주, 뉴질랜드, 한국, 그리고 여러 나라들이 이 프로그램에 지대한 관심을 보여주고 있다.

은퇴 후 나는 이중 몇 나라에서 VICAP와 범죄 프로파일링에 관한 세미나를 열었다. 이들 나라에서는 보다 빠르게 강력범죄자를 체포하기를 바라는 마음에서 기꺼이 힘을 합치고 자료를 보내주었다. 애당초 추측했듯이 VICAP는 1995년이 되어야 제대로 돌아갈 것 같다. 1985년 당시 내가 그렇게 말했을 때 FBI 분위기가 썩 좋진 않았지만, 이제 보니 꽤나 정확한 추측이었던 것 같다.

11

TV에 나온
두 살인마

## 범죄자와의 토크쇼 방송

1988년 6월 20일, 나는 전국에서 가장 악명 높고 위험한 연쇄살인범 두 명이 출연하는 전무후무한 '폐쇄회로 토크쇼'의 진행자가되었다. 바로 콴티코에서 '강력범죄자 체포 프로그램(VICAP)'을 널리 보급하기 위해 개최한 '제1회 국제살인심포지엄'에서 있었던 일이다.

이 심포지엄에는 미국과 해외의 법 집행 분야 공무원 300명이 참가했고, 목표는 여러 국가간 살인사건 수사 진행 절차를 표준화하여실제로 시행하는 것이었다. 각국에서는 여태까지와는 다른 방식으로범행현장을 조사하고 목격자를 심문하거나 살인범을 추적하던 상황이었다. 그래서 나는 VICAP 책임자로서 미국의 강력범 검거 방식을심포지엄 참가자들에게 널리 알리고 싶었다.

우선 FBI의 첫 번째 계획은 일단 이 프로그램을 워싱턴에서 적용해보는 것이었다. 두 번째 계획은 참가자들에게 어디에서도 겪어보지 못한 경험을 선사하는 것이었는데, 그런 이유로 악명 높은 두 연쇄살인범과 생방송으로 면담을 진행하게 된 것이다. 나는 거의 10년간 두 사람과 면담을 해왔기에, 우리와 '함께 해' 달라고 캘리포니아와 일리노이 주의 교도소에 있는 존 웨인 게이시와 에드먼드 캠퍼를 설득할 수 있었다. 다행히 둘 다 나를 믿어 주었다. 아마 내가 이 모든 과정을 밟지 않고 개인적으로 요청했다면 이런 이례적인 면담에 동의하지 않았을 것이라 생각한다.

모든 준비를 마치고 났을 때 FBI의 한 사무직 요원이 꼭 행사 진행을 맡고 싶다고 자원해왔다. 나는 그 친구에게 게이시와 캠퍼는 내 목소리를 기대하고 있을 것이어서 다른 목소리가 들리면 아마 쇼를 취소할 것이고, 그러면 우리 모두 망신만 당할 것이라고 대꾸해 주었다. 그리하여 이 사무원은 소개말만 하고 나에게 진행을 넘겼고, 조용히 앉아 주의 깊게 면담을 경청했다.

사실 위성을 통해 수감 중인 살인자를 인터뷰한다는 생각은 제랄도 리베라 텔레비전 프로그램의 제작진이 꺼낸 아이디어였지만, 나는 상업방송에 살인자가 출연하고 FBI 요원이 옆에서 돕는다는 것이 탐탁지 않아 그런 제안을 거절했다. 리베라 방송은 캘리포니아 교도소 당국을 설득해 찰스 맨슨을 생방송에 내보내려 했으나 실패하고 말았다. 대신 교도소 측은 프로그램 관계자의 면회는 물론 맨슨과의 인터뷰도 허심탄회하게 녹화할 수 있도록 허용했다. 훗날 이 인터뷰는 몇 부로 나뉘어 방송되었고, 방송되는 동안 노스이스턴 대학의 잭 레빈 박사와 내가 맨슨의 말을 분석했다.

그에 비해 우리의 '폐쇄회로 토크쇼'는 대화식이었다. 비디오카메라가 렌즈를 응시하고 있는 두 사람의 얼굴을 찍어서 위성으로 콴티코에 전송하고, 거대한 화면에 영상이 뜨면 나는 청중에게 슬라이드로 이들이 저지른 사건의 개요를 설명했다. 그러고 나서 청중의 질문을 받아 두 사람에게 전했다. 우리는 둘을 볼 수 있었지만 그들은 우릴 볼 수 없고 목소리만 들을 수 있었다. 두 사람은 90분 동안 질문에 답했는데, 게이시와 캠퍼는 둘 다 흉악한 연쇄살인범이라기엔 너무나 지적이었고 말도 조리 있게 했다.

1978년 말 크리스마스 휴가를 시카고에서 보내려고 가족들을 태우고 차를 몰고 가던 중, 나는 라디오를 통해 시카고 교외의 데스플레인스 근처 작은 집 지하에서 시체가 발견되었다는 소식을 들었다. 내가 어린 시절을 보낸 일리노이 주 오헤어 비행장에서 멀지 않은 곳이었다. 라디오에서 기자는 이미 여러 구의 시체가 발견되었고 시체가 더 있을지도 모른다고 전했다.

연쇄살인에 관심이 많은 사람으로서 이는 지나칠 수 없는 중요한 기회였다. 나는 휴가고 뭐고 가족들을 친척집에 맡겨둔 채, 몇 마디 인사와 사과만 하고는 카메라를 들고 쏜살같이 범행현장으로 갔다. 여러 사람들이 분주하게 움직이고 있었는데, 그중 대부분은 사라진 피붙이의 흔적을 찾는 피해자 가족들이었다.

나는 그곳 FBI 요원에게 도움을 청했고, 그는 새로 꾸려진 수사팀의 반장이자 전 데스플레인스 경찰서장인 조 코잰크작을 소개해주었다. 사체 수색과 발굴은 쿡 카운티 보안관 사무소가 담당하고 있었고, 다른 수사관들도 만날 수 있었다. 그러다가 콴티코에서 내 강의를 들었던 부보안관 하워드 배닉을 우연히 만나 사건 설명을 빠르고 정확하게 들었다.

사건의 발단은 이랬다. 1978년 12월 11일은 엘리자베스 피에스트의 생일이었다. 그녀는 데스플레인스의 한 약국에서 일하는 15살 난 아들 로버트를 기다리고 있었다. 아들과 집에 가서 가족 파티를 하기 위해서였다. 로버트는 엄마에게 어떤 토건업자가 약국 일보다 급료를 두 배나 더 주겠다고 해서 여름에 있을 공사장 일을 상의하려고 주차장에서 보기로 했다고 이야기했다.

그런데 10분이 지나도 아들이 돌아오지 않자 엘리자베스는 불안해졌고, 집으로 돌아와 경찰서에 연락했다. 경찰은 한창 성장기인 사내아이들은 집에 들어올 시간이 되어도 안 돌아오는 경우가 종종 있다며 그녀를 진정시키려 했다. 하지만 그날 밤 11시 반이 되자 엘리자베스는 더 이상 기다리지 못하고 경찰에 아들을 찾아달라고 요청했다.

시카고 지역에서만 한 해에 실종신고가 약 2만 건 들어오는데, 그 중 1만 9,000명 이상이 몇 시간 지나지 않아 발견된다. 그래서 경찰은 이번 사건처럼 실종된 지 얼마 지나지 않은 경우 건성으로 수색할 때도 많다. 하지만 조 코잰크작 반장 역시 로버트와 같은 학교에 다니는 15살 먹은 아들이 있었고, 로버트가 착한 아이며 체조선수라는 사실도 알고 있었기 때문에 제대로 수색하기로 마음먹었다. 아무 말 없이 가출하여 집에 전화도 하지 않을 아이가 아니었으므로 뭔가 잘못된 것이 틀림없었다. 그리하여 약국에 있던 사람들을 조사하던 중에 코잰크작 반장은 그 지역의 토건업자인 존 웨인 게이시가 12월 11일 약국에 와서 현장사진을 찍고 치수를 재는 등 개보수 견적을 내고 있었다는 것을 알게 되었다.

코잰크작 반장은 재빨리 게이시의 전과기록을 검토했지만 별 다른 점을 찾을 수 없었다. 그런데 13일 아침, 상의할 문제가 있다며 게이시가 제 발로 경찰서를 찾아왔다. 게이시는 서른여섯 살의 작고 통통한 남자로 이중 턱에 검은 콧수염이 있었다. 겉으로 보기엔 정직하고 시민정신이 투철한 사업가였으며, 인테리어 디자인과 보수작업을 겸하는 토건업자였다.

그는 지역 정치인에 연줄을 대고 있었고, 당시 영부인이었던 로잘린 카터 여사가 참여한 폴란드 제헌절 행렬을 이끌어 여사와 사진을 찍기도 했다. 또 여러 자선 행사에서 아이들을 즐겁게 해주려고 광대 분장을 하기도 했다. 그는 1972년 이래로 줄곧 같은 집에서 살아왔으며 지역 사회에도 잘 알려진 사람이었다.

게이시는 코잰크작 반장에게 로버트를 알지도 못하고 어떤 계약도 한 적이 없다고 했다. 코잰크작 반장이 게이시에게 그가 아이와 함께 있는 걸 본 사람이 있다고 하자, 게이시는 주차장에서 로버트 근처에 있었지만 그 이상은 아니라며 말을 살짝 바꿨다. 코잰크작 반장은 후일 내게 게이시가 혐의를 부인했던 방식이 지나치게 능숙하면서도 완전히 설득력이 있진 않아서 직감적으로 거짓말을 하고 있다는 느낌을 받았다고 했다.

코잰크작 반장의 부하가 수색영장을 얻어 게이시의 집을 마구잡이로 수색하다가 10대 소년이 입을 법한 옷가지와 로버트가 일하던 데스플레인스의 약국에서 현상 중인 필름의 영수증을 발견했다. 조사 결과 로버트가 같은 약국에서 일하는 소녀에게 재킷을 빌려주었고 소녀는 필름을 현상하려고 기계에 넣었으며, 실수로 재킷 주머니에 영수증을 넣어둔 채 로버트에게 재킷을 돌려준 것이다.

코잰크작 반장과 그의 상관들은 정보를 충분히 확보하지 못했을 뿐더러, 게이시를 아무런 혐의도 없이―로버트가 공식적으로는 여전히 실종 상태였기 때문에―체포할 수는 없다고 생각했다. 하지만 게이시를 철통같이 감시하면서 친구들과 동료들, 주변 사람들을 닦달했다.

말 그대로 철통 같은 감시였다. 게이시가 어디를 걷든 감시자들이 붙었고, 차에 타면 감시자들은 범퍼가 맞물려 움직일 수 없을 정도로 차에 달라붙는 등 그를 약 올려 어떤 행동을 유발시키려 했다. 처음엔 게이시도 침착했다. 미행자들에게 그네들의 멍청한 상관 탓이니 개인적인 책임을 묻지 않겠다고 대꾸했고, 길이 막혀 미행자들이 자기를 놓치는 일이 없도록 다음 목적지를 미리 알려주는가 하면, 식당에서 점심을 대접하기도 했다.

하지만 감시가 시작된 지 닷새가 지나자 그는 면도도 안 하고 술을 마시기 시작했으며, 마약을 하고 사람들에게 고래고래 소리를 질러댔다. 그래도 크리스마스 시즌이 되자 평소처럼 집 앞에 전구 장식을 달았다.


## 당대 최악의 살인마 존 게이시

결국 게이시는 변호사 두 명을 고용해 감시 때문에 도저히 일을 할 수 없다면서 경찰에 소송을 걸었다. 소송이 시작된 다음날인 12월 20일, 코잰크작 반장은 게이시가 1968년 아이오와 주에서 미성년자와 남색을 한 혐의로 기소되었다는 서류를 입수했다. 그 죄로 교도소에서 여러 해를 보냈으며, 모범수였기 때문에 상공회의소 산하 교도소에서 생활하기까지 했다. 10년형을 선고받았으나 성실한 태도가 인정되어 1970년 가석방되었다.

출소한 후 게이시는 일리노이 주로 거처를 옮겼고, 1972년 중반에는 한 청년이 게이시가 동성애자 구역에서 자신을 집으로 데리고 가서는 해치려 했다고 주장하며 그를 심한 구타와 무자비한 폭행을 가한 혐의로 고소했다. 며칠 후 체포된 게이시는 그 청년이 고소를 취하하는 조건으로 돈을 뜯으려 한다며 경찰에게 그를 체포해달라고 요청했다. 결국 청년이 법정에 나타나지 않자 게이시에 대한 고소는 기각되었다.

새로운 정보로 무장한 코잰크작 반장은 전체 수색영장을 신청할 수 있는 충분한 근거가 있다고 판단, 쿡 카운티 보안관 사무소와 함께 영장을 발부 받아 게이시의 집을 급습해 티끌 하나까지 철저히 수색했다. 당시 게이시는 집에 있었다. 수색 후 수사관들은 집 안에 로버트를 불법으로 감금한 혐의로 게이시를 고발했다. 처음에 게이시는 범행을 부인했지만, 결국 정당방위로 자신의 동성애 파트너 중 하나를 죽일 수밖에 없었고 시체를 차고 콘크리트 바닥 아래 묻었다고 자백했다.

수사관들이 지켜보는 가운데 그는 콘크리트 바닥에 놓여있던 페인트 통을 치우고 시신이 묻혀 있다는 자리를 스프레이로 표시했다.

나중에 경찰은 집 안에서 좁은 비밀장소로 통하는 뚜껑 문을 발견했다. 안으로 기어 들어가보니 부패한 시신 세 구와 다른 시체들의 일부분이 발견되었다.

게이시는 체포되어 살인죄로 기소되었다. 형사 대여섯 명이 입회한 가운데 이루어진 최초 진술에서, 그는 자신이 로버트 피에스트를 살해했고, 다른 27명의 소년도 살해했으며, 시체는 대부분 집 아래에 암매장했다고 진술했다. 하지만 로버트를 포함하여 최근에 살해한 시체 몇 구는 데스플레인스 강에 버렸다고 자백했다.

경찰은 게이시의 집으로 가 땅을 완전히 파헤쳤다. 그리고 땅 위에 집 외벽과 지붕, 지지대만 남길 정도로 철저하게 발굴 작업을 수행했다. 쿡 카운티 소속 검시관은 기자들에게 "반지, 허리띠 버클, 단추 등 증거가 될 만한 건 뭐든지 피해자의 신원을 확인하는 데 도움이 됩니다"라고 말했다. 이는 게이시가 피해자 중 겨우 몇 명의 이름밖에 기억하지 못했기 때문이다.

수습을 완전히 끝내고 나서 세어보니, 시체는 집 안에 있던 29구와 강가의 4구를 합쳐 모두 33구였고, 이 숫자는 미국 범죄 역사상 한 개인이 살해한 사람 수 중 단연 최고였다. 대부분의 시신은 15세에서 20세 사이의 소년으로, 테드 번디가 더 많은 사람을 살해했을 수도 있지만 시체가 전부 발견되지도 않았고 전적으로 그의 소행으로 돌릴 수도 없기에, 존 게이시는 공식적으로 당대 최악의 살인마가 되었다.

게이시는 처음에는 살인에 대해 시시콜콜 진술하다가 변호사 조언을 받은 후에는 일체 입을 다물었다. 그의 살인행각은 1972년 1월의 어느 날 밤부터 시작되었다. 그는 시카고 중심가 부근 그레이하운드 버스 정거장 근처를 배회하며 동성애 파트너를 찾고 있었다. 그리고 소년 한 명을 집으로 데려와 성관계를 가졌다. 게이시의 말에 의하면, 다음날 그 아이가 칼을 들고 덤벼들어 몸싸움을 벌이다가 결국 가슴을 칼로 찌르고 말았다고 한다. 그는 시체를 집 안에 있던 비밀 장소에 묻었다.

1972년 그는 두 번째 결혼을 했다(첫 결혼은 게이시가 아이 둘을 남기고 교도소에 들어가는 바람에 이혼으로 끝났다). 두 번째 아내는 남편에게 그가 집으로 끌어들인 젊은 남자들의 지갑에 관해 물었지만, 그는 상관하지 말라고 버럭 소리를 질렀다. 아내는 할 수 없이 그런 문제에 대해 신경을 끊기로 했다. 얼마 후 그녀는 집에서 이상한 냄새가 난다고 툴툴거렸고, 이에 놀란 게이시는 아내가 휴가를 떠난 틈을 타 시체 위에 콘크리트를 부어 냄새를 숨겼다고 한다. 다음 몇 해 동안은 두 번째 아내의 어머니와 전처소생 아이들과 함께 살았는데, 장모의 말을 빌리자면 '죽은 쥐의 악취'가 계속 났다고 한다. 살인행각이 계속되었던 것이다.

게이시는 두 번째 저지른 살인을 정확하게 기억하지 못했다. 1972년과 1975년 사이라고만 기억했고, 이후 법의학적 증거물을 토대로 날짜가 추정되었다. 그는 어떤 젊은이의 목을 조른 후 땅에 묻기 전 침실 옷장에 넣어두었는데, 피해자의 입에서 체액이 흘러나와 카펫에 얼룩이 지자 입을 헝겊 같은 걸로 틀어막아 증거가 될 체액이 흐르지 않게 했다고 털어놓았다.

또 처음에 했던 자백에 따르면, 1975년 중반 게이시가 고용했던

20살의 공사장 인부 존 부코비치가 친구 몇 명과 집으로 찾아와 밀린 임금을 달라고 요구했다. 존은 별 소득 없이 말다툼을 하다가 돌아갔고, 게이시는 그날 밤 늦게 차를 타고 드라이브를 하던 중 존을 만나 차에 태웠다. 그는 존을 집으로 데려와 마실 것을 내주고는 '수갑 묘기'를 보여주겠다고 했다. 일단 존이 수갑을 차게 되자 게이시가 무슨 짓을 하던 속수무책이었다. 존은 흥분하여 게이시에게 수갑에서 풀려나면 당장에 죽여버리겠다고 난리를 피웠고, 게이시는 대답 대신 두 번째로 끝내주게 재미있는 '밧줄 묘기'를 보여주겠노라고 했다. 그는 존의 목에 밧줄 올가미를 걸더니 그 사이에 막대기를 하나 넣고 천천히 조여 질식시켰다.

게이시의 수갑과 밧줄 묘기에 대해서는, 게이시가 차에 태워 집으로 끌어들였던 다른 여러 젊은이 중 이 '마술' 시범을 거절해 목숨을 부지할 수 있었던 사람들의 진술로 자세히 알려졌다. 불행히도 존은 '마술'에 걸려들었고, 싸늘하게 식은 채 차고 근처 공구실의 비밀 장소에 끌려들어가 콘크리트에 파묻히고 말았다.

존 부코비치의 가족은 당시 게이시를 용의자로 지목했지만 경찰은 엉뚱한 용의자를 추적했다. 존의 가족은 훗날 기자들에게 "경찰이 우리 말에 조금이라도 관심을 가졌더라면 많은 생명을 구할 수 있었을 거예요"라고 말했다. 대부분의 경찰이 그렇듯, 이 사건을 맡았던 경찰도 존을 단순히 전국 수천 명의 가출 젊은이 중 하나라고 생각했던데다가, 아무런 혐의도 없이 게이시의 집을 수색할 수 없었기 때문에 영장을 신청하려면 명확한 증거를 확보해야만 했다.

훗날 게이시가 피해자들을 유혹하고 처리했던 기술과 가학성 변태성행위가 속속들이 밝혀졌다. 그는 보통 동성애자 구역을 돌며 범행 대상을 물색했고, 희생자 대부분이 한동안 안 보여도 신경 쓸 사람이 없는 뜨내기들이었다. 그 외의 경우는 집 근처에서 물색했거나, 밀린 임금을 돌려주겠다는 구실로 예전에 고용했던 젊은이들을 집으로 불러들이기도 했다.

일단 그렇게 피해자들을 집에 끌어들인 다음에는 마약과 술을 억지로 권하고 영화를 보여주기도 했다. 처음엔 이성애 포르노 영화를 보여주다가 곧 동성애 포르노를 보여주었고, 상대방이 완강히 거부하지 않으면 수갑 묘기와 밧줄 묘기를 펼쳤다. 피해자가 꼼짝할 수 없게 되면 게이시는 그를 성폭행했다. 그 후 피해자를 욕조에 넣었고, 때론 피해자의 머리에 비닐봉지를 씌우기도 했으며, 거의 죽기 직전까지 질식시키는가 하면 다시 성폭행이나 고문하기 위해 살려두기도 했다.

게이시는 IQ가 높은 사람이었다. 더 중요한 사실은 뛰어난 말재주로 고도의 속임수를 써 피해자의 불신과 의심을 해소시킬 수 있는 사람이었다는 점이다. 그는 죽이기 전에 먹잇감을 집 한가운데로 데려와야 직성이 풀리는 거미 같았다. 테드 번디가 여성의 얼굴을 쇠지레로 내리친 반면, 게이시는 총이나 칼로 위협하거나 둔기로 때리는 대신 속임수와 사기로 피해자를 꼼짝 못하게 했다. 유괴, 성폭행, 살인을 거듭할수록 의식과 고문 방식은 정교해졌고, 게이시는 점점 노련한 살인 전문가로 변해갔다. 그것이 게이시의 과대평가건, 경찰을 비롯한 다른 사람들의 과소평가건 간에 말이다.

## '살인' 과 '봉사' 의 이중 생활

1976년 2월, 게이시의 두 번째 아내와 처가 식구들이 떠났고, 살인은 대략 한 달에 한 번 꼴로 점점 더 잦아졌다. 게이시는 살인을 계속하면서도 용의자로 지목되지 않자 스스로 무적이라고 믿었음에 틀림없다. 점점 대담하고 거만해졌으며, 더 이상 동성애자 구역의 정체불명의 사람들에게 의지하지 않고 거리에서 희생자로 삼을 소년들을 바로 데려왔다. 승마장 마구간에서 집으로 돌아가는 길이었던 희생자도 있었고, 나머지는 대개 게이시가 고용한 아르바이트 학생들이었다. 열다섯 살에서 스무 살 사이의 소년들이 쥐도 새도 모르게 사라졌고, 경찰은 그중 대부분을 단순 가출로 치부했다.

살인이 이어지는 동안에도 게이시는 지역 사회에서는 물론 사업상 성공을 거듭했다. 지역의 유명인사가 되었고, 손수 만든 광대 옷을 입고 병원의 어린이 병동을 순회했으며, 400명의 이웃을 위해 매년 동네 파티를 벌였다. 지역 민주당의 한 임원은 기자들에게 이렇게 말했다.

"그 사람은 언제나 어떤 허드렛일이든 마다하지 않았어요. 창문 닦기, 회의 의자 배치하기, 심지어 새는 수도꼭지 수리까지 도와줬죠. 평판이 꽤 좋은 사람이었습니다."

처음에 신문의 논조는 게이시가 '지킬 박사와 하이드' 같은 이중인격자라는 시각이 주를 이루었다. 하지만 다른 사례에서도 입증했듯 '지킬 박사와 하이드' 이야기는 이런 종류의 살인을 설명하기에 적합하지 않다. 살인자는 죽음의 그림자를 늘 품고 있으면서도 바깥 세상에는 그것을 숨기고 성공적으로 사회생활을 하는 경우도 많았다.

게이시의 과거를 추적하자 15년이나 계속되어 온 잔인한 이면이 드러났다. 1960년대 아이오와 주에서 첫 번째 장인의 프라이드치킨 전문점 세 곳을 관리하던 시절, 점장이라는 신분을 악용해서 어린 남자직원들을 꾀어 성행위를 하기도 했다. 쿡 카운티의 지방검사가 제출한 '공식 사건 진술서'에는 "게이시는 젊은이들이 오럴섹스를 해주면 자기 첫 번째 부인과 성행위를 허락했고, 동성 성폭행 피해자가 당국에 고발하면 법정에서 증언하지 못하도록 다른 젊은이를 고용해 폭행하고 설득했다"고 씌어 있다. 이러한 사실은 집안이 막강한 어떤 피해자 한 명이 게이시가 남색 혐의로만 고발 및 기소되어 수감된 사실에 항의하고 나서야 드러났다.

게이시의 집에서 졸업반지, 자동차등록증 같은 희생자 소지품이 발견되었고, 한번은 직접 피해자의 차량을 자기 직원에게 팔아 넘긴 적도 있었다는 사실도 드러났다. 사실 예전에는 거의 모든 피해자에게서 얻은 전리품을 자기 집 지하의 좁은 비밀장소와 다른 은닉처에 쌓아두고 있었는데, 1978년부터 그곳이 시체로 꽉 차서 자리가 없게 되자 피해자의 시체를 다리 위에서 데스플레인스 강에 버리기 시작했다.

1978년 12월 12일, 코잰크작 반장과 수사관들이 심문하기 위해 게이시의 집을 찾았을 때, 로버트의 시체는 여전히 집 안에 있었다. 하지만 경찰의 강도 높은 감시가 시작되기 전 게이시는 시체를 집 밖으로 살금살금 들고 나와 강에 버렸는데, 그 시체는 게이시의 재판이 끝날 때까지도 발견되지 않았다. 그때까지 피해자 중 신원이 정확히 확인된 사람은 겨우 절반밖에 없었다.

재판에서 게이시의 변호인단은 의뢰인이 다중인격으로 고통받고 있으며, 살인을 한 건 '잭 핸들리'였다고 주장했다(게이시는 자기 안에 있는 '잭'과 '존'이 정반대의 인격이라고 넌지시 말을 흘렸다). 그가 적당히 둘러댄 잭 핸들리는 시카고 지역의 경찰관 이름이었다. 그 후로도 여전히 게이시는 사업 특성상 자기 집 열쇠를 여러 사람들이 가지고 있으며, 몇몇 동료가 자기 집에서 살기도 했으므로 그 사람들이 살인을 저질렀을 수도 있다고 주장했다.

또 첫 진술을 번복하면서, 자기는 33명이 아니라 단지 몇 명만 죽였을 뿐이고, 성관계를 가진 젊은이들을 모조리 죽인 것은 아니라고 말했다. 이러한 주장은 게이시의 변호사가 재판에 사용하기 위해 녹음해둔 60시간 가량의 오디오 테이프에 담겨 있으며, 다른 많은 살인 혐의를 인정한 게이시의 목소리도 포함되어 있다.

이에 주정부는 게이시의 집에 머물렀던 동료 두 명이 연관되어 있을지 모른다는 증언은 무시하고 게이시만 단독으로 고발했다. 큰 사건의 경우에는 이런 식으로 지방검사가 확실한 용의자만을 고발하고 나머지는 고발을 보류하는 경우가 종종 있는데, 이렇게 단순화하지 않으면 기소 과정이 복잡해지기 때문이다. 누가 봐도 유죄가 확실한 사람을 아무런 걸림돌 없이 기소하려면 무엇보다 사건을 신속하게 처리하는 것이 중요하다.

재판에서 게이시와 변호인단은 정신이상을 이유로 들어 무죄를 강변했다. 검사 측은 게이시가 피해자를 끌어들여 못 움직이게 묶은 다음, 죽이기까지의 살인 과정을 단계별로 재현하면서, 피해자를 죽인 후 의도적으로 시체를 은폐했으므로 이는 계획적인 살인이라고 맞섰다. 또 피고는 범행을 저지를 당시 옳고 그름을 알고 충분히 인지하고 있었다고 주장했다. 거의 6주간의 재판이 진행된 후 배심원들은 33명을 살해한 혐의에 대해 유죄판결을 내렸으며, 게이시는 전기의자형을 선고받았다.

판결이 난 후 나는 존 게이시에게 면담을 요청했고 이 요청이 받아들여져 BSU의 동료와 함께 그를 만나러 갔다. 게이시는 어렸을 때부터 나를 알고 있었다고 했다. 우리 둘의 집은 네 블록밖에 안 떨어져 있었고, 자기가 우리 어머니에게 식료품을 배달한 것도 기억하고 있었으며, 심지어 우리집에 있던 특이한 화분 모양까지 줄줄 늘어놓았다. 그래서 우리는 처음에는 이웃에 대한 이야길 나누었고, 그러면서 점점 관계를 발전시켜나갔다. 나는 살인자와 이야기 나누는 법을 충분히 배웠으므로, 게이시가 저지른 일을 비난하지 않고 좀더 객관적인 근거로 다가설 수 있었다.

당시 게이시는 경찰들, 심리학자들, 법원에서 일하는 사람들은 모두 자기를 이해하지 못하고 자기보다 지능도 낮은 바보들이라고 확신했지만, 나는 지능적인 살인범과 대화하는 법을 이미 터득한 터라 그의 삶에 대한 이야기를 논리적으로 풀어나갈 수 있었다.

게이시는 자신이 예전에 고용했던 인부 두세 명이 범죄에 연루되어 있다고 말했다. 그 말을 듣고 나는, 나 역시 게이시처럼 경찰이 그 인부들을 좀더 적극적으로 추적해야 한다고 말해주었다. 그때도 진심이었지만, 지금도 나는 아직 파헤치지 않은 진실이 있을 수도 있다고 생각한다. 혹시라도 그 연쇄살인에 다른 사람들이 연루되어 있었을지 누가 알겠는가.

　게이시는 언론에 직접적으로는 이야기하지 않으려 했고, 언론사에서 인터뷰 조건으로 돈을 주겠다고 해도 한사코 거절했다. 그는 때가 되면 자기 이야기를 털어놓겠노라고 말했고 나도 그렇게 하라고 했다. 하지만 나는 그에게 무엇보다 솔직해야 하며 피해자를 모두 죽이진 않았다고 주장하지 말라고 충고했다. 또 사실 나는 그가 33명 이상을 죽였을 거라고 생각한다고 이야기했는데, 그 이유는 14개 주를 여기저기 돌아다니던 그였기에 여러 동성애자 구역에서 뜨내기들을 불러모을 수 있었을 터였기 때문이었다. 게이시는 이런 나의 지적에 긍정도 부정도 하지 않았다.

## 스스로를 변호하는 이상성격

　나는 여러 해 동안 게이시와 계속 연락하며 지냈다. 최근에 나눈 대화 중에, 그는 자기가 죽인 소년들이 "쓸모없는 호모자식들에다 남자 매춘부들"이라고 비하했다. 나는 게이시에게 왜 피해자들을 헐뜯는지, 그리고 그들이 '쓸모없는 호모'라면 그렇게 말하는 당사자는 도대체 뭐냐고 쏘아붙였다. 그의 대답은 죽은 아이들은 쓸모없는 가출 소년들일 뿐이지만, 자신은 성공한 사업가라 너무 바빠서 데이트를 할 만큼 한가하지 못했다는 것이다.

　그는 여자들에게 포도주와 식사를 대접하고 호의를 베푸느라 안 그래도 없는 시간을 억지로 빼는 것보다, 남자아이들과 빨리 성관계를 갖는 게 더 만족스럽다는 것을 알게 되었다고 말했다. 나는 그 말을 믿지 않았지만, 당시엔 우리의 관계를 유지하기 위해 그의 말을 간단히 받아들이곤 했다.

게이시는 나중에 내게 그림을 보내왔다. 자기가 입던 광대 옷과 비슷하게 차려입고, 푸른 나무 숲 한가운데서 풍선에 둘러싸인 채 포즈를 취한 광대 그림이었다. 제목에는 '일하지 않으면 수확의 즐거움을 누릴 수 없다'라고 쓰여 있었다. 어떤 사람들은 그 뜻이, 내가 그간 연쇄살인범들과 오랜 시간 함께 한 덕분에 게이시와 대화할 만큼 충분히 준비가 되어 있어서 그와 가까워질 수 있었다는 의미의 칭찬일 것이라고 생각했다. 어떤 이는 아마 아직 발견되지 않은 다른 피해자가 있을 거라는 의미일지도 모른다고 했다. 그러나 게이시 본인은 이에 대해 입을 꾹 다물었다.

악명 높은 범죄자들은 종종 사회부적응자들의 마음을 사로잡기도 한다. 존 게이시가 1986년 감옥에 있을 때 일어난 일이다. 두 번 이혼하고 아이가 8명이나 딸린 여자 하나가 그에게 면회를 왔고, 장기간에 걸쳐 편지를 주고받았다. 두 해 동안 41차례나 편지를 주고받았는데, 〈시카고 선 타임스〉지에서 그녀를 설득하여 몇 통의 편지글을 게재했다. 다음은 편지에서 발췌한 글이다.

나는 잘 속는 사람이에요. 당신도 그런 것 같아요. 하지만 당신은 극복할 수 있어요. 그리고 그런 건 학력하고는 아무 상관이 없어요. 나는 학사학위가 세 개나 있어요. 대단하죠. 하지만 상식 없이는 아무런 의미도 없어요. 거리의 사람들에게도 배울 만한 점이 있지요. 하지만 사기꾼을 조심해야 해요. 내 말은, 그 XX할 지방검사 아무개는 내가 다른 사람을 조종하는 사기꾼이라고 했어요. 그래요, 젠장. 하지만 전에도 그랬듯 앞으로도 성공적이진 못할 거예요. 가끔 남을 속이지 못한다면 비밀을 지키기 힘들 거예요.

게이시가 수감된 교도소의 수석심리학자였던 마빈 지포린 법 심리학 박사는 신문에 게재된 편지들을 평가하고 분석 결과를 작성해 주었다. 박사는 리처드 스펙을 깊이 있게 면담하고 스펙에 대한 책 『지옥의 화신(Born to Raise Hell)』을 저술한 적이 있다. 박사는 게이시가 모든 편지, 거의 모든 문단에 자기가 생각하는 두 가지 중요한 관점을 쓰고 있다고 분석했다.

게이시는 자기를 '착한 남자', '남에게 도움을 주고, 상냥하고, 관대하고, 사랑이 충만하고, 원기 왕성하며 용기 있는' 사람으로 묘사했는데, 지포린 박사는 이것이 이성애를 의미한다고 보았다. 동시에 게이시가 '나쁜 나, 약한 모습으로, 소심하고, 비열하고, 무엇보다 동성애자'의 모습을 부정하며 고통을 겪고 있다고 기술했다. 그 '나쁜 나'가 살인을 저지른 것이며, 게이시는 '나쁜 나'를 부정함으로써 자기가 기본적으로 좋은 사람이라는 믿음을 품고 있었다.

지포린 박사는 여기서 게이시가 고전적인 반사회적 이상성격자라고 결론 내렸다. 즉 게이시는 자아가 무척 강한 사람이었는데, 그 자아가 '오로지 자신의 존재욕구를 충족시키기 위해서만 존재하는' 사람이었다. 그에게 있어 "사람에게 허용된 것은 무엇인가?"에 대한 대답은 "무엇이든 가지고 도망칠 수 있는 것"이었고, "무엇이 좋은가?"

에 대한 대답은 "뭐든 나한테 좋은 것"이었다. 지포린 박사에 따르면, 게이시는 새로 사귄 친구에게 쓴 편지에서조차 "뭘 할지, 뭘 생각할지, 가족은 어떻게 다루어야 할지, 일은 어떻게 해야 할지"를 적으며 상대방의 행동을 일일이 통제하려 했다. 이런 행동을 보면 게이시가 다른 이를 통제하고 지배하려는 욕구가 강하며, 이는 곧 사람을 감금하고 살해한 원동력이 되었음을 알 수 있었다.

최근 들어 게이시는 자신의 문제가 어린 시절부터 시작되었다고 믿게 되었다. 그는 폴란드와 덴마크에서 이민 온 부모 밑에서 태어나 규율이 엄격한 가정에서 자랐고, 아버지는 자주 술에 곤드레만드레 취해 식구들에게 행패를 부렸다. 또 다섯 살 때는 동네 누나에게, 여덟 살 때는 공사장 인부 아저씨에게 성희롱을 당했다고 주장했다. 열 살 때부터는 간질발작이 있어서 고등학교 때 스포츠나 다른 과외활동을 할 수가 없었다고 한다. 직장 생활을 시작했을 때는 몸이 아파서 사흘 걸러 한 번씩은 집에서 쉬었고, 술과 마약에 찌들어 산 적도 있었다고 주장했다. 그러다 급기야는 집에서 시체가 발견되었을 때 그 집에 살고 있지 않았고, 연쇄살인은 자기가 아니라 다른 사람의 짓이라고 이야기를 꾸며대기도 했다.

### 어머니에 대한 적개심

1972년 말, 캘리포니아의 산타크루스는 마치 미국의 '살인 수도' 같았다. 매달 여기저기서 시체가 발견되고 히치하이커가 실종되었다는 둥, 하루가 멀다 하고 소름끼치는 범죄 소식이 들려왔다. 살인이 확산되면서 주민들 사이에 불안감이 퍼져 너도나도 총을 사들였고, 여대생들이 여럿 실종된 산타크루스의 캘리포니아 대학 캠퍼스에는 경비가 강화되었다. 훗날 이는 존 린리 프레이저, 허버트 멀린과 에드먼드 에밀 캠퍼 세 명의 연쇄살인범이 거의 같은 시기에 그 지역에서 활동하고 있었기 때문으로 알려졌다.

프레이저와 멀린은 이내 체포되었지만 살인사건은 1973년 부활절 주말까지 이어졌다. 1973년 4월 24일 새벽 3시, 캘리포니아 푸에블로의 공중전화에서 산타크루스 경찰국으로 전화 한 통이 걸려왔다. 전화를 건 사람은 에드워드 캠퍼였는데, 그는 고속도로 관리국 직원이며 법원 근처와 시내 총포상 근처의 바에서 경찰들과 자주 술을 마셨기 때문에 경찰들 사이에서 유명했다.

캠퍼는 어떤 경사와 통화를 하고 싶어했지만 그 사람은 아직 출근하지 않아서 당직 중인 경찰에게 얘기했다. 그는 자기 어머니뿐 아니라 캘리포니아 대학 캠퍼스에 있던 여대생들, 그리고 어머니의 친구까지 살해한 일을 자백하겠다며 아무나 푸에블로로 자기를 데리러 오면 시체가 있는 곳을 가르쳐 주겠다고 했다.

산타크루스 경찰서에서는 처음엔 이 터무니없는 말을 믿지 않았다. 단순히 장난전화라고 생각하는 사람들도 있었다. 하지만 캠퍼는 여대생 살인사건에 대한 몇 가지 질문에, 살인범이 아니면 알 수 없는 세세한 부분까지 정확하게 대답했다. 캠퍼와 통화를 계속하면서, 산타크루스 경찰서는 푸에블로 지서에 전화해 본서 경찰이 도착할 때까지 그 남자를 붙잡고 있으라고 부탁했다. 푸에블로 지서 경찰들이 공중전화로 들이닥쳤을 때, 처음에 부스에 두 명이 있는 줄 알았다. 키 2미터 5센티미터에 몸무게가 135킬로그램이 넘는 캠퍼는 정말 두 사람으로 보일 만큼 거대했다.

그로부터 5년 후 캠퍼를 처음 만났을 때, 나도 그를 보자마자 움찔 뒤로 물러섰다. 물론 미리 알고 갔던 거였지만 그의 큰 덩치는 확실히 사람의 시선을 끌었다. 캠퍼는 손을 불쑥 내밀어 나와 악수했고, 그러기가 무섭게 면담을 하면 내가 상부에 어떤 특전이라도 신청해줄 수 있는지, 또 편지에 붙이게 우표 몇 장을 구해줄 수 있는지 알고 싶어했다. 나는 그에게 우표는 줄 수 있지만 그것 말고는 아무것도 안 된다고 말했다. 그래도 그는 아랑곳하지 않고 자기 이야기를 시작했고, 자신의 범행을 짐짓 날카롭게 분석했다. 캠퍼는 교도소에서 꽤 오랫동안 정신 치료 전문가에게 상담을 받고 있었고, 소일거리로 교도소 내 심리 상담실에서 잡무를 봐주고 있었다.

그는 늘 자기를 못살게 굴었던 어머니에 대한 적개심 때문에 범죄를 저질렀고, 문제의 원인을 제거하자 범죄도 멈추었다고 생각했다. 복잡한 문제를 꽤나 간결하고 정확하게 설명한다는 생각이 들어, 나는 캠퍼에게 『정신장애의 진단 및 통계요강』 제2판 중 어느 항목이 그와 일치한다고 생각하는지 물어보았다. 캠퍼는 자기도 그 책을 읽어봐서 어떤 항목들이 있는지는 알지만, 자기 경우와 딱 맞는 설명은 없었고 기대도 하지 않는다고 했다. 정신의학회가 자기 같은 사람들을 이해할 수 있을 만큼 충분한 자료를 모으기 전까진 제대로 된 설명을 내놓기 힘들 거란 얘기였다. 언제쯤이면 가능할 것 같으냐는 질문에 그는 『정신장애의 진단 및 통계요강』 제6판, 7판이 발행될 때쯤, 아니면 다음 세기나 되어야 가능할 것이라 말했다.

말하는 품새로 보아 캠퍼는 자신이 얼마나 독특한지 내게 보여주려 애쓰고 있었다. 마치 자신을 캠퍼라는 살인범과 오랫동안 이야기를 나누고, 그에 대한 책을 쓰고, 캠퍼가 두 세기에 한 번 나올까 말까 한 범죄자라고 생각하는 일류 정신과 의사인 양 행세했다. 그렇지만 내 생각은 달랐다. 에드먼드 에밀 캠퍼가 분명 세상을 깜짝 놀라게 한 범죄를 저질렀지만, 그렇게 희귀한 타입은 아니다. 그와 비슷한 살인자들도 여럿 있지만 캠퍼가 그들과 다른 점이 있다면, 아마도 어린 시절에 극심한 고통을 겪었다는 점과 죄질이 상상을 초월할 정도로 잔인했다는 점일 것이다.

언제나 덩치가 문제였다. 캠퍼는 성장이 너무 빨라 사람들이 늘 나이보다 큰 아이로 대했기 때문에 평범한 어린이로 지낼 기회조차 없었다. 동갑내기 친구도 없었으며 그와 덩치가 비슷한 친구들은 이미 정신적으로 몇 해 앞서고 있었다. 물론 덩치가 크다고 해서 삶을 잘 꾸려갈 수 없는 것은 아니다. 요즘 손꼽히는 스포츠 선수들은 덩치가 크고 한때 남들보다 큰 아이들이었을 텐데도 연쇄살인범이 되진 않았다.

하지만 캠퍼의 큰 덩치는 파탄 가정, 알코올중독에 강압적인 어머니, 아버지의 빈자리, 편애 받는 누이들, 그리고 늘 어머니보다 한술 더 뜨는 할머니 등에게 받은 스트레스와 함께 얽혀 상승작용을 일으켰던 것 같다. 어머니는 끊임없이 아들을 무시하며 캠퍼 때문에 되는 일이 없다고 말하는 등 여러 가지 면에서 정신적으로 학대했다.

캠퍼는 내게 열 살 때 무슨 일이 있었는지 낱낱이 이야기했다. 어머니와 누이들이 캠퍼가 자고 있는 동안 그를 2층의 침실에서 옮겨 아궁이 옆의 으스스하고 낡은 지하실에서 자게 했다. 캠퍼가 너무 커서 열세 살 난 누나나 여동생과 한 방에 있으면 별로 안 좋을 것이며, 그가 누이들을 성적으로 위협할 수 있다는 두려움 때문이었다.

캠퍼는 이에 충격을 받고 성적인 주제에 몰두하게 되었다. 어릴 때 시작한 성적인 환상은 훗날 더 악화되어, 상상 속에서 매일 누이들과 어머니와 기괴한 성행위를 벌이고 급기야 죽이기까지 했다. 밤이 되면 때때로 칼과 망치를 들고 어머니의 방으로 조심스럽게 들어가 잠든 어머니를 지켜보며 끔찍하게 죽이는 상상을 했다.

열 살 때 지하에 버려진 시기는 어머니가 생부와 처음 이혼을 할 때와 맞물린다. 캠퍼가 열 살에서 열네 살 사이에 어머니는 두 번 재혼하고 이혼했다. 결혼생활이 실패하면 매번 어머니는 캠퍼를 친정 부모의 농장으로 보냈으며, 캠퍼는 이런 상황이 진저리나게 싫었다. 이런 어머니의 생활 방식 속에서 그는 농장에서 총기에 익숙해졌다. 의붓아버지 중 한 명이 사격의 명수여서 캠퍼에게 사격은 물론 총기, 안전장치, 탄약 등을 배우고 익히도록 시켰다.

앞서 이야기했듯 캠퍼는 때때로 총으로 작은 동물을 죽였고, 그럴 때마다 외조부모는 총을 빼앗았다. 이와 같이 혼란스러운 가정교육이 캠퍼를 견디기 힘들게 했다.

열다섯 살이 되던 1965년, 어머니는 또다시 재혼하느라 정신이 팔려 있었고, 캠퍼를 다시 농장으로 보냈다. 그는 외할머니한테 이용 당하고 학교친구들한테 따돌림당한다고 생각했다. 어느 날 외할머니가 책상에 앉아 타자로 편지를 쓰고 있는데 캠퍼가 뒤에서 나타났다.

외할머니는 그날 캠퍼에게 집 안에서 자질구레한 일을 도우라고 명령했지만, 외할아버지를 더 좋아했던 캠퍼는 할아버지와 같이 야외로 나가고 싶었다.

결국 캠퍼는 외할머니를 소총으로 쏘고 칼로 찔렀다. 외할머니를 죽이고 나서는 외할아버지가 이 처참한 광경을 보지 않았으면 좋겠다는 생각이 들었는지, 외할아버지가 집 근처로 오길 기다렸다가 집으로 들어오기도 전에 역시 총으로 쏘아버렸다. 마치 자기가 왜 그런 살인을 저질렀는지 분명히 밝혀두려는 것처럼, 캠퍼는 집 안으로 들어가 별장에서 휴가를 보내고 있던 어머니에게 전화를 걸어 자신이 외할아버지와 할머니를 죽였으니 신혼여행을 짧게 끝내고 돌아오라고 말했다.

캠퍼는 그 후 4년 동안 아타스카데로 주립정신병원에서 지냈다. 이 시기 동안 여러 차례 정신과 검사를 받았고 매번 좋은 결과를 받았는데, 아마도 정신적으로 건강하다는 진단을 받을 수 있는 답을 알아냈기 때문인 것으로 보인다. 훗날 그는 당시 28가지 검사와 그 정답을 모두 암기했었다고 말했다.

1969년 정신병원 측과 교정위원들은 캠퍼가 사회로 돌아갈 수 있다고 결정했다. 당시 캠퍼는 법적으로 여전히 미성년자였기 때문에 주 검사의 이의신청에도 불구하고 캘리포니아 소년원으로 이감되었다. 이듬해 어머니가 캠퍼를 책임지고 관리하겠다는 내용의 탄원을 내어 조건부 가석방되었는데, 이는 가석방위원회와 아타스카데로 정신병원의 몇몇 의사들의 권고를 무시한 처사였다.

돌이켜 생각해보았을 때, 나는 캠퍼가 모든 문제의 원흉이었던 어머니의 관리를 받는 조건으로 풀려난 것이 상당히 놀라웠다. 그는 어머니와 함께 살며 '그린 자이언트' 통조림 공장에서 생산직 근로자로 일했다. 캠퍼가 성인이 되어갈 무렵, 어머니는 아들의 전과기록을 말소시키려고 사법기관에 계속 탄원서를 냈다. 어머니는 캠퍼를 감옥에서 빼내긴 했지만 계속 아들을 정신적으로 학대했다. 캠퍼가 정신병원에서 돌아왔을 때 그녀는 이렇게 말했다고 한다.

"이런 흉악한 놈! 너 때문에 지난 5년간 남자와 자본 적이 없다. 남자들이 네놈이 무서워서 나랑 같이 안 있으려고 하잖아."

캠퍼는 그때까지 성경험이 없었고 줄곧 숫총각이었다. 보통 첫 경험을 했을 시기에 그는 정신병원에 있었고 그곳에서 어릴 적부터 품고 있었던 성적인 환상을 굳혀가기만 했다. 마침내 어머니의 집을 떠나 아파트에서 얼마간 자취하는 동안, 캠퍼는 포르노와 추리잡지를 보며 성적이고 폭력적인 자극을 지속적으로 추구했다. 살인의 환상도 잦아들지 않았으며 오히려 더욱 구체적이고 격렬해졌다.

훗날 그는 정신병원에서 지내는 동안 살인하고 나서 시체를 완벽하게 처리할 방법을 궁리하는 데 많은 시간을 보냈다고 수사당국에 털어놓았다. 하지만 캠퍼가 10대 때 범죄를 저질렀을 당시 어떤 심리학자도 이런 정보를 이끌어내지 못했다. 나는 캠퍼가 이런 생각을 밝혔다간 평생 감옥에서 벗어나지 못할 것을 알았기 때문에 고의로 숨겼다고 믿는다.

## 살인으로 충족하는 성적 쾌락

캠퍼는 1971년 고속도로 관리국에서 일을 시작했다. 그 다음엔 주 경찰관이 되려고 원서를 넣었다. 여러 경찰기관에서 —분명히 덩치 때문에— 퇴짜를 놓았지만, 그는 곧 산타크루스의 경찰들과 어울리기 시작했다. 캠퍼는 이렇게 사귄 경찰 친구 하나에게 훈련소 배지와 수갑 한 벌을 빌리는 한편, 다른 알고 지내던 사람에게서는 총을 빌렸다. 차에는 무전기와 안테나를 달아 경찰차처럼 꾸몄고, 차를 몰지 않을 때면 오토바이를 탔다. 어리숙한 사람들이 보면 주 경찰관으로 착각하기 딱 좋을 차림새였다. 1971년 2월에는 오토바이를 타다가 자동차에 치어 팔에 심각한 부상을 입었다. 부상으로 인해 수개월 동안 깁스를 해야 했기 때문에 그는 민사소송을 걸었고, 보상금으로 1만 5천 달러를 받았다.

그 무렵 캠퍼의 어머니는 산타크루스 주립대학 분교 캠퍼스의 교무과 비서 일을 시작했고, 일이 끝나면 아들이 교내로 들어와 자기를 태워갈 수 있도록 주차용 스티커를 얻었다. 그녀는 학생들에게는 도움이 되게끔 일 처리를 잘 했지만, 학교 행정업무를 하며 받는 스트레스를 아들에게 몽땅 쏟아 부은 것 같다. 덕분에 둘의 관계는 더욱 악화되었다. 1972년 봄, 어머니와 크게 싸운 후 캠퍼는 어머니 집 문을 쾅 닫고 나가면서 그날 밤 처음으로 눈에 띄는 예쁜 여자를 죽여버리겠다고 마음먹었다.

그날 밤의 피해자는 캠퍼가 준 정보가 거의 없어서 끝내 찾지 못했고, 캠퍼는 그 살인에 대한 처벌을 받지 않았다. 1972년 5월 7일,

캠퍼는 젊은 여성 둘을 살해했는데 그 피해자들의 신원은 나중에 확인되었다. 그들은 프레스노 주립단과대학 학생이었다. 둘 다 버클리에 다니던 남자친구를 만나고 돌아오던 중에, 스탠퍼드에 다니는 다른 친구들을 만나려고 팰러앨토까지 차를 얻어 타려던 중이었다. 캠퍼는 피해자들의 뒤를 따라갔다.

그는 훗날 내게 피해자들이 '히피 여자들' 같아 보였으며, 자기는 그런 여자들을 동경하기도 하지만 한편으론 딱 질색이었기 때문에 죽였다고 말했다. 또 길거리에 그런 사람들이 많았기 때문이라고도 했는데, 이는 다시 말하면 한동안 안 보여도 찾을 사람이 없어 피해자로 삼기에 안성맞춤인 사람들이었다는 얘기였다.

캠퍼가 고속도로를 배회하며 사냥감을 찾고 있던 1972년 여름, 카메론 스미스라는 여성 연구원이 버클리 지역에서 여성 히치하이커를 대상으로 설문조사를 한 적이 있다. 그 설문조사는 산타크루즈 살인마들을 다룬 워드 다미오의 책 『살인 충동(Urge to kill)』에 실려 있는데, 그에 따르면 설문지에 응답한 히치하이커 중 24퍼센트가 강간을 당했으며, 다른 18퍼센트가 폭력을 당했고, 27퍼센트가 강간을 당할 뻔하거나 기타 변태적인 행위를 강요당했다고 한다. 이는 곧 설문대상자 중 약 3분의 1 정도만 별 다른 사고 없이 여행을 마쳤다는 뜻이다.

이렇게 예기치 않게 끔찍한 일을 당할 수 있었는데도 젊은 여성들은 버클리 부근에서 차를 얻어 타려고 서성거렸고, 에드 캠퍼는 주요 고속도로변에서 청바지 차림에 작은 여행가방을 맨 10대 소녀 두 명을 태웠다. 그에게는 수갑과 배지뿐 아니라 칼과 빌린 총도 있었다.

그는 소녀들에게 총을 겨누고는 강간할 것이라고 말했고, 급히 도로 변에 차를 세웠다.

두 소녀는 그가 자신들을 죽이지는 않으리라 믿었기 때문에 처음엔 저항하지 않았다. 그래서 캠퍼는 한 소녀에게 트렁크로 기어 들어가라고 시켰고, 뒷좌석으로 가 다른 소녀에게 수갑을 채우고 몸을 꽁꽁 묶은 다음 칼로 찌르고 목을 졸랐다. 총알은 감식될 우려가 있어서 사용하지 않았다. 이렇게 소녀 하나를 살해한 다음 다시 트렁크를 열어 두 번째 소녀를 찔러 죽였다. 그는 차에 두 소녀의 시체를 실은 채 아파트로 돌아와 시체에서 목을 자르고 손을 베어냈다.

캠퍼는 아파트에서 가능한 한 깨끗하게 자신의 몸을 씻었다. 피가 여전히 깁스에 묻어 있어서 일단 흰 구두약을 발라 가리고, 나중에 의사에게 말해 새로 깁스를 했다. 두 소녀를 칼로 살해하다보니 의외로 어렵고 피도 엄청나게 많이 나왔기 때문에 캠퍼는 당황했고, 다음번 살인은 조금 덜 지저분하게 처리하겠다고 다짐했다.

그날 밤, 두 시체의 옷을 모두 벗기고 시간을 했다. 다음날 아침, 캠퍼는 치명적인 실수를 적어도 세 가지나 저질러 까딱하면 체포될 수도 있었다는 것을 깨달았고, 그때부터 더욱 주의를 기울이며 일을 처리하기로 마음먹었다.

그날 그는 정신병원에서 궁리했던 대로 시체를 조각내 서로 다른 곳에 버리고 묻었다. 머리는 몸통과 다른 곳에 버리고, 손은 또 다른 지역에 버렸다. 누군가 몸통을 찾아도 얼굴이나 치료받은 치아, 지문이 없었으므로 시체를 알아볼 수 없었다. 묻은 곳은 히치하이커를 차에 태운 곳과 다른 지역이었고, 피해자의 옷가지는 산타크루스 산에서 멀리 떨어진 협곡에 버렸다. 소녀들의 실종신고가 들어왔으나 몇 달 동안 발견되지 않았다가, 8월이 되어 한 소녀의 잘린 목이 발견되었다. 그로 인해 소녀의 신원을 확인할 수 있었지만 여전히 어떻게 죽었는지 아무런 실마리가 없었다.

그때쯤 어머니는 캠퍼가 외조부모를 살해한 어린 시절의 기록을 법원에서 말소해주도록 끊임없이 탄원을 냈다. 지방검사는 적어도 10년 이상은 기록을 공개해야 한다며 이의를 제기했고, 그런 가운데 캠퍼의 정신과 검사 일정이 9월 중순으로 잡혔다. 검사 나흘 전 캠퍼는 다시 여자 사냥을 나섰다. 그는 열두 살 난 아들과 함께 차를 얻어 타려던 매력적인 여자를 태웠다. 하지만 차를 몰고 떠나는 순간 여자를 배웅하던 친구 하나가 자신의 자동차 번호를 적는 것을 눈치 채곤 하는 수 없이 두 모자를 그대로 목적지까지 데려다주고 버클리 교외로 되돌아갔다.

이제 그는 피해자를 물색하는 데 혈안이 되었다. 이 부분에서 나는 캠퍼가 살인에 대한 자신의 충동을 조절할 수 있을 만큼 사고가 확고하고 치밀하게 준비된 범죄자라는 사실을 확신했다.

그는 발레를 하는 열다섯 살짜리 아시아계 여학생을 찾아내어 차에 태웠다. 그 소녀는 자기가 납치되었다는 말을 듣자 이성을 잃고 날뛰었지만, 캠퍼가 또 다른 친구에게서 빌린 새 총을 들이대자 고분고분해졌다. 캠퍼는 자기한테 문제가 있어서 그저 같이 상의하고 싶을 뿐이라면서 소녀를 계속 진정시킨 뒤 산타크루스 바로 북쪽에 차를 세우고 소녀의 숨을 틀어막아 정신을 잃게 한 뒤 강간했다. 소녀의 스카프로 목을 졸라 죽인 다음 다시 시체와 성행위를 했다. 트렁크에 시체를 넣어둔 채 캠퍼는 어머니에게 잠시 들르기로 했다.

그는 죽은 소녀를 차에 두고 어머니와 이야기를 나누는 데에서 묘한 쾌감을 느꼈다. 집에서 그리 멀지 않은 곳에 세워둔 차 안에 시체가 있다는 사실을 의식하며 어머니와 즐겁게 대화를 나누는 캠퍼. 우리는 여기에서 그가 환상을 확대시키기 위해 어떤 방법을 썼는지 잠시 엿볼 수 있다. 그는 상상할 때 느꼈던 흥분을 현실에까지 연장시키려고 '살인 의식'에 이런 부분을 첨가했던 것이다. 훗날 캠퍼는, 현실은 결코 환상처럼 좋진 않았지만, 자기는 환상에 맞춰 현실을 발전시키려고 끊임없이 노력했다고 말했다.

캠퍼는 어머니와 곧 받게 될 정신과 검사에 대해 의논했던 듯하다. 어머니는 법원에서 전과기록을 말소해주기만 하면 캠퍼가 새사람이 될 수 있을 거라고 전부터 누누이 강조했다.

그날 밤 늦은 시각, 캠퍼는 시체를 침대에 눕히고 또다시 시간을 했다. 아침이 되자 몇 시간 동안 시체를 꼼꼼히 자르고, 체액을 배수구로 흘려보내고, 파이프 세정제를 붓는 등 어떤 증거도 남지 않게 만전을 기했다. 그러고 나서 시체를 가방에 넣어 들고 뒷길로 나섰다. 손과 몸통을 서로 다른 지역에 묻었으며, 머리는 트렁크에 넣어두었다. 법원에서 지정해준 정신과 의사에게 검사 받으러 갈 때까지도 머리는 여전히 트렁크 안에 있었다. 이런 사실도 캠퍼에게 짜릿한 스릴을 선사했다.

## 무책임한 정신과 의사들

1972년 9월 캠퍼를 검사했던 정신과 의사 두 명은 캠퍼가 아타스
카데로 정신병원에서 지내면서 병세가 많이 호전되었다는 결론을 내
렸다. 그중 한 명은 다음과 같이 썼다.

이 환자의 과거 기록을 읽지 않았거나 환자가 그런 사실을 말해주지 않았
다면, 본인은 정신병력이 전혀 없고 창의적이며 지성적인 젊은이를 상대
하고 있다고 생각했을 것이다…… 요컨대 과거에 살인을 저질러 정신과
치료를 받았던 15세 소년과 현재의 23세 청년은 전혀 다른 사람이다.
…… 본인은 이 환자가 수년간 치료를 받고 회복기를 거쳐 병세가 상당히
호전되었으며, 자기 자신에게나 사회구성원 누구에게도 위험이 될 만한
정신의학적 사유가 없다고 판단한다.

두 번째 정신과 의사는 다음과 같이 추가했다.

이 환자는 예전의 비극적이고 폭력적인 자아분열에서 훌륭히 회복된 듯
보인다. 이제 한 사람의 훌륭한 사회인이며 감정을 언어, 일, 운동 등으로
표출하고 스스로 신경증이 더는 발달하지 않도록 조절하고 있는 듯하다.
성인으로서 가능성을 발전시킬 수 있도록 어린 시절의 전과를 영구 말소
해 좀더 자유롭게 행동할 수 있도록 하는 것이 옳다고 판단한다. 최근 환
자가 오토바이를 '끊은' 점을 다행스럽게 생각한다. 오토바이가 다른 사
람에게 위협을 주기보다는 그 자신의 삶과 건강에 더 위험하므로 이후로

도 계속 타지 않기를 바란다.

두 의사 모두 캠퍼가 재활할 수 있도록 전과기록을 말소하라고 권고했기 때문에, 1972년 11월 29일 그의 전과기록은 공식적으로 말소되었다.

캠퍼는 아시아계 소녀를 살해한 후, 어린 시절의 전과기록이 말소되기 몇 달 전후까지는 살인 충동을 억제할 수 있었다. 하지만 해가 바뀌자 잠자고 있던 살인 충동이 다시 깨어났다. 그는 친구에게 빌린 총을 돌려주고는 직접 총을 구하러 나섰다. 기록이 말소되자 법적으로 총기를 소유할 권리를 얻게 되었기 때문이다. 캠퍼는 일하던 공장이 있던 시내로 차를 몰고 가 총신이 긴 22구경 소총과 충격시 폭발력이 있는 할로우 포인트 탄약을 구입했다.

같은 날 오후, 그는 대낮에 차를 얻어 타려던 다소 뚱뚱한 소녀 한 명을 태웠다. 캠퍼는 소녀에게 얘기 좀 하자고 했고, 소녀는 호의적인 반응을 보였다. 그러나 그는 새로 산 총으로 단 한 발에 소녀를 죽여버리고 곧장 어머니 집으로 향했다.

어머니가 집에 없는 것을 확인한 캠퍼는 시체를 차에서 꺼내 자신의 침실 옷장에 숨겨두었다. 다음날 아침 어머니가 일하러 나간 후 그는 시체를 절단했다. 머리는 사용한 총알을 빼내기 위해서 잘랐는데, 캠퍼는 이런 식으로 어떤 증거도 남기지 않고 완전범죄를 꾀했다. 토막낸 시체는 집에서 멀리 떨어진 절벽으로 가져가 바다로 던졌고, 머리는 어머니 방 창문 밑에 묻었다.

시체의 일부분이 며칠 뒤 발견되었다. 당시 캠퍼와 허버트 멀린이 같은 지역에서 살인행각을 벌였기 때문에 많은 사람들이 공포에 질렸고, 경찰 기관들에는 용의자를 파악하기 위해 비상이 걸렸다.

뚱뚱한 소녀를 죽인 지 한 달이 채 지나지 않은 1973년 2월, 그는 어머니와 격렬하게 말다툼을 벌였다. 캠퍼는 즉시 캘리포니아 대학으로 차를 몰아 여대생 둘을 태우고는 대학 캠퍼스를 벗어나기도 전에 둘 모두 총으로 쏘아버렸다. 캠퍼가 무장한 젊은 신참 경비원 두 명이 지키고 있던 교문을 지나칠 때에도 두 학생은 아직 완전히 죽지 않은 상태였고, 학생 중 하나는 다 들릴 정도로 신음 소리를 냈다. 경비원들은 차를 조사했지만 두 사람 중 누구도 차 안에서 여대생이 죽어간다는 사실을 알아채지 못했다.

차의 외관은 칙칙한 황갈색이었지만 내부는 온통 검은색으로 꾸며놓았기 때문에 차 안의 모습이 보이지 않았다. 게다가 앞좌석에 있던 학생은 공교롭게도 검은 옷을 입고 바닥에 엎어져 있었고, 뒷좌석의 학생은 캠퍼가 이런 경우를 대비해 가지고 다니던 담요에 덮여 있었다. 경비들은 차 안에서 신음하는 두 사람은 알아보지도 못한 채 창문에 붙은 주차용 스티커에만 신경을 썼다. 캠퍼는 무사히 통과했다. 그에게 있어 승리의 순간이었다.

캠퍼는 이 시체들 역시 대담하게도 어머니가 있는 근처에서 처리했으며, 어머니가 자기를 볼지도 모른다고 생각하며 혼자 흥분했다. 자동차를 어머니 집 차고와 도로 사이에 세워놓은 채 트렁크에 실은 시체들의 머리를 잘랐고, 자른 머리는 침실에서 천천히 감상할 요량으로 집으로 가지고 들어갔다. 자위행위 역시 이 무시무시한 의식의 일부였다. 다음날 아침, 그는 머리들을 차에 다시 실었다. 그날 내내 토막난 시체들을 차 안에 보관한 채, 차를 몰고 몇몇 친구네 집을 돌아다니며 저녁을 얻어먹었다. 밤이 이슥해지자 시체를 부분별로 여러 장소에 나누어 버렸으며, 여느 때와 마찬가지로 주의 깊게 머리에서 총알을 빼냈다.

하지만 차 안에는 총알구멍이 나 있었고, 트렁크 안에는 완전히 닦아내기 어려울 만큼 피가 많이 묻어 있었다. 이 외에도 비밀이 탄로날 만한 여러 가지 증거가 남아 있었다. 캠퍼는 이런 문제를 알아차리고 조금 겁이 났다.

4월 초가 되자 캠퍼는 44구경 총을 또 한 자루 구입했다. 보안관이 총기 판매 기록을 받아본 뒤 캠퍼가 일찍이 유죄 판결을 받은 사실을 기억해내고 확인해보기로 했다. 확인 결과 기록이 말소된 것을 알게 되었지만 보안관은 캠퍼의 아파트로 차를 돌렸고, 그에게 총에 대해 질문했다. 보안관이 법원에서 캠퍼가 총기를 소유해도 된다고 결정할 때까지 총을 보관하겠다고 하자, 캠퍼는 차의 트렁크를 열어 별다른 저항 없이 보안관에게 총을 넘겨주었다. 보안관은 그걸로 만족해서 차를 철저하게 수색하지 않았고, 22구경 살인무기가 의자 밑에 숨겨져 있음을 알지 못했다.

보안관이 떠나자 캠퍼는 마음속으로 여러 가지 가정을 해보기 시작했다. 만약 보안관이 핏자국이나 트렁크 안의 머리카락을 찾으면 어떡하지? 만약 보안관이 44구경 총을 조사하고 난 후 22구경이 있다는 사실을 알게 되면 어떡하지? 만약 보안관이 동료들을 데리고 와서 차와 아파트, 어머니 집을 수색하면 어떡하지? 만약 지금 보안관의 끄나풀이 보고 있으면 어떡하지? 캠퍼는 훗날 경찰에게, 이때 어머니를 죽이고 자수하리라 마음먹었다고 진술했다.

보안관에게 44구경 총을 압수당하고 나서 2주일 후인 1973년 4월 20일 성 금요일, 캠퍼는 어머니 집으로 갔다. 어머니는 교직원회의를 마치고 늦게 귀가했다. 그날도 어머니는 늘 그렇듯 캠퍼에게 대놓고 핀잔을 주었다.

어머니가 잠자리에 든 후 다음날 새벽 5시가 되자 캠퍼는 상상 속에서 늘 해왔던 대로 부엌에서 장도리를 꺼내어 자고 있는 어머니의 침실에 들어갔다. 힘을 다해 어머니의 오른쪽 관자놀이를 내려치고 주머니칼로 목을 그었다. 다른 피해자들에게 했던 것처럼 목을 잘라야겠다고 마음먹었을 때에도 어머니의 몸에서는 피가 콸콸 흘러나왔다. 또 한 번의 칼질로 후두가 잘려 나가자, 그는 부엌 싱크대에 있던 음식물 분쇄기에 그것을 집어넣었다. 분쇄기가 그것을 다 갈지 못하고 다시 토해내자, 캠퍼는 이야말로 인과응보라고 생각했다. 그러고 나서 피 묻은 시트로 시체를 둘둘 말아 옷장에 숨겼다.

아침 늦게 캠퍼는 경찰들이 자주 다니는 술집으로 갔고, 총포상에 들러 태연하게 친구 몇 명과 이야기를 나누었다. 그중 한 명에게는 총을 빌리고자 했으나 거절당했다. 하지만 오후가 되자 그날이 부활절 주말이라 다른 가족들이나 어머니랑 친한 직장동료가 자기 집에 들렀다가 시체를 발견할지도 모른다는 생각이 들었다.

그는 선수를 치기 위해 어머니의 동료인 사라 할렛에게 깜짝 파티를 계획하고 있으니 도와달라고 초대했다. 그리고 그녀가 도착하자마자 목을 내려쳤다. 시체를 자신의 침대에 눕혀놓고 그날 밤을 어머니의 침대에서 보냈다. 부활절 일요일 아침, 어머니 친구의 시체를 옷장에 처박아 넣은 다음 총에 총알을 넣었고, 두 여성의 신용카드와 돈을 어머니 친구의 차에 싣고 마지막 여행을 떠났다.


## 사형만이 최선의 길인가

일단 구속되자 그는 경찰에게 자신을 기소할 수 있도록 증거를 주기로 마음먹었다. 경찰들 혼자 힘만으로는 그런 증거를 결코 찾아내지 못하리라 확신했고, 만약 그가 단순히 자백만 하고 물증이 있는 곳을 일일이 짚어주지 않으면 나중에 능력 있는 변호사가 자백을 평가절하하여 재판에서 유죄 판결을 이끌어내지 못할 수도 있다고 생각했다. 그래서 캠퍼는 자백과 더불어 어머니의 집에서 시체가 있는 곳을 경찰에 알려주고, 심지어 아직 밝혀지지 않은 살인사건에 대해서도 여러 피해자들을 버리고 묻은 곳을 털어놨다.

스카프, 교과서 등 죽은 소녀들의 증거가 어머니의 집과 자신의 아파트, 그리고 자동차에 여전히 남아 있었고, 경찰은 솜씨 있게 심문하여 이런 증거 중 일부를 찾아낼 수 있었다. 경찰은 끊임없이 캠퍼의 지능과 암기력, 세세한 것까지 기억해내는 놀라운 기억력을 칭찬했고, 캠퍼는 이런 칭찬에 고무되어 "여기 당신네 사건 증거가 또 있소"라고 빈정대며 피에 젖은 담요 등이 있는 장소를 술술 가르쳐주었던 것이다.

재판을 기다리며 캠퍼는 두 번이나 손목을 베어 자살을 시도했고, 곧 독방으로 이송되었다. 재판은 비교적 빨리 끝났다. 증거도 있었고 고의적인 살인임이 분명했다. 캠퍼를 검사하러 온 정신과 의사들은 모두 캠퍼가 살인을 저지를 당시 분별력이 있었다고 진술했다. 재판이 진행되는 동안 캠퍼는 왜 히치하이커들을 죽였냐는 질문에 다음과 같이 대답했다. "그 여자들을 나만의 것으로 만들 수 있는 유일한 방법이니까요. 저에겐 그들의 영혼이 남아 있습니다. 그 여자들은 여전히 제 것입니다."

캠퍼는 곧 7명을 죽인 살인죄가 입증되었고 사형을 선고받았다. 자신의 범죄에 합당한 벌은 무엇이라고 생각하느냐고 묻자 그는 "고문입니다"라고 대답했다. 하지만 사형도 고문도 당하지 않았고, 대신 교도소로 들어갔다. 캘리포니아 주에서는 사형제도를 시행하고 있긴 하지만 당시에 실제로 형이 집행된 사람은 한 사람도 없었다.

교도소에서 캠퍼는 얌전한 모범수로 생활했고, 교도소의 준 직원으로 인정받아 비록 자유로운 몸은 아니었지만 차츰 교도소 내에서 각종 특전을 누리게 되었다. 나는 수감 생활 5년째부터 그와 면담을 시작했는데, 캠퍼는 처음에는 살인한 사실에 초점을 맞추다가, 면담을 거듭하면서 경찰이 관심을 가졌던 몇 가지 사실을 내게 이야기해 주었다. 자기 차를 일부러 경찰차처럼 꾸몄고, 신원확인을 힘들게 하려는 속셈으로 피해자의 이를 뽑아냈다는 것 등이었다.

그는 살인을 충격적인 사건이 아니라 대수롭지 않은 일처럼 이야기했다. 하지만 이미 마음속으로는 수백만 번이나 살인을 해보았고, 그런 일은 이제 자기 일상생활과 별 상관없는 일이라고 생각했다.

캠퍼는 시체에 대해서라면 직접 죽인 자신이 그 어떤 병리학자보다도 더 많이 안다고 주장했다. 예를 들어 희생자 중 한 명을 검시하고 보고서를 작성한 법의관이 시체의 아킬레스건이 잘린 이유를 해괴한 살인 의식이라고 보았는데, 캠퍼는 사실은 그게 아니라 근육의 사후강직을 완화해 시간을 할 때 쾌감을 높이기 위해서였다면서 두고두고 재미있어 했다.

그는 어린 시절 이야기도 꺼냈는데, 살인의 책임을 벗어보려고 그런 것이 아니라 그저 말로 표현할 수 없었던 느낌을 이야기하고 싶었기 때문이었다. 어머니 때문에 자기 인생이 엉망진창이라는 것을 처음 깨달은 것은 아타스카데로 정신병원에서 몇 년을 지내고 난 후부터였다. 그는 캘리포니아 소년원에서 출소한 후 진심으로 과거를 모두 묻고 새사람이 되고 싶었다고 했다. 나는 캠퍼에게 어머니를 살해하고 나서 그 시체에 어떤 성적인 행위를 했느냐고 물었고, 그는 나를 노려보며 "시체를 능욕했어요"라고 말했다.

그는 문제의 원인을 제거하고 나서도 구제 받지 못했으며 바깥세상의 삶에 결코 적응하지 못할 것임을 깨달았다. 또한 환상이 그를 살인으로 몰고 갔으며, 시간이 흐르고 살인을 해나갈수록 그의 환상은 점점 복잡해지고 격렬해졌다. 그런 와중에 살인을 하면 그 과정에서 언제나 사소한 일들이 계획과 조금씩 어긋났고, 좀더 완벽하게 해내지 못했다는 아쉬움이 남았다. 그 아쉬움이 그를 다음 살인으로 몰고 갔다. 캠퍼는, 실제 살인행위는 결코 환상만큼 완벽할 수 없었으며 앞으로도 그럴 것이라고 결론지었다.

1988년 위성 면담을 하는 동안 캠퍼와 게이시는 내 기대에 어긋나지 않게 행동해주었다. 캠퍼는 자신의 범죄에 대해 전부 솔직하게 털어놓았고, 모든 것을 인정했으며 때때로 잔인한 부분까지 상세하게 이야기해주었다. 자신의 살인에 있어서 환상이 차지한 역할에 대해 어느 정도 정신분석학적 통찰력을 보여주기도 했다. 그의 견해는 많은 심포지엄 참가자들에게 계시와 같았는데, 어떤 면에서 자신의 행위에 대한 캠퍼의 자세한 기억과 설명은 아무리 흉악한 살인자라도 살려둘 필요가 있다는 점을 보여주었다.

나는 그들을 형장의 이슬로 사라지게 내버려두기보다는 수감과 상담을 통해 그들의 전철을 밟게 될 다른 잠재적 살인자를 예방하는 방법을 배우는 것이 현명하다고 생각한다. 이런 사람들을 그냥 처형해봐야 사회에 아무런 도움도 되지 못한다. 사형으로는 자신만의 환상 속에 사로잡혀 자아를 상실하고 범죄의 구렁텅이에서 허우적대게 될 다른 잠재적 살인자들을 막을 수 없다. 그리고 사형으로는 실제로 주 예산을 절약할 수도 없다. 한 명의 죄수를 사형하는 데 수백만 달러의 법정비용이 들기 때문이다. 에드먼드 캠퍼 같은 범죄자는 살려두고 연구를 하는 것이 더욱 실용적이다.

존 게이시는 90분 동안 지켜보고 있던 법 집행관들에게 계속 자신의 결백을 입증하려 했고, 경찰들이 미결 사항과 사라진 목격자를 추적해서 유죄 판결을 뒤엎고 자신을 풀어주어야 한다고 주장했다. 실제로 게이시의 항소가 진행 중이었고, 그는 머지않아 무죄 판결을 받을 수 있으리라 믿었다.

참석자 중 몇몇은 내가 방송 도중 게이시의 말을 자르지 않고 자기 죄를 인정하도록 종용하지 않았다며 화를 냈다. 나는 그래봤자 아무 소용없을 것이며, 이 프로그램의 원래 목적이 두 살인자에게 자신의 성격을 참석자들에게 보여줄 수 있는 기회를 주는 것이었다고 설명했다. 가령 참석자들은 게이시가 말을 뒤집는 방식이나 남을 현혹하는 말재간을 부리는 장면을 직접 볼 수 있었을 터였다. 몇몇 사람들은 여전히 요점이 뭔지 파악하지 못했지만, 나는 바로 이런 점들을 배우기 위해 우리가 계속 세미나를 열고 살인과 연쇄살인범에 대한 교육을 진행해야 한다고 믿는다.

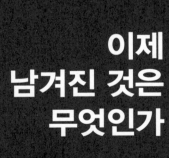

**12**

# 이제
# 남겨진 것은
# 무엇인가

## 앞다투어 보도되는 FBI 프로젝트

BSU의 명성은 처음 창설되었을 때부터 현재에 이르기까지 우리들에게 양날의 칼이었다. 또한 나는 BSU와 생사고락을 늘 함께 해오며 여러 가지 일들을 겪었다. 첫 번째 소동은 테텐과 멀리니 요원으로부터 팀을 인계받아 막 수석 프로파일러가 되었던 때로 거슬러 올라간다. 당시 나는 시카고에서 인질협상교육을 진행했다.

그 강의에 인질협상을 취재하던 시카고의 노련한 경찰출입기자 패트리샤 리드스가 들어왔다. 그녀는 강의 주제였던 윌리엄 하이렌스에 대해 아주 잘 알고 있었고, 프로파일링과 강력범에 대한 기사에 콴티코가 협조해달라고 요청했다. 그래서 나는 콴티코에 있는 상관과 공보과에 연락을 취해 그녀가 나를 비롯한 BSU 요원들을 인터뷰할 수 있도록 주선해주었다.

패트리샤는 콴티코에 와서 하루를 보냈고, 또다시 하루 더 머무르게 해달라고 요청했다. 나는 콴티코의 고참요원이었기 때문에 방문객이 오면 귀빈실을 이용할 수 있었으므로 그녀의 이름으로 귀빈실을 잡아주었다. 저녁 때 우리는 3개월 과정으로 콴티코에서 교육을 받던 시카고 경찰관 몇 명과 어울려 맥주를 마시며 이야기를 나누었다.

밤이 늦어 집으로 돌아가면서, 나는 시카고 경찰들에게 갈 때 패트리샤를 방에 데려다주라고 부탁했다. 하지만 웬일인지 곧 그녀는 동석자 없이 맥주 집에 혼자 남아 있다가 우연히 아는 사람을 만나게 되었다. 그는 시카고 지국의 책임특수요원에서 막 FBI 부국장으로 승진한 존 오토였다. 오토 부국장은 같이 있던 FBI의 거물들을 패트리샤에게 소개해주었고, 여기에는 웹스터 국장 시절 콴티코 훈련원장이었던 켄 조셉도 끼어 있었다. 켄은 방문객이 요원의 동행 없이 혼자 FBI 훈련원을 돌아다니는 게 내심 못마땅했다.

아침이 되자 FBI 훈련원의 공보과 직원 한 명이 켄을 찾아와, 콴티코에서 경찰기자가 뭘 하고 있는지, 또 기자가 어떻게 감시 하나 없이 돌아다닐 수 있도록 허가받았는지 모르겠다고 말했다. 내가 출근했을 즈음 켄은 거의 제정신이 아니었다. 이 악머구리 같은 기자가 대체 무슨 기사를 쓰려고 콴티코에 왔지? FBI 건물에서 술을 마셔대는 경찰관들에 대해? 와이셔츠를 풀어헤친 FBI 요원들에 대해? 그러한 켄을 보니 왜 몇몇 동료들이 콴티코에 J. 에드가 후버의 유령이 돌아다닌다고 하는지 알 것 같았다.

켄의 사무실에 앉아 이야기를 듣던 나는 이렇게 말했다. "우리 너무 지레짐작하지 말자고." 그러면서 나는 패트리샤는 FBI에 호의적인 기자이며, 취재를 끝내면 틀림없이 긍정적인 기사를 쓸 것이라고 말했다. 또한 그녀의 방문은 내 상관은 물론 공보과에서도 꼼꼼히 확인하고 따져본 후 허가한 것이며, 기사가 부정적으로 나오면 어떤 비난도 달게 받겠다고 했다. 그런 다음 아직 무슨 일이 나지도 않았는데 켄이 난리치는 걸 받아줄 이유가 없다고 덧붙였다. 결국 켄은 나와 친분을 생각하여 한발짝 물러섰고, 나는 사무실을 나오면서 그가 내게 큰 호의를 베풀었음을 깨달았다.

1980년 2월 15일, 패트리샤 리드스 기자는 〈시카고 트리뷴〉지 1면에 '가장 기괴한 살인사건을 쫓는 사람들', 부제는 '베일에 싸인 FBI 부서의 일급살인자 프로파일'이라는 기사를 실었다. 정확하고 균형 잡힌 기사였다. 덕분에 나는 이후로 더는 FBI 훈련원에 동행요원도 없이 기자를 풀어놓았다는 '편집증적' 타박을 듣지 않아도 되었다.

이 기사는 방송을 타고 많은 신문에 거듭해서 실렸으며, 이후로 〈뉴욕타임스〉, 〈피플〉 및 〈사이컬러지 투데이〉 같은 유명 언론지는 물론, 많은 매체에서 비슷한 기사가 쏟아져나왔다. 뿐만 아니라 여러 TV 및 라디오 프로그램에서도 앞다투어 내게 인터뷰를 요청해왔다. 당시 이런 분야를 다루는 곳은 BSU밖에 없었기 때문에 관심이 정말로 뜨거웠다. 로스앤젤레스와 뉴욕 시 경찰서에서 심리학자들과 함께 일을 하긴 했지만, 우리처럼 정기적으로 범죄자들을 프로파일링하지는 않았다.

다음으로 내가 건드린 —우리 부서를 언론에 선전하는 것보다 더 공을 들였던— 곳은 바로 정신의학 및 정신보건전문가 단체였다. 이렇듯 정신의학계에 문을 두드린 것은 두 가지 이유에서였다. 하나는 개인적으로 FBI의 좁은 시야를 벗어나고 싶은 갈망 때문이었고, 또 다른 하나는 정신보건전문가들과 협력할 수 있는 다리를 놓기 위해서였다. 이런 작업을 1970년대에 처음 시작했고 이후로도 계속 유지해왔다. 나는 정신과 전문의, 심리학자들은 물론 다른 정신보건전문가들, 법의학계, 교도소 종사자들 등에게 틀림없이 뭔가 배울 수 있을 것이라고 생각했다. 특히 많은 정신건강보건협회들이 학회에 FBI 요원이 참가하는 것을 두 팔 벌려 환영했다.

내가 어떤 프로그램에 FBI 대표자격으로 갈 때마다 언제나 사람들로 대만원이었다. 나는 우리 작업에 대해 소개할 때 청중이 경찰 관계자들이냐 아니면 정신과 전문의들이냐에 따라 반응이 다른 것을 알게 되었다. 경찰 관계자들은 일반적으로 '얼마나 잘하나 보자' 하는 식으로 팔짱을 끼고 앉아서 이야기를 들었다. 또 간혹 자기네가 모르는 내용이 나오면 도전적인 태도로 설명을 요구했다. 반면 정신과 전문의들은 의대에서 수년간 수업을 들었던 버릇이 남아 있는지 언제나 열심히 강의 내용을 받아 적었다.

그러던 중 한 정신의학학회에서 내가 몬티 리셀의 사건을 소개했을 때 중요한 성과를 얻게 되었다. 그때 나는 이 사건을 처음 접하고 계속 푹 빠져 있는 상태였다. 왜냐하면 그때까지 정보가 전혀 없었던 그 강간살인범에 대한 프로파일링 작업을 만약 범행 당시에 했더라면 분명 잘못된 분석자료를 내놓았을 터였기 때문이었다. 리셀이 저지른 범죄의 건수와 심각성으로만 볼 때는 범인이 20대 후반이거나 30대 초반일 것이라는 추측을 할 수 있었다. 만일 아직 범인을 못 잡은 상태에서, 사건을 수사하던 버지니아 주 알렉산드리아 경찰들에게 그렇게 일러줬더라면 어땠을까. 헛다리를 짚었을 게 뻔하다. 당시 내가 살인자 심리에 대해 알던 바로는 10대 청소년이 총 12건의 강간을 저지르고, 특히 그중 마지막 5건은 피해자를 살해했다는 사실을 생각조차 할 수 없었다. 그러나 그 범행은 10대였던 리셀이 저지른 것이었다.

나는 몬티 리셀에 관한 자료를 포함, 범죄자들에 대한 정보와 자료들은 주의 깊게 검토해야 한다는 교훈을 얻었다. 자료들 때문에 수사를 할 때 편견을 가질 수 있기 때문이다. 이 책 앞부분에서 언급한 수많은 다른 범죄자들과 마찬가지로 리셀의 문제도 어린 나이에서부터 시작되었고, 그 역시 불우한 가정환경에서 자랐다. 주위 환경도 리셀이 다른 범죄자들보다 더 어린 나이에 범행을 저지르도록 부추긴 것 같다. 그는 열네 살 때 처음으로 여자를 강간해 유죄를 선고받고 플로리다 주의 정신병원에 수용되었다. 그리고 병원 수용기간 동안 강간을 5건 더 저질렀다. 그중 한 건은 휴가 중에, 또 다른 한 건은 병원에서 탈출했을 때, 나머지 사건들은 그가 병원에 있는 동안 병원 수영장, 주차장 등에서였다.

정신병원을 나온 지 3주 후, 리셀은 무장강도미수혐의로 고발되었는데 실제로는 강간을 기도하다가 잡힌 것이었다. 재판이 끝나려면 1년 정도 걸릴 터라, 판사는 그 동안 정기적으로 정신과 상담을 받으라고 명령했다. 하지만 불행하게도 이 정신과 의사는 청소년 흉악범을 상담해본 적이 없었다.

보고서에 따르면 리셀은 정기적으로 정신과 의사를 방문했고, 증세가 호전되는 것 같았지만 이것은 착각이었다. 그는 치료를 받던 첫 해에 최초로 강간 살인을 저질렀다. 이는 리셀이 살고 있던 아파트 근처에서 벌어졌다. 리셀은 1년 전 강도미수 사건 재판에서 유죄가 인정 돼, 집행유예와 함께 정신과 상담을 계속하라는 선고를 받은 참이었다. 판결 당시 리셀이 그 강간 살인사건에 연루되어 있다고 의심하는 사람은 아무도 없었다.

리셀은 집행유예 기간 동안 계속 정신과 상담을 받았지만, 아파트 근처에서 강간 살인을 다섯 차례나 더 저질렀다. 범죄들 사이에 어떠한 연관성도 없는 것 같았다. 강간 피해자 중에는 젊은 여자도 있고, 서른 살이 넘은 여자도 있었다. 또 피부색과 결혼 여부도 가리지 않았다. 경찰은 엉뚱한 사람을 계속 찾아다녔고 리셀도 수사 과정을 거친 것이 아니라 불심검문 중 우연히 그의 차를 조사하다가 체포한 것이다. 리셀은 혐의를 순순히 인정하여 유죄 판결을 받았고, 다섯 건에 대해 모두 종신형을 선고받았다. 교도소에서 2년을 보낸 후 그는 수사당국에 정신병원에서 지내며 저지른 강간 사건들을 털어놓았다.

### 범죄심리 강의에 나타난 두 가지 반응

교도소에서 리셀을 면담했을 때, 나는 그가 꽤 명석하고 자신이 저지른 범죄에 대해 적극적으로 이야기한다는 느낌을 받았다. 또한 범행 동기와 당시 심리 상태에 대해 상당히 자세하게 들려주었고, 자신의 어린 시절에까지 그 원인을 추적해갔다. 리셀은 우리 '범죄인 성격조사 프로젝트'에 협조하기로 하고 훌륭한 자료를 제공해주었다. 예를 들어 강간 피해자를 한 번 놓아준 일을 자세히 설명해주면서, 그 이유는 그녀가 암 환자인 식구를 돌봐야 한다고 말했기 때문이었다. 리셀은 자기 가족 중에서도 암 환자가 있었기 때문에 그 피해자를 살려주었다고 했다. 우리식으로 말하자면, 그는 피해자와 상당부분 개인적으로 연관되어 그녀를 더 이상 비인격화하거나 살해할 수 없었던 것이다.

1980년대 초반, 시카고에서 열린 법 정신의학학회에서 이러한 리셀에 대한 정보를 자세히 설명한 적이 있다. 나는 화면에 리셀의 상반신 사진을 띄워놓고 80여 명의 전문가들을 상대로 그 사건에 관한 강연을 하고 있었다.

당시 마주 본 문을 통해 마치 만화영화 같은 장면이 펼쳐졌다. 한 남자가 문으로 걸어와 강의실 안을 자세히 들여다보더니 다시 돌아섰다. 그러더니 다시 문 안으로 머리를 들이밀어 아까 그랬던 것처럼 다시 들여다보았다. 결국 그 남자는 강의실 안으로 들어와 강단 근처에 자리를 잡았다. 그는 내 강의를 아주 열심히 들었다.

그 사이 나는 리셀이 정신과 상담을 받는 중에도 강간 살인을 저질렀고, 그 정신과 의사는 리셀이 거짓말을 한다는 걸 간파하지 못하고 증세에 호전을 보인다고 진단했다는 점을 언급했다. 나는 이것이 조직적 살인범들이 쓰는 속임수의 한 예라고 설명하면서, 내 생각에 이런 문제는 정신의학계가 전통적으로 환자 자신의 이야기에 지나치게 의존하기 때문에 발생하는 것 같다고 말했다. 즉 정신과 의사들이 환자가 과거사를 털어놓으며 치료 과정에 자발적으로 참여하는 부분에 지나치게 기댄다는 얘기였다. 나는 법 정신의학자들은 환자의 고백에만 의존하지 말고 외부 보고나 법원 기록 등을 참조해야 하며, 범죄를 저지른 환자가 자기 삶과 행동에 대해 털어놓는 이야기가 정확한지 끊임없이 검토해야 한다고 당부했다.

그런데 강의를 하는 동안, 도중에 들어와 자리를 잡았던 그 남자는 완전히 땀으로 흠뻑 젖었고 얼굴이 새하얗게 질렸다. 강의가 끝나고 불이 켜진 후 사람들이 강의실에서 하나둘씩 자리를 뜨기 시작했지만 그 남자는 나가지 않고 내게 다가와 말을 걸었다.

"저는 정신과 의사입니다."

그 말에 내가 곧바로 대답했다.

"하지만 오히려 정신과 의사가 필요한 사람처럼 보이는데요."

"저는 리처드 래트너입니다. 몬티 리셀에게 속은 바로 그 의사죠. 저는 오랫동안 그 사건 때문에 괴로워했어요. 좀더 얘기할 수 있을까요?"

긴 대화를 나누면서 우리는 친구가 되었다. 나는 그 역시 리셀의 강간 살인사건의 피해자들과 마찬가지로 리셀에게 속았다는 점과, 그 때문에 스스로를 자책할 필요가 없다고 누누이 말해주었다. 그리곤 래트너 박사에게 앞으로는 절대로 범죄자 환자의 이야기에만 의존해서는 안 된다고 다시 한 번 강조했다.

최근 몇 년 동안 래트너 박사는 적극적으로 생각을 바꾸었다. 리셀을 상담하며 좀더 현명하게 처신했다면 여러 사람의 생명을 구할 수도 있었을 거란 죄책감에서 완전히 벗어나지는 못했지만, 그는 여러 세미나에서 강의를 하며 사기꾼에게 잘 속는 사람의 예로 자신의 경험을 들었다. 그는 워싱턴의 많은 병원에서 정신의학 세미나를 열

때 나를 초청했고, 나는 그를 초빙강사로 콴티코에 불렀으며, 결국 그는 범죄인 성격조사 프로젝트의 고문이 되었다. 이러한 인연을 통해 우리는 범죄자의 심리를 이해해나갔다.

그로부터 몇 년간 계속 정신과 의사들을 대상으로 하는 강연회를 하고 있던 중, 두 번째로 기억할 만한 일이 있었다. 이번에도 지난번과 비슷한 종류의 학회였다. 나는 '퇴행성 시간증(屍姦症)'이라고 부르는 증상에 대해 설명하였고, 화면에 한 여성이 살해당한 현장사진 슬라이드를 비추었다. 그 장면은 여성의 질에 나뭇가지가 꽂혀 있는 모습이었다.

나는 퇴행성 시간증이란 희생자의 질이나 항문 속으로 의외의 물건을 삽입하는 행위를 말한다고 설명했다. 이러한 광경은 정신병적 상태가 심각한 비조직적 살인범이 저지른 사건에서 볼 수 있다. 우리는 이런 행위를 범인이 여성에 대해 극도의 적대감을 갖고 있는 동시에, 합의 하에 이루어지는 성행위에 무지하다는 것으로 해석하였다. 이런 행동은 사실 대체(代替) 성행위인데, 범행현상 분석가들은 종종 사체훼손이라고 잘못 해석한다.

그러자 청중 가운데 한 백발의 정신과 의사가 슬라이드와 내 강의 내용에 요란스럽게 이의를 제기했다. 이 의사는 법의학자는 아닌 듯했는데, 내가 청중들을 충격으로 몰아넣는다고 비난하면서 이 사건은 특별히 예외적인 사건이며 그와 유사한 예는 찾아볼 수 없을 것이라고 주장했다. 도저히 강연을 진행할 수 없을 정도로 방해를 해, 나는 할 수 없이 그와 직접 이야기를 나눴다.

나는 그 사람에게 범행현장을 조사해본 경험이 얼마나 있는지 물어보았다.

"한 번도 없소. 난 정신과 의사지 경찰관이 아니니까."

나는 그에게 수많은 사건에서 이와 유사한 장면을 봐왔다고 대답하면서 내 의견을 고수했다. 하지만 그는 말도 안 된다면서 계속 강의를 방해하려 했다.

그러자 청중들 가운데 한 명이 그 사람에게 다른 사람들이 강의를 들을 수 있도록 가만히 좀 있으라고 요구했다. 하지만 그 백발의 정신과 의사는 도통 진정이 되지 않았는지 쿵쾅거리며 밖으로 나가버렸다. 나중에 다른 청중들은 나에게 그가 좀 지나쳤다고 말하면서, 새로운 정보를 소화하지 않고 너무 자기방식에만 매달려 있는 사람 같다고 위로해주었다. 또 강의를 들은 사람들은 유익한 정보를 많이 얻었노라고 말했다. 지난 15년여 동안 내 강의를 들었던 수많은 전문가들은 대체적으로 이렇게 긍정적인 반응을 보여주었다.

1991년 가을, 나는 플로리다 주 올랜도에서 열린 '미국정신의학 및법학회' 연례회의에서 '아미쿠스상'을 받았다. 정신의학계와 FBI 사이에 다리를 놓기 위해 기울인 노력이 인정을 받는 순간이었다. 이는 1년에 한 번씩 정신의학 분야에 지대한 공헌을 한 외부인에게 주는 상인데, 영광스럽게도 FBI 요원 가운데 처음 있는 일이었다.


## FBI에 온 심령술사

콴티코에서 일을 시작한 초창기에, 나는 우리 작업을 FBI의 전형적인 '일방통행로' 방식이 아니라 '쌍방통행' 방식으로 수행하겠다고 결심했다. 이를 위해 지원사격을 해줄 사람들을 끊임없이 섭외하였는데, 패트 멀리니 요원이 언어심리학 전문가인 머레이 미론 박사를 FBI 고문으로 초빙했다. 훌륭한 선배들이었던 멀리니와 테텐 요원은 FBI 내에서 최면 전문가들을 지원할 수 있도록 조치를 취하기도 했다.

우리는 가끔 목격자들의 기억을 좀더 잘 되살리기 위해 최면 전문가들을 불렀다. 나는 파크 디에츠, 제임스 카바나, 리차드 래트너, 로버트 시몬 박사들과 같은 다양한 법 정신의학자들과 연락을 취했고, 범죄인 성격조사 프로젝트의 경우 앤 버제스 박사와 마빈 볼프강 박사 같은 협력자들이 있었다. 펜실베이니아 대학의 볼프강 박사는 강력범죄자들에 관한 연구를 개척한 학자이다.

나는 콴티코에 연수를 받으러 온 현직요원과 경찰들을 대상으로 하는 강의에 시간을 많이 투자했다. 연수 프로그램에는 언제나 외부 강사를 섭외했다. 뉴욕 경찰서에 인질협상팀을 창설한 프랭크 볼츠 경위를 비롯, 앤 버제스 박사, 파크 디에츠 박사, 그리고 앞에서 언급한 사람들도 콴티코에 와서 강의를 했다. 나는 우리가 아무리 활기차게 강의를 해도, 강의를 들으러 온 사람들이 상사에게 올리는 보고서에는 이런 초빙 강사들이 주요 화제가 된다는 것을 알고 있었다.

나는 법 집행과 법의학 분야 이외에도 흥미로운 강사가 있는지 물색했다. 그러던 중 한 친구가 '이브의 세 얼굴'의 환자였던 크리스 시즈모어가 다중인격장애에서 회복되었다는 사실을 알려주었다. 이 병은 유명한 소설의 소재가 되기도 했고, 조안 우드워드 주연의 영화로도 만들어졌다. 나는 유명 강사가 된 크리스를 만나 콴티코에 초청하기로 했다.

FBI 관행상 이렇게 독특한 강사를 초빙하는 경우에는 우선 상관의 확인을 받아야 했다. 물론 상관이 늘 반대하는 것은 아니며 대부분 요원들에게 알아서 하라고 통지한다. 만약 일이 잘못되면 상관이 아니라 요원이 문책당하면 그만이다. 내 상관도 이런 점을 주지시키면서 한 마디 덧붙였다. "그 여자 정신병자 아냐?" 나는 이 질문에 대해 이제 완전히 회복되어서 위험하지 않다고 대답했다. 그는 혹시라도 문제가 생기면 문책은 내가 당할 거라고 딱 잘라 말했고, 나는 무표정한 얼굴로 "가장 어려운 점은 크리스가 세 명의 인격이니 강의료도 세 배로 줘야 하는 겁니다"라고 대꾸해주었다. 상관은 이 농담을 전혀 이해하지 못한 것 같았다.

크리스는 대인기였다. 그녀는 정신질환을 앓았던 과거와 치료 과정을 이야기했다. 예전부터 법정에서 피고 측이 다중인격을 내세워 변호를 하는 사례가 여러 번 있었다. 크리스의 설명에 따르면, 만약 환자의 여러 인격 중 하나가 살인을 저지를 수 있다면 다른 인격도 그럴 가능성이 있지만, 그렇지 않으면 나머지 인격도 살인할 가능성이 전혀 없다고 했다. 상당히 설득력 있는 내용이었다. 결론적으로 그녀는 다중인격장애 환자라고 해서 살인혐의를 벗을 수는 없다고 말했다.

이렇게 초빙된 모든 강사들은 각자의 방식으로 우리의 전문지식을 넓히는 데 도움을 주었다. 이외 특이한 초빙 강사로는 조각가인 프랭크 벤더를 들 수 있다. 그는 10년에서 20년 동안 숨어 다닌 용의자의 모습을 예측하여 조각하는 데 특출한 재능이 있었다. 그리고 심령술사인 노린 르니에르는 여러 사람으로부터 추천을 받을 인물로, 그녀는 이전에 지역 수사기관들이 사건을 수사할 때 시체 위치를 찾고 몇 가지 단서를 주는 등 도움을 준 적이 있었다. 하지만 내 상관은 학생들에게 르니에르를 지역 경찰들에게 추천하거나 우리가 심령술을 믿는 것처럼 보이면 안 되며, 단순히 재미로 초빙한 강사로 소개해야 한다고 못박았다.

르니에르는 1981년 초에 콴티코를 방문했다. 그녀는 강의 중에, 아직 스스로도 자기 힘을 완벽하게 조절할 수 없다며 자기 예언이 딱 들어맞는 때도 있지만 틀릴 때도 있다고 말했다. 그날 르니에르는 경찰들 앞에서 월말에 레이건 대통령이 저격당하겠지만 미수로 그칠 것이라고 예언했다. 대통령은 왼쪽 가슴에 총을 맞을 테지만 죽지 않고 회복될 것이며, 국민들로부터 많은 위로를 받고 더 큰 일을 해낼 것이라고 말했다.

레이건 대통령이 저격당한 후, 나는 르니에르에게 콴티코에 다시 와달라고 부탁했다. 이번에는 대통령이 11월에 기관총으로 무장한 외국 군복을 입은 남자들에게 암살당할 것이라고 예견했다. 나는 그 예언을 비밀기관에 알렸고, 그들은 첫 번째 예언을 자신들에게 왜 알리지 않았냐며 화를 냈다. 처음엔 나도 엉뚱하다고 생각했기 때문이었다. 르니에르가 말한 11월 암살 예언은 맞는 면도 있고, 틀린 면도 있었다. 11월이 아닌 10월, 이집트의 사다트 대통령이 기관총으로 무장한 외국군복을 입은 사람들에게 암살당한 것이다.

르니에르는 어떤 FBI 요원 친척의 시체가 숨겨져 있던 비행기를 찾는 데에도 도움을 주었다. 그녀는 나에 관한 예언을 하기도 했다. 내가 6주간의 독일 여행을 떠나기 며칠 전, 그녀는 검은머리 여자와 관련된 일 때문에 곧바로 돌아와야 할 것이라고 예언했다. 독일에 도착하고 사흘 뒤, 나는 정말로 검은머리 여자 때문에 미국으로 돌아가게 되었다. 아내가 큰 교통사고를 당했던 것이다.

이 즈음 르니에르가 콴티코에서 강의했다는 정보가 언론에 새나갔다. 자세한 내용은 쪽 빠진 채 심령술사가 FBI의 고문이란 식으로 사실이 왜곡된 것이다. 곧이어 FBI가 암살사건 등을 미리 알아보려고 심령술사를 부른다는 식으로 이야기가 더욱 커졌는데, 콴티코 당국은 이에 격노하여 다시는 르니에르를 강사로 초빙하지 말라고 엄포를 놓았다.

1, 2년 후 콴티코 훈련원 바로 옆에서 한 마약 단속국 요원의 아내가 살해당한 사건이 벌어졌고, 이 사건은 오랫동안 우리를 난관에 빠뜨렸다. 그러던 와중에 내 상관이 일전의 그 심령술사를 강사로 다시 초빙할 수 있는지 물어왔다. 그녀에게 살인사건에 대해 물어보려 했던 것이다. 나는 상관에게 심령술사를 불러오면 안 된다고 했지만 상관은 내가 다시 그녀를 불러오기만 하면 말이 새나가도 자기가 책임을 지겠다고 고집을 부렸다. 상관은 르니에르의 강의가 끝난 다음 데리고 가서 사건과 관련된 증거물을 보고 만지게 했다. 그러나 그녀는 아무것도 발견하지 못했고, 지금까지 그 사건은 해결되지 못한 상태이다.

심령술사와 왕래한다는 평판이 우리 이미지에 그리 도움이 된 건 아니었겠지만, 아무튼 BSU는 지속적으로 외부의 뜨거운 관심을 받왔다. 1980년대 초반이 되자 이런 관심은 우리의 일을 소재로 한 소설들로 옮겨갔다.

기자들이나 소설가들은 FBI가 어떤 식으로 범인신상분석을 하여 사건을 해결하는지를 글로 표현하면서, 프로파일링 작업을 마치 도깨비방망이같이 묘사하는 경우가 많다. 소설 속에서는 프로파일링만 하면 뚝딱 범죄가 해결된다.

여기까지 이 책을 읽었으면 알겠지만, 프로파일링은 마술이 아니며 단지 행동과학의 원리를 응용한 작업일 뿐이다. 또 수년간 범행현장과 증거물을 면밀히 조사하고, 교도소에 있는 범죄자들과 면담을 하여 얻은 경험의 산물이다. 목적은 경찰에게 가장 가능성이 높은 용의자의 유형을 알려주는 것이지 프로파일링 자체로는 결코 살인자를 잡지 못한다. 살인자는 경찰이 잡는 것이다.

## 영화 〈양들의 침묵〉의 실제 모델

우리는 이런 점을 입이 아플 정도로 강조해왔지만, 작가들은 들은 척도 않고 작품 속의 프로파일러를 만능해결사로 묘사한다. 1980년대 초, 하루는 FBI의 공보과 직원이 내게 작가 한 명에게 BSU에 대한 정보를 줄 수 있겠느냐고 물어왔다고 했다.

작가 토머스 해리스는 영화로도 만들어진 『블랙 선데이』란 작품으로 이미 베스트셀러 작가 반열에 오른 상태였다. 그는 연쇄살인범을 소재로 신작 소설을 구상하고 있다고 말하며, FBI가 어떻게 관련

되어 있는지, 프로파일링은 어떤 식으로 하는지, 지역 경찰은 어떻게 지원하는지에 관해 알고 싶어했다.

해리스와 나는 여러 시간을 함께 보냈다. 나는 그에게 여러 사건의 슬라이드를 보여주었고 ―그 가운데에는 캠퍼와 체이스에 관한 슬라이드도 있었다― 해리스는 말도 거의 없이 마치 스펀지처럼 모든 정보를 흡수했다. 나는 그에게 교도소 면담 이야기도 들려주었고, 최근 다양한 분야의 정신의학자들과 정신보건전문가들을 FBI 고문으로 초빙하고 있다는 사실도 알려주었다.

나중에 토머스 해리스는 교도소 면담과 정신과 의사를 소재로 소설 『레드 드래건』을 썼다. 이 소설에서는 한 FBI 요원이 '한니발 렉터' ―이제는 무척 유명해진―라는 등장인물에게 도움을 청한다. 그는 정신과 의사인 동시에 교도소에 수감된 연쇄살인범으로, 사건의 수수께끼를 푸는 데 도움을 준다. 물론 이런 등장인물과 줄거리는 전적으로 해리스의 머리에서 나온 것이지만, 나는 그가 풍부한 창의력을 발휘하는 데 약간의 정보를 줬다는 것이 무척 자랑스럽다.

『레드 드래건』이 출판되고 나서, 나는 해리스에게 왜 소설의 주인공이 요원이 아니라 FBI에 협력하는 민간인인지 물어보았다. 그는 주인공이 렉터와 이미 한 번 대결하고 나서 정신적으로 문제가 생겨 요원 자격을 박탈당한 사람으로 설정하고 싶었다고 대답했다. 나는 그런 말이 조금 우스웠다. BSU에 근무하는 우리들 대부분이 늘상 체중이 줄거나 신경성 심장발작을 앓고 있기 때문이었다.

해리스는 다른 소설을 구상하면서 두 번째로 콴티코를 찾았다. 나는 그와 더 많은 시간을 보내면서 에드 게인 사건을 포함한 특정 유형의 여러 사건들을 보여주었다. 이후 에드 게인은 그 유명한『양들의 침묵』에 나오는 범인의 모델이 되었다. 또한 나는 해리스에게 그 당시 BSU에서 함께 일하던 유일한 여성 요원을 소개시켜 주기도 했다.

해리스의 두 작품은 소설로서는 매우 뛰어나다. 하지만 여기 실린 내용이 연쇄살인범이나 FBI 내부에서 묵묵히 일하는 요원들의 실제 모습은 아니다.

예를 들어 첫 번째 소설에서의 연쇄살인범으로 나오는 프랜시스 돌러하이드는 해리스가 여러 유형의 살인범의 특징을 결합시켜 나온 것이다. 이 인물 안에는 현실적으로 한 사람 안에 공존할 것 같지 않은 여러 인격이 역동적으로 살아 있다. 더구나 실제로 FBI 요원은 소설에서처럼 개인적으로 살인범을 추적하지는 않는다. 우리는 범행현장을 조사하고 범인신상분석자료를 작성하여 지역 수사기관에게 건네줄 뿐이다. 힘든 현장 작업을 하면서 최종적으로 범인을 잡는 건 지역 수사기관의 몫이다.

해리스가 BSU를 다녀간 후에도 나는 소설과 논픽션 작품을 쓰는 여러 유명 작가들에게 소재를 제공해주었다. 가장 잘 알려진 경우가 바로 전에도 거론한 바 있는 메리 히긴스 클라크의『천재 정신과 의사의 살인광고』라는 작품이다. 이 소설은 내가 하비 글래트먼 사건을 연구하면서 만든 제안서를 소재로 삼고 있다(FBI에서 은퇴한 후 나는 그녀에게 다른 세부적인 정보도 주었다).

또 다른 여성작가 앤 룰이 테드 번디를 비롯한 연쇄살인범을 소재로 책을 쓸 때도 도움을 줬는데, 앤 룰은 이후 VICAP 전담팀의 동료가 되었다. 나중에 그녀는 콴티코에 와서 테드 번디에 관한 강의를 하기도 했다. 나는 앤에게 제롬 브루도스 사건에 대한 자료를 줬고, 이후 그녀는 오리건 주에 직접 가서 상당한 기초 조사를 한 다음 『욕망의 살인자(*Lustkiller*)』라는 책을 냈다.

최근 몇 년 사이 프로파일링에 대한 비난과 오해가 계속 증가하고 있다. 사람들은 심지어 FBI가 합법적으로 프로파일링을 하고 있는지 의심하기도 한다. 그런데 언론에서는 뒤늦게 행동과학 연구자들을 경찰들의 코를 납작하게 하며 다른 사람들이 풀지 못한 사건을 해결하는 만능 슈퍼탐정으로 치켜세우기 시작했다.

유감스럽게도 이런 시류에 FBI가 편승한 것 같다. 영화 〈양들의 침묵〉 촬영 때 FBI가 제작진에게 적극적으로 협조한 걸 보면 알 수 있다. 내가 은퇴하기 전 마지막으로 처리한 업무도 대부분 영화 대본에 관한 것이었다. 나는 영화의 몇몇 관점에 이의를 제기했는데, FBI가 영화 촬영에 콴티코 훈련원을 쓸 수 있도록 허락할 정도인데 영화를 좀더 현실적으로 만들어야 한다고 생각했기 때문이다. 예를 들어 조디 포스터가 열연한 여주인공 역할은 연수 중인 신입요원이었는데, FBI는 결코 연수생을 대본에 나온 것처럼 책임이 따르는 곳이나 위험한 곳에 배치하지 않는다.

이 외에도 이와 비슷하게 사실과 다른 세부 설정들이 있었고, 이런 것들은 전체 영화 줄거리에 영향을 미치지 않고도 충분히 쉽게 바꿀 수 있었다. 하지만 이런 설정은 변경되지 않았고, FBI 훈련원이 나오는 몇몇 장면에서는 실제 FBI 요원이 엑스트라로 출연하기까지 했다. 상부에서는 영화가 현실을 왜곡하건 말건 콴티코를 널리 알리는 데 도움이 된다고 생각했던 것이 틀림없다.

〈양들의 침묵〉이 영화와 소설에서 모두 흥행에 성공하자 연쇄살인범과 프로파일러들에 관한 관심이 치솟았다. 특히 TV 방송이 심했다. 1980년대 초에는 연쇄살인범을 다룬 정규 방송 프로그램이 몇 개 있었을 뿐이지만, 지금은 정규 방송이 사라지고 흥미 위주로만 단발 방송되고 있을 뿐이다. 나는 요즘 기사나 방송이 너무 급조된 게 불만이다.

수사관들에게 도움이 되는 TV 프로그램 중 〈긴급 공개수배〉가 있는데, 150명을 살해한 혐의로 뉴욕의 교도소에서 수감 중인 조 피셔를 다룰 때는 너무 서둘렀다. 하지만 그것은 피셔의 주장이지, 사실은 아내를 포함한 다른 몇 명은 죽였지만 100여 명까지 죽이진 않았다. 조금만 조사해보면 진실을 알 수 있었을 터였다. 헨리 리 루카스처럼 피셔 역시 주목받기 좋아하고, 신문이나 TV에 나오기 좋아했던 뜨내기 알코올중독자였던 것이다.

우리 일이 이렇게 유명해지자 이상한 반응을 보이는 사람들도 있었다. 교도소에 있던 연쇄살인범들은 낯모르는 사람들에게 편지를 받았으며, 사람들은 연쇄살인범이 이루어놓은 '업적'을 따라하겠다고 떠벌렸다. 나도 테드 번디나 다른 연쇄살인범들과 칵테일파티에 가서 이야길 나누면 재미있겠다는 말을 여러 번 들은 적이 있다. 하지만 이 살인자들은 끔찍한 인간들이며, 절대 숭배하거나 흉내내선 안 될 인물들이다.

작가 해리스가 모든 캐릭터는 자신이 만들었으며 어느 특정인물을 소재로 삼지 않았음을 밝혔는데도 일부 BSU 요원들은 아직도 〈양들의 침묵〉 영화와 소설의 FBI 캐릭터가 바로 자기라고 주장한다. 문제는 기존 BSU 요원들뿐 아니라, FBI 지원자들도 조디 포스터 캐릭터를 본보기로 삼아 만능 요원이 되고 싶어한다는 데 있다. 만약 경찰에 지원한 사람이 '더티 해리' 같은 인물들뿐이라면 폭력적이고 위험한 경찰이 넘쳐나게 되겠지만, FBI에 더티 해리나 만능 요원은 더이상 필요 없다.

지금 우리 사회는 자극을 좇아 불가에 너무 가까이 간 나방과 같다. 우리는 니체가 경고했듯이 현실보다 환상에 빠져 있어 완전히 나락으로 떨어질 위험이 있는 따분한 관객에 불과하다.


## 범인 측의 증인에 서다

나는 FBI에서 은퇴한 후 전문가로서 증언대에 오르거나 강연을 했다. 최근 내가 증언한 사건 중에 텍사스 살인마로 알려진 릭키 그린 사건이 있다. 그린은 십여 명을 무작위로 살해하고 판결을 기다리고 있었고, 나는 그가 테드 번디보다 위험할 수도 있다고 증언했다. 테드 번디는 피해자를 유형별로 선택했지만 그린은 누구든지 기꺼이 죽일 수 있다는 식이었기 때문이다. 내 증언이 결과에 어떤 영향을 미쳤는지 모르겠지만 그린은 사형을 선고받았다.

더 유명한 사건으로는 아서 J. 샤크로스가 뉴욕 시 로체스터에서 여자 11명을 살해한 죄로 기소된 일을 들 수 있다. 피해자 중 대부분은 매춘부였고, 샤크로스는 이미 여덟 살 난 소녀를 성폭행하고 교살한 혐의로 14년형을 살았다. 당시 소년 한 명도 살해했다고 자백했지만 유죄인정거래에서 소녀 살해혐의를 인정한 대가로 그 건은 무마되었다. 그런데도 그는 복역 후 풀려나 또다시 연쇄살인을 저지른 것이다.

이제 새로 기소된 매춘부 연쇄살인사건에서 샤크로스는 정신이상을 이유로 무죄를 주장했다. 어릴 때부터 성적, 심리적, 육체적으로 학대를 당했고, 다중인격장애와 비슷한 정신적 '해리 상태'를 겪고 있었다고 항변했으며, 베트남전과 관련된 정신질환인 외상 후 스트레스 장애가 있다고도 주장했다.

오랜 친구인 정신의학자 디에츠 박사는 검사 측에 샤크로스의 '유아기 학대'와 '다중인격장애' 주장에 어떻게 상대할지 조언해주었고, 나는 '외상 후 스트레스 장애' 주장에 대해 반박했다. 나는 35년간의 현장 경험은 물론 군 경찰, 군 범죄 수사대 경험까지 모두 짜내었고, 이런 오랜 경험은 샤크로스의 외상 후 스트레스 장애 변론의 진위를 재빨리 폭로하는 데 도움이 되었다.

내가 조사한 바로는 그가 베트남전에서 보았다는 잔학 행위는 분명 새빨간 거짓말이었다. 이 분야에 대한 나의 사전 심리작업은 어찌나 빈틈이 없던지, 변호인 측은 베트남전 때문에 정신이상이 생겼다는 논리를 유죄인정거래에조차 이용할 수 없었다. 파크 박사가 맡았던 다른 두 분야도 상황은 비슷했다.

결국 샤크로스는 열 번의 2급 살인죄가 인정돼 종신형을 열 번이나 선고받고, 나머지 한 건에 대해서도 역시 25년형을 선고받았다. 그는 살아서 교도소를 나설 수 없을 것이다.

1991년 여름, 나는 제프리 다머가 17명을 살해한 혐의로 위스콘신 밀워키에서 체포되었다는 기사를 읽었다. 기사에는 그가 성폭행, 시체 절단, 식인, 시간 등을 했다고 자세하게 설명되어 있었다. 마치 지난 25년간 벌어진 잔인한 연쇄 성범죄 살인사건을 모두 한 자리에 모아놓은 것 같았다.

그는 사실 상당히 오랜 기간 간헐적으로 살인을 저질렀는데, 처음 살인을 저지른 것은 1978년 그가 열여덟 살 때였다. 오하이오주 배스 근처에 살 때였는데, 차를 몰고 가다가 히치하이커를 태운 뒤 살해했다. 생각 없이 우발적으로 저지른 살인이었다. 이후 9년 동안 다머는 잔인하고 끔찍한 환상을 키워갔고, 결국 다시 살인을 저지르기 시작했다. 1987년에 한 번, 1988년에 두 번, 1989년에 한 번, 1990년에 네 번, 그리고 1991년에 여덟 번이었으며, 그가 잡히기 직전에는 거의 며칠에 한 번씩 사람을 죽였다.

외부에서 이 사건을 지켜봤을 때, 나는 제프리 다머가 연쇄살인범의 뻔한 패턴을 따르고 있다고 생각했다. 연쇄살인범은 처음에는 조심스럽게 살인을 시작하고 자신이 저지른 범죄를 보고 경악한다. 하지만 일단 궤도에 오르면 점차 효과적이고 능률적인 살인 기계로 변한다. 결국 배짱 좋고 무자비한 살인자가 되어 절대로 붙잡히지 않을 거라 확신하고, 다른 사람들과 비교할 수 없는 힘과 권위를 가졌다고 믿게 된다.

나는 지난 수년간 범죄인 성격조사와 심리분석 프로파일링에 대해 수백 번이나 순회강연을 했는데, 특히 밀워키 주에서 숱하게 강의를 했다. 은퇴 후 1991년 1월, 밀워키에서 초청 강연을 할 기회가 있었다. 위스콘신 대학에서 후원을 해주었고, 아동 성폭행과 착취에 관한 FBI 최고 전문가 켄 레닝도 함께 강사로 초빙되었다. 밀워키를 순회하는 동안 나는 지역 경찰과 검사, 그리고 정신보건 전문가들과 수없이 연락을 주고받았다. 그래서 1991년 8월에 제프리 다머 사건을 담당했던 밀워키 경찰서 형사에게 편지를 받았어도 그리 놀라지 않았다. 그도 1월에 내 강의를 들었기 때문이었다.

형사는 편지에 '최근에 벌어진 사건을 수사하는 데 선생님이 주신 정보가 얼마나 도움이 되는지 모르겠습니다. 제프리 다머 사건 수사를 하면서 저나 다른 수사관들이 무엇을 찾아야 하는지 알게 되어서 정말 도움이 됩니다'라고 썼다.

하지만 다머의 아파트에서 그를 심문하다가 결정적으로 수상한 점을 포착했는데도 14살짜리 라오스 소년을 아파트에 내버려두어 해고당한 다른 경관들의 행동은 정말 애석하다. 그 경관들이 편지를 쓴 형사처럼 내 강의를 들을 기회가 있었더라면 결과는 사뭇 달랐을 것이라고 장담한다.

다머는 경찰이 떠나고 불과 몇 분 지나지 않아 라오스 소년을 살해했다. 게다가 체포되기 전 두 달 동안 남자 네 명을 더 살해했다. 경관들이 성범죄 살인범들의 패턴이나 동기를 좀더 주의 깊게 검토하기만 했어도 다섯 명의 귀중한 생명을 구할 수 있었을 것이다. 도심의 게이 바에서 남자들이 사라졌을 때, 밀워키 경찰이 좀더 주의를 기울였다면 훨씬 일찍 다머를 용의자로 지목했을 것이다.

이렇게 밀워키 경찰이 몇 가지를 오판했지만 그들을 비난할 수는 없다. 현실적으로 미국 내에서 흉악범의 복합적인 특성에 대한 인지 훈련을 받는 경관은 극소수에 불과하기 때문이다. 이 모든 사건들을 지켜보면서 나는 경찰들에게 더 많은 훈련이 필요하다는 믿음을 재확인했다.

1991년 가을, 나는 다머 사건의 원고와 피고 측 모두로부터 증언을 의뢰받았다. 파크 디에츠 박사가 원고 측 자문을 맡았는데, 이상하게 엇갈려서 나는 결국 반대쪽인 피고 측에 서게 되었다.

전직 FBI 요원이 피고 측에 증인을 서는 것은 극히 이례적인 일이며, 일반인들뿐 아니라 예전 FBI 동료들도 오해할 소지가 있다. 그러나 FBI를 그만두고 전문 컨설턴트로 나선 후, 나는 진정한 전문가는 의견을 하나만 내며 이 의견을 원고와 피고 양측 어느 쪽에서 이용하건 사실상 문제될 것이 없음을 알게 되었다. 전문가의 의견은 사실과 경험을 바탕으로 한 것이어서 피고나 원고 측의 전략에 맞게 바뀔 수 있는 것이 아니기 때문이다.

이 때문에 나는 제프리 다머의 변호를 담당했던 밀워키의 제럴드 보일 변호사와 함께 일하기로 했다. 나는 다머의 범행이나 행동을 절대 용납할 수 없으며 17명을 살해한 극악무도한 행위를 용서하지도 않는다. 다만 그런 짓을 저지른 다머의 정신 상태를 이해하기는 했다. 내 입장은 다머나 그 반대편도 아니었다. 정확하게 말하자면 내 입장은 전문지식으로 모든 당사자들을 올바른 방향으로 이끌어 가장 빠른 시일에 그 문제를 공정하게 판결할 수 있도록 돕는 것이었다. 내 임무는 형사재판제도가 다머 사건처럼 난해한 일들을 가장 타당하게 처리할 수 있도록 하는 것이었다.

1992년 1월 13일, 보일 변호사는 제프리 다머가 유죄 판결을 받은 15건의 살인 각각에 대한 탄원 이유를 '정신이상이었으니 무죄

임'에서 '유죄지만 정신이상이었음'으로 바꾸기로 했다고 발표했다. 보일 변호사는 언론에 "유죄를 인정하기로 결정한 사람은 제가 아니라 제 의뢰인입니다"라고 밝혔다. "본 사건은 제 의뢰인의 정신 상태에 관한 것입니다. 유죄를 인정하기로 한 것은 의뢰인의 생각입니다." '유죄지만 정신이상이었음'이라는 탄원서는 대부분의 다른 주에서 허용되지 않지만 위스콘신 주 법제도에서는 가능하다. 나는 그런 탄원을 제기한 데에 전적으로 찬성했다.

이제 다머가 유죄라는 것은 문제가 되지 않으므로, 다머는 별도로 정신 상태가 어떤지만을 중점적으로 다루는 약식재판을 받게 될 것이었다. 또 이 재판 결과와 상관없이 다머는 정신질환자 시설이든 주립교도소든 절대 도망칠 수 없는 곳에서 여생을 보낼 터였다. 내 생각에도 그것이 사건을 올바르게 끝맺는 길이었다. 다머가 유죄를 인정하도록 보일 변호사가 손을 쓴 덕분에 밀워키 법원은 지루한 법정 증언을 생략할 수 있었다. 그리하여 몇 주, 많게는 몇 달의 시간과 수백만 달러를 절약하고, 결과적으로 일반 시민들에게 혜택이 돌아가게 되었다.


## 여전히 계속되는 괴물과의 싸움

나는 변호와 관련, 이틀 동안 다머를 면담했고, 면담을 준비하면서 사건을 좀더 자세히 검토했다. 가장 먼저 떠오른 장면은 처음에 자세히 언급한 흡혈귀 살인마 리처드 트렌튼 체이스의 끔찍한 망령이었다. 다머도 사람의 피와 살을 먹긴 했지만 체이스가 그랬던 것처럼 충동적이지 않았다. 다머는 희생자들을 찾아 밀워키의 게이 바를 뒤지고 다닌 다음 집으로 데리고 갔다. 그는 이렇게 하면 경찰수사에서 발각될 수도 있다는 걸 알고 있었다.

이런 점에서 다머는 존 게이시를 연상시켰다. 다머는 나중에 발견되면 불리한 증거가 된다는 것을 알면서도 희생자의 뼈나 머리와 같은 신체 일부를 보관했다. 나는 법원 기록을 입수해 다머가 피를 마시고 신체 일부를 먹어버렸으며, 시체와 성적 접촉을 하고, 희생자의 시체를 절단했다는 것도 알 수 있었다. 이런 정보는 일반에 공표되지 않았다. 결론적으로 다머의 행위는 테드 번디와 에드 캠퍼를 연상시켰다.

나는 마지막 희생자가 천신만고 끝에 다머의 아파트에서 탈출했을 때, 다머가 방에서 무수한 증거들을 없애려 하지도 않고 경찰이 도착하기만을 침착하게 기다렸다는 사실이 놀라웠다. 희생자들이 죽기 전후의 모습을 담은 수백 장의 사진과 냉장고나 드럼통, 혹은 상자에 넣어둔 머리와 토막낸 신체 등, 증거물의 양은 실로 엄청났다. 희생자들을 감금하고 죽이는 데 사용한 범행 도구도 집안 곳곳에 널려 있었다.

다머가 체포되기 몇 달 전, 집주인과 경찰들이 그의 집을 조사했을 때에도 이런 범행 도구와 살인의 흔적이 적나라하게 드러나 있었다. 나는 그때 아무도 거기에 신경 쓰지 않았다는 점을 떠올리면 너무나 비통했다.

다머는 희생자를 점찍으면 여러 가지 호의를 베풀거나 돈을 미끼로 집에 끌어들였다. 일단 살해한 후에는 시체를 감추고 범행 증거를 없애버리는 등 조직적 살인범의 특징을 고스란히 드러냈다. 하지만 시간을 하고, 시체를 훼손시키는가 하면 심지어 먹기까지 했으며, 신체 일부를 기념 삼아 보관하는 등 비조직적 살인범의 특징도 나타냈다. 이 때문에 다머는 혼합형 살인범으로 기록되었다. 실제로 다머가 지닌 특징들은 대부분 들쭉날쭉해서 전반적으로 새로운 유형의 연쇄살인범으로 분류해야 할 것이다.

다머는 정신이 온전한 사람인가, 아닌가? 이틀 동안 면담을 하고 나자 나는 내 앞에 앉아 있는 살인범에게 연민이 느껴졌다. 그는 고통을 겪어 마음이 비뚤어진 사람이었다. 다머는 지금껏 만나본 다른 연쇄살인범들과 마찬가지로 솔직하고 협조적이었지만, 어떻게 그 모든 끔찍한 짓을 저지를 수 있었는가에 대해서는 아직 이해하지 못하고 있는 상태였다.

교도소에 있는 동안 다머는 머릿속에 꽉 차 있던 충동과 환상이 자기를 연쇄살인을 하도록 몰아갔음을 깨달을 수 있었다. 그는 면담 내내 줄담배를 피워대면서, 폐암이 자신의 문제를 해결해줄 것이라고 했다. 이렇게 괴로워하는 사람이 말짱한 정신으로 그 모든 범행을 저질렀다고 볼 수는 없는 일이었다. 나로서는 재판이 어떤 식으로 진행되든 다머가 구치소에서 여생을 보내게 된다는 사실에 마음이 놓일 따름이었다.

다머를 사형시킨다고 해서 무슨 이득이 있는 것도 아니기 때문에, 위스콘신 주에 사형제도가 없다는 점도 한편으론 기뻤다. 플로리다 주는 테드 번디를 사형시키는 데에만 자그마치 700~800만 달러를 썼다. 차라리 이 돈을 번디, 캠퍼, 게이시, 버코위츠, 다머처럼 극악무도한 살인범 연구를 위한 법의학기관을 설립하는 데 썼다면 훨씬 나았을 것이다.

범죄학자들은 오래 전부터 사형선고가 강력범죄자들을 억제하지 못한다는 데 의견을 같이했다. 사형은 단지 복수를 원하는 희생자의 가족이나 일반 대중을 만족시켜줄 뿐이라는 것이다.

다머 같은 살인 괴물들이 교도소에서 몇 년을 보내고 사회에 다시 발을 들여놓는 일이 없도록 해야 한다. 이들이 일생을 교도소에서 보내도록 한다는 데 사회적 합의가 이루어지면, 우리는 한발 앞으로 나갈 수 있다. 이들을 정확하게 어디에, 어떤 방법으로 사회와 격리시킬지는 아직 거론할 단계가 아니다.

나는 제프리 다머 사건을 거치며 연구에 박차를 가할 수 있었다. 아직 면담을 해보지 않은 살인범들이 미 전역에 수도 없이 많다. 현재 나는 법무연구소, 미아 및 착취아동을 위한 국립센터와 연계하여 아동학대범, 아동유괴범, 아동살해범의 분석조사에 전력을 다하고 있다. 또한 미시간 주립대학의 형사사법학과와 조지타운 대학의 정신의학 및 법률 프로그램과 제휴하고 있으며, 기타 여러 대학에서 간간이 강의를 하고 있다.

조만간 미 육군과 CID 예비역 장교직도 물러나지만, 육군 측에서 바란다면 전 세계 CID 요원을 훈련하는 데 몸 바칠 의향도 있다. 강력범들을 연구하는 내 모든 작업들이 강력범죄의 발생률을 낮추는 데 이바지했다면 그것만큼 기쁜 일은 없을 것이다. 하지만 전국의 신문들은 끔찍한 살인자에 대한 기사를 꾸준히 내보내고, 심야뉴스 방송에서는 일상적으로 폭력 관련 보도를 하고 있다. 살인괴물들과의 전쟁은 여전히 진행 중이며, 이는 곧 내가 그 전쟁의 한가운데에서 계속 싸워야 한다는 뜻일 것이다.

옮긴이

**황정하** 연세대학교 전산과학과를 졸업하고, 현재는 전문번역가로 활동하고 있다. 옮긴 책으로는 『개로 길러진 아이』『나이 들어 외국어라니』『진단명 사이코패스』『자전거 세계여행』『뉴욕타임스가 선정한 교양 7』『앙코르: 장엄한 크메르 문명』외 다수가 있다.

**손명희** 연세대에서 인문학부와 이화여대 통역번역대학원을 졸업하고 전문번역가로 활동 중이다. 옮긴 책으로『최상의 행복에 이르는 지혜』『못 말리는 여자들』『세계 역사 체험학습책』『서양 문명의 열쇠 고대 그리스』등을 번역했으며 출판 에이전시에서 세계 여러 나라 책을 소개하는 일을 했다.

## 살인자들과의 인터뷰

초판 1쇄 발행    2004년 8월 16일
개정판 1쇄 발행    2021년 2월 25일
개정판 4쇄 발행    2024년 1월 5일

지은이    로버트 K. 레슬러 · 톰 샤흐트만
옮긴이    황정하 · 손명희

펴낸곳    (주)바다출판사
주소    서울시 마포구 성지1길 30 3층
전화    02-322-3675(편집), 02-322-3575(마케팅)
팩스    02-322-3858
E-mail    badabooks@daum.net
홈페이지    www.badabooks.co.kr

ISBN    979-11-6689-001-7 03840